"임아 그 물을 건너지 마오"

대통령의 선생님이 쓴

소설 공무도하가

(상권)

안문길 지음

주식회사 자유지성사

지은이 **안문길**

* 고려대학교 문과대학 국어국문학과 졸업
* 충암고등학교 국어교사 역임
* 한국문인협회 회원
* 한국소설가협회 회원
* 한국문협 은평지부 소설 · 수필분과장 역임

〈저서〉
* 소설 훈민정음
* 소설 공무도하가 ⓢ ⓗ
* 소설 왕오천축기
* 문해력 용비어천가
* 현인들의 형이중학
* 6.25 실중실화
* 대가야
* 수필집으로 〈아름다운 시절〉등이 있다.

대통령의 선생님이 쓴 **소설 공무도하가** (상권)

초판 1쇄 인쇄일 : 2024년 1월 15일
초판 1쇄 발행일 : 2024년 1월 17일

지은이 : 안문길
발행인 : 김종윤
펴낸곳 : 주식회사 **자유지성사**
등록번호 : 제 2 - 1173호
등록일자 : 1991년 5월 18일

서울특별시 송파구 위례성대로 8길 58, 202호
전화 : 02) 333-9535 | 팩스 : 02) 6280-9535
E-mail : fibook@naver.com
ISBN : 978-89-7997-563-5 03810

여로에 비친 삶의 숨결

구인환

(소설가 · 서울대 명예교수 · 한국현대소설연구회 회장)

　우리는 언제나 오늘을 살기에 바쁘다. 내일을 향하여 하루하루를 힘겹게 헤쳐나가면서 눈앞에 아롱거리는 고지를 향해 달려간다. 그 고지가 손에 닿을 듯하면서도 쉽게 그 곳에 이르지 못하여 애태우면서 살아간다. 나날의 삶이 이렇게 힘겨운데 언제 지나온 과거의 발자취를 돌아볼 겨를이 있고, 잠시 그 자리에서 쉴 수가 있으며, 느긋하게 아지랑이 나부끼는 산마루를 바라보며 낭만의 정감 속에 젖어 볼 수가 있겠는가. 이렇게 오늘에 묻혀 사는 것이 안타까우면서도 어쩔 수 없이 하루하루 밀려 살아가야 하는 것이 우리네 인생이다. 바쁜 나날에 시달리면서도 때로는 일손을 놓고 개나리 진달래가 흐드러지게 웃어대는 경회루의 물가에라도 가서 옛날의 그림자를 보고 선인들의 정겨운 목소리라도 듣고 싶어진다. 그 속에 묻혀 고달픈 오늘을 잊고 화사한 단꿈을 꾸면서 설레는 가슴을 어루만지고 싶어진다. 안문길 씨의 장편소설, <공무도하가>가 바로 삶의 여로에 비친 옛 그림자이며 우리네 삶의 안식처를 마련해 주고 있다.

　안문길 씨는 <아버지의 뜨락>(문학예술 신인상 수상, 1991)으로 등단하였다. 서울역 뒤 염천교 광장에서 시신을 염하는 노인이 처절한 삶 속에서도 자신의 장기를 몽땅 기증하는 존엄한 생을 박진감 있는 필치로 그려 주목을 받은 신예작가다. 집요하고도 서둘지 않고 날카로운 시각으로 역사와 현실을 조명하고 비판하고 지성의 섬광으로 소설 문단의 작은 별로 부각되어지는 작가다. 그 뒤에도 쉬지 않고 창작을 지속하여 발표될 때마다 새로운 문제를 제시하면서 무엇인가 놀라운 매듭을 지을 소설

가로 평가를 받고 있다. 이번에 상재되는 장편소설 <공무도하가>는 그런 성과의 하나로 여로에 담긴 한국의 원초적인 삶의 양상과 그 의미를 재미있는 설화의 형태로 서사화하고 있어 주목되는 작품이다.

어설픈 현실의 조명과 발성으로 자기 목소리를 높이거나 감각적인 서정의 회화로 독자의 이목을 끌려는 작단의 일부 현상에 번져 가고 있는 저간의 사실을 개탄하고 있는 지성 있는 관심자에 청량제와 같은 고향의 이야기와 같이 구수하고 가슴이 짜릿한 소설이 도하에 퍼지게 된 것은 기쁜 일이다. 여로의 길에 따라 <처용가>나 <서동요>와 같은 향가 또는 고려 속요나 <삼국유사>에 수록되어 있는 설화들을 만나면서 그 삶의 현장과 의미를 도출하며, 면면히 흐르고 있는 민족의 혼과 삶에 어린 정을 그려 학생은 물론 일반 독자에게 옛을 알고 그 뿌리에 기반을 두어 오늘을 이해하는 길잡이의 역할을 할 수 있을 것으로 믿는다.

스스로를 아는 자만이 남을 알 수 있고 스스로를 가다듬어 내일을 가늠할 수 있다고 한다. 메커니즘과 배금주의에다 물신주의에 빠져 있는 혼탁한 오늘을 사는 우리에게 이 <공무도하가>는 가뭄 뒤의 단비와 같은 감로수로서 탁류를 맑게 하는 맑은 여울물의 구실을 할 것으로 믿는다. 강호의 많은 학생이나 성인들이 이 소설을 읽고 오늘의 삶을 비추어 보고 바쁜 자기 생활의 안식처가 되고 내일을 가늠하는 출발의 견인차가 되기를 기대한다. 또한 이 소설이 외래문화에 빠져 있는 우리 청소년과 젊은이들에게 우리의 본류를 알고 고행의 의미를 되새기며 삶의 벗이 되기를 빌며 이 소설이 장안의 지가를 울리도록 많이 전파되기를 기대한다.

또한 소설가 안문길 씨의 장인정신에 의한 집요한 창작으로 한국 소설계의 또 하나의 별이 되기를 기대한다.

머리말

우리에겐 다른 나라에 비견(比肩)할 만한 대하적(大河的) 이야기는 없는 걸까?

옛부터 전해 오는 신화(神話), 전설(傳說), 민담(民譚)은 많아도 학문의 뒤편에 숨겨져 있거나 단편적이고 편협(偏狹)하다. 오랫동안 그 안에 안주할 수 있는 신나고 즐거운 이야기가 없다.

어릴 때부터 수없이 대해온 외국의 동화들도 너무나 반복해 읽혀져서 식상하다. 또한 우리의 정서가 아니므로 피 속에 깊이 스며들지를 못한다.

수천 년 동안 조상이 남긴 이야기들을 한데 모아 우리의 성정(性情)에 맞는 웅장하고 장쾌한 재미있는 글을 쓰고 싶었다.

항해술이 미흡하고 불편했을 그 옛날, 험난한 바다를 헤치고 인도까지 갔을 때, 얼마나 많은 위험과 고난을 겪었을 것이며, 처음 보는 이국 문물에 또 얼마나 큰 놀라움과 경이감(驚異感)을 맛보았겠는가.

이러한 상상은 혜초스님의 기행문 왕오천축국전(往五天竺國傳)을 글의 골격으로 삼기에 족했으며, 언제까지나 이야기를 끼워 넣고 전개시킬 수 있는 구성법으로 피카레스크식 방법을 택하기로 했다. 또한 우리나라에서 가장 오래된 서정시 공무도하가(公無渡河歌)와 그 당시 유행하였던 향가(鄕歌) 등 노래와 그에 얽힌 설화를 접목시켜 주된 살붙임을 하게 되었다.

현존 향가의 최고(最古)이며, 백제 무왕의 어린 시절을 재미있는 노래로 만든 서동요로부터 시작하여 최후의 것인 처용가까지를 한 시대로 묶는 동시 구성법도 사용하였다.

그리하여 선화공주는 그 본래의 임무 외에도 원왕생가(願往生歌)의 광덕(廣德)의 처, 헌화가의 수로 부인(水路夫人) 역할까지 담당하게 된다.

스님의 제자인 죽지랑과 기파랑도 향가 모죽지랑가(慕竹旨郎歌)와 찬기파랑가(讚耆婆郎歌)의 주인공에서 선정하여 소년화랑의 기개를 드높여 보려 하였다.

서동은 설화 속에 지룡(池龍)의 아들로 나타나 있으나 남해용왕자(南海龍王子)로 꾸며 이 소설의 실제 주인공으로 삼았다.

또한 거의 같은 시대에 인도를 답파했을 당나라 현장법사, 그리하여 가공의 인물들이기는 하나, 그의 제자들과 같은 공간에서 만나 한바탕 결전을 벌이는 혜초스님의 제자들 이야기는 구성상으로 보아 우연이라기보다 흥미를 자아내기 위해 엮어진 필연적 귀결로 생각된다.

지금과 같은 첨단 과학 시대에 무슨 터무니없는 황당무계(荒唐無稽)한 이야기를 늘어놓고 있는가를 묻는다면 할 말은 없겠다.

그러나 인간의 내면에는 향수가 깃들어 있으며, 이것은 과학이 발달할수록 더욱 짙게 그리움으로 남는 것이다.

인간이 가지는 꿈(비록 공상이나 망상이라 할지라도)은 그것이 이루어지를 바라며 끊임없이 노력한다면 생각보다 빠른 시간 안에 현실로 나타날 수 있다는 진리를 깨달았다.

문학이 어떤 교훈을 얻기 위해 있는 것이 아니며, 즐거움 그 자체에 있는 것이라 하더라도 이 소설 공무도하가(公無渡河歌)가 입시 공부에 인생을 걸고, 보다 나은 삶을 위해 앞으로 치달아야 하는 요즈음 학생들과 젊은이들에게 인간 본래 삶의 가치가 어디에 있는가를 생각하게 해주는 기회가 되어졌으면 한다.

저자 안문길

차 례 ─────────────────────────────── 상권

차 례 ──────────────────────────────── 상권

차 례 ──────────────────── 상권

동방예불지국(東方禮佛之國)

석가여래(釋迦如來)께서 열반(涅槃)에 드신 후에도 사바(娑婆)를 내려다보시며 삼보(三寶 : 불(佛), 법(法), 승(僧))를 사랑하고 공양으로 생활하는 중생에게 자비를 베풀고 계시었다.

하루는 지상을 내려다보시다가 유난히 반짝거리며 빛을 발하는 곳이 있어 범천왕(梵天王)을 불러 물으시었다.

"그대가 인계를 주재(主宰)하고 있으니 알겠거니와 저 아래 번쩍 거림은 무엇이뇨?"

범천왕이 옆에 있는 십일면관음보살(十一面觀音菩薩)에게 말하였다.

"여보살님이 말씀해 드리시구료. 요즈음엔 나보다도 인간세를 드나드는 일이 더 잦으니 무엇 때문인지 자세히 알 게 아니겠소."

관음보살이 여래께 아뢰었다.

"동방예불지국, 계림에서 나는 빛이옵니다. 그 나라는 방방곡곡에 절과 탑을 세워 부처님께 공양하며 임금과 신하와 백성이 한 마음이 되어 서로 돕고 의지하여 화목하므로 처음에는 비록 보잘것 없는 조그마한 나라로 출발하였으나 지금은 능히 이웃의 큰 나라들과 어깨를 나란히 겨룰 수 있을 만큼 강대해졌습니다. 여래님께서 잠시 눈을 돌리신 사이 불덕이 쌓여 저토록 천상에까지 그 빛이 발하고 있는 것입니다."

14

"참으로 기특한지고. 그토록 불덕을 쌓는 동안 나는 무엇을 하고 있었단 말인가, 그러하다면 그들에게 응당히 보은을 내려줘야 하지 않겠는가. 그대들은 혹시 저들의 소원이 무엇인지 아는 바 없는가?"

관음보살이 아뢰었다.

"보아하니 그들은 셋으로 갈라져 있는 겨레를 통합하여 하나의 국가로 만들어서, 불법을 대성시켜 지상의 극락을 만들고자 힘쓰고 있는 줄 아옵니다."

"듣자하니 모두가 신통한 일이로다. 그러하다면 그렇게 되어지도록 범천왕은 힘쓰라."

관음보살이 또다시 나서서 말하였다.

"아직은 아니될 것으로 생각되옵니다. 그들이 비록 불덕을 쌓았다고는 하나 이웃 당나라에 유학승을 보내 얻은 옅은 지식으로 쌓은 것이옵고 진정 천축국(天竺國)에 가서 터득한 바 없으므로 미흡한 점이 없질 않습니다. 제 생각으로는 그들이 그들의 부족함을 깨달아 직접 여래님 나라에 가서 오천축국(五天竺國)을 답파(踏破)하고 불법을 터득해 온 연후에 그들의 뜻을 이루도록 도와줌이 마땅한 것으로 사료되옵니다."

십일면관음보살의 말을 들은 여래께서 고개를 끄덕이시고 미륵보살(彌勒菩薩)이 있는 도솔천으로 가시었다.

불국사에서 의상대사(義湘大師 : 통일신라시대의 승려. 문무왕 때 당에 건너가 화엄을 공부하고 귀국하여 임금의 뜻을 받아 태백산에 부석사(浮石寺)를 창건하고 해동화엄종(海東華嚴宗)의 시조가 되었음)가 참선을 하고 있는 데 이 한 마리가 등을 기어다녀 정신이 집중되지 않았다.

옷 속에 손을 집어넣어 이를 잡아 손바닥에 올려놓고,

"전생에 무슨 인연이기에 참선을 방해하시오?" 하자, 이가 조그

많고 예쁜 연꽃으로 변하였다. 의상이 관음보살의 변신임을 알고 방석 위에 고이 모신 다음 넙죽이 엎드리어 아뢰었다.

"아수라도(阿修羅道)를 구제하시기에도 바쁘실 터인데 어인 일로 예까지……?"

"갈 길이 급하니 길게 얘기할 시간이 없소이다. 곧 천축국으로 구도(求道)여행을 떠나도록 하시오."

의상이 깜짝 놀라 보살께 아뢰었다.

"별안간 구도여행이라니 무슨 말씀이시온지 그리고 소승은 나이가 너무 많아 기력이 쇠퇴하여 아마도 천축국에 닿기도 전에 지쳐 죽거나, 늙어 죽을 것이오니 불가하옵니다. 다른 승을 보내도록 선처하소서."

관음보살이 빙그레 미소를 지었다.

"그대가 그렇게 나이를 많이 먹었던가? 하기사 천상에는 생로병사(生老病死)란 것이 없으니 세월의 흐름에 둔감할 밖에. 그렇담 대사께서 마땅한 불자를 선택해 보도록 하오. 여래님께서 좋은 은택을 내리실 터이니."

"예, 알아 받들겠나이다."

의상이 머리를 조아렸다.

"여자란 도대체 비밀이란 걸 지킬 수 없으니……."

관음보살이 알쏭달쏭한 혼잣말을 남기고 사라지자 의상대사는 자리에 앉아 곰곰히 생각에 잠기었다. 자신은 어린 시절부터 당나라에 가서 불법공부를 하였지만 어딘가 가슴 한 구석이 텅 비어 있음을 숨길 수가 없었다. 젊은 시절에는 항상 천축국에 구도여행을 떠나 몸소 불법을 공부하고 돌아와야겠다는 꿈을 버린 적이 없었던 것이었다.

'여래께서 이제야 우리의 부족함을 일깨워 주시는구나!'

의상 대사는 곧 궁에 입궐하여 성덕왕(聖德王 : 신라 33대 임금)을 알현하고 보살의 현존과 여래의 말씀을 전하였다.

"망극한지고, 그래 대사께서는 이 일을 어쩔 작정이시오."

"임금님께서 삼보를 사랑하시고 인의(仁義)로 나라를 다스리심을 하늘이 아십니다. 하교를 내리시어 하루라도 빨리 천축국에 불자를 보내심이 옳은 줄 아옵니다."

성덕왕은 크게 기뻐하였다.

"그래요, 그렇담 어떤 승을 보냄이 좋겠소?"

"아무래도 젊고 불덕이 높은 승이어야 막중한 일을 수행함에 어려움이 없을 것입니다."

"생각해둔 스님이라도 있습니까?"

"며칠 전 당에서 수학하고 돌아온 혜초(신라 33대 성덕왕 때 고승. 16세 때 당에 건너가 금강지, 불공스님께 사사(師事)하고, 20세 때 중국 광주에서 배를 타고 동천축국(지금의 동인도)으로 들어가 오천축국을 답파하고 다시 육로로 당으로 들어감. 우리나라 최초의 기행문인 왕오천축국전(往五天竺國傳)이라는 글을 남겼음)라는 젊은 승이 있습니다. 그라면 능히 이번 일을 수행할 수 있을 것입니다."

"대사께서 마음에 결정을 내리셨다면 뜻대로 행하십시오. 나라에서는 큰 법회를 열어 이번 구도여행이 꼭 성공되도록 부처님께 빌겠소."

의상 대사가 머리를 조아려 임금께 아뢰었다.

"황공하온 말씀이오나 이번 일은 아무도 모르게 조용히 이룰까 하옵니다. 고행(苦行)만이 불덕을 쌓는 첩경이므로 참선을 하듯 묵묵히 구도의 길을 걷게 하고 싶습니다."

"알았소이다. 그러면 내 대사께 모든 것을 일임하겠으니 부디 뜻을 이루고 돌아올 수 있도록 최선을 다해 주시오."

의상 대사는 궁궐을 나와 곧바로 혜초가 머무르는 약사암(藥師庵)을 찾아갔다.

"당에서 돌아온 지 얼마 되지 않아 미처 여독이 풀리지도 않았을 터인데 또다시 서역 삼십 여만 리 구도의 길을 떠나셔야 하겠소."

의상 대사는 관음보살과의 약속을 전하며 혜초의 의중을 살폈다.

혜초는 내심 뛸 듯이 기뻤으나 공손히 머리를 조아려 말하였다.

"어찌 부덕한 사미(沙彌)의 몸으로 막중한 국사를 감당할 수 있겠습니까?"

"듣자하니 불자께서는 당에 유학시 천축국대사 금강지(金剛智), 불공(不空) 두 스님께 사사(師事)하셨다고 하더이다. 그러하니 천축국 언어와 그곳 사정을 누구보다도 잘 알 것이 아니겠소. 더구나 사미께서는 젊고 건강하시니 이번 일을 수행하시기에는 가장 적격자임이 틀림없습니다."

"망극무지(罔極無知)로소이다."

혜초는 합장을 하고 깊숙이 머리를 조아렸다. 사실상 당에 있을 때 금강지 스님에게 불법공부를 배우면서 밀교(密敎)의 비경(秘經)인 '대승유가 금강성해 만수실리 천비천발 대교왕경'(大乘瑜伽 金剛性海 曼殊室利 千臂千鉢 大敎王經)(혜초가 당나라에서 인도 스님 금강지에게 사사받던 경전의 이름. 10년간 번역했으나 금강지 스님의 입적으로 중단됨)의 비법을 십여 년간 터득하고자 하였다. 그러나 천축국에 가서 직접 공부하지 않고서는 도저히 그 진리를 깨달을 수 없음을 알고는 실의 속에 귀국하고 말았던 것이다. 그런데 뜻밖에도 천축국 구도여행의 은택을 입게 되었으니 이보다 더 큰 광영(光榮)과 기쁨이 어디 있겠는가.

"이 나라 불가의 중흥(中興)과 국운이 그대의 어깨에 달려 있으니 소신공양(燒身供養 : 부처께 몸을 불태워 바침)의 의지로 순례(巡禮)에

임해주기 바라오."

"분골쇄신(粉骨碎身) 몸바쳐 수행토록 하겠나이다."

"말미를 줄 터이니 백일참선으로 마음의 준비를 갖추시오. 그리고 아무, 누구에게도 알리지 말고 조용히 당나라 광주(廣州)로 가는 장 삿배를 타도록 하십시오. 거기서 수소문하여 천축국으로 가는 배로 갈아타시면 됩니다. 부처님의 가호가 늘 함께 하시기를……."

의상 대사와 혜초스님은 한동안 서로를 바라보다가 이윽고 염화 미소(捻華微笑)가 떠오르자 말없이 합장을 한 다음 정례(頂禮)하며 헤어졌다.

출항(出港)

칠흑같이 어두운 밤, 조그만 그림자 둘이 숲속을 빠져나오더니 모 래사장을 가로질러 곧장 바닷물 속으로 뛰어들었다. 그리고는 물고 기보다 빠르게 앞을 향해 헤엄쳐 나갔다. 멀지 않은 곳에 돛배 하나 가 떠 있었다. 잠시 후 배에 달린 닻줄에 두 개의 그림자가 대롱대 롱 매달리는가 싶더니 이내 검은 돛배와 한덩이가 되어 버렸다. 그 림자의 움직임이 얼마나 재빨랐던지 아무도 그들의 행동을 알아차린 사람은 없었다. 하늘의 별님까지도 바람에 출렁이는 물결로만 보였 으니까.

계림의 서울 금성에서 그리 멀지 않은 바닷가 개운포.

어느 갯마을에서나 흔히 볼 수 있는 것처럼 한 척의 돛배가 닻을 올렸다. 이곳에서는 해상무역이 활발했으므로 가까운 일본이나 중국을 왕래하면서 그 지방에서 나는 특산물을 사오거나 가지고 간 물건을 팔기도 하였으며 때로는 좀더 먼 섬나라에까지 가서 물건을 교환해 오기도 하였다.

포구를 떠난 무역선은 순풍을 타고 미끄러지듯 대해로 지쳐 나갔다. 구릿빛 얼굴의 건장한 뱃사람들이 갑판 위 여기저기에서 부지런히 움직이고 있었다. 그들은 여러 해 동안 거친 바다를 항해했었기 때문에 뱃길이라든가, 기후에 대처하는 방법에 능숙해 있었으므로 모두들 자신만만한 표정들이었다.

뱃사람 틈틈이에 장사꾼인 듯한 사람들이 보였고, 이웃 나라로 공부하러 가는 유학생이라든가 나랏일로 임무를 띠고 임지로 가는 사신들도 간혹 눈에 띄었다. 사람들이 뜸한 갑판 한 구석에 젊은 스님 한 분이 염주알을 굴리며 앉아 있었다. 다부진 몸매에 꾹 다문 입술에는 범하지 못할 위엄이 스며 있었다. 그러나 남루한 가사에 초라한 듯한 행색은 사람들로 하여금 눈길을 끌게 하지 못하였다. 이 스님이야말로 어명을 받들어 천축국으로 구도여행을 떠나는 혜초스님이었던 것이다.

뱃전을 맴돌던 갈매기들도 하나 둘 사라지고 까마득히 보이던 육지도 감감히 눈 속에서 사라져 버렸다. 이제는 망망한 대해에 푸른 하늘과 바다 그리고 나뭇잎 같은 배 한 척뿐이었다.

창고 속의 두 소년

배 밑 창고 속에는 장사하기 위해 쌓아놓은 물건들로 가득 차 있었다. 밖은 한낮인데도 햇빛이 스며들지 않아 컴컴하였으며 후덥지근한 공기로 숨이 콱콱 막힐 지경이었다.

어둑한 속에서 네 개의 눈동자가 반짝거렸다.

"기파랑(화랑. 신라 향가(鄕歌) 25수 중 충담사의 찬기파랑가(讚耆婆郞歌)에서 인용됨. 원래 기파는 인도의 명의(名醫)로서 부왕을 죽이고 왕의 자리에 앉은 아도세왕을 부처에 귀의하도록 하여 절망의 병고에서 소생케 한 업적이 유명함), 이제 계림에서 상당히 멀리 떠나왔겠지?"

어두워서 눈에 잘 띄지는 않았으나 가까운 곳에서 또 하나의 목소리가 들렸다.

"판자 틈으로 해와 달이 지는 걸 여러 번씩 보았으니까 사나흘쯤 지났을거야. 그런데 죽지랑(화랑. 득오(得烏)의 작(作). 향가 모죽지랑가(慕竹旨郞歌)의 주인공. 김유신 장군을 따라 전쟁에 참가하였으며, 특히, 친구와의 우애(友愛)와 신의(信義)가 남다름), 먹을 건 어때, 난 아까부터 목이 말라."

"엿과 떡이 좀 남았어. 물이 문제로군. 아껴야겠는데."

"그보다두, 답답해서 어디 견디겠나."

죽지랑이 갑갑해 죽겠다는 듯이 기파랑에게 투덜거렸다.

"참아야 돼. 아직 기회를 보아야 하니까. 지금은 창고 문이 굳게 잠겨 있거던."

"이러다가 광주까지 가는 동안 내내 창고 속에 갇혀 있어야 되는 게 아닐까?"

"어떻든, 지금은 조용히 참는 수밖에 별 도리가 없어."

"어차피 들킬 것이라면 이렇게 고생할 것까진 없잖아. 창고 문을 부숴버리고 밖으로 나가고 나서 그 다음 일을 생각해 보는 것이 어때?"

성미 급한 죽지랑이 참지 못하겠다는 듯이 자리에서 일어났다.

"성급하게 굴어선 안 돼!"

이때, 어두컴컴한 저쪽 구석에서 또 하나의 목소리가 들려왔다. 두 소년은 갑자기 들려온 소리에 흠칫 놀랐다. 자신들 외에 사람이라고는 없는 줄 알았었는데 누군가가 더 있다는 것을 알자 당황하지 않을 수가 없었다.

"누구냐? 넌!"

죽지랑이 구석을 향해 소리쳤다.

"같은 배를 탔으니 나에 대해서는 차차 알게 돼. 나 역시 너희들처럼 밖으로 나갈 기회를 엿보고 있는 중이거든, 그러나 지금은 좀 일러. 뱃사람들이 우리가 배에 탄 걸 알면 가까운 항구나 계림으로 가는 배에 내려 버릴거야. 그러면 우리의 계획은 사라져 버리지."

"우리의 계획이라니?"

기파랑이 물었다.

"그저 배를 타고 멀리까지 가는 것. 내 계산으로는 지금 대마도 북쪽 바다를 지나고 있으니까 곧 동지나해로 접어들거야. 그때쯤 밖으로 나갈 생각을 가져보자구!"

어둠 속에서 들리는 목소리는 카랑카랑한 것이 자신들 나이 또래임을 두 소년은 알 수 있었다.

"건방지긴 하지만 아는 게 많은 녀석이로군!"

두 소년이 중얼거렸다.

저쪽에서 또다시 말을 이었다.

"배 안에는 먹을 것 투성이니까 식량 걱정일랑 마라. 남의 것이기는 하지만 이 속에는 우리들뿐 아니라 쥐들두 살고 있거든. 조금씩

만 먹으면 되니까 너무 미안하게 생각할 것두 없구, 잠이나 푹 자두라구. 다음 일을 위해 힘을 저장해 두는 것이 필요할 테니까.”

상대방의 조리 있고 서슴없는 말솜씨에 죽지랑과 기파랑은 말문을 열지 못했다. 한편 잘난 척하는 상대방의 태도에 기분은 상했으나 그의 말도 맞는 듯 생각되어 좀더 사태를 주시하기로 하였다. 그런데, 두 소년이 밖으로 나갈 기회가 의외로 빨리 찾아왔다.

선화공주(善化公主)

망망한 대해(大海) 수평선 저쪽에서 해가 지고 있었다. 끝없이 펼쳐진 하늘과 바다가 이글거리는 저녁 놀에 함께 타고 있었다. 뱃부리에 부딪히는 파도에 놀라 날치가 튀어올랐다.

처음에는 한두 마리가 튀어오르더니 열 마리, 스무 마리……

수백 마리의 날치 떼가 푸드득거리며 튀어올라 군무(群舞)를 이루고 있었다. 은백색 비늘이 놀 빛에 반사되어 열 가닥 스무 가닥의 무지개를 이루며 번쩍거렸다.

“장관이로고!”

혜초스님은 눈앞에 펼쳐진 아름다운 광경을 넋을 잃고 바라보고 있었다. 이에 어우러지듯 어디선가 통소 소리가 들려왔다. 흐느끼듯 이어지는 통소 소리는 듣는 사람의 마음을 파고들어 멀리 떠나온 고향을 생각케 하였다.

이글거리던 태양이 물 속으로 잠겨 버리자 회색빛 하늘에 조각달이 떠올랐다.

"선화공주(善化公主)님!"

널빤지 사이로 스며드는 달빛을 바라보던 서동랑은 통소를 입에서 떼고 멀리 동쪽 하늘을 향해 가만히 입 속으로 중얼거렸다.

진한의 조그마한 부족으로 출발한 계림은 불교를 국시(國是)로 삼아 나라의 힘을 키우는 데 진력(盡力)하였으므로 국운이 날로 강하여졌을 뿐만 아니라 문물이 크고 왕성하였다.

서울인 금성에는 호화로운 궁전과 즐비한 고루거각(高樓巨閣), 그리고 틈틈이 보이는 절과 탑 속에서는 독경(讀經) 소리가 그치지 않았으며, 거리는 늘 번잡하였고 이웃 나라와의 왕래도 잦았으므로 마괘자를 입은 당나라 사람이라든가 하오리를 입은 일본인들이 보였고 또 가끔씩 온몸이 가무잡잡한 남방인들도 보였다.

궁에서 불국사로 통하는 넓은 길. 갑자기 길 가던 사람들이 웅성거리더니 큰 길 양편으로 비켜서서 머리를 조아렸다.

'달랑달랑' 방울 소리가 울리며 꽃가마 행렬이 나타났다. 불국사 경내에 있는 큰 법회(法會)에 참석하러 가는 왕비와 셋째 공주인 선화공주의 가마였다.

길가에 늘어선 사람들은 머리를 숙이고 있으면서도 가마 속에 탄 선화공주를 곁눈질로 바라보았다. 개구쟁이 동네 꼬마들이 재잘거리며 가마 뒤를 쫓아가다가는 호위 병사에게 되쫓겨 오기도 했다.

가마가 사라지자 서 있던 사람들은 부러운 눈초리로 사라진 가마 쪽을 바라보면서 한마디씩 떠들어댔다.

"예쁘기도 하셔라!"

"머리도 총명하시대."

"예의범절은 또 어떻구!"

"임금님의 총애를 한 몸에 받고 계신다는데 장차 어느 왕자님의 짝이 되시려는지 그 왕자님이야말로 행복을 한아름 안으시는 것이나 진배없지……."

어른들이 저마다 지껄이고 있는 동안 아이들은 재미난 장난거리가 없을까 하고 시큰둥해져서 이 골목 저 골목을 기웃거렸다.

그런데, 아까부터 골목 어귀에서 공주의 꽃가마를 유심히 바라보고 있던 소년이 혼자서 고개를 끄덕이며 무엇인가 확인했다는 표정을 짓더니 이내 흩어지는 아이들을 불러 모았다.

"얘들아! 잠깐 이리 와봐라, 내, 먹을 것 줄게."

소년은 어깨에 멘 자루를 내려놓고 '마'를 한웅큼 꺼내 들어 보였다. 심심해서 풀이 죽어 있던 꼬마 아이들이 우르르 소년에게로 몰려들었다.

"야, 마로구나! 맛있겠는걸!"

아이들이 군침을 흘리며 소년을 에워쌌다.

"자, 실컷 먹어!"

소년은 자루에서 꺼낸 마뿌리를 한웅큼씩 아이들에게 나눠주었다.

"형, 이거 그냥 주는 거지?"

"아무렴. 얼마든지 줄게."

"형은 맘이 참 좋다!"

아이들은 꽃가마를 쫓아다니던 즐거움도 잊어 버리고 달콤한 마뿌리를 씹는 맛에 흥겨워서 어쩔 줄을 몰랐다. 자루의 마가 텅 비어 버리자 소년은 자루를 툭툭 털고 자리에서 일어났다.

"잘들 있어라, 또 올게. 내일 이맘때쯤 이곳에서 다시 만나자."

소년은 아이들에게 손을 흔들고는 횅하니 골목 밖으로 사라져 버렸다. 비록 남루한 옷차림에 시골티가 풍기는 소년이었으나 아이들은 요 며칠 사이 이 소년에게 홀딱 빠져 있었다. 그러나 그가 어디에 사는 누구인지를 아는 아이는 한 아이도 없었다.

어느 때부터인가, 금성의 궁 근처 민가에 사는 아이들 입에서 요상스러운 노래가 불려지기 시작했다.

선화공주님은
선화공주님은
밤 그윽히
문을 열어두고
맛둥방을 안고 간대요.

처음에는 별로 대수롭게 들리지 않던 노래가 차츰 이 마을 저 마을로 옮겨지더니 온 금성에 퍼져나가 모르는 사람이 없게, 되었다. 궁에 드나들던 대신들이 이 노래를 듣고는 수군거리기 시작했다.

"큰 일이로구면. 나라의 근본이 되어야 할 공주께서 이 무슨 해괴한 짓이란 말인가. 시집도 안 간 처녀가 밤마다 어떤 자와 놀아나다니 장차 이 나라 기강이 어찌될꼬."

드디어 소문은 꼬리를 물고 물어 임금님의 귀에까지 들어가게 되었다. 임금님이 크게 진노하였다.

"당장, 선화를 데려오너라!"

셋째 공주로 남다른 미색과 총명함을 갖추어 총애(寵愛)를 받고 있는 선화공주는 아버님께서 부르신다는 소리를 듣고, 하던 일을 멈추고는 기쁜 마음으로 대전(大殿)에 임하였다.

"부르셨나이까?"

공주는 다소곳이 절하여 예를 갖추고 임금님 용안(龍顔)을 우러러 보았다.

"발칙하도다! 그토록 아끼고 사랑을 베풀었건만 뭇놈과 놀아나는 배은망덕을 하다니."

선화공주는 청천에 벼락을 맞은 듯 놀라서 전후 사정을 알아보려 하였으나 임금님의 노기(怒氣)는 더욱 충천(衝天)할 뿐이었다.

"보기 싫도다! 당장 내 앞에서 보이지 않도록 하여라!"

불호령이 떨어졌다.

선화공주는 울고 매달리며 억울함을 호소하였으나 아무런 도움이 되지 못하였다.

드디어 선화공주는 나라에서 삼백 리 밖으로 쫓겨나가는 죄인의 처지가 되고 말았다.

"아! 부처님도 무심하시지. 이 무슨 운명이란 말인가!"

"모든 것이 이 에미 잘못이다. 오해가 밝혀져서 임금님의 진노(震怒)가 풀릴 때까지 어딜 가든지 부디 몸조심하여라."

왕후는 떠나가는 딸을 붙들고 한없이 울었다.

"이것은 내가 지니고 있던 패물이니 어려울 때 쓰도록 하여라."

왕후는 선화공주에게 조그만 보따리를 들려 주었다. 선화공주는 궁궐 뒷문으로 아무도 모르게 궁 밖으로 쫓겨 나갔다.

"장차 어디로 가야 한단 말인가?"

선화공주는 방향과 처소도 모른 채 하늘만 우러르며 무작정 앞을 향해 걸어갔다. 세상 밖이 어떤 곳인 줄도 모르고 지내던 선화공주에게는 한발 한발이 그대로 가시밭 길이었다. 멀리서 철모르는 어린애들의 노랫소리가 들려왔다.

선화공주님은
선화공주님은
밤 그윽히

문을 열어두고
맛등방을 안고 간대요.

'억울하외다, 억울하외다.' 선화공주는 하늘을 우러러 탄식하였다.

서동랑과 선화공주

　낮에는 사람들을 피해 나무 숲에 몸을 숨기고 밤에는 달빛을 등
불 삼아 몇날 며칠을 정처없이 떠돌던 선화공주는 계림과 백제가 국
경을 맞대고 있는 덕유산 계곡에 다다랐다.
　"전생에 무슨 죄를 지었길래 어제는 궁에서 호의호식하며 부귀영
화(富貴榮華)를 누리더니 오늘은 부모님과 생이별을 하고 갈 곳 없
이 떠도는 거렁뱅이 신세가 되었단 말인가!"
　선화공주는 계곡에서 흐르는 맑은 물에 발을 담그고 하염없이 신
세 한탄을 하고 있었다. 이때 인기척이 나더니 험상궂게 생긴 사나
이 네댓 명이 나타나 선화공주를 둘러쌌다. 그중 키가 구척이 넘을
것 같고 얼굴에 밤송이같이 털이 난 건장한 사나이가 선화공주를 보
고 찌렁찌렁한 목소리로 말하였다.
　"두려워할 것 없다. 아까부터 널 보고 있었으니까. 우리는 이 산
을 지나가는 나그네에게 통행세를 받고 살지. 보아하니 떠돌이 신세
인 것 같은데 우리와 같이 가자. 순순히 나를 따라오너라."
　선화공주가 본능적으로 보따리를 움켜안고 도망치려 하였다. 그러

나 몸이 바싹 마르고 눈이 옆으로 쭉 째진 졸개 하나가 선화공주를 가로막았다.

"호호호호, 고것 참, 귀엽게 생겼군. 그렇잖아도 산채(山砦)에서 밥하고 빨래해 줄 여자가 없어 물색하던 차였는데, 이리 손 좀 주어 봐. 내가 산채까지 데려다 줄 테니까."

선화공주가 몸을 도사리며 사나이에게 소리쳤다.

"무엄하도다. 감히 이 나라 공주에게 무례를 범하다니!"

옆에서 보고 있던 몸집이 작고 통통하게 생긴 자가 재미있다는 듯 너털웃음을 웃었다.

"공주라구, 으해해해! 혼자서 돌아다니는 것을 보니 머리가 좀 돈 애로군 그래. 하기사 들리는 소문에는 바람난 공주가 궁을 쫓겨나게 됐다고 하더니만, 그렇게 된다면야 얼마나 좋을까. 으해해해, 우리가 냉큼!"

통통한 사나이는 침을 꿀깍 삼키며 신이 나서 떠들어댔다. 털북숭이 사나이가 다시 큰 소리로 외쳤다.

"앙탈하면 몽둥이 맛을 보여 주겠다. 안됐지만 우리는 인정 같은 걸 모르고 살거든. 남녀노소를 막론하고 반항할 때는 무작정 대가를 치러주니까."

사나이가 선화공주의 손을 확하고 잡아끌었다. 그 서슬에 들고 있던 보따리가 땅에 떨어지면서 왕비가 싸 주었던 패물들이 우르르 땅에 쏟아졌다. 도둑들은 패물을 보자 눈이 휘둥그래졌다.

"아니, 이게 무어냐? 내 살아 생전 이렇게 값진 물건은 처음 보는데……!"

털보 두목을 위시해서 나머지 졸개들이 떨어진 패물을 주워 들고 입을 다물지 못한 채 바라보았다.

"두목님, 이제 보니 궁중에서 쫓겨났다고 소문난 공주가 저 계집

애가 아닐까요?"

눈이 샐쭉한 졸개가 두목의 귀에다 대고 소근거렸다. 털보 두목은 의미심장한 웃음을 씩 웃고는 졸개들을 불러 모았다.

"이놈들아, 잘만 하면 떼돈이 굴러 들어오게 생겼다. 우선 저 애를 산채로 데려간 다음, 일을 시작해 보도록 하자."

선화공주는 악을 쓰며 반항해 보았지만 깊은 산 속에서 건장한 사나이들의 손에서 헤어난다는 것은 불가능한 일이었다. 선화공주는 억센 사나이들의 손에 끌리어 가는 수밖에 별 도리가 없었던 것이었다.

이때, 멀지 않은 곳에서 퉁소 소리가 들려왔다.

산도둑들이 가는 길 앞에 노송이 한 그루 서 있었고 그 아래 남루한 옷에 떨어진 자루 한 개를 메었으나 얼굴은 준수하게 생긴 소년 하나가 앉아서 퉁소를 불고 있었다.

"오늘은 일진이 좋은 날이로군요, 두목님, 저 녀석도 산채로 끌고 가서 일을 시킵시다."

땅딸한 사나이가 소년 앞으로 걸어갔다. 그러나 사나이가 다다르기 전에, 소년이 먼저 자리에서 일어났다. 그리고 산도적 앞으로 마주 걸어 나오더니 앞을 가로막으며 빙긋이 웃었다.

"못나게들도 생겼군. 조그만 소저 하나를 다섯 명의 장정이 희롱을 하다니."

도적들은 소년의 말에 처음에는 당황한 듯하였으나 이내 기가 막힌 듯 껄껄거리고 웃었다.

"무엇들 하느냐! 냉큼 저 꼬마 녀석을 혼내 주질 않고!"

두목이 버럭 소릴 질렀다. 통통한 사나이가 소년에게 주먹을 쥐고 달려들었다. 그러나 미처 주먹을 날리기도 전에 소년이 몸을 한번 빙글 돌리더니 족도(足刀)로 도적의 가슴을 올려 찼다. 쿵! 통통한 사나이는 소리 한마디 지르지 못하고 폭삭 고꾸라지고 말았다. 실로 전광석화 같은 몸놀림이었다. 이번에는 눈이 옆으로 째지고 포악하게 생긴 산도적이 칼을 뽑아들고 덤벼들었다. 에잇! 산도적이 소년을 향해 칼을 내려치려는 순간 눈과 눈이 마주쳤다. '앗! 빈틈이 없구나' 하고 생각하는 찰라, 소년의 통소가 놈의 정수리를 향해 떨어졌다. 캑! 놈도 외마디 소리를 지르고 나자빠졌다.

두목은 화가 머리끝까지 올라 어쩔 줄 몰라했다.

"에라, 저런 맹추 같은 녀석들 같으니라구! 뭣하느냐! 한꺼번에 해치워버려라!"

나머지 두 놈이 한꺼번에 칼을 들고 소년을 향해 덤벼들었다. 소년은 몸을 솟구쳐 두어 장쯤 뒤로 물러나더니 통소를 입에 대고 핵핵 불어댔다. 통소 속에서 작은 돌멩이가 튀어나와 달려오는 놈들의 머리통에 정통으로 맞았다. '아이쿠!' 달려오던 놈들이 동시에 머리통을 싸매고 나동그라졌다.

"하룻강아지 범 무서운 줄 모른다더니 앙큼한 애송이 같으니라구!"

장승처럼 커다란 두목이 쇠몽둥이를 휘두르며 소년에게 달려들었다. 그러나 소년은 가볍게 몸을 날려 몽둥이를 피하였다.

'휘리릭, 휘리릭'

두목이 쇠몽둥이를 휘두를 때마다 바람 가르는 소리가 일어났다. 그러나 소년은 제비보다 날렵하게 몽둥이를 피해 갔다.

시간이 지날수록 산적 두목의 손놀림이 둔해졌다. 급기야는 자기 힘에 지쳐서 몸을 가누지 못하고 뒤뚱거렸다.

에잇! 소년의 통소가 힘이 빠져 균형을 잃고 버둥대는 두목의 엉덩이를 후려갈겼다. 쿵! 두목은 소나무에 머리를 부딪고 자빠져 버렸다.

"당장 꺼져 버리지 않으면 목숨까지도 위태로울 줄 알아라!"

소년의 고함소리에 도적들은 혼비백산(魂飛魄散), 산 아래로 도망가기 시작했다.

휙, 휙, 휙, 소년의 입에 문 통소 속에서 돌멩이가 튀어나와 도망가는 산적들의 엉덩이에 박혔다.

"아이쿠!"

"아이쿠!"

도적들은 엉덩이를 움켜쥐고 산 아래로 줄행랑을 쳐버렸다.

"이쯤 해두면 다시는 산에 오른단 소리는 못하겠지."

소년은 손을 툭툭 털고 선화공주가 있는 쪽으로 다가갔다.

"서동이라 하옵니다."

서동랑은 넙죽이 절하였다. 뜻밖의 예우(禮遇)에 선화공주는 당황하였으나 자신을 도적의 손에서 구해준 데다가 소년의 준수한 용모에 다소 마음이 놓였다.

"갈 곳이 없으시다면 누추하기는 하오나 저희 집으로 가시지요. 산 속으로 조금만 더 들어가면 됩니다."

선화공주는 잠시 망설였으나 날도 어두워지는 데다가 달리 어떻게 할 방도가 없었으므로 고개를 끄덕이었다. 서동랑이 앞서서 걷기 시작했다. 선화공주는 서동랑의 뒤를 따라 가면서도 갑자기 나타난 그가 누구인지, 이 깊은 산 속에서 무엇을 하며 사는 사람인지 궁금증을 풀지 못하였다. 굽이굽이 흐르는 계곡의 물소리가 풀벌레의 울음소리와 함께 온 산을 덮었다. 산 속은 곧 어두워졌다. 나뭇가지 사이로 둥근 달이 떠올라 바람에 흔들리는 나뭇잎에 반사되어 반짝반짝 빛나고 있었다.

서동랑은 묵묵히 걷기만 하였다. 선화공주는 오랜 동안의 피로에 싸여 몽롱한 의식 속에서 서동랑의 뒤를 따르고 있었다.

"좀 쉬었다 가시지요."

앞서 가던 서동랑이 발을 멈췄다. 둘은 소나무 등걸에 몸을 기대고 자리에 앉았다. 한동안 말이 없던 서동랑이 고개를 돌려 선화공주를 물끄러미 바라보았다.

"선화공주님!"

서동랑이 나직이 선화공주를 불렀다. 선화공주는 화딱 정신이 들었다.

"댁은 뉘시오. 어찌 이 몸의 이름을 알고 있소!"

서동랑이 머리를 떨구고 있다가 선화공주 앞에 무릎을 꿇었다.

"용서하시오. 이 모든 일이 소인의 소치(所致)로 일어난 일이옵니다."

선화공주는 난감하였다.

"제가 아이들에게 그 노래를 가르쳤습니다."

"아니, 그럼 당신이 맛둥방!"

"그렇소이다."

"당신이, 당신이 무엇 때문에 그런 터무니없는 노래를 터뜨려 사람을 이 지경으로 만들었단 말이오."

선화공주는 서동랑의 말에 반신반의(半信半疑)하였으나 전후사가 분명하다고 느끼자 분노와 허탈감에 정신이 어찔거렸다.

"이 죄를 어떻게 감당하며 용서를 빌어야 할는지…. 시간이 지나면 차츰 말씀드리려니와 이왕지사 이렇게 되었으니 하늘이 맺어준 인연이라 생각하시고 노여움을 푸옵소서."

"아아, 이런 일이 있을 수 있다니, 이것이 무슨 업보란 말인가!"

선화공주는 정신을 잃고 그 자리에 쓰러지고 말았다.

소쩍새 울음소리가 계곡 물소리와 어울려 미묘한 음향을 이루었다.

　서동랑은 선화공주를 양손에 받쳐 안고 집을 향해 걸었다.
　달빛에 비친 선화공주의 얼굴은 달 속의 선녀 항아보다도 아름답게 보였다.
　"용서하소서. 내 기필코 뜻을 이루어 공주님이 겪으신 고초에 보답하리다."
　서동랑은 중천에 뜬 달에게 굳게 맹세하였다.
　계곡 저편에 등불이 깜빡거렸다. 선화공주를 안은 서동랑은 불빛을 향해 발걸음을 재촉하였다.

금(金)으로 된 산

　사람이라고는 그림자도 찾아볼 수 없는 깊은 산 속에 서동랑은 어머니와 둘이서 살고 있었다. 선화공주는 처음 겪어 보는 산골의 생활이라 낯설고 서먹서먹하였으나 날이 갈수록 두 모자의 보살핌으로 안정을 찾아갔다.
　서동랑은 산을 돌아다니며 마를 캐다가 산 아래 마을에 팔아 그것으로 식량을 구해 생계를 이어나갔다. 때로는 서동랑이 마를 팔지 못하고 그대로 돌아오는 때도 있었다. 하루 벌어 하루 먹는 생활이라 서동랑이 빈손으로 돌아올 때면 세 사람은 굶거나 초근으로 연명하는 수밖에 없었다. 어느 날 선화공주가 보따리를 풀어 보이며 말하였다.
　"언제까지 이렇게야 살 수는 없지 않습니까, 소녀가 궁을 나올 때

어머니께서 들려준 패물이 조금 있으니 장에 가서 팔아다가 곡식을
마련해 오십시오."

서동랑은 선화공주가 내놓은 번쩍번쩍 빛나는 금반지며 팔찌 등
패물을 들여다보더니 시큰둥하게 말하였다.

"이런 누렁 돌멩이라면 내가 마를 캐는 산 속에 얼마든지 있소.
이런 걸 어떻게 양식과 바꾸겠소!"

서동랑의 말을 듣는 순간 선화공주의 눈이 반짝하고 빛났다.

"이렇게 생긴 돌이 있다구요?"

선화공주가 다그쳐 물었다.

"그렇소."

서동랑은 대수롭지 않게 대답했다.

이튿날 선화공주는 서동랑을 붙들고 졸라댔다.

"서동랑님, 날마다 방에만 틀어박혀 있자니 갑갑하기 그지없습니
다. 마를 캐러 소녀도 데리고 가주십시오."

서동랑은 마음이 내키지 않았으나 선화공주가 하도 조르는 바람
에 마지못해 허락하였다. 선화공주는 간단한 행장으로 서동랑을 따
라 나섰다. 서동랑은 마치 한 마리 산짐승처럼 날렵하게 골짜기와
수풀 속을 헤쳐나갔다. 선화공주는 혹시나 뒤떨어질세라 땀을 뻘뻘
흘리며 서동랑의 뒤를 따라갔다. 기암괴석과 폭포수를 지나 얼마를
더 산 속으로 들어가니 이번에는 사람 하나가 비집고 들어갈 만한
조그만 동굴이 나타났다. 서동랑은 비좁은 굴을 뚫고 또 얼마 동안
앞으로 걸어 나갔다. 굴이 끝나는 곳에는 또 다른 세계가 펼쳐져 있
었다. 그곳은 마치 신선이 사는 듯한 착각을 일으킬 정도로 지나온
길보다 더 험준한 준봉과 천인단애의 낭떠러지가 숲처럼 빽빽이 늘
어서 있었다. 서동랑은 층암절벽을 거침없이 오르내리며 앞으로 걸
어갔다. 한동안의 곡예와 같은 산행이 끝나자 눈앞에 평평한 들판이

나타났다.

"이 곳이 내가 마를 캐는 곳이오."

서동랑은 자루를 내려놓고 그 자리에 주저앉았다. 선화공주도 서동랑의 옆에 주저앉았다. 서여(마) 꽃이 군락을 이룬 사이로 수많은 색깔의 풀꽃들이 피어 바람에 흔들리고 있었다.

"참으로 아름다운 곳이로군요."

서동랑을 따라오느라 선화공주의 두 볼이 복사꽃 빛으로 상기되어 있었다. 조그마한 언덕들이 병풍처럼 둘러싸여 아담한 분지(盆地)를 이루고 있었다. 보이는 곳마다 돌멩이들이 번쩍번쩍 빛나고 있었다. '저것이 모두 금덩이란 말인가.' 선화공주는 눈이 동그래져서 입 속으로 중얼거리며 가깝게 있는 돌멩이를 주워 보았다. 금덩이였다. 자세히 보니 둘러싸인 언덕의 벼랑도 햇빛을 받아 반짝거렸다.

"여기에 혹시 사람의 발길이 닿지는 않았습니까?"

선화공주가 물었다.

"사람이요, 사람은커녕 내가 이곳에 발을 들여놓은 후 짐승의 그림자도 본 적이 없습니다."

두 사람은 열심히 마를 캐기 시작했다. 호미에 돌이 부딪힐 때마다 누런 금덩이가 툭툭 튀어나왔다.

"이곳에 이런 돌멩이가 있다는 것을 아무에게도 말해선 안됩니다."

선화공주가 서동랑에게 다짐했다.

"알았소!"

서동랑은 별로 흥미가 없다는 듯 한마디 던지고는 부지런히 삽질을 하며 마를 캐냈다.

남해용자(南海龍子)

서동랑과 선화공주는 열심히 마를 캐었으므로 잠깐 사이에 자루가 불룩하였다. 둘이는 풀밭에 앉아서 잠시 휴식을 취하였다. 햇빛에 비친 이 언덕 저 언덕이 앞을 다투어 금빛을 발하였으므로 나무도 풀도 사람도 온통 황금빛으로 물들어 번쩍거렸다.

"부처님 세계에 온 듯싶습니다."

선화공주는 금빛으로 아롱진 주위를 바라보며 황홀해하고 있었다.

"선화공주, 할 말이 있소이다."

말없이 앉아 있던 서동랑이 무아경에 빠져 있는 선화공주를 바라보며 말하였다.

"그 동안 하고 싶은 말이 많았지만 기회가 없었소. 왜 내가 공주를 예까지 데리고 왔는지 말하리다."

선화공주도 산 속 생활에 익숙해지느라 자신을 잊고 지냈으나 언젠가는 서동랑에게 모든 전후 사정을 물어보리라 생각하던 참이었다.

서동랑은 하늘 저쪽 멀리 시선을 모으고 이야기를 시작했다.

서동랑의 아버지는 원래 남해용왕(南海龍王)으로서 동, 서해 용왕과 함께 대양(大洋)을 삼분하여 다스리고 있는 청룡이었다. 오랜 세월 바다가 태평하자 인간 세상을 구경차 나왔다가 동방(東方)의 한 처녀를 사랑하게 되어 아들을 낳게 되었다. 남해용왕은 인간의 몸에서 태어난 아이를 극진히 사랑하여 그로 하여금 땅을 다스리는, 한 나라의 왕을 만들고 싶었다. 남해용왕은 가깝게 지내는 문수보살께 자신의 뜻을 말하였다. 그러나 문수보살은 이미 천신과 지신이 의논하여 부처님을 공양하고 삼보를 사랑하는 왕들에게 땅을 골고루 분배하여 다스리게 하였으므로 달리 어쩔 수가 없노라고 난색을 표했다.

"낸들 어쩔 수 있겠나, 다만 부처님을 감화시킬 큰 불덕을 쌓기 전에는……."

남해용왕은 여러 날 부처님을 감화시킬 일을 곰곰이 생각해 보았으나 뾰족한 묘안이 떠오르지 않았다.

어느 날 문수보살(文殊菩薩: 여래의 왼편에 있으며 지혜(智慧)를 맡은 보살)이 청룡대왕을 찾아왔다.

"며칠 사이 얼굴이 몹시 수척해지셨군. 아직도 그 일로 고민하고 있는 모양이지, 내 천신에게 자네의 뜻을 전했네. 아기를 보니 운상기품(雲上氣稟: 왕이 될 만한 품격)이더군. 천신에게 직접 찾아가 말씀을 들어보게."

용왕이 기쁨을 감추지 못하고 곧 신시(神市: 환웅천왕(桓雄天王)이 부하 3천을 거느리고 태백산의 신단수(神檀樹) 아래 내려와 베풀었다는 상고시대의 맨처음 도시)의 신단수 아래 가서 제물을 쌓아놓고 천신께 빌며 신탁(神託: 신이 사람을 매개로 하여 그의 의지를 말하는 일)을 청하였다.

여러 날 만에 신탁이 내려졌다.

"인간사는 업보(業報)에 기인하기는 하나 용왕으로서 자식 사랑이 지극하니 천지(天池)에 들어가 근신하라."

용왕은 재배하고 물러나 지리산 천왕봉에 있는 청학도사를 찾아갔다.

"이미 아시겠거니와 내 신탁을 받고 백두산 천지에 들어가 근신하려 하는데 그 동안 도사께서 아이를 좀 돌보아 주셨으면 하오."

청학도사가 말하였다.

"찾아오리라 짐작하고 있었습니다. 한송이 꽃이 피는 데도 천지신(天地神) 협동이 필요한 법인데 하물며 인간을 다스리는 왕이 되려 하면 누리의 노고가 얼마나 크겠습니까, 아이가 총명하니 스스로 천기를 터득할 것입니다만 불덕을 쌓는 일이 고행으로부터 시작되는 것이므로 그 또한 제 스스로 고해(苦海)의 바다를 헤엄치도록 놓아 두심이 좋을 줄 압니다. 제가 보아둔 곳이 있으니 아이의 어머니와 함께 덕유산 구천동 계곡으로 보내도록 하십시오."

도사의 말을 들은 용왕은 늠름한 장정으로 변하여 아내를 찾아갔다.

"내 잠시 동안 다녀올 데가 있으니 아이를 데리고 덕유산 구천동에 들어가 아이가 장성할 때까지 살도록 하오. 때를 만나면 반드시 좋은 일이 있을 것이니 고생스럽더라도 참아주기 바라오."

용왕은 통소 한 개와 단검 하나를 아이가 철이 들면 주라고 이르고는 한 마리 지룡(池龍)이 되어 백두산 천지 속으로 들어갔다.

서동랑의 말을 하나도 빼놓지 않고 듣고 있던 선화공주는 가만히 서동랑을 바라보았다. 준수한 용모에 넘치는 기개가 용자(龍子)의 풍모에 조금도 부족함이 없었다.

서동랑은 또다시 말을 이었다.

"나는 죽 어머니 밑에서 살았소. 고생이랄 건 없지만 산 속에 살고 있으니 세상 일에는 미숙하오. 어머님 말씀으로는 앞으로 귀인이 될 몸이니, 몸가짐을 조심하라고 하시지만 그러려면 예의범절도 갖추어야 하고 학문도 많이 익혀야 하고 재물도 쌓아야 하겠는데, 지금 십삼 세에 이르기까지 아무것도 이룬 것 없이 허송세월(虛送歲月)만 보내고 있으니 답답하기 그지없소. 다만 이곳 저곳 마를 팔러 돌아다니다가 선화공주님이 지극히 총명하고 미색이라 소문이 자자

하여 인연을 맺어야겠다고 생각했소. 그래서 머리를 짜낸 것이 맛등 방 노래였소. 그렇게 하지 않고서는 도저히 공주님과 만날 수 없기 에……."

서동랑의 말을 다 듣고 난 선화공주는 수만 가지 생각이 머리를 스치고 지나갔다. 우선 지금 자신이 처하고 있는 처지를 어떻게 감 당해야 할까 하는 것이었다. 그러나 선화공주는 총명한 여자였다. 곧바로 마음의 판단을 정하였다. 이 모든 것이 하늘이 내려준 운명 이라면 천명(天命)에 순응할 수밖에 없다고 생각하였다. 궁중생활의 즐거움도, 지금 처하고 있는 외로움도 자신이 이루어야 할 어떤 대 업(大業)의 한 과정이라고 스스로 판단하였다. 선화공주는 시름에 잠겨 있는 서동랑에게로 다가앉았다.

"말씀을 듣고 무척 놀랐습니다. 서동랑님의 말씀대로라면 이런 깊 은 산중에 백 년을 사신들 무슨 뜻을 이룰 수 있겠습니까, 듣자하니 귀인이 된다 하심은 한 나라를 다스리는 왕이 됨을 이르는 말이온데 왕이 되자 하면 다섯 가지 조건을 갖추어야 한다고 들었습니다.

첫째는 천운을 타고나야 하는데 서동랑님께서는 이미 천신께서 아버님과 약조를 하셨다니 이루어진 일이옵고, 또 하나는 백성을 평 안케 하고 국방을 튼튼히 하자면 재물이 있어야 하겠는데 지금 보이 는 이곳이 온통 금으로 덮여 있어 이것만 가지면 백 년을 거뜬히 쓰 고도 남을 만한 재물이니 두번째도 이루어진 일이옵고, 세번째는 문 무(文武)를 겸비하여야 하는데 무(武)는 출중하다 여기오나 문(文)이 부족한 듯하온데 아직 연륜이 짧으시고 총명하시니 장차 이루어질 일이옵고, 네번째는 일가를 이룰 현명하고 덕성을 갖춘 배필을 구하 는 일이온데 부족하긴 하오나 소저를 택하셨다 하오니 일단은 이루 어진 일이옵고, 끝으로 다섯번째 남은 것은 석존(釋尊 : 석가세존(釋迦 世尊)의 준말)을 크게 감화시킬 일이온데 그것이 과제이옵니다."

서동랑과 선화공주는 서서히 지는 해를 바라볼 뿐이었다.

멀리 보이는 계곡의 폭포 소리가 가깝게 들려왔다. 곰곰이 생각에 잠겨 있던 선화공주의 머릿속에 별똥이 흐르듯 반짝하고 묘안이 스쳐갔다.

"서동랑님, 제 말 들어보소서. 궁중에 있을 때 얼핏 스쳐 들었는데 젊은 사미승 한 분이 멀리 부처님 나라 천축국에 구도여행을 떠난다 하옵니다. 저희 나라가 불국(佛國)이 된 지 여러 해 되었사오나 아직 한번도 직접 부처님 나라에 가 본 불자가 없었기 때문에 이번 여행은 스님 자신뿐만 아니라 나라 전체가 불덕(佛德)을 쌓는 막중한 일이옵니다."

서동랑은 선화공주의 말에 정신이 번쩍 들었다.

"그래, 그런 일이 있었습니까? 그런데 내가 할 일은 무엇이오?"

"스님께서는 초행길이옵고 더구나 고행으로 불덕을 쌓아야 하는 일이라 별도 달도 모르게 조용히 혼자서 떠나시는 모양입니다. 다만 뱃길 왕복 30여만 리에 천축국 전역을 답파하자면 그 난관을 미루어 짐작하기 어렵습니다. 선(善) 앞에는 항상 악이 가로막고 있으며, 불도(佛道)에 대항하는 수많은 악귀들이 스님의 여행을 방해할 것인즉......."

선화공주는 말을 끊고 잠시 서동랑의 표정을 살폈다. 서동랑이 재촉하였다.

"내가 스님을 어떻게 했으면 좋겠소?"

"만일 서동랑님이 스님을 수행하여 구도여행을 무사히 마치고 돌아올 수 있도록 도와만 주신다면, 나라에 큰 공을 세우는 것이 될 뿐만 아니라 부처님을 크게 감화시키고도 남는 훌륭한 일이 될 것입니다."

서동랑은 선화공주의 옷자락을 잡아끌었다.

"마침 잘되었소! 이는 천지신명께서 나에게 준 절호의 기회요. 선화공주, 내 이 일을 반드시 이루고 말리다."

"하오나 서동랑님께서 그러한 능력을 갖고 계시온지?"

"물론 완전한 능력을 갖추었다고는 생각지 않으오. 그러하나 이 몸은 용의 피가 흐르는 몸이오. 그리고 아버님께서 천지로 들어가실 때 두 개의 신품(神品)을 주고 가셨소, 하나는 용의 비늘로 만든 통소인데 이것은 월성 천존고에 보관된 만파식적(萬波息笛 : 신라 때 있었다는 전설상의 피리. 문무왕이 죽어서 된 해룡과 김유신이 죽어서 된 천신이 합심해서 용을 시켜 보낸 대나무로 만들었다는 피리.)과 꼭같은 것이오. 사나운 풍랑을 잠재우고 병마를 물리칠 수 있을 뿐 아니라 무기로도 자유자재로 쓸 수 있소. 또 하나는 용천단검(龍泉短劍)인데, 비록 칼은 작지만 상대방의 무기와 부딪칠 때마다 그 힘을 더 발하는 것이오, 수백 년 전 용궁에 이상한 원숭이 괴물이 침입하여 용궁 창고의 귀중한 무기들을 훔쳐간 일이 있소. 그래서 그때에 잃어버렸던 막강한 용궁 무기에 대처하게 위해 특별히 만들었다 하오. 또한 칼자루 끝에는 눈에 보이지 않는 가느다란 끈이 달려 있어서 던지면 세상 끝 어디까지 날아갔다가도 다시 주인의 손으로 되돌아오게 되어 있는 명검이오. 그 동안 지리산 청학도사에게 비법을 터득하였소. 이것만 있으면 삼악도(三惡道)의 악귀나 억두시니들이 덤벼든다 하여도 조금도 두려워할 것이 없소이다."

선화공주는 적이 마음이 놓였다.

"들자 하니 스님을 수행함에 부족함이 없는 듯하옵니다. 그러나 세상일은 힘만으로 되지는 않습니다. 자칫 잘못하다 무고한 생명을 살상할 시는 불덕을 쌓기보다 오히려 죄를 범하게 되어 부처님 노여움을 살 것인즉, 이 점을 명심하소서."

"나도 그 점은 알고 있소. 우선 머리를 써서 생각하고 정녕 넘기 힘든 난관이 있을 때만 무기를 쓰겠소. 또한 인간은 인간대로, 악귀는 악귀대로 불의를 저지르는 자에 대해 알맞은 방법으로 대처해 나가겠소."

"그 동안 어머니는 제가 모실 터이니 이 일을 꼭 완수하고 돌아오소서. 그래야만 나도 다시 궁궐로 돌아가 부모님을 떳떳이 만나뵐 것입니다."

"염려 마시오. 이번 일이야말로 우리의 앞날이 행(幸)과 불행으로 나눠지는 갈림길이라 생각하오. 내 기필코 이번 일을 성공하고 돌아와 공주에게 끼친 누(累)를 용서받으리다."

서동랑은 선화공주의 손목을 꼭 쥐었다. 이미 날이 저물어 둥근 달이 동편 봉우리 위로 솟아올랐다. 선화공주는 서동랑에게 손을 맡긴 채 마음을 차분히 가라앉히고 다시 한번 자기 자신을 돌아보았다. 궁을 쫓겨나 정처 없이 떠돌아다닐 때에는 이 세상이 무섭고 두렵기만 하였었다. 모진 목숨 죽지 못해 하루하루를 연명하며 절망의 나날을 보냈으나 오늘 또다시 보람된 미래를 갖게 되다니, 정녕 여기 있는 이 사람은 전생에 자신과 무슨 인연이었었던가?

운명이란 참으로 묘한 것이로구나. 선화공주는 자신도 모르게 흐르는 눈물을 억제하지 못하였다. 계곡에서 떨어지는 물소리가 우렁차게 골짜기에 울려 퍼졌다. 서동랑은 자루를 메고 저만치 걷고 있었다. 선화공주도 서동랑의 뒤를 부지런히 따라갔다.

삼마선(三魔船)

물건을 실은 장삿배가 당나라 광주(廣州)를 향해 순조롭게 항해하고 있을 때 수평선 멀리에서 세 척의 검은 배가 나타났다. 망루 위에서 뱃길을 잡던 선원이 아래를 향해 소리쳤다.

"삼마선이다!"

"삼마선이 나타났다!"

이 소리를 듣자 배에 탄 사람들은 금시에 얼굴빛이 새파랗게 질려서 어쩔 줄 몰라했다.

"큰일났구나! 삼마선이라면 그 악명 높은 노예선이 아닌가, 그 흉폭한 놈들이 나타나다니……!"

삼마선은 대마도 남서쪽에 흩어져 있는 작은 섬을 본거지로 하여 부근을 지나가는 배를 습격하는 해적선이었던 것이다. 그들은 일본과 당나라의 중죄인들로서 성질이 흉폭하고 거칠기 때문에 지나가는 배를 약탈하여 물건을 빼앗고 사람들을 잡아다가 노예로 팔아 넘길 뿐만 아니라 조금이라도 비위에 거슬리는 사람이 있으면 가차없이 베어 버리거나 바다에 빠뜨려 죽여 버리는 잔인무도한 자들이었다.

"이제 우린 모두 죽었구나!"

"닻을 모조리 올려라!"

"노를 저어 달아납시다!"

배에 탄 사람들이 제각기 아우성을 쳤다. 그러나 놈들을 따돌리려는 필사의 노력도 헛되이 검은 배들은 쏜살같이 다가오더니 혜초스님이 탄 배를 덮쳤다. 놈들은 갈고리를 던져 배를 꼼짝 못하게 하고는 이내 수십 명의 해적들이 우르르 선체 위로 기어올랐다. 순식간에 배 위는 공포의 분위기로 휩싸여 버렸다.

"선주가 어느 놈이냐?"

그중 얼굴에 칼자국이 그어져 있고 낡아 떨어진 일본 무사의 옷을 걸친 자가 선주를 불러 세웠다.

"제가 선장입니다."

순박하기 이를 데 없게 생긴 선주가 벌벌 떨며 앞으로 나왔다.

"배에 탄 사람들을 모조리 갑판 위로 오르게 하라! 그리고 창고 열쇠를 내놓아라. 순순히 말을 듣지 않으면 이 칼로 베어 버리거나 물귀신으로 만들어 버릴 테니까."

놈은 해적 중에서도 가장 악독하기로 이름난 일마(一魔)였다.

선량한 선주와 뱃사람들은 놈들이 시키는 대로 갑판 한 구석으로 모여들었다.

한편 어두운 창고 속에 숨어 있던 죽지랑과 기파랑은 갑자기 배가 멈추고 밖이 소란하자 무슨 일인가 궁금하게 생각했다.

"벌써 광주에 닿은 것은 아닐텐데……?"

"가만 있자, 저건 뭣하는 놈들이냐?"

판자 틈으로 밖을 내다보던 기파랑이 깜짝 놀라서 말했다.

"해적선이다!"

"해적선이라구! 음, 기어이 놈들이 나타났구나. 나쁜 놈들!"

두 소년은 계림에 있을 때에도 악명 높은 왜구나 해적의 무리들이 죄없는 뱃사람을 잡아다가 팔거나 죽인다는 말을 듣고 있던 터였다.

"두고봐라, 내 가만두지 않을 테니!"

죽지랑은 주먹을 불끈 쥐었다.

밖이 소란하더니 창고 문을 여는 소리가 들리고 햇빛이 안으로 들이비쳤다.

"물건을 모조리 꺼내라!"

해적들은 물건을 꺼내 자기들 배로 운반하기 시작했다.

"이때다, 밖으로 나갈 기회는!"

죽지랑이 먼저 바닥을 박차고 밖으로 뛰쳐나갔다. 기파랑도 곧장 뒤를 따랐다.

"애개개, 요놈들은 뭣하는 놈들이냐?"

덩치 큰 해적 한 놈이 죽지랑을 덥석 잡으려 하였다.

'빡!'

죽지랑의 차돌주먹이 놈의 콧잔등을 쥐어박았다.

"아이쿠!"

불의의 공격을 받은 놈은 코를 움켜쥐고 뒤로 발랑 자빠져 버렸다. 기파랑도 옆에 있던 한 놈을 족도(足刀)로 차서 넘어뜨리고 죽지랑의 뒤를 따라 갑판 위로 뛰어올랐다.

갑판 위에는 배에 탄 사람들이 무릎이 꿇리어 한쪽 구석에 몰려 있었고 해적 두목 일마(一魔), 곁에는 날카롭게 눈을 뜬 이마(二魔), 덩치가 곰같이 큰 삼마(三魔)가 양쪽으로 버티고 서서 비싼 값에 팔 사람들을 고르고 있었다.

"멈춰라! 이 나쁜 해적놈들아!"

갑판 위에 뛰어오른 죽지랑과 기파랑이 삼마 앞에 버티어 섰다.

갑자기 주위가 조용해졌다.

두 소년의 당당한 기세에 해적들은 잠시 당황하는 듯했으나 조그만 소년 두 명을 보자 이내 얼굴빛을 고쳤다. 그리고 한바탕 바다가 떠나갈 듯 껄껄대고 웃더니 서서히 두 소년 앞으로 걸어왔다.

"웬, 쥐새끼냐? 우리들이라면 온 바다가 덜덜 떨고 있는 삼마선의 귀족이시다. 하룻강아지 범 무서워할 줄 모른다 해도 분수가 있지."

일마가 험상궂은 얼굴로 두 소년을 노려보았다.

"어느 누구든지 불의를 저지르는 자는 계림의 소년 택권왕 죽지 랑이 용서 못한다!"

죽지랑이 주먹을 불끈 들어 보였다.

놈들은 두 소년의 당돌한 행동에 기가 막힌 듯 날카로운 눈빛을 번득이더니 이윽고 일마가 이마를 향하여 턱을 끄덕 움직였다. 그러 자 이마가 웃옷을 벗어던지고 몸을 날려 두 소년 앞으로 뛰어나왔 다. 놈은 바싹 마른 체구에 근육만으로 뭉쳐진 몸매를 가지고 있었 다.

"말하고 싶지는 않다만, 나로 말할 것 같으면 가라데, 쿵후, 유도, 십팔기 등 총 합계 구십구단의 유단자이시다. 네놈들 정도는 손가락 하나만으로 상대해 주지!"

이마는 뒷짐을 지더니 한 손을 내밀어 천천히 휘저었다. 그러면서 두 소년의 주위를 돌기 시작했다.

"건방진 놈, 저 놈이 우리를 깔보고 있구나!"

두 소년은 서로 등을 맞대고 놈의 행동을 주시했다. 이마의 행동 이 점점 빨라지기 시작했다. 당랑권법(당랑은 버마재비. 사마귀)의 자 세를 취하는가 싶더니 어느 틈엔가 사두와사법(蛇頭蛙死法 : 뱀이 개구 리를 잡아먹으려 머리를 꼿꼿하게 들고 덤비려는 모습의 권법)의 자세로 바꾸고, 곧 학권(鶴拳)의 공격법을 취하였다.

"우리의 정신을 흐트러뜨리려는 수작이로군."

기파랑이 말했다.

"대련의 자세를 취하면서 놈의 허점이 발견될 때까지 정신통일을 하고 있자구."

"알고 있어. 저 놈이 흔드는 마권(魔拳)은 공연한 체력의 낭비거 든, 결국은 한 가지 권법을 사용할텐데, 그때 정권으로 부딪친다면 우리의 택견에 박살 날 것이 뻔하지."

아니나 다를까 온갖 권법을 자랑하던 이마(二魔)가 독수리가 닭을 채갈 때의 모습인 취계취활공법(鷲鷄取滑攻法)으로 미끄러지듯 두 소년을 덮쳐왔다.

'얍!' 두 소년이 자리를 박차고 뛰어오름과 동시에 놈의 머리와 허리를 향해 이 단 공격을 가하였다.

'파박!' 두 소년의 재빠른 몸놀림에 놈은 급소를 맞고 비틀거렸다.

"음—."

두 소년을 얕보고 가볍게 상대하려던 이마가 급습을 당하자 독이 오른 눈이 옆으로 쭉 째졌다. 놈은 즉시 몸의 균형을 바로 잡더니 이번에는 난생 처음 보는 수십 가지의 권법을 동원하여 두 소년에게 공격을 퍼부었다. 그러나 두 소년도 훌륭한 화랑이 되고자 연마했던 태권 실력을 유감없이 발휘하면서 방어와 공격으로 맞서나갔다.

배에 탄 사람들은 숨을 죽이고 두 소년과 이마의 싸움을 지켜보고 있었다. 아무리 구십구단의 유단자라고는 하지만 이마의 권법은 여기저기에서 배운 잡권(雜拳)에 불과했다. 시간이 흐를수록 두 소년의 태권 정공법(正攻法)에 놈의 자세가 흐트러지더니 결국 죽지랑의 돌려차기 족도에 일격을 맞고 갑판 위에 고꾸라지고 말았다.

일마의 눈썹이 씰룩거렸다. 그리고 다시 옆에 있던 졸개에게 턱을 끄덕이었다. 그러자 일본도를 든 네 명의 졸개가 칼을 빼들고 두 소년을 향해 달려나왔다. 놈들 역시 검도의 유단자들이었다. 놈들은 두 소년의 주위를 빙빙 돌면서 허점을 노렸다.

"빈 틈을 보이지 마라! 놈들의 세밀한 움직임도 놓쳐서는 안 돼! 공격할 때는 칼을 보지 말고, 눈빛과 손목의 움직임을 보도록. 놈들은 머리를 공격하는 척하면서 허리 또는 팔을 공격하거나 그대로 팔을 뻗어 이마를 찌르는 전광석화(電光石火 : 번개같이 빠름)의 공격법을 사용하거든."

기파랑이 놈들의 공격을 비스듬한 자세로 맞으며 죽지랑에게 말했다.

"검도(劍道) 정도라면 자신 있지. 왜구를 물리치기 위해 수련을 많이 쌓았거든."

죽지랑이 자신만만하게 말했다.

'얍! 얍!'

네 놈이 한꺼번에 상하좌우로 두 소년을 공격해왔다.

두 소년은 비호같이 몸을 날려 놈들의 머리 위로 뛰어오르면서 양 발을 벌려 두 놈 머리통을 한꺼번에 걷어찼다.

'캑! 캑!'

네 놈의 졸개들도 힘없이 나가떨어졌다. 화가 머리끝까지 오른 일마가 또다시 고개를 끄덕이자 이번에는 중국 무술을 쓰는 건장한 사나이 둘이 금도(金刀)를 들고 나타났다. 그리고 두 소년 앞에 오더니 빙글빙글 검무를 추기 시작했다.

"이 놈들이 또 정신을 빼려드는군."

죽지랑이 대련의 자세로 놈들을 노려보며 방어의 자세를 잡았다.

"저 놈들의 칼솜씨도 보통은 아닌데. 힘도 쓸 것 같군."

기파랑도 경계의 빛을 띠었다. 사실상 두 소년의 태권 실력이 뛰어나다고는 하지만 놈들은 몇 십 년 동안 싸움에는 이골이 난 놈들이었다. 그리고 두 소년에 비해 수십 배의 수효로 덤벼들기 때문에 중과부적(衆寡不敵:적은 수효는 많은 수효를 대항하지 못함), 힘이 부치지 않을 수 없었다. 두 소년이 검무에 정신을 집중하고 있을 때 머리 위로 그물이 날아왔다.

'앗!'

두 소년은 미처 몸을 피할 사이도 없이 순식간에 놈들에게 포박을 당하고 말았던 것이다.

"쥐새끼 같은 놈들!"

일마가 이를 뿌드득 갈았다.

두 소년은 꽁꽁 묶이어 뱃사람들이 모여 있는 곳에 내동댕이쳐졌다.

"분하다, 나쁜 놈들!"

두 소년은 주먹을 불끈 쥐었으나 아무런 소용이 없었다.

"아니, 너희들은 죽지랑과 기파랑이 아니냐?"

두 소년을 가까이서 본 혜초스님이 눈이 휘둥그래져서 물었다.

"죄송합니다, 스님."

두 소년은 고개를 떨구었다.

"웬일이냐? 이곳에!"

스님은 너무나 뜻밖의 일이라 어안이 벙벙하였다.

"너희들은 훌륭한 화반(花判 : 화랑의 총책임자)이 되겠노라면서 지금 금성에 열심히 불도와 무예를 익히고 있는 줄 알았는데……."

"그때 약사암에서……."

기파랑이 계면쩍은 얼굴로 스님을 바라보았다.

"무엇이! 그래 어찌되었느냐?"

"의상 대사님과 스님께서 하시는 말씀을 옆방에서 우연히 엿듣게 되었습니다."

"천기(天機)를 너희들이 알아버렸단 말이지…. 나무관세음보살."

스님은 계림 쪽을 향해 지긋이 눈을 감고 합장하며 머리를 숙였다.

"저희들도 스님과 함께 천축국을 돌아보고 모험도 하고 불법공부도 하면서 견문을 넓히고 싶었습니다."

"낭패스러운 일이로다. 내, 왜 이일을 미리 눈치채지 못하였던고!"

스님은 깊이 한숨을 내쉬었다.

죽지랑과 기파랑은 몸둘 바를 모르고 스님의 눈치만 살폈다.

"이 모든 것이 여래님 뜻이로다. 나무관세음보살."

스님은 염주 알만 계속 굴릴 뿐이었다.

자기들의 배에 물건을 다 옮겨 실은 해적들이 이번에는 배에 탄 사람들을 하나하나 검사하기 시작했다. 젊고 건강한 사람과 늙고 약해 보이는 사람들을 갈라놓았다.

"이번 배에는 젊은 애들이 많이 탔군."

"저 중놈은 젊고 글을 알테니 비싼 값에 팔리겠지."

해적들은 서로 수군거리며 좋아했다.

"자, 이 놈들과 배를 끌고 가자!"

두목인 일마가 명령을 내렸다.

"잠깐!"

갑자기 일마가 얼굴 근육이 꿈틀하더니 두 소년을 노려보았다.

"저 꼬마 두 놈을 바닷속에 처박아 버려라. 반항하는 놈들의 최후가 어떤 것인가를 본보기로 보여줘야겠다."

건장한 졸개 몇 놈이 달려들어 죽지랑과 기파랑을 뱃전으로 끌고 갔다.

"당나라 부잣집에 하인으로 팔면 백 냥은 받을 텐데요."

졸개 한 놈이 두목에게 말했다.

"듣기 싫다. 냉큼 던져 버려!"

일마가 소리를 버럭 지르자 놀란 졸개들은 두 소년의 결박한 몸에 돌멩이를 매달아 '풍덩' 하고 푸른 바다 속에 던져 버렸다.

혜초스님이 자리에서 벌떡 일어났다.

"이 무도한 놈들아! 내 비록 불자의 몸이나, 삼악도 아귀의 지옥에서 억겁의 고통 속을 헤맬지라도 네 놈들의 간악한 행실을 눈뜨고는 못 보겠다."

혜초스님이 육환장을 꼬나잡고 일마에게 달려들었다.

"어리석은 땡중 같으니라구!"

옆에 있던 덩치가 크고 머리를 빡빡 깎은 털북숭이 삼마가 들고 있던 곤봉으로 스님의 머리를 내려쳤다.

혜초스님은 힘 한번 써 보지 못하고 그 자리에 쓰러지고 말았다.

'출발!'

두목의 명령이 떨어지자 해적들은 빼앗은 배를 자기들의 배에 붙들어 매고 그들의 본거지를 향해 움직이기 시작했다.

해양왕 장보고

삼마선이 그들의 약탈한 배를 끌고 막 떠나려 할 즈음에 맞은편 멀리에서 흰 돛배 세 척이 홀연히 나타났다. 곧이어 왼쪽과 오른쪽에서도 두 척씩의 배가 더 나타났다.

"웬 배들이냐?"

일마(一魔)가 또다시 덮칠 배가 아닌가 싶어 망루 위의 해적에게 물었다.

"무슨 배인지 확실치 않은데요. 그런데 배 안에 사람이 하나도 보이지 않습니다."

망루 위의 해적이 이상하다는 듯 연신 고개를 저었다. 그러는 사이에도 흰 돛의 배들은 빠른 속도로 삼마선으로 접근해 왔다. 일마는 갑자기 불길한 예감이 들었다. 쏜살같이 달려오는 배에서 '둥둥둥' 북이 울렸다. 그러자 배 안에서 한꺼번에 함성이 울리더니 흰 갑옷의 병사들이 칼과 활을 들고 일제히 일어섰다. 그중 맨 선두에 선 배 위에, 금갑옷에 금투구를 쓴 소년대장이 해적선 가까이 접근하면서 큰 소리로 외쳤다.

"일마, 듣거라! 넌 이제 독안에 든 쥐다! 순순히 항복하면 목숨만을 살려 줄 것이나 만약 반항할 시는 모조리 붙잡아 바닷물 속에 수장시키겠다!"

그러나, 일마는 순순히 항복할 자가 아니었다. 싸움이라면 불에 뛰어드는 부나비보다도 신이 나서 어쩔 줄 모르는 자이며 지금 막 장삿배를 약탈하여 끌고 가고 있는 중이었으므로 기고만장 우쭐해 있었다.

일마는 배 위 갑판 꼭대기로 올라가서 소년대장을 쏘아보며 말했다.

"여기는 우리 일터다! 웬 버러지 같은 놈이 와서 주절거리느냐!"

옆에 있던 이마가 일마에게 수군거렸다.

"두목, 보아하니 계림의 해양왕 장보고 장군의 배 같습니다. 항복하는 척하고 도망가는 게 상책일텐데요."

일마가 이마를 꾸짖었다.

"이번이 좋은 기회다. 저 놈의 코를 납작하게 만들어서 다시는 우리 일에 방해하지 않도록 기를 꺾어 놔야 한다."

"전투 준비!"

일마가 칼을 높이 들고 해적들에게 고함을 질렀다.

"공격!"

그러나 소년장군이 먼저 공격 명령을 내렸다. 일곱 척의 흰 배에서 일제히 불화살이 일마선을 향해 날아왔다.

"아이구, 이러다간 고슴도치 구이가 되겠다!"

해적들은 화살을 피해 배 안에서 이리저리 뛰었다.

'둥둥둥둥!'

소년대장의 배에서는 계속 북소리가 울렸다. 그리고 곧이어 일마 선으로 접근하더니 수백의 수군(水軍)들이 소년대장을 필두로 하얗게 배 위로 뛰어올랐다.

"일마(一魔) 어디 있느냐? 썩 나오너라!"

소년대장이 소리쳤다.

"으흐흐흐, 꼬마녀석 이 때를 기다리고 있었다."

일마가 살모사같이 싸늘한 냉소를 지으며 소년대장 앞으로 다가 왔다.

"이제사 네 놈을 만났구나! 바다의 계율을 어지럽히고 선량한 사람들을 죽이며 노예로 팔아먹는 잔인무도한 해적놈, 해양왕 장보고 앞에 순순히 포박을 받아라!"

소년대장이 크게 일마를 꾸짖었다.

일마가 한층 더 눈꼬리를 치켜올려 뜨며 소릴 질렀다.

"철모르고 날뛰는 하룻강아지 같으니라구! 그렇잖아도 네 놈을 죽여 분풀이를 할 참이었는데 마침 잘 만났다."

일마는 장보고 장군을 한 칼에 베어 버리려는 듯 일본도를 쭉 뽑아 들었다.

"분수를 모르는 어리석은 놈!"

장보고 장군도 장군도(將軍刀)를 뽑아 들었다.

'얍!'

일마가 칼을 치켜들고 장보고 장군을 제압하려고 기합을 넣으며 공격의 자세를 취하였다.

부딪히는 눈빛과 눈빛. 일마로 말할 것 같으면 마검(魔劍)을 쓰기

로 이름난 자로서 일본 무사들도 상대하기를 꺼려하는 악독한 놈이
었다.

"음, 허점이 너무 많군!"

장보고 장군은 텅 비어 놓은 놈의 방어 자세를 보고 적이 놀랐다.
그러나 곧 이것이 놈의 함정이라는 것을 알아차렸다. 장보고 장군은
일부러 허공에다 칼을 휘저었다.

"걸려들었구나!"

일마가 번개같이 몸을 날려 장보고 장군의 머리를 향하여 일격을
가했다.

'얏!'

놈의 칼이 손목을 비틀며 장보고 장군의 머리에서 허리로 이어지
려는 순간, 갑자기 가슴 한복판이 뜨끔함을 느꼈다.

'으윽!'

일마가 자기의 함정에 빠졌다고 생각하며 칼을 휘둘렀으나 오히
려 왼쪽에서부터 오른쪽 가슴 비스듬히 장보고 장군의 칼을 맞고 비
틀거리더니 그 자리에 쓰러져 버리고 말았다.

'쩽그랑, 쩽그랑'

계림 수군과 해적들이 부딪히는 창검 소리가 온통 바다에 시끄럽
게 울려 퍼졌다. 이마, 삼마선에서도 맹렬한 싸움이 전개되었다. 그
러나 싸움은 곧 싱겁게 끝나 버렸다. 계림의 수군들이 해적들을 완
전히 제압(制壓)해 버린 것이다.

이마와 삼마도 계림 수군의 칼에 피를 토하고 쓰러져 버리고 말
았다.

해적들을 굴복시킨 군사들은 나머지 놈들을 꼼짝 못하게 결박하
여 창고 속에 처넣어 버렸다.

"이제야 놈들을 일망타진했군!"

소년 해양왕의 얼굴에는 안도의 빛이 역력했다.

해적들을 모조리 잡아 가둔 소년대장이 장삿배 위로 올라왔다. 그리고 노예로 팔려 가기 위해 묶여 있던 사람들을 하나씩 풀어 주었다. 포로들을 일일이 풀어 주던 소년대장이 혜초스님 앞에 이르자 덥석, 스님의 손을 잡았다.

"아니, 혜초스님이 아니십니까?"

혜초스님은 삼마에게 몽둥이로 얻어맞아 아직 정신이 얼떨떨한 상태였다. 그러나 정신을 차려 자세히 보니 거기에 소년 해양왕 장보고 장군이 서 있지 않은가. 혜초스님도 반갑게 장보고 장군의 손을 잡았다.

"이게 꿈이요, 생시요! 내, 수군대장이 되었단 말은 일찍이 듣고 있었습니다만 이렇게 만날 줄은 정말 뜻밖이오."

스님의 얼굴에는 감격의 눈물이 글썽거렸다.

"어디로 가시는 길입니까?"

장보고 장군이 물었다.

"당나라 광주로 내려갈 참이었습니다. 그런데, 어떻게 우리를 발견하셨습니까?"

"말씀드리자면 이야기가 좀 길어집니다만, 제가 처음 당(唐)에 가서 유학할 때 그 곳에서 팔려 다니는 불쌍한 우리 계림 사람들을 많이 보았습니다. 해적놈들이 우리나라 사람들을 잡아다가 노예로 팔아먹는 것이었지요. 그 몰골하며, 참으로 눈뜨고 보기 어려운 참상이었습니다."

해양왕은 잠시 푸른 바다를 바라보았다.

"그 때 결심하기를 내, 반드시 훌륭한 수군대장이 되어 해적놈들을 한 놈도 남김 없이 소탕하리라 마음먹었습니다. 고국에 돌아온 후, 수군을 조직해서 청해진에 본부를 두고 해적 소탕 작전에 나섰

56

지요. 그후 모든 해적들은 소탕되었으나, 삼마선의 해적들은 어찌나 악랄하고 교활(狡猾)한지, 지금껏 근거조차 잡지 못하고 애를 먹었었습니다."

"장군이 아니었더라면 우리들은 꼼짝없이 노예 신세가 되어 팔려다닐 뻔했습니다."

"이제 아무 걱정 마십시오. 우리나라, 중국, 일본 삼국의 해상권은 완전히 저희 계림의 손 안에 들게 되었습니다."

"참으로 훌륭하십니다. 장군의 활약으로 국력이 사해(四海)에 떨치게 되었습니다."

혜초스님은 연신 허리를 굽혀 장보고 장군을 치하하였다. 장보고 장군은 빼앗겼던 물건들을 장삿배에 모두 실어 주었다.

"할 일이 많으니 이만 헤어져야 하겠습니다."

장보고 장군이 혜초스님께 작별 인사를 하였다.

"무운장구(武運長久 : 전쟁에서 늘 이김)를 빕니다. 나무관세음보살."

혜초스님도 합장으로 답례하였다.

"고맙습니다."

"이 은혜 평생 잊지 않겠습니다."

뱃사람들과 배에 탄 사람들은 손을 흔들며 장보고 장군과의 석별을 아쉬워하였다.

해적들을 일망타진(一網打盡)한 장보고 장군은 삼마선을 나포하여 이끌고는 청해진을 향하여 유유히 수평선 너머로 사라져 갔다.

서동랑 두 소년을 구출하다

한편, 해적들에 의해 바다 속에 던져진 죽지랑과 기파랑은 푸른 바닷물 속으로 들어감에 따라 정신이 가물가물하였다. 몸을 움직여 보려 하였으나 손발이 꽁꽁 묶여 있는 데다가 돌멩이까지 달아맨 까닭에 옴짝달싹할 수가 없이 아래로 아래로 가라앉았다.

'아, 혜초스님을 지켜드리고 이 다음에 훌륭한 화랑이 되겠다던 꿈이 사라져 버리는구나.'

그러나 두 소년의 잠시 생각도 그뿐, 정신을 잃고 말았다.

두 소년이 '풍덩' 하고 바닷물 속에 떨어지는 순간, 배 밑창 쪽에서 또 하나의 소년이 바닷물 속으로 뛰어드는 것을 해적들은 눈치채지 못하였다.

소년은 죽지랑과 기파랑이 빠져 들어간 물 속을 향해 한 마리 날쌘 물고기처럼 재빠르게 헤엄쳐 들어갔다. 멀리 시퍼런 물 속에서 두 소년의 모습을 발견한 그는, 몸을 더욱 빨리 놀려 두 소년에게 접근하였다. 그리고 허리춤에서 작은 단검을 뽑아 다리에 매달린 돌멩이의 줄을 끊어 버렸다. 다시 묶여 있는 몸의 끈도 풀어 버리고는 정신을 잃고 있는 두 소년의 머리채를 양손에 잡고 물 위로 솟구쳐 올랐다.

장보고 장군의 도움으로 다시 항해하려던 뱃사람들이 물 위에 뜬 세 소년을 발견하였다.

"저기 소년들이 물 위에 떠 있습니다."

뱃사람 하나가 선주에게 말했다. 곧 줄이 내려지고 세 소년은 배 위로 올려졌다. 죽지랑과 기파랑은 정신을 잃고 있었으나 아직 숨을 쉬고 있었다.

"죽은 줄만 알았더니, 진정 살아 있었구나!"

두 소년이 정신이 들자, 스님은 두 소년을 와락 끌어안으며 기뻐서 어쩔 줄을 몰라했다.

"저 소년이 아니었더라면 너희들은 지금쯤 물귀신이 되었을 게다."

스님이 소년을 가리켰다.

난간 한쪽에서 한 소년이 물에 젖은 옷을 말리고 있었다.

스님은 그 동안 장보고 장군이 나타나 해적들을 일망타진하여 청해진으로 잡아갔다는 이야기도 들려 주었다.

"이상하다! 분명 우리와 창고 속에 함께 숨어 있던 녀석인 것 같은데……."

기파랑이 소년 쪽을 바라보며 말했다.

"해적들과 싸우고, 배에 탄 사람들이 잡혀 있을 때에는 그림자도 보이지 않더니 갑자기 어디에서 나타나 우리들을 구해줬단 말인가?"

죽지랑도 이상하다는 듯 소년 쪽을 바라보았다. 죽지랑과 기파랑은 자기들을 구해준 것에 대해 고맙게 생각하기보다는 겁쟁이 소년에게 구조된 것에 대해 은근히 자존심이 상해 있었던 것이었다.

"도대체, 너희들은 어디서 나타난 놈들이냐?"

선주가 세 소년을 불러놓고 따져 물었다. 혜초스님이 앞에 나섰다. 그리고 두 소년이 배에 오른 동기에 대해 적당히 설명해 주었다. 선주는 장보고 장군의 도움으로 살아난 터이라 스님을 존경하고 있었으므로 두 소년을 스님의 뜻에 맡기기로 하였다.

"그러면, 너는?"

선주가 옷을 말리고 있는 소년에게 가서 호통을 쳤다.

"그저 세상을 두루 돌아다니고 싶은 욕망에 배를 몰래 탔습니다만……."

소년은 두려운 듯 선주를 쳐다보았다.

"뭐라구! 밀항자(密航者)에게는 어떤 벌이 떨어진다는 것을 알지 못하느냐!"

소년은 선주의 옷깃을 붙들고 간청을 했다.

"용서해 주십시오. 아무 일이나 시키신다면 견마지로(犬馬之勞) 열심히 일하겠습니다."

"딱한 처지인 모양인데 내가 책임을 질테니 간청을 들어주시구 료."

스님이 공손히 부탁하자, 선주는 마지못한 듯 배의 바닥을 청소하는 인부로 쓰기로 하고 용서해 주었다.

"스님, 고맙습니다. 저도 계림 사람입니다. 구천동 계곡에서 마를 캐다 팔고 다니는 서동이라는 아이입니다."

"서동(薯童)이라, 재미있는 이름이로군."

스님은 미소를 띠우며 두 소년을 소개시켰다.

"당분간은 일행이 되어 함께 행동하게 되었으니 인사를 나누도록 하여라, 생명의 은인이 아니냐."

서동랑(백제 30대 무왕(武王)의 어릴 때 이름. 서동요를 불러 신라 진평왕의 딸 선화공주를 유배가게 만들고 도중에서 구출하여 아내로 삼음. 맛둥방은 곧 서동이며, 랑(郞)을 붙인 것은 두 소년과 일치시키기 위한 것임)과 죽지랑, 기파랑은 서로 인사를 나누었다.

"아무래도 서동랑이 두세 살 위인 듯하니 앞으로 형님으로 대접하는 것이 예의이니라."

두 소년은 탐탁치 않게 생각하였으나 스님의 말에 따르기로 마음먹었다.

'스님을 모시려던 그 동안의 계획이 이제야 뜻대로 이루어지는구

나!'

서동랑은 내색하지 않았으나 마음 속 깊이 안도의 한숨을 쉬었다.

광주에서 다시 천축국으로

혜초스님이 탄 배는 여러 달 항해 끝에 당나라 광주에 닿았다.

광주는 당나라 남쪽 제일의 항구 도시로서 항상 수백 척의 외국 배들이 몰려 있었다.

"얘들아, 일단 이곳에 내려서 천축국 가는 배를 알아보아야겠다."

스님과 세 소년은 배에서 내렸다.

"너희들은 여기에서 계림으로 곧장 돌아가는 것이 좋겠다는 생각이 드는구나."

혜초스님이 두 소년의 의향을 살폈다. 스님의 말이 떨어지자 죽지랑과 기파랑은 스님의 장삼에 매달려 떼를 쓰기 시작했다.

"스님, 안 됩니다. 천축국까지 데리고 가주셔요."

"여기서 돌아가라시면 애초에 스님을 따라오지도 않았을 겁니다."

"오히려 해적들에 의해 물에 빠졌을 때 그대로 놓아두었더라면 좋았을텐데……."

소년들의 실망은 이만저만이 아니었다.

"예끼, 못하는 소리가 없구나! 내 어찌 하나 보려고 일부러 그래 본 것뿐인데."

"그럼 저희들을 내치신단 말씀은 아니시지요."

"알았다."

스님은 다시 서동랑에게 물었다.

"자넨 앞으로 어떡할 작정인가? 혹시 다른 계획이라도 세운 것이 있는가?"

"특별히 생각해둔 것은 없습니다. 달리 갈 곳도 없으니 귀찮은 존재가 되지 않는다면 저도 스님을 모시고 싶습니다만."

서동랑은 스님의 눈치를 은근히 살폈다.

"사실 계림을 떠나올 때는 몰랐는데 산설고 물 설은 곳으로 떠나자니 외로운 생각이 드는구나! 이왕지사 죽지랑과 기파랑도 같이 가기로 했으니 한 사람 더 가는 것이 불덕을 쌓는 데 누(累)가 될 리는 없겠지."

"고맙습니다. 스님, 분골쇄신(粉骨碎身) 스님을 모시겠습니다."

서동랑은 기쁨을 억제치 못하였다.

세 소년은 다시 손을 잡고 스님을 끝까지 정성을 다해 모시기로 굳게 맹세하였다.

며칠을 수소문한 끝에 스님 일행은 천축국으로 가는 배를 타게 되었다.

"이제 본격적으로 구도의 길에 오르게 되는가보다. 모두 경건하게 마음을 갖고 매사에 신중을 기하도록 하여라."

스님이 소년들에게 주의를 주었다.

"뱃길이 멀고 험한 데다가 여러 가지 장애가 있어서 순조로이 천축국에 닿을지는 알 수 없습니다. 여하튼 최선을 다할 테니 믿어 주십시오."

중국인 선주가 배에 탄 사람들에게 말하였다.

돛배는 올 때 타고 온 배와 비슷한 크기였으나 사람들은 중국인이 아니면 가무잡잡한 남만 지방 사람들이 대부분이었다.

닻을 올리자 스님 일행이 탄 배는 서서히 항구를 빠져나갔다.

움직이지 않는 바다

혜초스님을 태운 배는 남쪽으로 남쪽으로 하염없이 달려갔다. 바다는 더욱 넓고 깊어져서 시퍼런 물빛이 보는 사람의 가슴을 서늘케 했다.

그런데 갑자기 이상한 일이 생겨났다. 살같이 빠르게 달리던 배가 차차 그 속력이 줄어들더니 급기야는 그 자리에 서 버리고 말았다.

"이상하다, 바람도 자지 않는데 배가 멈춰 버리다니, 이 무슨 괴변이란 말인가?"

배에 탄 사람들이 웅성거리기 시작했다. 뱃사람들은 돛의 방향을 다시 잡아 보고 키도 움직여 보았으나 배는 요지부동 움직이지 않았다. 하루가 지나고 이틀이 지나도 배는 마찬가지였다.

열대의 뜨거운 태양이 사정없이 내리쪼였다. 사람들은 더위에 지쳐서 숨을 헐떡이었다.

"큰일났다! 이러다가는 여기서 모조리 말라 죽어버리겠다."

배에 탄 사람들이 선주에게 몰려갔다.

"이는 분명 선주가 용왕님께 제물(祭物)을 바치지 않았기 때문이오. 이제라도 늦지 않으니 제물을 올려서 바다의 노(怒)를 풀도록 하시오."

"전에도 항해한 적이 있는 뱃길이라 무심했었습니다. 곧 제물을 올리도록 하겠습니다."

선주가 사람들을 돌려보내고는 선원(船員) 몇 사람을 불러 제를 지내도록 하였다. 그러나 선원들은 난색을 나타내었다.

"예전부터 바다 용왕님께 제(祭)를 지낼 때에는 살아 있는 어린 처녀를 제물로 바쳐야 한다고 들었습니다. 그런 처녀를 얻기 전에는 백 가지 제물을 바쳐도 효력이 없을 것입니다."

"그렇다면 이 배 안에서 어린 처녀를 찾아보도록 하시오. 한 목숨 희생으로 백 사람의 목숨을 구할 수 있다면 애석한 일이나 어찌할 수 없는 게 아니겠소."

선원들이 배를 샅샅이 뒤져 어린 처녀를 찾아보았으나, 처녀는 커녕 배 안에는 여자라고는 한 명도 찾을 수 없었다.

"낭패로구나!"

그러는 사이에 한 달이 획하고 지나갔다. 배에 탄 사람들은 또다시 선주에게 몰려가 따지고 덤벼들었다.

"우리를 모두 물귀신으로 만들 셈인가! 어떻게든 이곳을 빠져나갈 방법을 찾도록 하라!"

궁지에 몰린 선주가 어쩔 줄 몰라 쩔쩔매고 있을 때, 한 선원이 가까이 와서 안(案)을 내었다.

"선주님, '꿩 대신 닭'이라는 말이 있습니다. 어린 처녀가 없으면 어린 총각이라도 제물로 쓰면 되지 않겠습니까?"

그 사람은 손가락으로 혜초스님 쪽을 가리켰다. 선주가 뱃사람이 가리킨 쪽을 한동안 바라보더니 이윽고 고개를 끄덕이었다.

"음, 그 말에도 일리는 있군!"

눈이 번쩍 뜨인 선주가 혜초스님께로 걸어갔다.

"애석한 일이지만 여러 사람을 위해서는 어쩔 수 없소. 저 아이들 중 하나를 제물로 용왕님께 바쳐야 하겠소."

스님은 아무 말 없이 염주 알만 굴렸다.

"나무아미타불 관세음보살. 중생의 어리석음에 자비를 베푸소서!"

건장한 뱃사람들이 좀더 어려 보이는 기파랑을 끌어내었다.

"어쩔 수 없다! 후생에 다시 태어나 부귀영화를 누리어라."

순식간에 뱃사람들은 기파랑을 꽁꽁 묶어 버렸다. 이때 서동랑이 앞으로 썩 나섰다.

"잠깐, 어린 아이에게 너무 가혹(苛酷)히 굴지 마시오. 제물이라면 나를 쓰도록 하시오. 그 아이보단 몇 살 더 나이를 먹었지만 아직 미장가이니 총각이 아니겠소."

서동랑은 묶여 있는 기파랑을 풀어 주었다. 뱃사람들은 서동랑의 말을 듣자, 아무려나 제물이면 되려니 싶어 굳이 기파랑만을 고집하려 하지 않았다. 그들은 마음을 돌려 제물을 바꿔 바치기로 결정하고 서동랑을 향해 시선을 모았다.

"이런 일이 꼭 있어야만 되는 겁니까?"

죽지랑이 스님께 매달렸다.

"지금은 아무런 말을 할 때가 아니다. 세상 일 모두가 부처님께 달렸으니, 미약한 빈승인 내가 어찌 그 큰 뜻을 헤아리겠느냐."

스님은 한 마디 말을 하고는 다시 참선의 자세로 침묵하였다.

선주는 서동랑을 목욕시켜 푸른 비단 옷을 입혔다. 향을 피워 바다에 띄우고 재배한 연후 서동랑에게 미안하다는 눈빛을 보냈다.

"안됐군! 그 동안 정이 들었었는데 스님을 모시는 일만 아니라면 이렇게 주저하지만은 않고 내가 나섰을텐데……."

두 소년도 자신들이 서동랑 대신에 제물이 되지 못한 것을 부끄럽게 생각하고 있었다.

꼭 다문 입술, 준수한 용모, 자신을 희생시켜 배에 탄 사람들을 구하겠다는 의지가 서동랑으로 하여금 늠름한 동방 소년의 기품을 드러나게 하였다.

'풍덩!'

서동랑은 스스로 만경창파 깊은 물에 몸을 던졌다.

청룡왕자(靑龍王子)의 본향

서동랑은 수만 리 시퍼런 바닷속으로 가라앉았다. 햇빛이 차단된 컴컴한 바닷속은 한치의 앞도 보이지 않았고, 싸늘하고 을씨년스런 기운이 온몸을 감쌌다.

서동랑은 혼신의 힘을 모아 정신을 집중시키고, 청학도사에게서 배운 청해기문둔갑법(靑海奇門遁甲法)을 외었다. 그러자 주위가 서서히 밝아오기 시작하더니 차츰 멀리 바다 속 작은 물체까지 눈 안에 들어왔다. 서동랑은 어느 틈에 젊고 늠름한 한 마리 청룡이 되어 있었던 것이다.

얼마를 더 내려가니 거루고각(巨樓高閣)이 즐비한 큰 성이 보였다. 가운데 높이 솟은 누각 앞에 가까이 가서 보니 남해용궁수정관(南海龍宮水晶館)이란 현판이 붙어 있었다.

'아, 여기가 아버님의 나라, 나의 본향이로구나!'

청룡왕자는 너무도 감개가 깊어 성문을 향해 더욱 가까이 다가갔다.

"빨리 이곳을 피하셔요!"

산호초 속에 숨어 있던 작은 물고기가 속삭였다.

"피하라니? 여기는 나의 집이 아닌가."

청룡왕자는 굳게 닫힌 대궐 문과 이제까지 오는 동안 물고기 한 마리 보이지 않던 것에 대해 이상한 생각이 들었다.

"이쪽으로 오셔요."

작은 물고기가 산호 속으로 빠져나와 앞으로 빠르게 헤엄쳐갔다. 청룡왕자는 작은 물고기를 따라갔다. 성에서 얼마 멀지 않은 곳에 높은 산이 있었다. 물고기는 계곡 깊숙한 곳에 있는 조그마한 동굴 안으로 서동랑을 데리고 들어갔다. 안으로 들어갈수록 동굴은 점점 넓어졌다. 넓은 광장에 바닷물고기들이 가득히 모여 있었다. 여덟 발을 가진 늙은 문어가 청룡왕자에게 가까이 왔다.

"문성대신입니다."

왕자님께서 오실 줄 알고 있었지요. 모습이 아버님을 꼭 빼어 놓은 것같이 닮으셨군요."

"그런데 모두들 왜 이런 깊은 동굴에 모여 삽니까?"

물고기들은 모두가 침울하고 공포에 질린 얼굴들을 하고 있었다.

"남해용대왕께서 궁을 비우고 백두산 천지에 들어가 계신 동안 흑룡(黑龍) 한 마리가 나타났습니다. 그는 자신이 남해용궁의 대임(大任)을 맡기로 청룡대왕과 약속했다고 하면서 열 마리의 백상어를 데리고 궁으로 들어왔습니다. 그로부터……."

문성대신은 잠시 말을 잇지 못하고 눈물을 닦았다.

"그래, 그들이 어떻게 하였소!"

청룡왕자가 다그쳐 물었다.

"우리들을 마구 잡아먹기 시작했습니다. 남해의 수많은 물고기들이 씨가 마를 지경이 되었습지요. 우리들만이 겨우 목숨을 보전하여 이곳에 모여 숨어 살고 있습니다."

"괘씸한 놈들! 내가 왔으니 시름을 놓으시오. 어떻든 옛날의 평화를 되찾고 말겠소!"

청룡왕자는 물고기들을 모아 놓고 흑룡 일당을 무찌를 계획을 짜기 시작했다. 물고기의 말을 들으면, 흑룡은 한꺼번에 수만 마리의 물고기를 먹어치우고는 궁의 내실에 들어가 깊은 잠에 빠진다는 것이었다. 그럴 때마다 남해의 물 흐름이 막히어 지나가는 배가 움직이지 않는다는 것이다. 더욱 패씸한 것은 흑룡을 둘러싸고 있는 열 마리의 백상아리들이었는데 그들은 피를 즐겨하여 물고기를 잡아다가 생피를 짜서 술을 담가 먹는다고 하였다.

"궁으로 들어갈 방법은?"

"골짜기를 들어가면 산호 숲이 있습니다. 산호 숲 아래로 궁으로 들어가는 좁은 굴이 뚫려 있지요. 그곳이 궁으로 들어가는 유일한 비밀 통로입니다."

"지금 흑룡이 잠에 빠져 있다면 우선 백상아리들을 없애는 일이 급선무겠군."

청룡왕자는 한참 동안 궁리하더니 작전명령을 내렸다.

"지금 이곳에 있는 문어, 오징어, 꼴뚜기들은 우선 궁 안으로 잠입하여 비밀 통로 근처에 숨어 있으시오. 그리고 석경(石鯨)대장은 나와 함께 궁으로 들어갑시다. 남은 물고기들은 밖에 있다가 석경대장이 궁에서 비밀 통로를 빠져나오는 즉시 돌을 굴려 통로를 막아버리도록 하시오. 한치의 오차도 있어서는 안됩니다."

서동랑은 모두가 힘을 합하여야 한다고 역설하고 세밀히 계획을 세웠다.

"그런데 한 가지 더 할 일이 있습니다. 백상아리들을 유인하기 위해서는 생피 한 단지가 필요한데 어떻게 하시겠소?"

"우리들이 조금씩 헌혈하여 피 한 다지를 만들도록 하지요."

서동랑의 말을 들은 물고기들은 몸에 피를 내어 조금씩 단지에 피를 떨어뜨렸다.

"됐습니다. 석경대장은 나를 따라 성으로 잠입합시다."

청룡왕자와 석경대장은 구불구불한 비밀 통로를 한동안 돌아서서 궁으로 통하는 문에 다다랐다. 청룡왕자는 석경대장에게 미리 계획한 작전을 잘 수행하라고 다짐하고 궁으로 들어섰다.

성 안은 으리으리한 집채들로 꽉차 있어서 옛날의 영화를 한눈에 볼 수 있었다. 그러나 마당에 깔린 수많은 물고기의 뼈와 시체들은 눈뜨고 볼 수 없는 처참한 광경이었다.

"천하에 몹쓸 놈들!"

청룡왕자의 온 몸에서는 용의 뜨거운 피가 끓었다. 그는 내전을 향하여 뚜벅뚜벅 발걸음을 옮겼다.

백상아리들을 수장시키다

궁의 깊숙한 곳에 들어서자 한 곳에 불이 환히 켜져 있었다.

청룡왕자가 문 창호지를 뚫고 안을 들여다보니 눈이 옆으로 쭉 찢어져서 보기에도 날카롭게 생긴 백상아리들이 술잔치를 벌이고 있었다. 청룡왕자는 허리에 찬 퉁소를 꺼냈다. 그리고 그중 한 놈을 향해 획하고 불었다.

'딱!'

퉁소 속에서 날아간 돌멩이 하나가 그중 한 놈의 머리통을 정통으로 맞혔다.

머리통에 돌멩이를 얻어맞은 놈이 머리를 싸매고 아파서 어쩔 줄 몰라했다.

'휙! 휙! 휙!'

돌멩이는 계속해서 날아가 술에 취해 휘청거리는 이놈 저놈의 머리통에 가서 박혔다.

"어떤 놈이냐!"

백상아리들의 눈에서는 새파란 불꽃이 튀었다.

"수정궁 남해용왕의 적자 청룡왕자가 집을 찾아 돌아왔다!"

청룡왕자가 문앞에 떡 버티고 서서 방을 향해 소리쳤다.

"뭐라구!"

백상아리들이 문을 박차고 뛰어나왔다.

"남의 집에 무단 침입한 도적들을 내쫓으러 온 집주인이시다."

열 마리의 백상아리들이 찢어진 눈으로 금세라도 달려들 듯 청룡왕자를 노려보았으나 청룡왕자는 조금도 동요됨이 없이 백상아리들과 맞섰다.

"쥐뿔만한 녀석이 웃기고 있군, 여기가 제 집이라니⋯⋯!"

백상아리들은 키가 3장이 넘는 무지무지한 놈들이었다. 한 놈이 횡사검(橫沙劍)을 빗겨 들고 청룡왕자 앞으로 뛰어나왔다.

"태산백두도 자를 수 있는 내 칼 맛을 보아라!"

놈은 물결을 일으키며 횡사검을 휘둘렀다. 청룡왕자도 재빨리 용천단검을 뽑아들었다.

"남해청룡대왕의 이름으로 네 놈들을 처단하겠다."

청룡왕자는 놈이 휘두르는 검무 속으로 뛰어들었다.

'얍! 얍!'

소용돌이를 일으키며 싸우던 백상아리의 횡사검이 용천단검에 부딪히자 두 동강이 나고 말았다.

"형편없는 멸치들이로군!"

청룡왕자가 용천단검을 들고 놈들에게 달려들었다. 칼이 두 동강이 나자 화가 난 나머지 놈들이 각가지 용궁 무기를 들고 청룡왕자를 둘러쌌다. 그들이 들고 있는 무기는 용궁 군사들이 사용하던 천하무적의 무기들이었다.

"지렁이 새끼 같은 놈! 어디 진짜 우리의 위력을 한번 맛보아라!"

놈들은 청룡왕자를 가운데 두고 한꺼번에 달려들며 맹공을 퍼부었다. 그러자 청룡왕자도 한 손에는 용천단검을, 한 손에는 만파식적을 들고 백상아리들의 예봉을 이리저리 피해 가며 공격의 틈을 노렸다. 열 마리의 백상아리들은 자기들의 숫자와 힘만 믿고 사정없이 무기를 휘둘러댔다. 한동안 백상아리들과 싸우던 청룡왕자가 훌쩍 몸을 날려 놈들의 포위망을 뛰어넘더니 달아나기 시작했다.

"어리석은 녀석, 우릴 당해낼 자는 동서남북해(東西南北海) 어딜 가도 없다는 걸 몰랐겠지!"

백상아리들은 기고만장하여 청룡왕자를 잡으려고 뒤를 바싹 쫓아왔다. 청룡왕자는 적당한 거리를 두고 놈들을 유인하였다.

비밀 통로 근처에 이른 청룡왕자가 만파식적을 입에 대고 짧게 소리내어 불었다. 통로 입구에 숨어 있던 문어, 오징어, 꼴뚜기들이 피리 소리를 듣자, 일제히 먹물을 뿜었다. 순식간에 주위가 먹물에 가려 새카맣게 되어 보이지 않게 되었다. 어둠 속에서 또다시 만파식적의 짧은 소리가 두 번 들렸다. 석경대장이 피단지를 들고 비밀 통로를 들어가면서 약간의 생피를 흘려보냈다.

"음, 피냄새다."

피냄새를 맡으면 흥분을 억제치 못하는 백상아리들이 냄새를 따라 다투어 비밀 통로 속으로 석경대장의 뒤를 따라 들어갔다.

"하나, 둘, 셋, … 열 마리!"

청룡왕자는 회심의 미소를 지었다. 단지에서 피를 흘려 보내며 석경대장은 구불구불한 굴 속을 전속력으로 질주하였다.

비밀 통로 밖에서는 나머지 물고기들이 석경대장이 나오기만을 고대하고 있었다.

"대장님이다!"

물고기 한 마리가 소릴 질렀다.

"굴려라!"

물고기들은 일제히 굴 입구를 향해 돌을 굴렸다. 순식간에 굴 입구는 물고기들이 굴린 바위와 돌로 막혀 버렸다.

오직 피맛에 취해 달려오던 상아리들이 굴이 막혀 버리자 다시 돌아서려 하였다. 그러나 굴의 통로가 좁은 데다가 워낙 몸집이 큰 상아리들은 몸을 자유롭게 움직일 수 없었다. 화가 난 놈들은 서로를 물어뜯고 싸웠다. 얼마가 지나자 그들은 그대로 갈기갈기 찢겨서 모조리 굴 속에서 죽고 말았다. 성쪽의 통로도 이미 문어들이 바위로 틀어막아 버렸으므로 상아리들은 동굴 속에 그대로 수장되어 버리고 만 것이다.

흑룡(黑龍)과의 대결

백상아리들을 수장시킨 청룡왕자는 곧바로 흑룡이 잠들어 있는 침전(寢殿)으로 갔다. 흑룡은 물고기들을 포식(飽食)한 후 정신없이 잠들어 있었다.

"진정 그대가 용이시라면 아버님과도 친분이 두터우실 터인데 어찌 주인이 집을 비운 사이 이토록 혹독한 짓을 하시오!"

청룡왕자가 침전의 문을 열고 꾸짖었다. 얼떨결에 잠에서 깨어난 흑룡이 별안간 나타난 청룡왕자의 호통 소리에 크게 놀라 일어났다.

"무엇하는 놈이냐! 여봐라, 백교어(白鮫魚 : 흰 상어)들은 어디 있느냐. 저 놈을 당장 끌어내려라."

흑룡이 세상이 떠나갈 듯 큰 소리로 호령을 했다.

"보잘것없는 멸치 새끼들은 찾아 무엇을 하겠소! 그들은 이미 당신 곁에서 멀리 떠나 버렸소!"

"무엇이라구! 에잇! 발칙한 놈. 미꾸라지 한 마리가 온 바다를 흐리게 한다더니 네 놈이야말로 철없는 하룻강아지로구나!"

흑룡이 자리를 박차고 일어섰다.

"음, 내 남해용자로서 자비를 베풀어 그간의 일을 뉘우치면 용서하려 하였거늘 끝까지 자신이 저지른 죄를 깨닫지 못하고 앙탈을 부린다면 남해청룡대왕의 이름으로 네 놈을 응징하겠다."

"듣기 싫다! 비린내 나는 놈!"

흑룡이 대노하여 입에서 독풍을 내뿜었다. 바람과 함께 그 동안 삼켰던 물고기의 뼈들이 날카로운 촉이 되어 쏟아져 나왔다.

"앗!"

청룡왕자는 독풍에 날려 수십 장 뒤로 나가떨어졌다. 그러나 날아가면서도 정신을 차리고 용천단검을 뽑아 날아오는 촉을 막았다.

"뿔도 없는 규룡의 주제에 감히 청룡왕자를 대적하려 들다니, 이 칼이나 받아라!"

청룡왕자는 용천단검을 흑룡을 향해 던졌다. 그러나 흑룡도 만만하지는 않았다. 두꺼운 갑옷은 용천단검을 통겨 버렸다. 그리고 날카로운 발톱을 들어 청룡왕자를 움켜 잡으러 달려들었다. 청룡왕자는 날쌔게 몸을 피해 이번에는 만파식적을 입에 물고 획하고 불었다. 퉁소에서 날아간 작은 돌멩이가 날아 가는 동안 커져서 큰 바위가 되어 흑룡을 덮쳤다. 그러나 흑룡이 몸을 피하면서 꼬리로 바위를 쳤기 때문에 오히려 청룡왕자 쪽으로 바위가 날아왔다.

"보통 놈은 아니로군."

청룡왕자가 몸을 피하는 사이 흑룡은 두 발을 들어 앞으로 쭉 뻗었다. 칼날 같은 용의 발톱이 청룡왕자를 향해 날아왔다.

"익크!"

청룡왕자는 재빨리 만파식적을 입에 대고 획, 획 불었다. 퉁소에서 나온 돌멩이와 용의 발톱이 청룡왕자의 눈앞에서 부딪혀 떨어졌다. 위기일발(危機一髮)의 순간이었다. 화가 머리끝까지 오른 흑룡이 이번에는 몸을 뒤틀기 시작했다.

바다가 출렁이며 물결이 빙글빙글 돌아 소용돌이를 이루었다. 그러자 바닷속의 모든 것들이 흑룡의 소용돌이에 휘말려 곤두박질치기 시작했다.

"아 — 아, 정신을 차릴 수가 없구나!"

청룡왕자는 소용돌이에 휩싸여 정신없이 버둥거렸다.

한편, 서동랑을 제물로 바친 뒤에도 바다는 요지부동 움직이지 않았다. 배에 탄 사람들이 또다시 웅성거리기 시작했다.

"남자아이 하나로는 용왕님 성에 차지 않는 모양입니다. 나머지 아이들도 제물로 바쳐 보는 게 어떻겠소?"

사람들은 이제 제정신이 아니었다. 사람들 성화에 못 견딘 선주가 다시 혜초스님을 찾아왔다.

"낸들 어쩌겠소. 아이들을 내놓던가, 부처님께 빌어서 배를 움직여 보던가 양단간에 결단을 내시오."

스님은 좌선(坐禪)을 한 채 묵묵히 염주 알만 굴리고 있었다.

"애들아, 저 꼬마애들도 어쩔 수 없이 용왕의 제물이 되어야 하겠다."

선주가 죽지랑과 기파랑을 가리키자 건장한 뱃사람들이 두 소년에게 달려들어 밧줄로 꽁꽁 결박하였다. 죽지랑과 기파랑은 이미 모든 걸 체념하고 있었고 자기들이 희생되어 뱃사람들과 스님이 무사할 수만 있다면 언제든지 희생되어도 좋다고 생각하고 있었기 때문에 조금도 반항하려 하지 않았다.

"기다려라!"

뱃사람들이 죽지랑과 기파랑을 막 바다에 빠뜨리려고 하는 순간 혜초스님이 자리에서 일어났다.

"한 치의 앞도 볼 줄 모르는 버러지 같은 중생들아, 인간의 생로병사는 부처님께서만이 주관(主觀)하시거늘 어찌 사람의 목숨을 그렇듯 가벼이 버리려 드느냐! 보아하니 지금 바닷속에서는 굉장한 움직임이 벌어지고 있으니, 곧 참기 어려운 풍랑이 일 터인즉 거기에나 대비하도록 하여라."

스님의 말을 들은 뱃사람들은 자기 자신들의 분별없는 행위에 부끄러워하면서도 스님의 말을 믿으려 하지 않았다. 그러자 스님 말대로 조금 있으니 검은 먹구름이 몰려오며 바다가 출렁이기 시작하였다.

소용돌이에 휘말린 청룡왕자는 정신을 바싹 차렸다.

"안되겠군!"

청룡왕자는 몸을 솟구쳐 바다 밖으로 뛰어올랐다. 소용돌이치던 흑룡도 물결을 가르고 청룡왕자를 쫓아 바다 위로 치솟아올랐다. 푸른 기운과 검은 기운이 두 줄기 서기를 내뿜으며 하늘에서 서로 뒤틀고 휘감기었다. 하늘도 놀랐는지 천둥 번개와 함께 비바람이 휘몰아쳤다.

'쿠와앙!'

천둥 번개와 두 용이 지르는 소리에 온 천지가 들먹거렸다.

검은 기운이 푸른 기운을 향해 쏜살같이 달려들었다. 푸른 기운이 이리저리 비틀거리더니 한 가닥 광채가 유성이 흐르듯 검은 기운을 향해 날아갔다. 청룡왕자가 혼신의 힘을 다해 용천단검을 흑룡을 향해 던진 것이다. 때마침 뇌성벽력이 천지를 진동하면서 날아가는 용천단검에 부딪혀 푸른 광채를 발함과 동시에 흑룡의 정수리에 들이박혔다.

'우우우왕!'

흑룡은 외마디 비명을 지르고는 하늘을 휘저으며 꿈틀대더니 곧 바닷속으로 거꾸로 떨어졌다. 하늘에 검은 기운이 사라지자 몰려왔던 구름이 서서히 걷히며 밝은 햇빛이 온 바다를 환히 비췄다. 흑룡은 한 마리 실뱀으로 변하여 죽어 있었다.

"왕자님 만세!"

물고기들은 흑룡의 죽음을 보고 기뻐 날뛰었다.

"자, 여러분! 이제 자유로운 몸이 되었습니다. 못된 놈의 실뱀이 득도(得道)하여 흑룡의 흉내를 낸 것입니다."

청룡왕자는 물고기들을 안심시켜 각기 자유롭게 살도록 하고 용궁을 예전처럼 깨끗이 세워 놓았다.

"나는 부처님께 공덕을 쌓아야 할 커다란 임무가 부여(附與)된 몸이라, 곧 여기를 떠나야 합니다. 아버님께서 오실 때까지 용궁을 잘 지켜 주십시오. 청룡왕자는 몇몇 대신들에게 뒷일을 부탁하고 아쉬운 작별을 고하였다. 물고기들은 수면까지 올라와 청룡왕자를 배웅하였다.

배에 탄 사람들이 무덥고 지리한 나날 속에 꼼짝 않고 묶여 지내다가 시원한 바람이 불어오자 저마다 생기를 찾는 듯했다. 그러나 그것도 잠시뿐, 바닷물이 용트림을 시작하더니 백두파가 몰려와 배를 마구 흔들어댔다. 천둥 번개가 내려치며 억수 같은 비가 쏟아졌다.

"아이구, 경천동지(驚天動地)도 분수가 있지, 이건 또 무슨 변고란 말인가? 부처님은 무엇 때문에 이토록 우리에겐 자비가 인색하신고."

바닷속에서 푸르고 검은 두 줄기 물기둥이 하늘로 솟아올라 서로 얽히고 설키며 어우러지기를 수십 번 하더니 드디어 두 줄기의 기운이 정면으로 부딪혔다.

'꽈광!'

세상이 무너지는 듯한 굉음과 함께 검은 기운이 밑으로 떨어져 내렸다. 바닷물이 떨어지는 기운에 둘로 갈라지며 산 같은 파도가 배를 덮쳤다. 방향을 잃고 나뭇잎처럼 떠돌던 배는 높은 파도에 맞아 바다 가운데로 고꾸라져 버리고 말았다.

한바탕 소요가 지나간 후 바다는 언제 그랬냐는 듯 고요해졌다. 파도에 휩쓸렸던 사람들은 나무토막을 붙들고 바다 위를 떠다녔다. 다행한 것은 파도에 휩쓸린 배가 여기저기 깨지고 찢어졌지만 항해에는 별 지장이 없었던 것이다. 사람들은 하나 둘 배 위로 기어올랐다. 죽지랑과 기파랑도 뱃사람들에 의해 구조되었다. 스님도 이미 배 위로 올라와 있었다.

"스님, 살아 계셨군요! 이만한 것이 다행입니다. 하마터면 물고기 밥이 되는 줄 알았습니다."

기파랑은 머리를 절레절레 흔들었다.

"난 천지가 개벽(開闢)하는 줄 알았어, 말은 안했지만 죽는 줄 알

고 후생에 다시 태어나더라도 스님께서 하시는 일만은 꼭 이루게 해
달라고 부처님께 빌었었지.”

죽지랑도 정신이 빠진 듯 멍해 있었다. 기적 같게도 폭풍으로 희
생된 사람은 한 사람도 없었다.

“다행한 일이로군! 용왕님이 노여움을 푼 것일까, 아니면 부처님
께서 우리를 도와주신 것일까.”

사람들은 혜초스님에게 몰려와 스님이 부처님께 기도한 덕분이라
고 머리 숙여 고마움을 표하였다.

“서동랑이 불쌍하군!”

죽지랑이 고개를 떨구었다.

“부처님께 왕생극락(往生極樂)하게 해달라고 바라밀다경(波羅蜜多
經)이나 외는 수밖에…….”

기파랑도 고개를 숙였다.

혜초스님과 두 소년이 한동안 슬픔에 잠겨 말을 잊고 있을 때 망
루(望樓)에서 바다를 바라보던 선원이 소리쳤다.

“저기 바다 가운데 사람 하나가 떠 있다!”

“사람이라구? 우리 중에 물에 빠져 희생된 사람은 없다고 하더니
이런 망망대해에 무슨 사람이 떠 있단 말인가?”

사람들이 모여서 웅성거렸다. 배가 물에 떠 있는 사람 가까이 가
서 배의 갑판 위로 건져 놓고 보니 뜻밖에도 그 사람은 서동랑이었
다.

“진정 서동랑이었더냐? 이미 해신의 제물이 된 줄 알았었는데…
….”

스님은 너무 기뻐서 말을 잇지 못하고 눈물만 흘렸다.

“그 무서운 풍랑 속에서 살아남을 수 있다니…….”

사람들은 모두들 기적이라면서 서동랑을 둘러싸고 기뻐하였다.

그러나, 한편 물에 빠뜨려 제물로 삼으려 했던 죄책감에 얼굴을 들지 못하고 있었다.

서동랑은 물을 입에서 토한 후 정신을 차렸다. 온몸이 상처투성이인 것이 물고기들에게 뜯긴 모양이었다.

"우리가 간호해줄게!"

죽지랑과 기파랑은 자신과 뱃사람들을 위해 몸을 던진 서동랑의 늠름한 마음씨에 감화되어 있었다.

"처음엔 우리는 형이 겁쟁이인 줄 알았지."

기파랑이 말했다.

"매사가 소극적으로 보였거던. 이번 일로 형에 대한 인식이 달라졌어. 앞으로 다시는 그런 마음먹지 않을 테니 용서해줘."

죽지랑과 기파랑은 서동랑의 손을 꼭 쥐었다.

"살아난 것만두 다행한 일이지. 스님과 너희들을 못 보는 줄 알았어."

서동랑은 밝게 웃었다.

"과연 계림의 소년들은 용감하고 의리도 깊구나!"

선주와 뱃사람들도 세 소년을 칭찬하였다. 미풍이 불어왔다.

배에 탄 사람들은 또 이제까지의 어려웠던 일을 잊고 미풍에 의지해 항해에 열중하였다.

열병(熱病)

혜초스님 일행이 탄 배는 또다시 남쪽을 향하여 달리기 시작했다. 여기까지 오는 동안에도 많은 세월이 흘렀다. 아무리 굳센 마음으로 항해길에 올랐다고는 하지만 스님과 세 소년은 긴 여로(旅路)에 지쳐 있었다. 남쪽으로 갈수록 태양은 무섭게 이글거리며 열기를 뿜어냈다. 이따금 시원한 바람과 함께 소나기가 쏟아졌으나 그것도 잠시뿐, 사람들은 더위와 멀미로 허덕이었다. 그런데 스님이 갑자기 열병을 얻어 쓰러졌다. 처음에는 별로 대수롭게 여기지 않았으나 시름시름 앓던 것이 나중에는 땀을 뻘뻘 흘리며 이따금씩 정신을 잃고 헛소리를 하기도 하였다. 스님뿐만 아니라 배에 탄 사람들도 대부분이 열병에 걸려 있었다. 삽시간에 열병이 온 배에 퍼져 버린 것이었다.

"아, 괴롭다! 기파랑아, 물좀 다오!"

그렇게 건강하던 죽지랑마저도 기운을 잃고 쓰러져 신음하고 있었다. 배 안에서 병에 걸리지 않은 사람은 기파랑과 서동랑뿐이었다.

"이럴 때 산수유 열매라도 있으면 열기를 내릴 수 있을텐데."

기파랑이 안타까워했으나 배 위에서는 아무런 소용이 없었다.

"안 되겠다. 이러다간 열병에 걸려 모두 죽게 되겠구나!"

며칠이 지나자 열기운을 이기지 못하고 새까맣게 타죽는 사람들이 나타나기 시작했다.

"아아, 살려 주시오!"

"살려 주시오!"

배 안은 시체와 앓는 사람이 뒤범벅이 되어 아비규환(阿鼻叫喚:

뜻밖의 변으로 여러 사람이 몹시 비참한 지경에 빠졌을 때 그 고통을 헤어
나라고 지르는 소리)을 이루었다.

"스님, 뭣하시면 약사여래(藥師如來)님께 병을 낫게 해달라고 소
원해 보십시오. 스님이 돌아가시고 나면 이제까지의 고행이 무슨 소
용이 있겠습니까?"

기파랑이 안타까워서 스님께 애원하였으나 스님은 머리를 저을
뿐 기파랑의 말에 귀를 기울이지 않았다.

배에 탄 사람들이 열병에 정신을 잃고 있는 동안 배는 처음 목적
하던 방향과는 전혀 다른 곳으로 흘러가고 있었다. 멀리 시커먼 섬
이 보였는데 배는 그 섬을 향해 가고 있었으나 아무도 그런 것에 정
신을 쓸 겨를이 없었다. 사람들은 섬이 보이자 오히려 환호성을 올
렸다.

"선주님, 저기 섬이 보입니다. 잠깐 내려서 물과 식량도 구하고
앓는 사람들도 쉬도록 하는 것이 어떻겠습니까?"

선원들이 말하자 선주도 열병 때문에 어쩔 줄 모르고 쩔쩔 매고
있었던 터라 선원들의 말에 따르기로 하고 섬에 배를 대었다.

"언제 배가 떠날는지 모르니 너무 멀리 가지 말도록 하시오."

선주는 사람들에게 주의를 주고 배에서 내리도록 하였다.

"형님, 우리도 스님과 죽지랑을 데리고 시원한 숲 그늘에 가서 휴
식을 취하도록 하면 어떨까?"

기파랑이 서동랑에게 말했다.

"그래, 그게 좋겠구나! 나도 지금 생각중이었어."

서동랑과 기파랑은 스님과 죽지랑을 등에 업고 배에서 내렸다.

섬은 대부분 관목들로 덮여 있었다. 그러나 햇빛에 말라 버린 듯
생기가 없었고 여기저기 시커먼 돌과 바위들이 널려 있어서 쉴 곳이
라고는 찾아보기 힘들었다.

"태양열 때문에 나무들이 모두 시들어 버렸구나. 좀더 숲속으로 들어가 적당한 장소를 찾아보도록 하자꾸나."

서동랑과 기파랑은 스님과 죽지랑을 업고 그늘을 찾아 관목을 헤치고 앞으로 더 나갔다. 열병에 걸린 다른 사람들도 서동랑과 기파랑을 따라왔다. 그리고 적당한 장소를 택하여 앉고 누워 휴식을 취하였다.

"얘들아, 과일을 먹고 싶구나."

스님이 숨을 몰아 쉬었다.

"글쎄, 지금 어디서 과일을 구할 수 있단 말인가?"

서동랑과 기파랑은 서로 얼굴을 마주보며 난감해 하였다.

서동랑이 자리에서 일어났다.

"조금만 참고 기다리십시오. 섬이 넓으니까, 숲속을 돌아다니다보면 산딸기라도 따올 수 있을 것입니다."

서동랑은 기파랑에게 스님과 죽지랑을 잘 보살피라고 부탁하고 과일을 구하러 숲속으로 사라졌다. 나무 그늘이라고는 하지만 겨우 햇볕을 가릴 수 있을 뿐, 땅에서는 더운 기운이 훅훅 솟아올랐고, 무더운 열풍이 계속해서 불어왔기 때문에 열병에 걸린 사람들의 고통은 이만저만이 아니었다.

"물좀 줘!"

"살려 줘!"

열병에 걸린 사람들의 신음이 여기저기서 들려왔다. 그런데 후텁지근한 바람에 실려 검은 꽃가루 같은 것이 날아다녔다. 그리고 그것이 사람들 몸에 달라붙었는데 그럴 때마다 사람들은 괴로움에 비명을 질렀다.

"아이구, 가려워!"

"아이구, 쓰라려!"

검은 꽃가루는 사람들의 피부를 갉아먹고 곪아 터트렸다.

"스님, 중생들이 괴로워하고 있습니다. 이런 일은 부처님께서만 구제할 수 있는 일이오니 제발 불력(佛力)에 호소하여 병고(病苦)에서 벗어나게 하소서."

기파랑이 스님께 또다시 간청하였다.

"쓸데없는 소리! 내 여기 올 때 맹세하였느니라, 내가 받는 모든 고통과 수난은 계림과 임금께서 불덕을 쌓는 일에 조금이라도 보탬이 되게 하여 달라고. 지금 받는 이 고통을 피해 모처럼 쌓으려는 공덕을 허물어야 되겠느냐?"

"아이구 스님, 그것과는 성질이 다릅니다. 제발 제 말을 들어 주셔요."

그러나 스님은 막무가내로 고개를 흔들었다. 그리고 다시 깊은 혼수 상태에 빠져 버렸다. 이때 숲속에서 사람들 몇 명이 나타났다.

"도와 주십시오. 역신(疫神)의 노여움을 샀소이다!"

이곳 주민이라고 하는 사람들은 뱃사람들에게 도와줄 것을 호소해왔다. 그런데 그들도 병마에 시달려 눈이 휑하니 뚫리고 앙상히 뼈만 남아 있어 마치 시신을 보는 듯하였다. 그리고 검뎅이가 온몸에 붙어 있어 전신이 퉁퉁 붓고 곪아 있었다.

"어인 일이십니까, 자세히 말씀해 주십시오."

기파랑이 그중 나이가 지극해 보이는 사람에게 물어 보았다.

"역신의 저주를 받았습니다. 어느 날 저기 보이는 저 민둥산에 역신이 둥지를 틀었지요. 어디서 노여움을 샀는지 모르나 평화롭던 저희 마을에 온갖 병마를 뿌리기 시작했습니다. 여기 날아다니는 검은 먼지들도 자세히 보면 그가 보낸 작은 병마들입니다. 무수한 사람들이 죽어갔지요. 오늘이 역신의 발병(發病) 제전이 있는 날입니다. 우리 마을 사람 모두를 한 곳에 모아놓고 자신의 위력을 보여 주겠다고 합니다. 오늘 자정이 되면 우리는 역신의 제물로 사라지고 말 겁니다."

노인은 말을 마치고 그 자리에 쓰러져 정신을 잃고 말았다.

"우리 역시 이 지경이니 어떻게 하면 좋겠습니까?"

기파랑이 누워 있는 사람을 돌아보며 말하였다.

"저 배로 이 섬을 빠져 나갈 방법은 없습니까?"

"지금은 불가능합니다. 이 사람 모두를 배에 실으려면 시간이 없습니다."

"빠져 나갈 수 있는 사람만이라도 섬을 탈출해야지요. 모조리 죽을 수는 없지 않습니까?"

주민의 말을 듣고 배로 온 사람들이 서로 앞을 다투어 일어서서 배로 몰려가려 하였으나 그들은 한 걸음도 움직일 수 없었다. 검은 병마들이 그들의 몸에 속속 침투하여 온몸의 힘을 다 빼놓았기 때문이었다.

역신(疫神)의 내습(內襲)

사람들이 병마와 싸우느라 허덕이는 동안 날이 어두워지기 시작했다. 날이 어두워지면서 후텁지근한 바람이 이번에는 산 위로부터 불어왔다. 그러자 바람을 쏘인 사람들의 정신이 몽롱해졌다. 바람은 더욱 살랑거리며 사람들의 몸 속을 파고들었다. 이제까지 비명을 지르며 아우성치던 사람들이 언제 병마에 시달렸었느냐는 듯 하나 둘

자리에서 일어났다. 그리고 바람이 불어오는 쪽을 향하여 무엇에 이끌린 듯 줄지어 걸어갔다. 그들이 다다른 곳은 산 밑 돌밭이었다. 양쪽으로 시커먼 바위들이 서 있고 여기저기 짐승과 사람의 뼈들이 깔려 있었다. 이미 거기에는 수많은 원주민들이 쓰러져 신음하고 있었다. 산 밑에 이르자 이제까지 불어오던 후텁지근한 바람이 그쳤다. 그러자 몽롱했던 사람들의 정신이 다시 들며 잊어버렸던 아픔이 또다시 몸에 스며들었다.

"아이구!"

"아이구!"

"살려 주시오, 살려 줘요!"

사람들은 또다시 땅에 엎드려 비명을 질렀다. 계곡은 온통 비명소리로 지옥을 이루었다. 캄캄한 밤하늘엔 실낱 같은 초승달과 희미한 별만이 깜빡일 뿐이었다. 기파랑은 이제나저제나 서동랑이 돌아오기를 기다렸으나 어디를 헤매고 있는지 나타나지 않았다. 다시 후텁지근한 바람이 불어왔다. 그 바람에 섞이어 온갖 염병마들이 날아와서 사람들을 덮쳤다.

기파랑은 여기저기 뛰어다니며 사람들을 돌보았으나 혼자의 힘으로는 어찌할 수가 없었다.

"아 —, 아 —"

"사람 살려!"

"사람 살리시오!"

사람들의 비명소리가 산골짜기에 울려퍼졌으나 병마들은 더욱 기승을 부리며 사람들의 살 속을 파고들었다. 후텁지근한 바람이 점점 강하게 불어오더니 뜨거운 열기를 몰고 붉은 기운이 돌 마당 가운데로 날아왔다. 그리고 불기둥이 되어 사람들 앞에 우뚝 섰다.

"으하하하하! 맛이 어떠냐!"

붉은 기운이 역신(疫神)의 모습으로 변해 온 세상이 떠나갈 듯 웃음을 터뜨렸다. 그 웃음은 듣는 사람으로 하여금 지옥의 밑바닥으로 끌어내리는 저주의 웃음소리와도 같이 들렸다.

"이 몸은 윤회(輪廻)를 벗어나지 못하고 허우적거리는 중생들의 생로병사(生老病死) 가운데 병사(病死)의 막중한 책임을 맡고 있는 역대신(疫大神)이시다. 그런데 너희 인간들은 세상의 순리(順理)를 잊고 내가 가는 곳마다 방(榜)을 써붙이고, 굿을 하고 갖은 해괴한 짓거리를 하면서 이 몸에게 온갖 저주와 비웃음과 비행을 자행하고 있도다. 이 어찌 분통이 터지고 오장육부가 끓는 파렴치한 행위가 아니겠는가?"

역신의 입에서는 붉은 병마들이 수없이 쏟아져 나왔다.

"생각해 보아라 인간들아, 죽음 없는 삶이 어디 있으며, 영원한 삶이 있다면 너희들의 그 오만(傲慢)과 방종(放縱), 끝없는 죄악을 과연 누가 다스리겠는가!"

역신의 분노는 하늘을 찌르는 듯했다. 또한 역신의 양옆에 버티고 섰는 질마왕(疾魔王)들이 커다란 부채를 들어 역신의 입에서 꾸역꾸역 토해 나오는 병마들을 사람들 쪽으로 날려보냈다. 병마들은 굶주린 악귀처럼 사람들 몸에 붙어 살을 뜯고 뼈를 깎아 그들의 정신과 육체를 죽음으로 몰아넣었다.

"으아악! 살려 주소서!"

"역신님, 한번만 용서하소서!"

역신은 또다시 분노의 일갈(一喝)을 터뜨렸다.

"쓸데없는 소리 마라! 내 아무리 마음이 넓고 크다 하나 분수를 모르고 날뛰는 너희들의 행위엔 완전히 질려 버렸다. 자— 이제 역신의 분노가 어떤 것인지 맛좀 보아라!"

역신이 노하여 날뛰는 서슬에 천신(天神)과 지신(地神)도 감히 얼굴을 내밀지 못하고 숨어서 눈치만 살폈다.

이때 기파랑이 홀연 역신 앞에 섰다.

"역신님, 우리 중생들이 어찌 역신님의 막중한 중책을 한시라도 잊고 산 적이 있겠습니까? 윤회에 얽매인 가련한 미물들이 촌음이라도 더 편안히 살고 싶은 욕망에 눈이 어두워 감히 분수를 모르고 역신님께 노여움을 드렸사오니 넓으신 아량을 다시 한번 베푸시어 병고에 허덕이는 저 불쌍한 사람들을 손에서 풀어 주옵소서!"

기파랑의 말에 귀를 기울이던 역신이 크게 웃음을 터뜨렸다.

"우하하하하! 내 뜻을 알아주는 인간이 있다니 기특하고 즐겁도다. 그러나 나는 속지 않는다. 너희 인간들은 눈앞에 고통이 없어지는 순간 옛일을 까맣게 잊어 버리는 어리석은 짐승들이거든. 아마도 내가 돌아서는 즉시 나에게 침을 뱉고 갖은 욕설과 저주를 등뒤에서 퍼부을 것이며, 나를 쫓아내기 위한 일념으로 온갖 약재와 의술을 익혀 아무 죄도 없는 내 사랑하는 병마들을 죽이고 주문과 푸닥거리로 내 기운을 빼앗으려 할 것이다. 어찌 내가 너희 인간들 농락에 또다시 놀아나야 한단 말이냐!"

역신의 일그러진 얼굴은 용광로와 같이 벌겋게 타올랐으며, 눈과 코와 귀와 입에서는 시뻘건 불꽃과 함께 병마들이 사방으로 뛰쳐나왔다.

"하오나 선악의 판단은 부처님께서 다스리시는 일이오며 또 대부분의 인간들은 천리(天理)에 순응하며 살고 있습니다. 더구나 스님과 저희들은 불법을 터득하기 위해 천축국으로 구도여행을 떠난 순례자들이오라 사리(事理)에 어긋나는 일은 맹세코 한 적이 없습니다. 이번 일에 노여움을 푸신다면 부처님께 공덕을 아뢰어 달라고 빌겠사오니 미천하고 나약한 소생의 소원을 들어 주옵소서."

기파랑은 역신에게 간곡히 소원하였다.

"말솜씨가 그럴 듯하군! 세상엔 죄 많은 놈일수록 청산유수(靑山流水)로 말을 늘어놓지. 그런데 네 놈은 누구길래 역신의 병마에도 굴하지 않고 아기죽아기죽 잔소릴 늘어놓는 것이냐?"

역신은 무섭게 기파랑을 쏘아보았다. 기파랑은 합장을 하고 공손히 머리를 조아려 아뢰었다.

"미천한 소생은 천축국으로 구도여행길에 오른 혜초스님의 제 삼 제자 기파랑이란 소년입니다."

기파랑이란 이름을 들은 역신은 별안간 몸을 뒤틀더니 전보다 더욱 큰 소리로 외쳤다.

"무, 무엇이! 기파(耆婆)라구! 그렇다면 네 놈이 정년 십대천자의 하나로 의왕(醫王)을 자처하는 그 기파가 틀림이 없느냐!"

역신의 입에서 이번에는 새파란 불꽃이 쏟아져 나와 사방으로 퍼져나갔다.

"아—, 아—!"

"살려 주시오!"

사람들은 또다시 비명을 지르며 몸을 뒤틀었다. 역신의 분노로 쏟아져 나온 갖가지의 잡병마들이 무방비 상태로 있는 사람들의 몸 속으로 마구 파고들어가 오만 가지 병을 일으켰다.

"아차! 미처 생각을 못했구나. 내 이름을 그대로 대다니, 역신의 분노를 풀기는커녕 더욱 심사를 뒤틀리게 했으니 이를 어쩐단 말인가!"

기파랑은 자신의 경솔함을 탓했으나 이미 엎질러진 물이었다.

기파랑의 조상들은 오랜 옛날부터 대대로 이름난 명의(名醫)의 집안이었으며 기파(耆婆)란 이름도 이 다음에 자라 병고에 시달리는 사람들을 구제하라고 할아버지께서 의왕(醫王)의 이름을 따서 붙여준 이름이었다.

"발칙하고 무엄하도다. 아까부터 일천오백육십 가지 병마를 퍼뜨렸건만 말똥말똥 두 눈을 뜨고 살아 있는 네 놈을 수상하게 여겼더니만……!"

역신은 자신의 분노를 이기지 못하여 주먹으로 땅을 내리쳤다. 그 서슬에 천지가 진동하며 금방 사람들 앞에 오십 척이 넘는 웅덩이가 패였다.

"좋다! 매사에 사사건건이 나와 내 신하를 죽이고 몰아내며 못살게 굴던 네 놈이 스스로 내 앞에 나타나다니, 저 인간들과 함께 모조리 쓸어 웅덩이에 처넣어 버릴 테다."

역신은 땅을 박차고 하늘 위로 솟구쳐 오르더니 곧바로 몸을 돌려 기파랑을 향해 내려오면서 두 손을 쭉 뻗었다. 그러자 두 손끝에서 강한 바람이 일어나며 수천 수만의 질병마들이 쏟아져 나와 기파랑을 향해 덤벼들었다.

"아아아 앗! 으음!"

기파랑은 혼신의 힘을 다해 질마신들을 막으려고 손을 내저었다. 온 세상에 퍼져 병고에 허덕이는 사람들을 치료하던 의왕들도 급히 달려와 기파랑을 감싸안았다. 그러나 역신의 노여움을 막기에는 역부족이었다. 역신은 다시 몸을 솟구쳐 몸을 틀면서 아까보다도 더 강한 바람을 날렸다. 산이 무너지고 나무가 송두리째 뽑힐 것 같은 무시무시한 강풍이 일어났다. 기파랑을 감싸안았던 의왕들이 강풍에 날려 어디론가 흔적도 없이 사라져 버렸다. 그와 동시에 의왕의 이름으로 보호되었던 기파랑의 몸에는 새까맣게 질병마들이 달려들어 살속, 뼛속, 핏속, 가릴 것 없이 파고들었다.

"아아아아, 스님……!"

마지막 한 사람으로 남아 버티던 기파랑도 찢기고 곪아터지며 그 자리에 쓰러져 정신을 잃고 말았다.

숲속 깊숙한 곳에서 서동랑은 금방 벌어진 일들을 낱낱이 보고 있었으나 속수무책(束手無策) 그 자리에 서 있을 뿐이었다.

처용탈

온 섬이 역신(疫神)의 발병(發病) 제전으로 아비규환을 이루고 있을 때, 비명 소리에 섞여 은은하고 희미하게 퉁소 소리가 들려왔다. 퉁소 소리는 역신의 분노로 인해 끊어질 듯 가늘게 들렸지마는 분명 이 쪽을 향하여 가까워지고 있었다. 순간 분노의 병마를 퍼붓던 역신의 눈과 귀가 퉁소 소리가 나는 쪽을 향하여 움찔거렸다.

희미한 달빛을 뚫고 웬 흰 옷을 입은 사나이가 퉁소를 불며 역신을 향해 걸어오고 있었다.

"으음, 아직 살아 움직이는 놈이 있다니!"

역신의 눈썹이 꿈틀거렸다. 역신이 또다시 두 손을 뻗쳐 사나이에게 질병마를 뿌리려는 순간, 사나이는 퉁소를 입에서 떼었다. 사나이는 잠시 역신을 바라보더니 이내 두 팔을 벌려 춤을 추기 시작했다. 여인의 눈썹 같은 상현달이 서편 하늘에 걸려 있어 희미한 빛을 발하고 있었다. 그 희미한 달빛이 사나이의 옷자락에 감기었다. 사나이는 경쾌하고 익숙한 솜씨로 춤사위를 그려나갔다.

서울 밝은 달에
밤들도록 놀러다니다가

들어와 자리 보니
다리가 넷이로다.
둘은 내 해였고
둘은 뉘 해인고
본디 내 해였으나
빼앗김 어찌하리.

사나이는 하늘을 휘저어 춤을 추며 구성지게 노래를 불렀다.

노래를 들은 역신의 얼굴이 갑자기 일그러지기 시작했다.

"아아―, 너는, 너는……!"

역신이 신음했다.

"약속을 지키시오."

사나이가 춤을 멈추고 서서 역신에게 다그쳤다.

"도대체 여기가 어딘데 이곳까지 나타날 수 있단 말인가?"

역신의 목소리가 떨렸다.

"그 때, 당신은 내 아내를 범하려 했소. 그러나 나는 당신을 너그러이 용서하였소. 당신도 내게 용서를 빌고는 다시는 내 앞에 나타나지 않겠노라 굳게 굳게 맹세하였소."

사나이가 역신을 향해 준엄(峻嚴)하게 따지고 들었다.

"그 때는 그 때, 그리고 그 곳은 여기서 수만 리 떨어진 계림의 금성이 아닌가? 뭣 때문에 이곳까지 와서 남의 일에 방해하는가!"

역신도 지지 않고 사나이와 맞섰다.

"신(神)과 신(神)의 약속이오. 그 때 나는 당신이 비록 중생들 사이에 꺼려하는 존재이긴 하나 정중히 사과하고 떠나는 그 넓고 큰 마음에 감동하였었소. 생각해 보시오! 인간세상에 태어난 그 자체만으로도 고해(苦海)의 나날을 헤매고 있는 것이거늘 막중한 병사(病

死)의 임무를 수행하고 있는 대신이 어찌 사소한 감정의 동요로 미력한 중생을 괴롭힌단 말이오. 노여움을 푸시고 저 사람들을 병마로부터 풀어 주기 바라오. 영원히 당신을 존경하는 이 마음에 혹 잡귀와의 약속이었던가 하는 마음이 들까 무섭소."

사나이의 말에 역신은 고개를 떨구었다.

"으으흐흐, 애초부터 처용, 당신과의 약속이 잘못이었지!"

역신은 두 손으로 머리를 감싸고 괴로워하였다. 이윽고 역신이 머리를 들었다.

"좋다! 약속은 지키겠다. 그러나 앞으로 또다시 내 앞에 나타날 때에는 처용(處龍, 처용가, 처용무: 처용은 신라 49대 헌강왕 때 설화상의 인물 동해용와의 아들로 개운포에서 궁궐에 따라들어와 급간(級干)의 벼슬을 받고 지내던 중 역신이 아름다운 처용의 아내를 탐내어 그의 방에 침범했을 때 밤늦게 돌아온 처용이 처용가를 부르며 역신을 용서하자, 그 너그러움에 감동한 역신이 백배 사죄를 하고 처용의 얼굴을 그린 그림만 보아도 그 문안에 들어서지 않겠다고 약속하고 물러감. 그뒤 사람들은 처용의 얼굴을 그려 병을 쫓고 경사를 맞는 표시로 삼았음. 이는 자연 고유의 무속 신앙이 되어 처용탈을 쓰고 노래부르는 처용무가 성행했는데, 고려조에도, 조선시대 초엽까지도 있었음. 처용가는 향가 처용가와 고려 처용가가 있음. 처용은 또한 태어날 때 해가 가리워졌으므로 나후라존자—석가의 장남으로 해와 달을 관여함—의 변신으로도 신격화되고 있음), 당신이라 할지라도 수천 수만의 질병마로 다스리겠다."

역신은 말을 마치더니 땅을 박차고 일어서서 질마왕들을 데리고 희미한 달빛 멀리로 날아가 버렸다.

역신이 사라진 후에도 질병마들은 사람들 몸에 달라붙어 살과 뼈를 파먹고 있었으므로 괴로움은 가시지 않았다.

사나이는 또다시 춤을 추며 노래를 불렀다.

……이런저런 처용아비옷 보시면
열병신아 회(膾)ㅅ 가시로다.
천금을 주리여 처용아바
칠보를 주리여 처용아바
천금 칠보도 말고
열병신을 날 잡아주소서
아으, 열병대신의 발원이샷다.

사나이의 노래와 춤은 달과 별을 서쪽으로 밀어넣었다.

달과 별이 빛을 잃자 동편이 서서히 밝아오기 시작했다. 사나이는 춤을 멈추고 퉁소를 불기 시작했다. 아름답고 그윽한 퉁소 소리는 계곡을 감싸더니 병마에 신음하는 사람들의 피부 깊숙이로 흘러들었다. 그 소리는 마치 약사여래의 따뜻한 손처럼 병고에 허덕이는 사람들의 몸과 마음을 어루만졌다. 그들은 차츰 평안과 안식을 되찾아 깊은 잠에 빠져 버렸다. 퉁소의 선율은 질병마들조차도 잠들게 하여 버렸던 것이다.

얼마나 시간이 흘렀을까? 사람들이 눈을 떴을 때 맑은 하늘에는 영롱한 햇빛이 반짝이고 있었다. 시원한 바람이 싱싱하게 푸르른 잎사귀를 흔들고 있었다. 검게만 보이던 검은 바위도 푸른 이끼에 싸여 비단결같이 부드러워 보였다.

"아! 시원하고 아름다워라!"

사람들은 언제 병마에 괴로웠었느냐는 듯 자리를 털고 일어섰다.

"스님, 이젠 좀 괜찮으십니까?"

서동랑이 스님을 안아 일으켰다.

기파랑과 죽지랑도 가볍게 몸을 털고 일어났다.

"형님은 그 동안 어딜 돌아다니다 오는거요? 우린 역신의 노여움으로 죽는 줄 알았었는데."

기파랑이 서동랑에게 원망의 눈빛을 보냈다.

"산딸기 따러 산에 갔다가 길을 잃었었지. 날이 밝아서야 겨우 여기를 찾아왔는데, 모두 곤히 잠들어 있길래 깨울 수가 있어야지. 하여튼 다시 만나니 반갑구먼!"

서동랑은 미안하다는 듯 머리를 긁적거렸다.

"어떻게 역신이 물러갔을까?"

"역신을 물리친 분이시라면 여래님밖에 누가 있겠습니까!"

사람들은 모두 다 합장을 하고 부처님께 감사를 드렸다.

한낮이 되자 사람들은 모두 기운을 차렸고, 기운을 차린 섬사람들은 마을로 되돌아갔다.

"이제 우리도 몸이 개운해졌으니 다시 항해길에 오릅시다."

선주가 사람들의 사기를 북돋우었다. 섬에서 약간의 식량과 물을 얻어 실은 배는 부족한 점을 보살피고 다시 남쪽을 향해 돛을 올렸다.

악하고 모질기만 하다고 생각되던 역신도 신의(信義)를 가지고 있다는 것에 서동랑은 깊은 신뢰를 느꼈다.

인간이 생로병사(生老病死)의 윤회를 헤어나지 못하는 존재라면 그것을 다스리는 신이 있는 것도 당연한 일이 아니겠는가!

서동랑은 멀리 계림의 하늘을 바라보며 처용탈을 보따리 깊숙이 밀어넣었다.

적도(赤道)

역신(疫神)의 내습(來襲)을 피한 스님 일행과 배에 탄 사람들은 다시 마음을 가다듬고 힘을 내어 천축국을 향하여 항해를 시작하였다. 그러나 배가 앞으로 나갈수록 날씨가 점점 뜨거워졌다.

"계림에서는 느껴 보지 못한 무더위로군요."

죽지랑은 더위에 숨을 헐떡거렸다. 배에 탄 사람들 모두가 찌는 듯한 더위에 흐느적거렸다.

"이 곳은 세상의 중심이 되는 곳이란다. 해가 머리 위에서 떠서 머리 위로 지는 곳이지, 또한 해와 지상과의 거리가 가장 가까워서 이 세상 어느 곳보다 더운 곳이란다."

스님이 세 소년에게 더운 이유에 대해 이야기해 주었다.

배는 계속해서 더위를 뚫고 나갔다. 그러자 이번에는 며칠을 무섭게 내리쪼이던 해가 차츰 빛을 잃더니 날씨가 어두워지며 비가 내리기 시작했다. 사람들은 오랜만에 시원히 내리는 비를 맞으려고 모두 갑판 위로 올라와 더위를 피하면서 목욕도 하며 즐거워하였다. 비는 여러 날 계속해서 내렸다.

"이렇게 곱게 내리는 비는 처음이야. 바람 한 점 없는데도 잘도 내리는군."

기파랑은 조금의 흔들림도 없이 수직으로 떨어지는 굵은 빗방울에 몸을 맡기며 흐뭇해하였다.

"지금 우리는 상우대(常雨帶 : 적도 부근은 날씨가 무더우므로 데워진 공기가 위로 올라가 바람이 불지 않으며 데워진 수증기는 비로 변하여 늘 비가 뿌리는 곳이 있다)를 지나고 있단다. 이 바다는 일 년 내내 비만 내리지. 이제 곧 무풍지대(無風地帶)로 들어서게 되어 있다."

혜초스님은 장삼을 입은 채 그대로 비를 맞으며 굵게 내리는 비에 대해 자세히 설명해 주었다.

또 며칠이 지나자 스님의 말대로 비가 그쳤다. 배는 마치 굴 속을 나온 것같이 상우대를 빠져나왔다. 상우대를 빠져나오기가 무섭게 불같이 뜨거운 해가 망치 큰 불덩이처럼 머리 위에서 내려쪼이며, 이제까지보다 더욱 강한 열기를 내뿜었다. 바다는 유리를 깔아 놓은 듯 반들반들 윤을 내며 펼쳐져 있었다.

"이 더위를 이기지 못한다면 아무것도 이룰 수가 없지 않겠느냐. 실상 더위는 이제부터인데……."

스님이 세 소년에게 앞으로의 더위에 대비하라고 주의를 주었다.

"질신(疾神)을 벗어나고 나니 이젠 열신(熱神)과 싸워야 하겠군요."

죽지랑이 투덜거렸다.

"여기는 태양열이 하도 강렬해서 바람이 뜨겁게 데워지기 때문에 모든 공기는 하늘 위로만 올라간단다. 그래서 바람은 수평으로 부는 법이 없단다. 지금 우리는 아까 말한 무풍지대에 들어선거야."

"스님은 아는 것도 많으시군요. 이곳은 처음일텐데 어떻게 그렇게 여기 사정을 잘 아시지요?"

기파랑이 궁금해하며 스님께 물었다.

"낯선 곳을 여행하자면 그곳 사정을 미리 잘 알고 가야 하느니, 백일 참선 때 시간이 남는 대로 행로에 대한 공부를 하였었지. 또한 당(唐)에서 공부할 때에 언젠가 천축국 구도여행을 떠날 수 있게 된다면 많은 지식이 있어야 되겠구나 해서 사전지식을 쌓았었단다. 너희들도 모든 일에 준비를 철저히 해두면 언젠가 세상을 살아가는 데 큰 도움이 될 수 있을 것이다. 그리고 지금 우리가 겪고 있는 이 고행도 어떤 의미에서는 이 다음에 우리의 삶을 풍부하게 해주는 훌륭한 공부가 될 수 있는 것이라고 생각한다."

스님의 말에 세 소년은 다같이 고개를 끄덕이었다.

스님 일행이 탄 배는 유리 위를 구르는 꽃마차처럼 조금의 동요도 없이 앞으로 앞으로 미끄러져 갔다.

그런데 어느 날 갑자기 뱃사람들이 소란을 피웠다.

"이게 어떻게 된 일이냐, 앞으로 가던 배가 갑자기 뒤로 가다니……."

스님 일행도 놀라서 뱃전을 올라보니 과연 뱃사람들의 말처럼 배가 뒤로 가고 있었다. 애초부터 바람이 없었으므로 노(魯)에 의해서 앞으로 가던 배가 아무리 앞으로 노를 저어도 막무가내 뒤로만 가고 있었다.

"큰일 났군, 이러다간 몇 백 리 온 길로 다시 되돌아갈 것 같으니……."

사람들은 또다시 걱정 근심에 싸여 웅성거렸다. 서동랑이 선주에게 가서 말하였다.

"선주님, 그 동안 여러 해 항해를 하셨다면서 여기가 어딘 줄도 모르십니까?"

선주가 고개를 갸우뚱하였다.

"지난번 열병을 앓아서 지금 제정신이 아니네. 이곳이 어딘지 자네 알고 있나?"

"아이구, 부처님도 무심하시지. 그래, 여기가 어디냐구요? 여기가 바로 적도(赤道), 세상의 끝입니다. 자칫 잘못 하다가는 바다 끝 낭떠러지로 떨어져 버릴지도 모릅니다. 빨리 적도신(赤道神)께 제(祭)를 지내셔요."

"그래 맞다 맞아! 내 깜빡 잊고 있었구나. 이곳이 세상 끝이지. 자네 말대로 제를 지내야겠군, 고맙네 고마워."

선주는 서동랑에게 연신 머리를 숙여 치하하였다. 그리고 뱃사람들을 불러 부랴부랴 적도제를 준비하였다.

별안간 바다가 출렁이더니 물결을 헤치고 바다에서 커다란 산이 솟아올랐다. 제를 지내려던 사람들이 기겁해서 바라보니 거기에 산같이 큰 거인이 서 있었다.

"아이쿠, 적도신이 나타났구나! 제를 지내지 않았으니 무슨 벼락이 떨어지려는지……."

사람들은 마음이 조마조마하여 뱃바닥에 엎드리어 적도신에게 살려달라고 빌었다. 다만 서동랑만이 죽지랑과 기파랑을 독려하면서 부지런히 제를 지낼 준비를 하였다. 옷을 벗어 앞만 가리고 온통 몸에 검은 기름을 칠하였다. 그리고 향을 피워 적도신 쪽으로 연기를 날려 보냈다.

"얘들아, 요령(搖鈴)을 흔들고 춤을 추어라. 아무렇게나 나를 따라서 하면 돼."

서동랑이 계림에서 보아둔 무녀(巫女)들의 춤을 흉내내어 뱃전을 돌면서 덩실덩실 춤을 추었다. 죽지랑과 기파랑도 서동랑의 뒤를 따랐다. 어느 틈엔가 뱃바닥에 엎드려 있던 사람들도 자리에서 일어나 모두 옷을 벗어 몸에 검은 기름을 칠하고 서동랑의 뒤를 따라 춤을 추었다.

끝없이 넓고 깊은 바다
해를 머리에 이시고
바다끝 떨어지는 배
두 손으로 떠받치시니
늠름하셔라 적도신
늠름하셔라 적도신

서동랑은 만파식적을 꺼내어 적도신 쪽을 향해 불었다. 은은한 선율이 적도신의 마음 속을 어루만졌다.

배에 탄 사람들은 만파식적의 음률에 맞추어 저마다 흥겹게 춤을 추었다. 그들은 각 나라에서 모인 사람들이었으므로 배 위는 마치 여러 나라의 춤 경연(競演)처럼 각가지의 춤들이 흥겹고 즐겁게 어우러졌다.

"하하하하하!"

뇌성같이 큰 웃음 소리가 머리 위에서 들려왔다. 적도신이 즐거워서 너털웃음을 웃는 소리였다. 그리고 입에 한웅큼 바람을 물더니 배를 향해 천천히 불었다. 배는 서서히 앞으로 나가기 시작했다. 그리고 열기의 바다를 지나 섬이 많은 바다까지 흘러갔다.

"적도신은 분노의 신이 아니로군요."

기파랑이 스님께 말하였다.

"그래, 세상에는 선한 신들도 얼마든지 있지. 우리 부처님을 으뜸으로 해서……."

혜초스님도 기분이 상쾌한 듯 적도신을 향해 손을 흔들었다.

"형님의 통소 소리에 반한 모양이지요?"

죽지랑도 손을 흔들었다.

"아까 배가 뒤로 되돌아간 것은 역류(逆流)현상 때문이니라. 태양의 영향으로 적도 중심 양쪽의 바닷물이 남쪽으로 흐르다가 다시 북쪽으로 돌아 흐르기 때문이란다. 누구는 적도신이 잠잘 때 쉬는 들숨과 날숨 때문이라고도 하지. 그 흐름은 누구도 막을 수 없단다 적도신밖에는. 잘못했다간 일 년이구 십 년이구 남북으로 배가 왔다갔다하다가 스스로 바닷속에 가라앉아 버리게 된단다. 서동랑은 언제나 위태로울 때 우리를 구해 주는구나."

스님은 미소를 머금고 서동랑의 어깨를 두드렸다.

"저도 계림에서 떠나올 때 사전지식을 쌓은 게 있거든요."

서동랑은 스님을 바라보며 빙긋이 웃었다.

배에 탄 사람들은 언제까지나 춤을 추면서 우울했던 마음을 달랬다.

육비사각신(六臂四脚神)

남쪽으로만 달리던 배가 서쪽으로 선수(船首)를 돌렸다. 뱃길은 이제까지의 망망대해(茫茫大海)와는 달리 점점이 널려진 수많은 섬 사이로 이어진 해안선을 따라 미끄러져 갔다. 시원한 바닷바람이 미역 냄새를 실어왔으므로 배에 탄 사람들의 마음은 그 어느 때보다도 상쾌하였다.

"스님, 이대로 천축국까지 닿았으면 좋겠습니다."

죽지랑과 기파랑이 혜초스님에게 말했다.

"편안할 때라고 마음을 놓아서는 안되느니라. 항상 참선하듯 정성을 모아 신중해야지. 얘들아, 그도 그렇지만 부처님이 만드신 아름다운 바깥 세상이나 구경하자꾸나!"

스님은 야자수 늘어진 섬의 풍경이라든가, 백옥 같은 모래사장, 밑바닥까지 보이는 비취색 바다에 도취되어 넋을 잃고 주위를 바라보고 있었다.

"여기서부터 조심해야 한다. 잘못 뱃길로 들어섰다가는 엉뚱한 곳으로 배를 몰고 가거나 암초에 부딪혀 물귀신이 될 염려가 있으니까. 전에도 뱃길을 잃고 몇 해를 바다 가운데 떠다니면서 고생한 적이 있었지."

선주는 뱃사람들에게 단단히 주의를 주었다.

배는 섬과 섬, 암초(暗礁)와 암초 사이를 교묘히 피해 미로 같은 뱃길을 헤쳐 나갔다. 며칠 동안 섬 사이로 빠져나가던 배가 이번에는 좁은 해협으로 접어들었다. 깎아지른 듯한 벼랑이 양쪽으로 병풍처럼 펼쳐져 있는 긴 해로였다. 어느덧 옥색의 물빛이 바다를 알 수 없는 검푸른 빛으로 변해 있어 예측할 수 없는 긴장감을 불러일으켰다.

"이 해로를 지나야만 천축국으로 통하는 넓은 바다에 들어설 수 있습니다. 또한 이곳은 남에서 서북으로 부는 태풍의 길목이기도 하지요. 만약 이곳에서 어쩔 수 없이 태풍을 한번 만나기라도 한다면 그야말로 세상 끝 어디로 날아갈는지 생각하기만 해도 끔찍합니다."

선주는 목적지까지 무사하게 닿을 수 있도록 부처님께 빌어달라고 혜초스님에게 당부했다. 그리고 뱃사람들에게 풍랑에 대비하여 점검을 단단히 해두라고 일렀다. 아니나 다를까 선주의 말이 채 끝나기도 전에 배의 뒤쪽으로부터 강한 바람이 불어오기 시작했다.

"돛을 내려서 단단히 묶어라."

"배 위의 사람들은 모두 선실로 내려가시오."

선주가 소리를 질렀다. 시간이 지나갈수록 바람은 점점 더 거세게 불어닥쳤다.

바람이 불어오자 바다가 용트림을 치기 시작했다. 스님이 탄 배는 풍랑에 휩쓸려 나무 토막같이 흔들렸다.

"정말 이곳은 한시라도 마음을 놓을 수가 없군요."

죽지랑과 기파랑은 스님을 양쪽에서 팔로 껴안고는 서로 떨어지지 않게 몸의 균형을 잃지 않으려고 애썼다.

갑자기 온 바다의 바람이 한꺼번에 뭉쳐지더니 좁은 해협으로 몰려들었다.

"앗!"

미처 손을 써 볼 사이도 없이 혜초스님이 탄 배는 바람에 날려 순식간에 공중으로 솟아올랐다. 그리고는 옆에 있는 계곡에 내동댕이쳐져서 산산조각이 나고 말았다.

얼마가 지나 바람이 잦아지자 바다는 언제 폭풍이 있었냐는 듯 잔잔해졌다. 비좁은 해협 여기저기에는 난파한 배의 조각만이 어지러이 떠돌아다녔다.

바다가 잔잔해지자 서동랑이 물결을 헤치고 수면 위로 떠올랐다. 정신을 차려 사방을 둘러보았으나 사람의 그림자라고는 보이지 않았다. 서동랑은 급히 해변가로 헤엄쳐갔다. 해변가 벼랑 아래 죽지랑과 기파랑이 쓰러져 있었다. 서동랑은 죽지랑과 기파랑을 흔들어 깨웠다. 두 소년은 한참만에야 입에서 물을 토하고 나서 눈을 떴다.

"애들아! 스님은 어떻게 되었니?"

서동랑은 두 소년이 정신을 차리자 혜초스님의 행방에 대해 다그쳐 물었다. 그러나 두 소년도 배가 부서짐과 동시에 정신을 잃었으므로 스님이 어떻게 되었는지 전혀 알 수가 없었던 것이었다. 세 소년은 해변가를 서성이며 스님의 시신이라도 찾으려 애태웠으나 끝내 스님의 모습은 찾을 수 없었다.

"부처님도 무심하시지. 천신만고(千辛萬苦) 끝에 여기까지 왔는데 이처럼 허무한 일을 당하게 하시다니."

세 소년은 눈물을 흘리며 하염없이 바닷가에 앉아 있었다. 그러나 몇 날이 지나도 바다는 아무 흔적도 남기지 않은 채 잔잔하기만 하였다.

"정신을 차리자. 계곡 너머에 절이라도 있다면 망향제나 지내고 스님께서 왕생극락(往生極樂)하시도록 원혼이나 달래드리도록 하자 꾸나."

서동랑은 어쩔 수 없이 두 소년을 데리고 자리에서 일어났다.

'어찌하면 좋단 말인가, 이제 틀림없는 천애 고아가 되었으니.'

세 소년은 힘없이 산 설고 물 설은 이국의 들판을 걷고 있었다.

'이 곳은 참으로 이상한 곳이로군.'

죽지랑이 기기괴괴한 봉우리와 이제껏 본 적이 없는 나무들, 형형색색의 바위들을 바라보면서 중얼거렸다.

"저기 좀 봐! 뾰족한 탑과 절 같은 것이 보인다. 아마 부처님을 모시는 곳인지도 모르겠는데……?"

기파랑이 손가락으로 가리킨 곳에 삐죽삐죽 솟은 탑이 보였다.

"다행이로군, 이런 곳에 사람의 흔적이 있다니. 그리로 가 보기로 하자."

세 소년은 부지런히 탑 쪽으로 걸어갔다. 세 소년이 한동안 앞으로 걸어갔으나 탑은 좀처럼 가까워지지 않았다.

'쿵쿵쿵쿵!'

갑자기 탑이 보이는 벌판에서 뿌우연 먼지가 일어나더니 사람 하나가 이쪽으로 뛰어오고 있었다. 그러나 그 사람이 가까이 와서 섰을 때, 세 소년은 너무도 놀라 하마터면 뒤로 나자빠질 뻔하였다. 그것은 사람이라기보다는 하나의 괴물이었다. 키는 큰 나무의 높이만한데 얼굴은 곱상하고 조그만 여자의 형상을 하고 있어 몸과의 균형이 전혀 어울리지 않았고, 몸뚱이는 사슴이나 말과 흡사하였으며 네 발로 버티고 서 있었는데 팔이 무려 여섯 개나 달려 있었고 모두 울퉁불퉁 근육으로 뭉쳐져 있었다. 또한 뱀 비늘 같은 것이 온몸을 덮고 있었으므로 보기에도 흉칙해서 무서움에 몸이 떨릴 지경이었다. 괴물의 여자같이 곱상한 얼굴에서 찌렁찌렁한 목소리가 울려 나왔다.

"겁낼 것 없다. 기다리는 데는 이력이 나 있으니까. 난 무조건 사람을 잡아먹지는 않아, 조건을 달거든. 인간들이란 하나같이 교만하거나 무모해. 한치의 앞을 내다볼 줄 모르면서도 영원히 존재할 것 같은 행동을 서슴지 않지. 그러나 난 그런 점을 좋아해. 하나의 놀이개로는 다른 동물들과 비교할 수 없을 만큼 재미가 있으니까. 너희들도 예외는 아니지. 시합, 시합에 이기기만 하면 곱게 살려줄 뿐만 아니라 때로는 소원까지도 들어주지."

괴물은 잠시 눈을 깜빡거리더니 다시 입을 열었다.

"나는 풍신과 해신의 도움으로 살아가고 있다. 사실상 천축국으로 들어가는 해협을 아무에게나 열어 놓는다면 천축국은 금방 잡동사니 소굴로 변할거야. 그래서 해신과 풍신이 일단 풍랑을 일으켜 배를 날려 보내면 내가 맡아서 겨룸을 겨룬 다음 이긴 자는 산 너머 바다까지 무사히 돌려보내 준다. 그러나, 여지껏 나를 이긴 자는 하나도 없었어. 이긴다 하더라도 또, 그 다음에 벌어지는 수많은 난관을 극복할 수는 없을거구. 여러 가지 의미에서 난 부처님께 봉사하고 있다고 믿고 있지."

세 소년이 괴물을 처음 대하는 순간에는 무서움 때문에 소름이 끼쳐 바로 바라다보지 못하였으나 시간이 지나는 동안 차츰 공포심이 사라져 갔다. 괴물은 또 자기 자랑을 늘어놓았다.

"사람들은 내 모습만 보고 육비사각신(六臂四脚神)이니 울거나 웃기를 잘한다고 사피양면괴(蛇皮兩面怪)니 하고 지껄이지만 나는 스스로 대자대비(大慈大悲) 그 자체라고 생각해."

괴물은 스스로를 자화자찬하며 마음껏 웃음을 터뜨렸다.

"저 놈이 자만심에 들떠 있군. 부처님을 알고 있다는 것이 천만다행이긴 하지만 언젠가는 제 스스로의 함정에 빠져들거야."

기파랑이 말했다.

육비사각신은 계속해서 자기자랑을 늘어놓더니 세 소년에게 가까이 다가와서 말하였다.

"자, 이제부터 시작할테니 정신을 바짝 차려, 자칫 정신을 놓았다가는 목숨을 빼앗길지도 모르는 일이니까."

세 소년은 긴장하여 몸이 굳어 있었으나 정신을 집중하고 놈의 일거일동을 주시하였다.

육비사각신과 세 소년의 겨룸

육비사각신은 한참 동안 먼 산을 보고 무언가 골똘히 생각하고 있었다.

"겨룸이라, 그렇다면 어떤 겨룸을 말하는 것이냐?"

서동랑이 육비사각신을 보고 말했다.

"뭐라구? 겨룸, 겨룸이라? 그게 뭐하는 거냐?"

육비사각신이 서동랑에게 물었다.

"네가 금방 말했는데."

"그랬던가? 맞아 겨룸, 이제 알겠군."

육비사각신은 여섯 개의 팔을 놀려 손바닥을 쳤다. 그 소리가 어찌나 큰지 마치 벼락이 치는 소리와 같았다.

"나는 한꺼번에 생각하는 버릇이 있거든. 그래서 딴생각을 조금하고 있었지. 이건 그저 물어보는 건데 대답해줘. 나는 다리가 네 개인데 너희는 왜 둘이지?"

"그거야 아무 불편이 없으니까."

기파랑이 말했다.

"나는 그렇게 안 보이는데."

"뱀은 다리가 없지만 지네보다도 빠르거든, 우리가 네 발로 걷는다고 생각해봐. 얼마나 불편할 것인가. 네가 두 발로 걸을 때 불편한 것과 마찬가지지."

"으음, 그렇겠군, 불편이 없다! 그렇다면 나와 너희들 중 하나와 뜀뛰기를 한다면 누가 더 빠를까?"

"저 놈이 우리를 궁지에 몰아넣으려는 속셈이로군."

기파랑이 말했다.

"신중하게 대답해야 될 것 같애. 저 놈이 무슨 트집을 잡을는지 모르니까."

죽지랑이 옆에서 말했다.

"이것도 겨룸이냐?"

서동랑이 괴물에게 물었다.

"눈치가 빠르군. 대답이 시원찮으면 한 놈을 잡아 먹으려 했는데. 여러 날 굶었더니 배가 고파."

"그럼 말하지, 나!"

서동랑이 육비사각신의 말에 대답했다.

"뭣이, '나'라구!"

육비사각신이 화가 나서 얼굴이 붉으락푸르락하여 금세 달려들 기세였다.

"그래, 네 말대로야."

"내 말대로라구, 내가 방금 '나'라고 그랬었지. '나' 그래, 나란 말이지. 틀림없는 사실이군. 만약에 '너'라 그랬더라면 네 놈들을 콩가루로 만들어 버리려고 했었는데."

육비사각신은 흥분을 가라앉히며 자세를 고쳐 잡았다.

"그런데 겨룸은 이제부터야. 너희들 말대로 달리기라면 나는 이 세상 누구보다도 빠르다고 자부하고 있지. 자, 이제부터 나와 달리 기를 해서 만약 내가 이긴다면 너희 중 한 놈을 잡아먹겠다."

"일방적인 놈이로군. 어떡한다? 인간끼리라면 몰라도 저 놈의 다 리 근육으로 보아 도저히 이길 승산이 없겠는데."

세 소년은 서로의 얼굴만 바라보았다. 서동랑이 한 눈을 찡긋했 다.

"좋다! 네가 빠르다는 건. 인정하겠다. 그러나 우리는 계림을 대표 한 소년들이다. 그냥 앉아서 당할 수는 없지. 뜀박질에 도전하겠다. 그런데 만약 우리가 이긴다면 어떤 대가를 받을 수 있겠니?"

육비사각신이 한동안 생각에 잠기더니 세 소년에게 말했다.

"그런 일도 있을 수 있을까? 만약에 그런 일이 있을 수 있다면 맹세코 내 귀중한 여섯 개의 팔 중 하나를 떼어 버리기로 하겠다.

"아까의 물음에 명답을 했으니 두 개를 떼어 버렸으면 좋을텐데. 그 대신 우리 쪽에서도 두 명을 희생하도록 하지."

서동랑이 제안을 했다.

"그것 좋은 생각이로군. 좋아 좋아, 둘 대 둘이라."

육비사각신은 너무 기쁜 나머지 눈물을 펑펑 쏟았다.

"저기를 좀 봐. 멀리 산이 보이지. 그 산꼭대기 한가운데 천도복 숭아가 달려 있거던. 여기서부터 출발하여 누가 빨리 복숭아를 따오 는가 하는 내기야. 간단하지."

육비사각신은 산을 가리키며 금방이라도 달려나갈 기세였다.

"잘 보이진 않지만 그러도록 하지."

"죽지랑! 네가 한번 겨뤄 보도록 해라."

서동랑이 죽지랑에게 말했다.

"형님은 무모한 시합을 왜 하려고 드는 거유? 숫제 그냥 잡혀 먹히는 게 낫지. 그리고 지고 나면 나부터 잡혀 먹히라구?"

죽지랑이 퉁명스럽게 불평을 털어 놓았다.

"설마 그럴 리가 있겠냐, 하여튼 내 말대로만 해봐. 나중 일은 내가 감당할 테니."

서동랑이 죽지랑을 달랬다.

"자, 시작이다. 여기 줄을 그을테니 똑같이 출발하도록."

죽지랑과 육비사각신이 줄에 나란히 서자 서동랑이 손을 번쩍 들었다.

"출발!"

죽지랑과 육비사각신이 동시에 뛰쳐나갔다. 그러나 죽지랑이 서너 발 내딛기도 전에 육비사각신은 뿌옇게 먼지를 일으키며 산 쪽으로 사라져 버렸다.

"승산은 뻔할 것 같으니까 이 틈에 도망가도록 합시다."

뛰어가던 죽지랑이 돌아서서 서동랑에게 말했다.

"사내 대장부가 도망가다니 안될 말."

서동랑은 허리춤에서 용천단검을 뽑았다.

"에잇!"

서동랑의 손을 떠난 용천단검이 산을 향해 날아갔다. 용천단검은 눈에 보이지 않는 끈이 달려 있으므로 세상 끝 어디에 가더라도 다시 주인의 손으로 되돌아오게 되어 있었다.

압! 서동랑이 줄을 잡아당기자 산을 향해 날아갔던 용천단검이 되돌아왔다. 용천단검에는 다섯 개의 천도복숭아가 꿰어져 있었다.

"이럴 수가?"

두 소년은 너무도 신기해서 눈이 휘둥그래졌다.

"배고픈데 하나씩 먹도록 해라. 한 번 더 할테니."

서동랑은 다시 한 번 용천단검을 던져 다섯 개의 천도복숭아를 꿰어왔다.

"맛이 그만이로군."

세 소년이 복숭아 하나씩을 먹고 있을 때, 뿌연 먼지를 일으키며 육비사각신이 나타났다.

"뭣들 하는 거냐! 남은 열심히 시합을 하고 있는데. 하기야 죽을 놈들이니 시합할 기분도 안 나겠지."

육비사각신의 여섯 개의 손에는 복숭아 하나씩이 들려 있었다.

"너야말로 뭣하는 거냐, 굼벵이나 지렁이하고 시합하는 게 더 낫겠다. 자, 여기 천도복숭아 일곱 개."

서동랑은 열 개의 복숭아 중 세 개를 먹고 남은 일곱 개의 복숭아를 육비사각신 앞에 내어놓았다.

"아니 그럼, 너는 벌써 갔다왔단 말이지?"

"여부가 있겠나."

육비사각신은 자기 손에 들린 여섯 개의 복숭아를 서동랑의 복숭아와 비교해 보더니 앙천대소(仰天大笑)를 하고 복숭아를 땅에 떨어뜨렸다.

"약속을 지키시지."

서동랑이 말하자 육비사각신은 힘없이 맨 아래쪽 두 팔을 떼어버렸다.

"내 힘의 삼분의 일이 줄어들었구나."

사비사각신은 한동안 엉엉 울더니, 울음을 뚝 그치고 세 소년을 바라보았다.

"좋다! 한번은 내가 졌다. 그렇지만 이번엔 너희들도 어쩔 수 없을걸."

"이제 시합이 끝났으니 우릴 풀어 주는 게 어떨까?"

죽지랑이 말했다.

"어림없는 소리, 끝장을 보아야지. 또 문제를 내겠다."

사비사각신은 한동안 생각을 하더니 불쑥 말을 꺼냈다.

"난 보고, 듣고, 맡고, 뛰고, 생각하고… 등 못하는 것이 없어 거의 전지전능하다고 말할 수 있지. 그러나 꼭 한 가지 못하는 것이 있다. 그것을 알아맞히는 것이 너희가 풀어야 할 문제야. 만일 못 알아맞히면 너희 셋을 한꺼번에 잡아먹겠다."

"전지전능하다면 못하는 것이 없다는 말인데 무엇을 못한다는 것이지."

세 소년은 머리를 맞대고 생각했으나 도무지 생각이 떠오르지 않았다.

"열 셀 동안 못 맞추면 끝장인 줄 알아라."

사비사각신이 재촉하였다.

"가만 있자, 아까 저 놈의 말 속에 '난다'는 말이 없었어.""

기파랑이 말했다.

"… 여덟, 아홉, …"

"나는 것!"

죽지랑이 말했다.

사비사각신은 또다시 웃기 시작했다.

"맞았다 맞았어. 영악한 놈들이로군."

사비사각신이 웃음을 멈추고 또다시 세 소년을 노려보았다.

"그래 나는 날 수만은 없다. 그러나 너희들도 마찬가질걸. 너희들이 만약 날 수만 있다면 살려 주지. 만약 날지 못한다면 이번에 뼈까지 씹어먹겠다."

놈의 갸름한 얼굴에 살기가 번득였다.

세 소년은 또다시 곤경에 빠져 버렸다.

"어쩐다, 날개가 없으니 날 수가 있나. 신선이라면 또 몰라도."

"기다리기 지쳤다. 빨리빨리 날아봐라. 아니면 이리 와서 머리통을 들이대던가."

사비사각신이 허연 이빨을 드러내고 재촉하였다. 이빨을 드러내자 곱상하던 얼굴이 악마의 얼굴로 변해 있었다.

"알았다. 우리 중에 하나만 날면 되는 거지?"

서동랑이 물었다.

"아무래도 상관없다. 셋이든, 하나든, 둘이든."

"만약 난다면 그 대가는 무엇으로 치르겠니?"

서동랑이 묻자 사비사각신은 한동안 꾸물거렸다.

"신(神)의 이름을 갖고 비겁한 짓은 안하겠지."

"알았어, 또 팔 하나를 떼어 버리겠다."

"아까 '난다'라고 정답을 말했는데 그건 어떡하구. 이번에 우리가 지면 셋이 한꺼번에 너의 밥이 되려고 했었는데."

"그랬었니? 좋다, 날기만 하면 아까 것까지 해서 너희들이 이긴 것으로 하구 두 팔을 떼어 버리겠다."

"됐다. 역시 신답군."

"실하고 헝겊이 약간 필요한데 구할 수 있겠니?"

"그건 뭣에 쓸려구?"

"글쎄, 우리 문제니까 거기까지 신경쓰지 않아도 돼."

"그래, 그 정도라면 갖다주지."

사비사각신은 순식간에 뛰어가더니 어디선가 헝겊 뭉치와 끈 한 타래를 가지고 나타났다.

"조금만 기다려. 금방 나는 것을 보여 줄 테니까."

"자, 빨리 연을 만들도록 하자."

세 소년은 나뭇가지를 꺾어 커다란 연을 만들었다. 사비사각신은 맞은편에 앉아서 이빨을 뿌득뿌득 갈고 있었다.

"됐다! 기파랑, 네가 몸이 가벼우니 연을 타도록 해. 마침 바람도 적당히 부니까 금방 떠오를 거야."

연 위에 기파랑이 오르자 죽지랑과 서동랑이 끈의 끝을 나무에 붙들어 매고 연을 날렸다. 바람을 타고 두둥실 연이 올랐다.

"저걸 좀 봐, 날고 있지? 이번에도 네가 졌다."

"그래, 그래 날고 있군."

"아까의 약속대로 해줘. 위대한 신이여!"

서동랑이 은근히 비꼬았다.

사비사각신은 또다시 얼굴이 붉으락푸르락하여 웃고 울고 하더니 두 팔을 떼어 버렸다.

"자, 그 정도 했으면 이제 우리를 자유롭게 놓아줘."

서동랑이 이비사각신에게 말하였다.

'그럴 순 없지. 난 아직 네 다리와 두 팔이 있으니까. 마지막으로 힘겨루기를 한번 더 해보자구. 내 팔힘으로 말할 것 같으면 금강역사(金剛力士)도 당할 수 없을 만큼 강대하거던. 너희들하고 상대하긴 좀 뭣하지만 이기기 위해서는 할 수 없지. 저기 큰 바위가 보이지. 저걸 들어서 내가 던질테니 너희들 중 누구든 받아봐! 아마 받기도 전에 빈대떡이 될테지만……."

"잔인하군. 아까는 대자대비 어쩌구 하더니."

"미안해. 그것이 내 양면성이거든."

이비사각신(二臂四脚神)은 옆에 놓인 집채만한 바위를 번쩍 들더니 세 소년을 향해 던졌다.

"앗!"

세 소년은 금세 돌에 깔려 납작해질 판이었다. 그러나 그 순간 서

동랑이 만파식적을 꺼내 흡!하고 바람을 들여마셨다. 이비사각신이
던진 바위가 날아오면서 점점 작아지더니 조그만 돌멩이가 되어 만
파식적 속으로 빨려들어왔다.

"겨우 눈꼽만한 돌멩이를 던지면서 큰소릴 쳤군."

서동랑이 이비사각신을 바라보면서 비웃었다.

획! 서동랑이 이번에는 이비사각신을 향해 만파식적을 불었다. 만
파식적 속에서 퉁겨나간 조그만 돌멩이가 날아가는 동안 점점 커지
더니 이비사각신을 덮쳤다.

"아앗! 감당할 수가 없구나!"

이비사각신은 커다란 바위 아래 깔려 버리고 말았다.

"죄없는 사람들을 괴롭히더니 꼴 좋게 됐군. 다시는 나쁜 짓을 못
하도록 네 놈의 숨통을 끊어 놓을 테다!"

서동랑이 용천단검을 꺼내 들었다.

"살려줘! 살려주기만 하면 무슨 소원이든 다 들어 줄 테니."

이비사각신이 서동랑에게 애걸했다.

"듣기 싫다. 네 놈은 양면성을 가진 놈이니까 어느 말이 진짜인지
알 수가 없어."

"이번은 정말이야. 제발 죽이지만 말아다오."

"좋다. 목숨만은 살려주지. 만일 우리의 소원을 들어 주기만 한다
면."

"그래, 들어 주겠다. 소원이 뭐냐?"

"동방스님 한 분을 찾고 있다. 그 분이 어디 계신지 알려준다면
살려주겠다."

"동방스님이라…? 며칠 전에 잡아먹은 그 스님 말인가?"

이비사각신이 중얼거렸다.

"뭐라구? 이 천하에 흉칙한 괴물 같으니라구!"

서동랑은 단검으로 놈의 목을 치려 하였다.

"아악! 잠깐만 기다려. 좀더 생각해 보구. 그래, 그렇지! 저기 보이는 저 뾰족탑 말이야. 그 안에 있을 거야."

"살아 계시니? 죽었니?"

"살아는 있어."

"살아는 있다니?"

"뾰족탑 안에 오래 있으면 나 같은 육비사각신으로 변해 버려. 처음에 부처니 대자대비니 했지만 그건 너희들을 안심시키려고 한 말일 뿐이야. 사실 나는 천축국을 들어가는 배들이 풍랑을 만나 난파하면 물에 빠진 사람들을 잡아먹고 사는 살인괴야."

"만약 스님이 너처럼 변해 있으면 어떡할테냐?"

"그건 간단해. 천도복숭아를 먹이면 되니까. 그러나 나는 후계자가 필요한데…."

"얘들아, 가자."

서동랑은 죽지랑과 기파랑을 이끌고 뾰족탑이 있는 곳을 향해 달려갔다.

"저 놈을 그냥 놔둬두 될까?"

죽지랑이 서동랑에게 물었다.

"염려할 건 없어. 팔도 못 쓰는 데다가 돌에 깔려 있으니 옴쭉달싹 못할 거야."

탑에 다다르니 정말로 탑 안에 스님이 갇혀 있었다. 몸의 형체가 이상하게 변해 있었으나 천도복숭아를 먹이니 종전처럼 몸이 되살아났다.

"스님, 돌아가신 줄만 알았습니다."

"그래, 나도 너희들이 죽은 줄만 알았었지."

정신을 차린 스님과 세 소년은 서로 만나, 너무 기쁜 나머지 부둥켜안고 한참 동안 울었다.

"얘들아, 우리가 이러고 있을 때가 아니다. 천축국길이 아직 수만 리 남았는데 발길을 재촉해야지."

스님 일행은 눈물을 씻고 자리에서 일어났다. 그리고 서쪽 방향을 향해 또다시 발걸음을 재촉하였다.

산을 하나 넘으니 바다가 나타났다.

지난번에 지나왔던 해협의 연장인 듯 싶었다. 그러나 어딜 둘러보아도 사람이 사는 흔적은 없었다.

"그런데 배가 없으니 어찌 한단 말이냐."

스님이 해변가에 앉아 하염없이 바다를 바라보았다.

"스님, 언제까지 이러고 기다릴 수만은 없으니 쪽배라도 만들어 타고 가보도록 하는 것이 어떨까요."

기파랑이 스님께 말했다.

"글쎄, 그럴 수밖에 없겠구나."

스님도 그 말에 동의하였다. 그리하여 스님과 세 소년은 나무를 자르고 해변가에 떠내려온 판자를 엮어서 조그만 뗏목을 만들었다.

"볼품은 없지만 이렇게라도 안하고서는 어쩔 수 없으니 고생스럽더라도 힘을 합해 앞으로 나가 보도록 하자."

스님의 말에 세 소년은 힘을 얻어 다시 뗏목을 바다에 띄우고 험난한 풍랑에 몸을 맡겼다.

영식거신(靈食巨神)

하루라도 빠르게 천축국에 닿아야겠다는 일념으로 얼기설기 엮어 만든 쪽배에 몸을 실었으나 이러한 항해가 얼마나 어리석고 무모한 일인가를 혜초스님은 미처 깨닫지 못하였다. 출렁이는 파도, 작렬하는 태양은 스님 일행에게는 견딜 수 없는 고통이었다. 며칠이 지나자 먹을 물과 식량이 동이 나 버렸다.

"무모하게 일을 벌여 이 지경이 되었구나!"

혜초스님은 더위와 기갈에 허덕이는 세 소년을 보며 안타까워하였다.

'이럴 때 조그만 섬이라도 있었으면 쉬어 가련만.'

그러나 망망대해, 어디를 둘러보아도 푸른 파도뿐, 육지라고는 아무 곳에도 보이질 않았다. 이틀이 지나고 또 사흘이 지났다. 이제 스님과 세 소년은 기진맥진하여 몸을 가눌 수가 없었다.

"섬이다! 섬이 보인다!"

별안간 죽지랑이 소리쳤다. 스님과 서동랑, 기파랑은 정신이 번쩍 들어 죽지랑이 가리킨 방향을 바라보았다. 정말 죽지랑의 말대로 수평선 멀리 아름답고 조그마한 섬이 보였다. 그러나 눈을 비비고 자세히 보니 그것은 섬이 아니라 지나가는 구름이었다. 급기야 혜초스님과 세 소년은 정신을 잃고 뱃바닥에 쓰러져 버리고 말았다.

혜초스님은 잦아드는 의식 속에서도 정신을 차리려고 안간힘을 다했다. 갖은 역경을 이겨내며 여기까지 왔는데 이대로 쓰러져 버린다면, 장차 계림의 국운과 불가의 중흥은 어찌될 것인가. 그리고 자신의 성업은…….

가물가물한 의식 가운데 스님은 몸과 마음이 끝없이 하늘로 솟구쳤다가 한없이 수렁으로 떨어지는 느낌을 몇 번이고 느꼈다. 그것은 파도가 크게 덮쳐왔다가 사라지고 또 밀려오는 그런 느낌이었다. 갑자기 커다란 파도가 스님을 향해 몰려오는 듯했다. 그러면서 몸뚱이가 파도에 휩쓸려 어딘가로 빨려들어 간다고 생각하는 순간, 깜빡 정신을 잃고 말았다.

얼마나 시간이 흘렀을까, 혜초스님은 누군가가 자신에게 무엇이라고 속삭이는 소리를 희미하게 들었다.

"편히 쉬어라. 아무것도 생각할 필요가 없다. 선하고 아름다운 것만을 꿈꾸어라."

그 소리는 어떻게 생각하면 스님 자신이 자신에게 소근거리는 소리로도 들렸다. 몸은 나른하고 한없이 편안하였다. 그런 가운데서도 스님은 편안히 누워 있어서는 안된다는 강한 저항감이 일어났다. 무엇이 나를 관여하고 있구나, 스님은 알지 못할 힘에서 벗어나려고 몸을 뒤척여 보려 하였다. 그러나 아무리 힘을 써봐도 손가락 하나 까딱할 수가 없었다. 죽지랑과 기파랑도 똑같은 느낌 속에 그 자리에 꼼짝 못하고 누워 있었다. 서동랑 역시 그러한 소리와 억눌림이 있었으나 그의 몸에는 용의 피가 흐르고 있었으므로 보통 사람들과는 다른 힘이 있었다. 그는 온몸에 힘을 한 곳에 모으고 정신을 집중하여 자리에서 일어나려고 버둥거렸다. 그러자 정신이 맑아지며 힘이 솟구쳤다. 이리저리 몸을 틀어 얼마후 자리에서 일어났다.

정신을 차린 서동랑은 고개를 들어 이곳저곳을 돌아보았다.

사방이 막힌 비좁은 공간에 스님과 죽지랑, 기파랑이 누워 있었다.

'그 동안 뗏목 위에서 바다를 떠다녔는데, 여기는 어디란 말인가? 혹시 바닷속 이름 없는 해룡들의 궁궐인가? 아니면 우리 모두가 이미 물귀신이 되어 세상을 떠나 명부(冥府)에 들어온 것은 아닌가.'

서동랑은 가슴이 철렁하였다. 반투명체의 벽면에선 뿌우연 빛이 들어왔다. 그러나 밖은 보이지 않았다.

'혹시 나갈 구멍이 있을는지 몰라.'

서동랑은 허리춤에서 만파식적을 꺼내 입에 물었다. 그리고 입 속에 하나 가득 바람을 넣은 다음 사방으로 '푸우—' 하고 불었다. 그러자 머리 위에서 '부웅!' 하고 바람 빠지는 소리가 들려왔다.

'위쪽이 터져 있군!'

서동랑은 곧 오른쪽 허리춤에서 용천단검을 뽑아 소리가 나간 위를 향해 던졌다. 단검이 위쪽 어딘가에 걸리자 끝에 달린 줄에 매달려 위로 올라갔다. 밖으로 나와 자세히 둘러보니 이제까지 들어가 있었던 곳은 커다란 호리병 속이었던 것이었다.

서동랑은 몸을 날려 호리병 아래로 뛰어내렸다. 어마어마하게 큰 방 안에는 여러 개의 호리병이 가지런히 놓여 있었는데 방마다 사람들이 누워 있었다. 그런데 이 호리병들은 어디론가 한 곳으로 천천히 움직이고 있었다.

'이 정도의 호리병을 마음대로 다룰 수 있다면 이는 분명 대신(大神)들이 다스리는 나라가 틀림없구나! 그런데 무엇 때문에 이들은 사람들을 호리병 속에 집어넣어 놓았을까?'

서동랑은 솟구치는 의문을 억제치 못하였다. 큰 방을 지나 옆방으로 들어갔다. 같은 크기의 방에는 역시 호리병들이 놓여 있고 이곳저곳 돌아보아도 마찬가지의 방들이 여러 개 있었다. 서동랑은 병들이 흘러가고 있는 방향으로 가보기로 마음먹었다.

방을 나와 한 곳에 이르니 끝도 없는 긴 광장이 나타났다. 광장의 마당에는 방에서 나온 호리병들이 마치 군사들의 행렬같이 정연히 늘어서 있었고, 무슨 힘에 의해서인지 광장 저편으로 서서히, 마치 물흐르듯 흘러가고 있었다. 하늘을 보니 낮게 구름이 깔려 있었다.

서동랑은 또다시 몸을 솟구쳐 구름 위로 올라갔다. 구름은 솜이불을 깔아 놓은 듯 평평하게 어디까지나 펼쳐져 있었다. 다시 구름 아래로 내려오려 할 즈음에 앞쪽에서 '삐거덕, 삐거덕' 하는, 나무 갈리는 소리가 들려왔다. 서동랑은 즉시 구름 속에 몸을 감추고 소리나는 쪽을 주시했다. 멀지 않은 곳에서 한 척의 배가 광장으로 오고 있었다. 배는 마치 물 위에 뜬 것처럼 구름 위를 떠 오고 있었다. 커다란 배 안에는 두 명의 거신(巨神)이 타고 있었다. 두 거신은 광장 한복판에 이르자 배를 멈추었다. 그리고 배 안에서 그물을 꺼내 구름 위로 던졌다. 그런 다음 그들은 무엇인가를 열심히 그물질해 걷어 올려 통 속에 넣었다. 거신들은 30척 가량의 장신들로서 수염이 허리까지 내려와 있었으며 눈이 휑하니 들어가 있고, 바싹 여윈 것이 마치 말라빠진 고목 등걸을 보는 것 같았다.

한동안 그물을 던지던 그들은 일을 마쳤는지 다시 그물을 거두고 배를 몰아 오던 길로 되돌아가 버렸다.

'구름 위를 나르는 배, 형상 없는 물체를 거두는 거신?'

서동랑은 꼬리를 무른 의아심에 고개를 갸웃거렸다. 그러나 곧 구름 속에서 나와 운룡(雲龍)이 되어 배의 뒤를 따라갔다. 배는 한동안 구름 위를 미끄러져 갔다. 배가 머문 곳에 커다란 궁전이 있었다. 두 거신은 그물로 거둔 물체가 든 통을 들고 궁안으로 들어갔다. 드넓은 궁 안에는 여러 명의 거신들이 식탁에 앉아 두 거신이 도착하기를 눈이 빠지도록 기다리고 있었다.

그들도 두 거신과 마찬가지로 비쩍 말라 있었고 두 눈이 휑하니 들어간 것이 모두들 먹지를 못해 허기에 차 있는 것 같았다.

가운데 있는 유난히 마르고 수염이 긴 대신이 궁에 들어선 두 거신을 보자 자리에서 일어나 반갑게 맞았다.

"그래, 오늘은 먹을 만한 것을 건져 왔는가?"

두 거신은 아무 말 없이 고개를 좌우로 저었다. 두 거신의 행동을 보자 대신의 얼굴이 갑자기 일그러졌다.

"아 아! 이제 고약한 냄새가 나는 음식은 더 못 먹겠다!"

대신은 앞에 놓인 밥그릇을 내동댕이치며 고개를 떨구었다.

"아무 희망이 없습니다. 저들은 저들의 영혼을 악신들에게 모두 팔아 먹었습니다."

대신의 옆에 있던 다른 거신들도 밥그릇을 떨어뜨렸다.

"그렇다면, 결국 이곳을 떠나야겠군."

"그래야 될 것 같습니다. 다른 농장을 찾아보도록 하시지요."

"농장이라면 이보다 더 좋은 농장을 어떻게 구할 수 있겠는가? 온갖 노력과 최선의 애착을 가지고 가꿨었는데……."

절망에 빠진 거신들은 한동안 말을 잇지 못하고 침울에 빠져 버렸다.

"가만…, 지금 동방에서 천축국으로 가는 불자 하나와 그의 제자 셋이 호리병 속에 들어 있습니다. 오직 구도의 일념과 뜻을 이루려고 강인한 의지, 세상을 모르는 순수한 마음…, 마지막으로 그들의 영혼을 빼어 먹어본 후에 앞으로의 진로를 결정하도록 하는 것이 어떻겠습니까?"

대신 옆에서 힘없이 고개를 수그리고 있던 거신 하나가 여러 신들에게 마지막 방안을 제시하였다.

"그렇지만 그들은 아직 명부에 들어올 때가 아니잖소."

"지금 그런 걸 따질 때가 아닙니다. 수억 년 애써 가꾼 농토를 포기하느냐, 안하느냐가 다급한 문제 아닙니까! 만일 그들의 영혼이 우리가 가꿔준 대로 순수하고 참되고 아름다운 영양을 가지고 있다면 구태여 이곳을 버릴 필요가 없습니다. 인내를 가지고 재경영을 하여야지요."

"그 말도 일리는 있겠군."

한동안 말이 없던 대신이 고개를 끄덕이었다.

거신들은 한동안 회의를 거듭하더니 마지막 결론에 이르자, 배를 탔던 두 거신에게 명령을 내렸다.

"두 어부는 그물을 던져 그 불자와 세 소년의 영혼을 건져오도록 하시오."

두 거신은 알아들었다는 듯 고개를 끄덕하고는 아무 말 없이 자리에서 일어났다.

"잠깐 기다리시오!"

서동랑이 거신의 키만큼 몸을 불리어 대신이 있는 탁자 앞으로 걸어갔다.

허기에 지쳐 휑하니 패인 거신들의 눈이 더욱 휘둥그래졌다.

"너는 누구냐? 이곳은 영혼만이 들어올 수 있는 곳인데!"

대신이 벌떡 일어나 서동랑을 보고 꾸짖었으나, 힘이 부쳤던지 풀썩하고 그 자리에 도로 주저않고 말았다.

"나는 남해용왕과 동방의 한 여인 사이에서 태어난 반인반용(半人半龍)의 몸이오. 그러니 보통 인간과는 다릅니다. 능히 이런 곳에 드나들 수도 있지요. 그건 그렇고, 듣자하니 그대들은 영혼을 먹고 산다고 했는데 그 말이 무슨 뜻입니까?"

거신들은 커다란 눈망울을 굴리며 서로를 쳐다보더니 조금 전에 일어섰던 대신이 서동랑을 향해 입을 열었다.

"그렇다. 우린 영혼을 먹고 산다. 그것이 뭐, 이상하게 생각되어지기라도 하는가? 신들이라면 다 똑같지."

"신이라구? 잡신? 악신?"

"쓸데없는 소리, 우린 보통 신이 아니다. 참과 선만을 내세우며 가르쳤다."

"참다운 신이라면 인간의 죄를 용서하고 불쌍한 영혼을 더 좋은 곳으로 인도하여 영원한 안식 속에 살도록 하는 것을 최고의 소임으로 생각할 텐데……."

서동랑이 거신들을 향해 외쳤다.

"그건, 너희 우매한 인간들이 꾸며낸 조작이고 기만이야. 신의 능력은 거기까지 미치지 못해. 또한 존재한다는 것은 스스로 인정되어지는 것이 아니야. 상대가 있어야 돼. 자신의 육체와 정신을 지켜줘야 할…. 너희는 곡식과 가축을 기르지 않는가, 왜? 무엇 때문에? 그것을 기르지 않고는 생존할 수 없으니, 결국 스스로의 존재를 이루어 나가기 위해서는 어쩔 수가 없는 것이 아닌가. 언젠가는 자신들의 식탁에 올리려는 것이지. 먹지 않고 생명을 연장한 인간이 있었던가. 마찬가지야, 우리 신들도 먹고 살아야지. 그것이 바로 존재의 의미야."

"그건 억지요! 우린 하찮은 짐승과는 다르오. 그리고 결코 누구에 의하여 길러질 수는 없소!"

서동랑이 대신에게 대들었다.

"그건 사실이 아니야. 거듭 이야기하거니와 우리는 모든 여건을 다 갖춰 놓고 인간들을 길렀지. 다른 동물들보다 기능이 좋은 육체와 머리, 그리고 희노애락(喜怒哀樂) 등의 칠정(七情)과 그 외에 미묘한 감성(感性)까지를 주었다. 그리고 자유의지까지 주어 스스로의 판단에 의해 진(眞)과 선(善), 미(美)와 애(愛) 등 신선하고 맛있는 영혼을 갖도록 했었다. 그리고 끝없는 희망과 추구로 생을 마치면 우리가 원하는 하나의 형상이 되어 그물에 건져진다. 그걸 먹어야 우린 생존할 수가 있어. 그것이 우리의 양식, 우리의 실체야."

"그럴 리가? 그렇다면 그에 미치지 못하는 영혼은 어떻게 되는 겁니까?"

서동랑은 울부짖듯 대신에게 소리쳤다.

"너희들도 썩은 과일은 버리지 않느냐. 지금 세상은 악령과 악귀들로 들끓고 있다. 인간들은 우리가 만들려고 했던 식량과는 전혀 기대하지 않던 결실만 맺고 있다. 악신과 악령에게 혼을 빼앗기고 추악한 행동으로 영혼을 더럽히고 있다. 우리의 밭은 지금 엉망이 되었어. 구제불능, 결국 우린 다른 별로 새로운 농장을 찾아 떠나야 될 형편이 되었다. 우리가 떠난다면 이제 이곳은 완전히 악귀의 세상이 된다."

"잘못된 생각이오. 세상에는 착하고 진실된 사람들이 얼마든지 널려 있소!"

"듣기 싫다. 우리가 이렇게 말라비틀어진 것을 보면 네 말이 틀렸다는 걸 잘 알텐데!"

"우리 부처님은 당신들과 같은 치졸한 분이 아니시오."

"모를 일이지, 어떻게 생각하든지 그렇게 생각하는 것까지는 너희들 자유의지니까. 아까도 말했지만 너는 네 자신이 너라고 생각하는 자가당착(自家撞着)에 빠져 있다. 우리가 보기에 네 모습은 인간과 용, 그리고 네가 평생에 섭취한 소, 돼지, 물고기 등의 모습으로 비쳐진다. 이를테면 네가 길러서 먹은 모든 것들이 너를 이루며 너의 영육을 키워가는 것이니 네 모습도 그렇게 보일 수밖에. 다만 그것들의 주체가 너일 뿐……."

"우리는 살생을 하지 않소. 짐승을 먹지 않습니다. 부처님께서는 한 낱의 쌀을 잡수시며 불도에 이르렀소."

"우린 허기에 지쳐 있다. 일단 결정한 일은 번복한다는 것도 우습다. 그리고 우리의 마지막 희망은 이제 그것 하나뿐이니까."

"어서!"

대신이 눈총을 주자, 두 거신은 문쪽을 향해 뚜벅뚜벅 걸어나왔다.

"안돼!"

서동랑이 거신을 가로막았다. 그러나 그들은 서동랑의 몸을 그대로 통과하여 지나갔다. 그들은 물체가 아니라 신이며 정령(精靈)이었기 때문이었다.

"야단났구나!"

서동랑은 다시 운룡이 되어 궁을 나와 광장을 지나서 스님과 죽지랑, 기파랑이 들어 있는 방으로 재빨리 들어갔다. 그러나 그곳에는 이미 두 거인이 들어와 있었다.

"기다려! 거기 들어 있는 사람들의 영혼은 아직 육신과 떨어질 때가 아니야. 너희들이 진정 신이라면 그 정도의 판단은 할 줄 알테지!"

그러나 두 거신은 서동랑의 말이 들리지 않는 듯 스님과 두 소년이 든 호리병을 들고 밖으로 나갔다.

"우린 아직 할 일이 많은 사람들이오!"

서동랑이 울부짖었으나 두 거신은 죽음의 광장으로 묵묵히 발걸음을 옮기었다. 서동랑은 어쩔 수 없이 구름이 되어 재빨리 호리병 속으로 들어갔다.

방안에서 나온 호리병은 차례로 광장 한 끝에 모여졌다. 그리고 천천히 광장 가운데로 흘러갔다. 가운데 이른 호리병 속의 사람들은 그들의 영혼을 구름 위로 올리고 남은 육체는 호리병과 함께 광장 끝으로 흘러가서 낭떠러지 쪽으로 떨어져 버렸다. 그러면 구름 위에서는 두 거신이 그물을 던져 떠오르는 영혼을 걷어 올렸다. 그리고 양식이 될 만한 영혼을 골라 광주리에 담고 나머지는 육신이 떨어진 반대편 광장 끝으로 던져 버렸다. 그러니까 광장은 영혼과 육신이 갈라지는 장소였던 것이다.

서동랑은 만파식적을 불어 돌멩이로 호리병의 입구를 막아 버렸다. 혜초스님과 죽지랑, 기파랑의 영혼이 호리병 속에서 밖으로 빠져나가지 않도록 하기 위함이었다. 광장 한가운데에 이르자 스님과 두 소년의 혼이 육신에서 분리되어 호리병 위로 떠올랐다. 그러나 호리병 주둥이가 돌에 막혀 있었으므로 밖으로 새어나갈 수가 없었다. 시간의 흐름에 따라 호리병은 서서히 광장 한복판을 지나갔다. 그리고 얼마가 지나자 스님의 호리병은 광장 끝에 있는 낭떠러지로 굴러떨어졌다. 까마득한 낭떠러지로 몇 번이고 계곡에 부딪히면서 호리병은 아래로 아래로 떨어져 갔다. 그러나 다행히도 어디 하나 깨어진 곳은 없었다. 만약에 깨어져 구멍이라도 났었더라면 스님과 두 소년의 혼은 호리병 밖으로 나가 영원히 육신과 헤어져 버렸을 것이다.

"스님, 정신 차리셔요. 이렇게 떠다닐 때가 아닙니다."

서동랑은 만파식적으로 스님의 혼백을 찾아 육신 속에 불어넣었다. 죽지랑과 기파랑의 혼도 맞춰 넣었다.

"여기가 어디냐?"

혜초스님이 정신이 들어 서동랑을 쳐다보았다. 서동랑은 혜초스님과 죽지랑, 기파랑에게 지금까지 있어온 일을 자세히 설명하였다.

"그렇담 우리는 지금 분명 명부(冥府)에 온 것이 틀림없구나. 이를 장차 어찌하면 좋을꼬!"

혜초스님은 어쩔 줄 몰라하며 세 소년을 돌아보았다.

"아직 희망은 있습니다. 다행히 우리는 영육(靈肉)이 나눠지지 않았습니다. 지금부터가 그 어느 때보다 우리 네 사람의 단합된 힘이 필요할 때입니다. 그리고 무엇보다 스님의 힘이 절대로 필요하구요."

"힘, 나에겐 힘이란 없다."

스님이 고개를 저었다.

"부처님만이 우리를 구하실 수 있습니다. 스님께서 그 동안 쌓으신 불덕에 의탁해 보십시오."

서동랑은 말을 마치고 만파식적을 불어 호리병에 박혀 있던 돌멩이를 밖으로 밀어내었다. 머리 위에서는 계속해서 호리병이 굴러 떨어졌다. 깨어진 유리병에서 시신이 빠져나와 흉칙한 모습을 드러내었고 겹겹이 쌓인 호리병 틈에는 이미 썩어 버린 백골들이 즐비하게 모습을 드러내었다.

"예가 바로 지옥이로구나!"

혜초스님은 눈을 제대로 뜨지 못하였다.

서동랑은 용천단검을 뽑아 위를 향해 던졌다. 단검이 계곡 꼭대기 모서리에 걸리자 죽지랑을 먼저 올리고, 스님과 기파랑을 올린 다음 자신도 용천단검에서 나온 끈을 잡고 위로 올라갔다. 스님 일행이 계곡으로 올라가는 동안 몇 번이고 미끄러지고, 쏟아지는 호리병에 맞아 아래로 떨어질 뻔하였으나 간신히 광장 한 구석으로 올라올 수 있었다. 일행은 온 힘을 다 기울여 꼭대기로 기어올랐으므로 기진맥진하여 있었다. 그러나 서동랑은 혜초스님과 죽지랑, 기파랑을 데리고 곧장 궁전 쪽으로 걸어 들어갔다. 궁전 안에서는 거신들이 모여 격렬하게 논쟁을 벌이고 있었다.

"정녕, 혼백이 떠오르지 않았단 말인가?"

"그렇습니다. 수백 번 그물질을 하였으나 처음 예측한 대로 먹을 만한 혼백은 그물에 걸리지 않았습니다. 썩고 말라빠진 영혼들뿐이었습니다."

"으음, 그렇담 혜초란 자와 그 제자들도 역시 문드러진 영혼의 소유자들이었던가?"

대신은 휑하니 들어간 눈을 굴리더니 밥그릇을 또다시 떨어뜨리고 그 자리에 폭삭 주저앉아 버렸다.

이때 서동랑을 앞세우고 스님 일행이 궁전 안으로 들어왔다.

"아니, 너희들은 진정 사람이냐? 귀신이냐?"

거신들이 놀라 자리에서 일어나 웅성거렸다. 서동랑은 거신들만큼 몸을 부풀려 세우고는 큰 소리로 외쳤다.

"우리는 부처님의 가호(加護)를 받는 몸이오. 거신들의 힘이 온 세상에 떨친다 한들 우리를 어쩔 수는 없을 겁니다. 자! 이제 우리를 이곳에서 내보내 주시오. 그리고 죄 없는 저 사람들의 영혼이 안식 속에 살 수 있도록 놓아 주시오!"

"무엇이라구! 무엄하다! 우리가 비록 인간의 참된 영혼을 먹고 살지마는 인간들이 우리에게 이래라 저래라 하는 것은 용서 못한다."

"당신들은 악이 어떻고 선이 어떻고 하고 있지만 따지고 보면 당신들이야말로 위선(僞善)과 아집(我執)으로 뭉친 악령이며 악신이라 생각하오. 우리 인간은 비록 생로병사(生老病死)를 벗어나지 못하고 억겁의 윤회(輪廻) 속에 맴돌고 있으나 현세에 덕을 쌓아 내세에 보살이 되어 위로는 부처님을 섬기고 아래로는 중생을 제도하겠다는 굳은 불심 속에 살고 있소. 이렇듯 희망을 잃지 않고 살아온 인간들의 영혼을 격려하고 위로해 주지는 못할 망정 식량으로 삼아 잡아먹다니……!"

서동랑은 의분에 차서 숨을 헐떡거렸다.

"내세? 내세란 무엇이며, 어떤 곳이냐? 가보기라도 했다는 말이냐. 너희들은 스스로 파놓은 함정에 빠져들고 있는 것이다. 진실을 거듭 말하자면 인간은 죽는 그 순간 모든 것이 끝나는 것이다. 육신은 썩어 없어지고 영혼은 우리의 먹이가 되어 거신(巨神)의 일부로 남는 것이다. 너희가 썩어 버리는 짐승들의 육신을, 우리는 순수한 영혼을 먹고 사는 것이 다를 뿐."

"틀렸소! 우리는 살생을 하지 않소! 푸성귀 외에 고기는 먹질 않습니다. 미물도 내세에는 우리보다 더 나은 인간, 나아가서 부처가 될 수 있다고 믿기 때문이오."

혜초스님이 나서서 거신들을 향하여 외쳤다. 거신들의 눈망울이 일제히 혜초스님 쪽으로 쏠렸다.

"이제 보니 네가 그 호리병 속의 동장불자더냐, 오랜만에 신선한 음식을 먹고 기운을 차리려 했었는데……."

거신들은 일제히 침을 삼켰다. 그 소리는 마치 열 개의 천둥이 한꺼번에 울리는 소리와도 같았다.

"어신(漁神)! 무엇하느냐! 빨리 저들의 혼백을 빼어 오너라!"

대신이 크게 소리쳤다.

그물을 던지던 두 거신이 성큼성큼 스님에게로 다가왔다. 서동랑이 그들을 가로막고 용천단검을 휘둘렀으나 허공만을 그을 뿐 그들을 자르거나 벨 수 없었다.

"스님! 그들이 그물을 던지기 전에 부처님께 의탁해 보십시오. 그들의 그물에 걸리기만 하면 우리는 끝장입니다."

서동랑의 외침이 심상치 않음을 느끼자 혜초스님은 그 자리에 가부좌(跏趺坐)를 개고 앉았다. 그리고 두 손을 합장하고 혼신의 힘을 하나로 모았다.

"대승유가(大乘瑜伽)!"

혜초스님이 10여년 동안 닦아온 불도의 힘을 드러내기 시작했다.

걸어오던 거신의 얼굴 표정이 잠시 일그러졌다. 그러나 그 자리에 서서 그물을 집어들었다.

"금강성해(金剛性海)!"

두 거신의 손이 흔들리면서 그물을 바로 잡지 못하고 비틀거렸다.

"만수실리(曼殊室利)!"

그러자 궁전의 벽이 마구 흔들리기 시작했다.

"천비천발(千臂千鉢)!"

궁전이 무너지고 거신들이 서로 엉기며 두려움에 몸을 떨었다.

"대교왕경(大敎王經)!"

스님의 경(經)이 끝남과 동시에 천지를 진동하는 굉음이 일어나며 궁전이 폭발하면서 강렬한 빛이 외부로부터 궁안으로 쏟아져 들어왔다.

"아아악!"

혜초스님과 세 소년 그리고 대신들은 무너지는 성벽에 깔려 넘어지면서 단말마(斷末魔)의 비명을 질렀다.

혜초스님은 무언가 가슴을 내리 누르는 중압감으로 정신을 잃어가면서 종전과 같이 어디론가 마구 휘저어 날아 떨어지는 혼돈 속을 헤매었다. 그러다가 세상이 한꺼번에 정지하는 듯한 느낌을 느낌과 동시에 번쩍 눈이 떠졌다. 세 소년도 똑같이 눈을 떴다. 햇빛이 찬란히 빛나 눈이 부셨다. 그러나 마음은 어둡고 긴 터널을 헤쳐나온 것처럼 가뿐하였다. 시원한 바람이 불어왔다. 자리에서 일어나 보니 뗏목은 저만치 엎어져 있었고, 스님은 세 소년과 함께 바닷가 흰 모래사장 위에 쓰러져 있었다.

"아아! 내가 꿈을 꾸고 있었던가?"

혜초스님은 정신을 가다듬고 이제까지 있었던 일의 실마리를 찾으려 애썼다.

"이상하군요, 바다 가운데서 정신을 잃고 헤맸었는데, 대신들의 먹이가 될 뻔했고, 또 밝은 세상에 이처럼 다시 살아 있다니."

죽지랑이 고개를 갸우뚱하며 푸른 하늘에 시선을 모았다.

"아니 그럼, 너희들도 같은 꿈을 꾸었더냐?"

스님이 놀라서 죽지랑을 보았다.

"정녕, 우리는 대신들을 위해 살아가고 있는 것이 아닐까?"

기파랑도 옆에서 중얼거렸다.

"나무관세음보살, 참으로 알지 못할 일이로다. 부처님께서는 앞길에 어떤 업보를 주시려 이런 체험을 내려 주시는 것일까?"

스님은 눈을 감고 염주 알을 계속 굴리었다.

"어떻게 생각하면 그들의 말이 사실과도 같이 느껴져. 왜 우리는 꼭 선하고 아름다운 일만을 향해 노력하며 살아가야 하는지, 그들의 말대로 그들이 인간농장을 경영하며 순수 영혼만을 먹고 산다면 우리는 피조물(被造物)로서 그에 알맞은 행동을 하며 살아갈 수밖에……"

서동랑이 심각한 표정을 지었다.

"아니다. 분명 그건 아니야, 이번 일을 우리 중 하나가 아닌 네 사람이 함께 체험했다는 것은 부처님께서 우리 넷을 한덩이로 보셨기 때문이다. 그만큼 우리의 일이 막중함을 일깨워주신 것이지. 우리는 그런 만큼 한층 믿음의 깊이를 강화해야 하지 않으면 안되는 것이다. 세상에는 부처님에 대항하는 악귀들이 수없이 많단다. 그럴수록 우리는 윤회 가운데 이루어지고, 선과 자비 속에서 해탈되어 성장한다는 신념을 잊어선 안돼. 그들과의 대면은 언젠가 우리가 부처님을 믿는 가운데 넘어야 하는 숙명의 장벽이라고 생각한다. 그들의 유혹을 이겨내지 못하고는 한 발자욱도 부처님 앞으로 갈 수 없지. 그런 의미에서 이번 일은 너희들이나 나나 부처님께로 더욱 가까이 다가가는 계기가 됐다고 믿는다."

세 소년은 스님의 말을 묵묵히 듣고만 있었다. 그러나 마음 한구석에서 일어나는 착잡한 심경을 가라앉히기에는 한동안의 시간이 필요했다. 그만큼 대신의 궁전에서 일어났던 일을 세 소년이 잊기에는 너무나 강렬한 인상으로 남아 있었다.

"나무관세음보살, 나무관세음보살."

혜초스님은 합장을 한 채 언제까지나 자리에 앉아 일어날 줄 몰랐다. 서동랑이 주위를 돌아다니더니 열대 과일을 한아름 따 안고 돌아왔다.

"스님, 피곤하실 테니 오늘은 이곳에서 휴식을 취하는 것이 좋겠습니다. 바람이 우리 일행을 여기까지 떼밀어 놓은 것 같은데 이곳의 사정을 알 수 없으니 내일은 일찍 일어나 주변의 지형을 살펴보아야겠습니다."

서동랑의 말에 모두가 찬동하였으므로 해변에서 가까운 야자수 그늘 아래 풀을 깔아 잠자리를 마련하였다.

눈부시던 태양도 바다 저편으로 기울어 온 세상을 붉게 물들이더니 어느 틈에 하늘은 수없이 많은 별들이 덮어 버렸다. 하늘에 반짝이는 별들은 그대로 잔잔한 바다에도 박혀 있어서 세상은 온통 금강석을 뿌려 놓은 듯 화려하였다.

"이렇듯 아름다운 세상은 부처님 섭리가 아니면 이루어질 수 없으리라. 이런 곳에 어떻게 감히 악신의 발이 머무를 수 있겠는가!"

스님과 세 소년은 온몸에 스며드는 피곤도 잊은 채 언제까지나 언제까지나 명멸(明滅)하는 별밤을 바라보았다.

삐뚜루나라

하루를 해변가에서 묵은 혜초스님과 세 소년은 어느 정도 원기를 회복하였다.

"애들아, 쉴 틈이 없다. 부지런히 또 걸어가야지."

스님은 자리를 털고 일어났다. 그리고 우선 사람들이 사는 마을을 찾기로 하고 대강 방향을 정하여 걷기 시작하였다. 여기도 이제껏 지나온 남국의 풍경과 마찬가지로 해변에는 야자수 나무가 늘어서 있고 곧바로 이어진 숲은 빽빽이 관목들로 들어차 있었다.

"이곳은 섬일까? 대륙일까?"

죽지랑이 사방을 둘러보며 말했다.

"아무렇든지 사람들이 사는 곳이라면 좋겠다."

기파랑도 조심스레 우거진 숲을 두리번거리며 걸어나갔다.

"애들아, 여기 좀 봐라! 길이 나 있지. 이것은 분명 사람들이 다녔다는 증거이다. 좀더 앞으로 가보도록 하자."

스님은 기뻐하면서 부지런히 숲을 헤치고 걸어갔다. 한참 동안 걷다 보니 숲이 끊어지고 드문드문 나무가 선 푸른 들판이 나왔다. 멀지 않은 곳에 할머니 한 분이 커다란 나무 그늘 아래서 쉬고 있었다.

"잘됐구나! 저 할머니께 마을이 있는 곳을 알아보도록 하자꾸나."

일행은 할머니한테로 다가갔다.

"안녕하세요? 할머니, 혹시 이곳에 사신다면 마을이 있는 곳을 좀 가르쳐 주십시오."

할머니는 더 이상 말하기 싫다는 듯 먼 산을 바라보았다.

스님 일행은 할머니에게 고맙다고 인사를 하고 할머니가 지팡이로 가리킨 방향을 향해 걸어갔다. 기파랑이 잠시 뒤를 돌아다보니 할머니는 어디로 갔는지 보이지 않았다.

"할머니가 안 보이는데요."

기파랑이 스님에게 말했다.

"혹시 요괴가 아닐까?"

죽지랑이 말했다.

"온화한 얼굴로 보아 요괴는 아니었어. 분명 보살님이 우리에게 길을 가리쳐 주시려고 나타나신 것일거야."

서동랑이 두 소년을 안심시켰다.

들길을 한동안 걸어 산모둥이를 돌아서니 할머니가 말한 대로 정말 마을이 나타났다. 그런데 이상하게도 마을이 조용하고 사람들은 보이지 않았다. 좌우를 둘러보니 밭 가운데서 밭 갈던 사람들이 모두 삽과 괭이를 내던지고 쿨쿨 잠을 자고 있었다.

"게으른 사람들이 사는 마을이로구나!"

죽지랑이 무심코 한마디 말을 던졌다. 그랬더니 잠자던 사람들이 벌떡 일어나 바쁘게 움직여 밭을 갈았다.

"우리보고 게으르다고!"

사람들이 스님 일행에게 눈을 흘겼다.

"부지런한 면도 있군요!"

기파랑이 미안쩍다는 듯 고개를 숙이며 말했다. 그러자 말이 떨어지기가 무섭게 밭 갈던 사람들이 삽과 괭이를 내던지고 다시 잠을 자기 시작했다.

스님 일행은 밭 가는 사람들을 지나쳤다.

"이상한 사람들이군요. 무심코 건넨 말인데 화를 내다니."

죽지랑이 입을 삐쭉 내밀었다.

저쪽에서 사람 하나가 걸어오고 있었다.

"우리는 멀리 동방에서 온 불자입니다. 혹시 천축국으로 가는 길을 알고 계시면 가르쳐 주십시오."

스님이 그 사람에게 정중히 말을 건넸다. 그 사람은 한동안 스님을 아래위로 훑어보았다.

"천축국에서 동방이라, 지척(咫尺)인데 뭘, 저쪽!"

그 사람은 스님 일행이 걸어온 쪽을 가리켰다.

"그 길은 우리가 방금 지나온 길입니다."

서동랑이 그 사람에게 말했다.

"지나왔으면 돌아가야지. 힘든데 먼길을 뭣하러!"

그 사람은 한마디 말을 툭 던지고는 가버렸다. 스님 일행은 멀쑥해져서 아무 말 없이 그 마을을 지나칠 수밖에 없었다.

걸어가는 동안 서로 싸운다든가, 아무렇게나 옷을 입고 다닌다든가, 괴성을 지른다든가, 나뒹군 사람들을 여러 명 볼 수 있었다.

"이곳 사람들은 도대체 질서가 없어 뵈는 사람들입니다. 한시바삐 이곳을 빠져 나가는 것이 현명한 생각인 듯합니다."

"그런 것 같구나. 다른 마을이 없는가 찾아보도록 하자."

스님은 세 소년을 데리고 마을을 빠져 나왔다.

가다가 길에서 사람 하나를 만났다. 그 사람은 하늘을 보고 히죽히죽 웃고 있었다.

"무엇이 그렇게 즐겁습니까?"

죽지랑이 그 사람에게 가까이 가서 물었다. 상대방은 죽지랑의 어깨를 두드렸다.

"방금 도둑놈에게 가지고 있던 돈을 몽땅 털렸지."

죽지랑은 "잘된 일이라."고 말하고 그 사람을 떠나왔다.

한 곳에서 엄마와 아기의 대화가 있었다.

"엄마! 이 꽃밭에서 놀아도 안되지?"

"아무렴, 꽃밭에서 놀아도 안돼!"

"애들아, 여기 있다간 나도 머리가 이상해져 버리겠다."

스님이 두 손으로 머리를 감쌌다.

마을을 떠나 얼마를 지나자 종전보다 큰 마을이 나타났다.

"이곳 사람들은 어떨까? 지나온 사람들과는 다른 사람들이 사는 마을일지도 모르지."

스님 일행은 조심스레 마을 어귀에 들어섰다. 저만큼 마을 사람들이 둘러서서 고래고래 악을 쓰며, 무어라 떠들어대고 있었다.

"저 사람들은 무얼 하는 것인지 가까이 가보도록 하자."

스님이 앞장서서 사람들 틈에 끼었다. 악을 쓰는 사람들 가운데에는 초라한 모습의 노인 하나가 금방이라도 쓰러질 듯 서 있었다. 스님이 옆에 있는 사람에게 뭣하는 사람인가고 물었다.

"글쎄, 뭘하는 사람인지 알 수 없어. 거지가 아니면 미친놈이 아닐까?"

사람들은 연신 노인에게 악을 쓰고 발을 구르며 삿대질을 해댔다.

"음, 그렇지. 이들의 말투로 보아 거지라면 부자 또는 귀인일거야."

"기가 막히군, 노인이 저렇듯 수모를 당하다니, 잘못하다가는 맞아 죽겠구나."

서동랑과 두 소년은 노인이 어떻게 될까봐 안절부절하였다.

한동안 흥분으로 왁자지껄하던 사람들이 하나둘 흩어지고 그 자리에 노인 혼자 남아 땅바닥에 풀썩 주저앉아 있었다.

스님이 노인에게 가까이 다가갔다.

"괜찮으십니까?"

스님이 노인을 부축하였다.

"뉘시요, 나는 괜찮소!"

"우리는 멀리 동방의 계림에서 부처님의 나라 천축국으로 구도여행을 가는 사람들입니다. 노인께서 혹시 천축국으로 가는 길을 아신다면 가르쳐 주십시오."

노인은 기운이 쇠약하여 숨을 몰아쉬더니 턱으로 산이 있는 앞쪽을 가리켰다.

"동북쪽!"

"동북쪽? 그렇다면 서남쪽으로 가면 되겠군요. 이곳에서는 모두 꺼꾸로만 말을 하니."

옆에서 듣고 있던 죽지랑이 말했다.

"동북쪽!"

노인은 갑자기 눈을 부라리며 크게 소리지르고는 힘에 부쳤는지 그 자리에 쓰러지고 말았다. 스님과 서동랑은 노인을 부축하여 나무 그늘 아래 뉘었다. 그리고 물을 떠 먹였다. 한동안 정신을 잃었던 노인이 눈을 뜨고 정신을 차렸다.

"천축국이라면 여기서 수만 리 길인데 어떻게 그곳까지 가시려구?"

노인은 고개를 절래절래 흔들었다.

"이제까지도 머다 않고 왔습니다. 어명을 받든 몸이니 죽어 백골이 된다 한들 멈출 수가 있겠습니까."

혜초스님이 노인께 말하였다.

"대단한 분이시구료. 당신 같은 이가 한 사람만 있었어도……."

노인은 처량하게 한숨을 내쉬었다.

"노인장께서는 삐뚜루가 아니시군요. 그런데 이곳 사람들은 어떻게 된 일로 모두들 역(逆)으로 생각하고 행동하려고 듭니까?"

서동랑이 노인께 사유를 물었다.

"그렇소! 나는 꺼꾸로가 아니오. 우리 백성들을 저 지경으로 만들었어도 내 정신만은 어쩔 수 없을게요."

노인은 입술을 지긋이 깨물었다.

"백성들이라시면…, 노인께서는 임금님?"

노인은 고개를 끄덕이었다.

"나는 이 나라 임금이오. 종전에 모였던 사람들은 나를 환영하고 있는 사람들입니다. 전에는 진심으로 열광적 환영이었으나 지금의 저들은 미친 사람들의 행동 그대로입니다. 한심스럽고 불행한 일이지요."

"왜 그들이 그리 되었습니까?"

스님은 노인의 이마에 흐른 땀을 닦아 드렸다.

"마음이 통할 분들 같으니 말씀드리리다."

임금님은 잠시 숨을 몰아쉬더니 이야기를 시작하였다.

"이 나라는 비록 부처님을 모시지는 않았지만 수천 년을 두고 평화롭고 질서 있는 나라였습니다. 백성 모두가 옳고 바른 일에만 몰두하여 살아왔었지요. 그런데 이것을 시기한 야차가 아귀사면지괴(餓鬼四面支怪)를 이곳에 보냈습니다. 그 괴물은 우리 왕실 사람들을 동굴에 가두어 놓고 백성들에게는 마술을 걸어 매일같이 부정적이고 옳지 못한 일만 가르치기 시작했습니다.

"—지 말아라."

"—지 못한다."

"—지 아니하다."

등이 그들이 가르치는 목록입니다. 만약 말을 듣지 않으면 난폭하게 백성들을 괴롭힐 뿐만 아니라 때로는 인면(寅面)의 먹이가 되어 버리지요. 그리고 나머지 면(面)들도 곡식과 식량을 닥치는 대로 먹어 치우는 까닭에 백성들은 그들이 하자는 대로 되어 버려서 자연히 저렇게 마구 무질서하고 광적인 행동을 하게 된 것입니다."

임금님은 절망의 눈초리로 멍하니 하늘을 쳐다보았다.

"그런 일이 있었었군요. 그런데, 임금님께서는 어떻게 그들의 마술에 걸리지 않으셨으며 출입이 자유로울 수 있으십니까?"

스님이 노인께 물어보았다.

"처음에는 꼼짝 못하고 동굴에 갇혀 있었습니다. 그런데 백성들의 심성이 변해가자 그 도(度)를 시험하기 위해 나를 백성들 앞에 내세웠던 것입니다. 임금인 나를 보고 백성들의 행동이 이상하게 나타날수록 그들의 계획은 성공한 셈이지요. 이제는 이 나라도 끝장입니다. 나를 아무렇게나 풀어놓아도 알아보는 자가 하나도 없으니, 그저 예전의 습관대로 손을 흔들고 환영하는 형식을 갖추고 있으나 아까 보듯이 나는 한낱 그들이 놀이개에 불과한 것이지요."

"왕실 가족과 신하들도 그리 되었습니까?"

"마찬가집니다. 몇 명은 저 백성들 속에 묻혀 살고 있고, 또 몇 명은 어디로 갔는지 소식도 없이 사라져 버렸습니다."

임금님은 절망한 나머지 기운을 잃고 고개를 옆으로 떨구었다.

"임금님, 임금님, 그·아귀사면지괴인가 하는 것들은 지금 어디에 있습니까?"

서동랑이 임금님을 흔들어 깨웠다. 임금님은 귀찮다는 듯 눈을 가늘게 뜨고 손가락으로 앞에 있는 산을 가리켰다.

"저기 보이는 산 아래 동굴…. 여간 조심하지 않으면 안되오. 아귀들은 항상 배고파하니까."

"염려 마십시오. 우리들이 그 놈을 혼내주고 사람들을 예전처럼 정상으로 되돌아올 수 있도록 하겠습니다."

스님은 임금님을 안심시키고 서동랑을 데리고 아귀사면지괴가 있다는 골짜기를 향해 걸어갔다.

"얘들아, 금세 돌아올테니 임금님을 잘 모셔드려."

서동랑은 죽지랑과 기파랑에게 성공의 표시로 손가락으로 동그라미를 만들어 보였다.

"스님, 공연히 무모한 짓을 하는지 모르겠습니다."

서동랑이 스님께 말했다.

"중생의 고뇌를 보고 그대로 지나친다는 것은 불자의 행위가 아니다. 내 아귀사면지괴를 만나 조용히 타일러서 이곳을 떠나도록 교화시켜 보아야겠다."

스님은 자신만만하게 말하며 앞서 나갔다. 서동랑도 부지런히 스님의 뒤를 따랐다. 혜초스님과 서동랑은 한낮을 걸어서야 아귀사면지괴가 산다는 골짜기 앞에 다다랐다.

아귀사면지괴(餓鬼四面支怪)

혜초스님과 서동랑이 비좁은 골짜기를 더듬어 들어가니 아귀사면지괴가 사는 굴이 나타났다. 놈들은 아무거나 닥치는 대로 마구 먹었기 때문에 주위에는 온갖 뼈들과 허접쓰레기들이 지저분하게 널려져 있었고 악취가 코를 찔렀다. 사람의 냄새를 맡은 아귀가 코를 벌름거리며 밖으로 나왔다.

놈은 네 면(面)이 호랑이(寅), 소(丑), 돼지(亥), 닭(酉)의 얼굴을 가지고 있었는데 스무 척이 넘는 키에 항상 배가 고파서인지 온몸이 앙상하게 뼈가 드러나 보이는 사면일체(四面一體)의 괴물이었다. 스님은 흉칙하게 생긴 커다란 괴물을 보자 당초의 기세와는 달리 바위 틈에 몸을 숨기고 벌벌 떨고 있었다. 서동랑도 몸을 숨기고 놈의 동태를 살폈다.

이리저리 고개를 돌려 냄새를 맡던 아귀의 축면(丑面 : 소의 얼굴)이 먼저 소릴 질렀다.

"풀짚이면 먹어선 안 돼!"

인면(寅面 : 호랑이의 얼굴)이 으르렁거렸다.

"날고기를 먹어선 안 돼!"

유면(酉面 : 닭의 얼굴)이 꼬꼬댁거렸다.

"낱알이면 내것이니 먹으면 안 돼!"

해면(亥面 : 돼지의 얼굴)이 꿀꿀거렸다.

"무엇이든 먹을 걸 남겨 놓지 않으면 안 돼!"

"안 돼!"

"안 돼!"

"안 돼!"

"안 돼!"

사면은 머리를 빙글빙글 돌리며 서로 안 된다고 소리지르며 싸웠다.

"임금님이 말한 대로 놈들은 역시 부정적인 소리만 지르고 있군. 놈들의 정신을 흐트려 놓아야지."

서동랑이 바위 틈에 몸을 숨기고 놈들의 싸움에 끼어 들었다.

"안 돼!"

"돼!"

"안 돼!"

"돼!"

"안 돼!"

"돼!"

"안 돼!"

"돼!"

"안…!"

"돼!"

"안…!"

"돼!, 돼!"

"안…!"

"돼, 돼, 돼!"

"안…!"

"돼! 돼! 돼! 돼!"

서동랑은 한 면의 말이 채 끝나기도 전에 재빠르게 말을 끼워넣었다.

"그래, 돼! 돼! 돼! 돼!"

사면이 따라서 말했다.

"엥?!"

"어느 면이냐, 된다고 한 면이!!"

네 면은 자신들의 말에 스스로 놀라서 옆의 면을 바라보며 눈을 부라렸다.

"나다!"

서동랑이 불쑥 바위 틈에서 고개를 내밀었다. 서동랑을 본 인면이 침을 꿀꺽 삼켰다.

"안 된다고 지껄인 면이 어느 면이냐!"

인면이 호통을 치며 으르렁거렸다.

"네 놈들은 흔하디 흔한 풀이며 낟알을 닥치는 대로 주워 먹지만 고기밖에 먹을 줄 모르는 나는 늘 배가 고파 죽을 지경이다."

인면은 서동랑 옆에 벌벌 떨고 있는 스님을 보자 더욱 식욕이 솟구쳤다.

"오늘은 오랜만에 포식하게 생겼군. 예전부터 중놈의 고기는 연하고 부드러워 별미 중의 별미로 손꼽아 왔는데 여기까지 제 발로 걸어 오다니, 이건 분명 야차(夜叉) 님이 나에게 보낸 성찬(盛饌)에 틀림없으렸다."

인면은 너무 좋아서 침을 질질 흘리며 흥분하였다.

"고기를 먹어선 안…"

어느 면이 입을 열었다.

"무엇이! 이 도둑놈!"

어느 놈이 '안…'이라고 말하려고 했니. 그 놈부터 잘근잘근 씹어 먹겠다."

인면이 펄펄 뛰며 성을 내자 나머지 세 면은 꼼짝 못하고 눈치만 살폈다.

"다같이 나를 따라 해라."

인면이 세 면에게 명령을 내렸다.

"먹어도 돼, 돼, 돼!"

기가 죽은 나머지 세 면이 인면의 말을 따라 했다.

"먹어도 돼, 돼, 돼!"

호랑이면의 기세가 등등하자 그 기세에 눌린 소, 닭, 돼지면은 아무 말도 못하고 풀이 죽어 눈을 감아 버렸다. 세 면이 눈을 감자 상대적으로 인면의 얼굴이 더욱 크게 드러났다.

"애야, 아무래도 호랑이 잡으러 호랑이 굴에 들어왔다가 호랑이 입으로 들어가야 할 것 같구나!"

인면이 날뛰자 혜초스님은 바위 틈에 머리를 들이밀고 땀을 뻘뻘 흘리고 있었다.

"스님, 아무 염려 마시고 놈과 싸우는 동안 풀짚으로 제웅(짚으로 만든 것. 음력 정월 14일 저녁 액막이로 만듦. 초우인(草愚人)이나 많이 만들고 계십시오."

"제웅은 뭣에 쓰려고……?"

"곧 알게 될 테니, 제 말대로 하십시오."

그러는 동안 인면은 한 손에 칼을, 한 손에는 삼지창을 들고 스님과 서동랑 앞에까지 다가왔다. 서동랑이 스님을 등뒤로 두고 인면과 맞섰다. 서동랑을 본 인면이 투덜거렸다.

"네 놈은 좀 비켜줘. 중놈부터 먹고 난 다음 잡수실테니."

서동랑이 인면을 가로막으며 말했다.

"맛있는 음식일수록 야금야금 나중에 먹어야 진짜 맛을 알 수 있지."

"그래, 좋다! 네 놈부터 먹어치울테다."

인면이 서동랑을 향해 칼을 휘둘렀다.

"앗! 아직 먹힐 준비가 되지 않았는데."

서동랑은 인면이 내리치는 칼을 아슬아슬하게 피하며 넓은 들판 쪽으로 도망을 쳤다. 인면은 성큼성큼 걸어 서동을 쫓아 들판으로 나갔다. 스님은 인면이 서동랑을 잡으러 들판으로 나가자 서동랑의 말대로 부지런히 짚을 모아 초우인(草愚人)을 만들었다. 인면은 계속해서 서동랑을 향해 칼을 휘두르고 삼지창으로 찔러댔다. 그러나 서동랑은 요리조리 놈의 칼과 창을 피하며 약을 올렸다.

"그만 도망가라. 난 지금 몹시 배가 고파."

인면은 더이상 못 참겠다는 듯 체면이고 뭐고 할 것 없이 칼과 삼지창을 내던져 버리고 시뻘건 아가리를 벌려 단숨에 서동랑을 삼키려고 덤벼들었다.

"얘야, 어지간히 제웅을 만들어 놨는데 내가 어떻게 하면 되겠니?"

스님이 제웅을 한아름 안고 와서 죽어라고 도망다니고 있는 서동 랑에게 물었다.

"아무 때나 적당한 때 던지세요!"

"적당한 때라니 그때가 어느 때인지 낸들 알 수가 있나!"

혜초스님은 제웅을 움켜안고 어쩔 줄 몰라 쩔쩔매었다.

"어훙!"

인면의 시뻘건 아가리가 당장에 서동랑을 삼킬 듯 덮쳐왔다.

"안 돼!"

스님이 깜짝 놀라 제웅 하나를 얼떨결에 인면의 면상을 향해 집 어던졌따.

"돼!" '꿀꺽'

사람 하나가 눈앞에 날아오자 배가 고픈 인면이 앞뒤 생각할 겨 를도 없이 날아오는 제웅을 꿀꺽 삼켜 버렸다.

서동랑을 삼킨 줄 알고 입맛을 다시려던 인면이 앞에 서동랑이 얼씬거리자 고개를 기우뚱하더니 또다시 입을 벌리고 달려들었다.

"안 돼!"

스님은 또다시 제웅 하나를 던졌다.

"돼!" '꿀꺽'

서동랑인 줄 알고 제웅 하나를 또 삼켜 버린 인면이 목젖을 축이 고 바라보니 거기에 또 서동랑이 서 있었다.

"너는 이상한 놈이로군. 삼키면 또 나타나고 삼키면 또 나타나니 하기야 나에겐 별 관계가 없어. 있을 때 많이 먹어 두는 게 좋으니 까!"

인면은 더욱 입을 크게 벌리고 서동랑에게 달려들었다.

"어훙!"

"휙!"

"꿀꺽!"

"어홍!"

"휙!"

"꿀꺽!"

인면아귀는 몇 겁(劫)을 배고프게 살아왔으므로 먹을 것을 보고는 필사적으로 달려들었다. 한동안 닥치는 대로 초우인을 삼키던 인면이 입맛을 잃었는지 서동랑을 보고 말했다.

"세상에 안 먹어 본 것 없이 다 먹어 보았지만 너같이 맛없는 고기는 처음이다."

인면은 제웅맛에 지쳤는지 서동랑을 포기하고 스님 쪽으로 고개를 돌렸다.

"사람 살려!"

인면이 시뻘건 입을 벌리고 달려들자 혜초스님은 기겁하여 줄행랑을 쳤다.

"뛰어봐야 벼룩이지."

인면은 스님을 훌쩍 뛰어넘어 입을 딱 벌리고 스님이 입 속으로 들어오기를 기다렸다.

스님이 아귀의 입으로 막 뛰어들어 가려는 순간,

"아이구 배야!"

아귀가 갑자기 배를 움켜쥐고 몸을 비틀었다.

"아이구, 아이구 배야!"

열 섬이나 되는 제웅을 먹어치운 인면의 몸에 풀독이 퍼진 것이었다. 더구나 고기만 먹던 뱃속에 짚이 꽉찼으니 소화불량에 걸려 견딜 수 없었던 것이다.

"아이구, 아이구 배야! 인면 살려줘! 인면 살려줘!"

인면은 하룻밤 동안 세상이 떠나갈 듯 비명을 지르며 펄펄 뛰더

니 급기야 그 자리에 쓰러져 죽어 버리고 말았다. 인면이 죽어 버리자 나머지 삼 면도 기력이 빠졌는지,

"우우엉!"

"꼬꼬댁!"

"꿀꿀!"

소리를 지르며 괴로워하더니 제풀에 물거품이 되어 사라져 버렸다.

"스님, 이제 안심하셔도 됩니다."

서동랑은 바위 틈에 몸을 숨기고 오들오들 떨고 있는 혜초스님을 일으켰다.

"휴—! 정녕 호랑이 밥이 되는 줄 알았구나!"

스님과 서동랑은 사면지괴를 물리치고 당당히 마을로 향해 걸어갔다.

"스님께서 제웅을 제때에 던지지 않으셨다면 저는 지금 어떻게 됐을는지 생각만 해도 끔찍합니다."

서동랑이 스님 손을 꼭 쥐었다.

"아귀사면지괴가 죽었으니 마을 사람들도 이제는 정상으로 돌아왔겠지."

스님과 서동랑이 이야기를 나누며 돌아오는 도중 올 때에 만났던 그 모자를 또 만났다.

"엄마, 나 꽃밭에서 놀께요."

"아무렴, 마음껏 뛰어 놀려므나."

엄마는 아가의 볼에 입을 맞추었다.

마을에 돌아오니 임금님과 마을 사람들이 반갑게 스님과 서동랑을 맞이했다.

"백성들이 마귀의 주문에서 풀려났습니다. 보십시오, 모두들 자기

일에 충실하고 있지 않습니까."

이때 저쪽에서 한떼의 사람들이 임금님을 향해 달려왔다. 갑자기 임금님의 눈이 번쩍 뜨였다.

"왕비!"

"임금님!"

그 동안 숨어서 헤어져 있던 왕비가 다시 신하들을 데리고 마을로 돌아온 것이었다.

"아니, 저 분은 처음 이 마을을 가르쳐준 그 할머니가 아닙니까?"

기파랑이 왕비를 보고 말했다. 그러나 마귀의 주문에서 풀린 왕비는 젊고 아름다운 모습의 여인으로 변해 있었다.

임금님은 기쁨을 참지 못하고 일행을 극진히 대접하였다. 스님도 만면에 기쁜 빛을 띠었으나 곧 자리에서 일어섰다.

"임금님, 우리가 갈 길이 급하니 이만 떠날까 합니다."

임금님은 놀라 일어나며 은혜에 보답할 시간을 달라고 말렸으나 스님의 뜻이 변함없음을 알자 할 수 없이 떠나 보낼 수밖에 없었다.

"정히 그러시다면 붙들지는 않겠습니다만 앞으로 우리나라도 백성들에게 불법을 터득토록 하여 부처님의 나라가 되도록 하겠습니다."

임금님과 백성들은 떠나는 스님 일행을 먼 곳까지 배웅해 주었다.

"천축국은 여기서도 몇 만 리 길입니다. 부디 몸조심하십시오."

스님 일행은 임금님과 마을 사람들을 작별하고 산길을 접어들었다.

"모처럼 좋은 일을 한 번 했구나. 우리가 다시 이 마을에 올 때는 이 나라는 불국이 되어 있겠지."

스님은 가볍게 발걸음을 떼어 놓았다.

"동북쪽!"

세 소년은 즐겁게 웃으면서 스님의 뒤를 따랐다.

지귀(志鬼)

오천축국 답파를 위해 구도여행을 계속하고 있는 혜초스님 일행
은 백성들을 괴롭히던 아귀사면지괴(餓鬼四面支怪)를 물리치고 임금
님이 가르쳐준 동북쪽을 향해 하염없이 발걸음을 떼어놓았다.

구불구불 이어진 산길을 돌아 울퉁불퉁 튀어나온 돌밭을 지나니
키 큰 나무들이 빽빽이 들어찬 울창한 숲이 나타났다. 주위를 둘러
보아도 험난한 절벽뿐이었으므로 스님 일행은 어쩔 수 없이 숲을 통
과하기로 하였다.

"얼마간만 지나가면 평지가 나오겠지."

스님이 세 소년을 안심시키며 숲속으로 들어섰다.

나무 숲은 안으로 들어갈수록 점점 깊어져갔다. 밝은 한낮인데도
숲속은 어둑어둑하였고 여지저기서 이름 모를 짐승의 울음 소리가
간담을 서늘케 했다. 몇 발자국 앞도 보이지 않는 컴컴한 숲을 헤쳐
나가던 스님 일행은 급기야 뒤엉크러진 덩굴 속에 갇혀 버리고 말았
다.

"길을 잘못 들었나보구나."

스님은 앞길이 막히자 당황해서 어쩔 줄을 몰라했다.

"어떻게 해서든지 이곳을 벗어나야 합니다."

서동랑이 일행을 독려하였다.

　한동안의 실랑이 끝에 스님 일행은 겨우 숲 밖을 빠져나와 푸른 하늘이 보이는 들판에 이를 수 있었다.

　"저것 좀 보십시오!"

　앞서 가던 죽지랑이 갑자기 걸음을 멈추고 소리를 질렀다.

　죽지랑이 가리킨 곳에 숲에 둘러싸여 무지개 빛으로 화려하게 빛나는 아름다운 성이 버티고 서 있었다.

　"이런 깊은 숲 한가운데 저토록 훌륭한 성이 있을 수 있다니…."

　스님은 찬란히 빛나는 아름다운 성에 압도되어 입을 다물지 못하였다.

　"저토록 아름다운 성을 갖고 있다면 그 속에 사는 사람들의 마음씨도 아름답겠지.

　날도 저물어가니 들어가서 잠자리라도 마련해 보도록 하자꾸나."

　스님은 세 소년을 데리고 조심스레 성 안으로 들어갔다.

　성 안은 그리 크지 않았으나 밖에서 본 것처럼 화려한 집들과 아름다운 탑들로 가득 차 있었다.

　그리고 곳곳에 여러 가지 형상의 조각과 부조물들이 세워져 있었는데 특히 나비 모양의 조각들이 금이나 에메랄드로 정교하게 만들어져 지는 해를 받아 반짝거리며 살아 움직이듯 날개를 펴고 있었다.

　"부처님 모습이 보이지 않으니 이교도의 나라 같습니다."

　기파랑이 이곳저곳 조각들을 둘러보며 시큰둥하게 말하였다.

　성 안에는 사람의 왕래도 잦았는데 스님 일행에게는 별로 관심이 없이 지나쳤다.

　그들은 한결같이 편안한 자세로 앞을 바라보며 천천히 발걸음을 떼어 놓았고 혹시 아는 듯한 사람을 만나면 잠시 눈을 마주쳤다가는 아무 말 없이 가던 길로 걸음을 옮겼다. 스님이 지나가는 한 사람을 붙들고 혹시 묵어 갈 만한 곳이 없겠느냐고 물어 보았다. 그러자 그 사람은 찬찬히 스님의 얼굴을 뜯어보더니 이상하다는 표정을 짓고는 말 없이 곧장 가던 길로 걸어가 버렸다.

다음에 만난 몇몇 사람들도 모두 처음 만났던 사람과 마찬가지로 이상한 표정만 짓고 말없이 지나쳤다.

"여기도 정상적인 사람들이 사는 곳은 아닌 모양이로군요."

죽지랑이 투덜거렸다.

"야차(夜叉)의 행패가 이 성에까지 미친 것이 아닐까?"

기파랑이 말을 받았다.

"비정상적인 사람들이 이처럼 훌륭한 건축을 지을 수는 없다. 무슨 까닭이 있겠지. 아마도 이곳 사람들은 아직 언어를 만들지 못했을는지도 몰라."

서동랑이 말했다.

"스님과 만나고 지나가는 사람들의 표정이 거만하던데."

죽지랑이 입을 삐쭉거렸다. 스님은 지나치는 사람들을 유심히 바라보며 생각에 잠겨 있었다. 어른 아이 할 것 없이 여자들은 머리에 금이나 은으로 나비 장식을 하고 있었고 입고 있는 옷에도 나비 무늬가 새겨져 있었다.

오가는 사람들은 대개는 그냥 지나쳤으나 때로는 오랫동안 서로 눈을 마주 바라보고 있다가 헤어지는 사람들도 있었다.

"뭔가 짐작이 가겠다."

사람들을 물끄러미 바라보던 혜초스님이 고개를 끄덕였다.

"얘들아, 너희들은 여래님께서 영산(靈山 : 중인도 마갈타국 왕사성 동북쪽에 있는 산. 석가여래가 이곳에서 법화경(法華經)과 무량수경(無量壽經)을 설법하였다고 함. 영취산)에 올라 제자들께 설법하실 때 수단설법(數段說法)을 하셨단 말을 들은 적이 있지?"

"네."

세 소년은 스님의 물음에 영문도 모른 채 무조건 대답부터 해버렸다.

"그 때 여래님께서 아주 쉽게 알아들을 수 있는 설법으로부터 시작하셨지. 그리고 차츰차츰 어렵고 심오한 설법으로 말씀을 마치셨는데, 그럼 맨 마지막에는 어떠한 방법으로 참뜻을 전하셨겠니?"

"맨 마지막에는 말씀을 안하시고 연꽃잎을 입에 무시고 미소만 지으셨지요."

기파랑이 스님의 물음에 대답했다.

"그래, 똑똑하구나, 그 때 그 의미를 깨달은 분이 계셨지?"

"마하가섭님께서 석가님 뜻을 깨달으시고 빙그레 웃으셨다잖아요."

죽지랑이 말했다.

"옳거니! 염화시중의 미소, 이 사람들의 수준으로 보아 분명 언어가 있는 것은 틀림없지만 그것을 쓸 필요가 없는 것이란다."

"말하지 않고 어떻게 살아요?"

죽지랑이 고개를 갸우뚱거렸다.

"사실상 말이란 안할수록 좋은 것이지 마음과 마음으로 통하면 되는 것이니까. 갓난아기의 미소를 엄마가 읽는 것처럼 이들은 이심전심(以心傳心)으로 서로의 마음을 읽는 거란다. 고도의 정신생활을 하는 사람들만이 할 수 있는 일이지."

"말씀을 들으니 그렇게도 생각이 드는군요."

세 소년이 고개를 끄덕거렸다.

"그런데, 큰일이로구나. 잠시만이라도 이곳에서 쉬면서 갈 길을 물으려 했는데 지금 우리의 마음쓰는 수준이 저 사람들에게 미치지 않으니 저들의 마음을 읽을 수 있어야지. 우리가 저 사람들이 알아들을 수 있는 마음을 눈으로 표현할 수도 없구."

난처해진 스님 일행은 하는 수 없이 사람의 왕래가 뜸한 성 뒤쪽 모퉁이에 가서 쭈그리고 앉아 쉬기로 하였다. 스님 일행이 잠시 담을 기대고 앉아 휴식을 취하고 있는데 맞은편 쪽에서 젊은 남녀 둘이 나타났다.

그들은 스님 일행이 눈앞에 있는데도 아랑곳하지 않고 서로 손을 잡고 눈빛을 마주치며 행복에 넘친 표정을 짓고 있었다.

그들은 무언(無言)의 사랑을 하고 있는 듯했다.

두 남녀가 부딪치는 눈빛은 이 세상의 그 무엇과도 비교할 수 없을 만큼 순결하고 아름다웠다.

이때 어디서 날아왔는지 한 마리의 검은 나비가 날아와 남자의 어깨 위에 날개를 접었다

그러자 이제까지 온 마음을 바쳐 서로의 사랑을 주고받던 두 남녀의 맑고 밝던 동공(瞳孔)이 흐려지면서 공포의 빛이 서리기 시작했다.

그들은 두려움에 질려 더욱 힘차게 서로를 부둥켜안았다. 검은 나비는 커다란 날개를 펴서 서서히 날갯짓을 시작했다. 날갯짓이 빨라질수록 두 남녀의 고통도 점점 더 심해져갔다. 그들은 괴로움을 이기지 못해 몸부림을 쳤다. 고통에 일그러진 두 남녀의 모습은 보기에도 처절하였다. 검은 나비는 어디론가 사라져 버리고 괴로움에 허덕이던 두 남녀의 가슴에서 불꽃이 피어오르기 시작했다. 불꽃은 삽시간에 붉은 화염이 되어 두 남녀를 감싸고 훨훨 타올랐다. 잠시 후 두 남녀가 사랑을 나누던 자리에는 새까만 잿덩이만이 바람에 날릴 뿐 아무것도 보이는 것이 없었다.

실로 눈 깜짝할 사이에 벌어진 일이었다.

"나무관세음보살, 우리가 헛것을 본 것이 아니냐? 세상에 이런

변괴가 일어날 수 있다니……."

스님은 방금 눈앞에 벌어진 끔찍한 광경에 너무도 놀라 정신을 잃고 멍하니 잿더미만 바라보았다.

담모퉁이 쪽에서 쿵쾅거리며 발걸음 소리가 들리더니 한떼의 사람들이 나타났다. 그들은 잿더미로 변한 두 남녀 앞에서 말없이 눈물을 흘렸다.

그들의 표정 또한 눈뜨고 보기 어려운 처절한 것이었다. 그들은 아마도 두 젊은 사람들의 부모가 아니면 일가친척인 듯했다.

그들은 망연히 한자리에 앉아 눈물을 흘리며 슬퍼하더니 잿더미를 보자기에 싸 가지고 오던 길로 되돌아가 버렸다.

"참으로 해괴한 일이로군요."

서동랑이 스님을 향해 얼굴을 찡그렸다

그런데 아까부터 이쪽을 유심히 바라보고 있던 노인이 한 분 있었다.

노인은 스님 일행을 향해 가까이 걸어왔다.

"이곳 사람은 아닌 것 같은데 어디 다른 지방에서 오셨습니까?"

노인은 스님 일행 앞으로 다가와서 다정히 물었다. 노인의 말소리를 들은 혜초스님이 반가워서 자리에서 벌떡 일어났다.

"반갑습니다. 말씀을 하시는 분이 계시는군요. 우리는 멀리 동방에서 부처님 나라 천축국으로 구도여행을 떠나온 사람들입니다. 그런데 바다에서 풍랑을 만나 떠돌던 중 구사일생(九死一生) 살아서 여기까지 오게 된 것입니다."

스님은 숨 돌릴 겨를도 없이 자신의 처지를 늘어놓았다.

"그러시군요. 동방이라면 참으로 먼 곳에서 오셨습니다. 누추하지만 피로하실테니 잠깐 동안이나마 저의 집에서 쉬고 가시면 어떨까요."

노인은 매우 친절하고 마음씨 착한 사람이었다. 노인은 얼마 떨어지지 않은 자기 집으로 스님 일행을 데리고 갔다. 스님 일행은 오랜만에 여장을 풀고 노인의 집에서 여독을 풀게 되었다.

"참으로 감사합니다. 이곳은 굉장히 아름다운 성이로군요. 그런데 어째서 이곳 사람들은 말을 하지 않고 사는 것입니까?"

스님은 궁금증을 풀지 못해 말없이 생활하는 사람들에 대해 노인에게 물어 보았다. 노인은 한동안 침묵을 지키며 고개를 끄덕이더니 얼마 후에 입을 열었다.

"이상하게 생각했을 것입니다. 이 성 사람들은 전에는 선신(善神) '아후라마쯔다'를 믿고 살아왔습니다. 그러나 어느 날 난데없이 불신이 나타나 선신을 이 성에서 쫓아 버렸지요. 불신은 사람들이 말을 하는 것을 싫어했습니다. 그 대신 불신은 고도의 참선(參禪)을 하도록 사람들에게 권했는데 오랜 동안 참선을 하다 보니 말을 잊게 되고 정신생활로만 일관하게 되었지요."

노인은 스님 일행에게 이곳 사람들이 말을 하지 않고 생활하는데 대해 설명해 주었다.

"노인께서는 말을 잊지 않고 계시는군요."

서동랑이 옆에서 끼여들었다.

"그렇습니다. 깨달음이 빠르다거나 도(道)가 높은 사람일수록 말을 하지 않지요. 그런 뜻에서 나는 이를테면 머리가 좀 모자라다고나 할까, 평범하다고 할까."

노인은 자신의 머리를 긁적거리며 멋쩍게 웃었다.

"그리고 성 안 곳곳에는 나비의 형상을 조각해 놓은 것이 있던데 무슨 의미라도 있는 것입니까?"

기파랑이 노인에게 물었다.

"성을 차지한 불신은 처음에는 맹렬한 불길로 마을을 태웠습니다.

성 안의 사람들은 제발 불화(火禍)를 피하게 해달라고 불신께 빌었습니다. 불신은 스스로의 몸으로 나비의 형상을 하늘에 만들더니 궁전 안으로 들어가 버렸습니다. 그 때부터 사람들은 나비를 잡아다가 궁의 창문을 통해 안으로 들여보내고 나비 장식을 만들어 장식하거나 머리에 꽂아 불신의 분노를 막았습니다. 그 후부터 불신은 성 안에 들어가 나오지 않게 되었고 마을도 불의 공포에서 평안을 찾게 되었습니다."

노인은 말을 마치고 창 밖을 통해 햇빛에 반짝이는 나비 형상의 조각들을 바라보았다

"이상한 신도 다 있군. 나비를 좋아하다니, 혹시 나비의 신이 아닐까?"

기파랑이 말했다.

"불신과 나비라 걸맞지가 않은데……?"

죽지랑도 머리를 갸웃거렸다. 노인과 스님이 이야기하고 있을 때 집안 어디에선가 여자의 울음 소리가 들려왔다.

노인의 얼굴이 갑자기 침통해 보였다.

"딸년입니다. 노년에 둔 하나밖에 없는 자식인데 출가할 나이가 되었지요."

"그런데 어째서 울고 있습니까?"

스님이 이상히 여겨 노인에게 물었다. 노인은 묵묵히 울음 소리가 들리는 옆방을 바라보더니 힘없이 입을 열었다.

"아까 담모퉁이에서 재가 되어 사그러지는 젊은이들을 보셨지요?"

"네, 보았습니다. 너무도 불시에 일어난 끔찍한 일이라 지금 도무지 꿈을 꾸고 있지나 않나 생각하고 있는 중입니다."

"헛것이 아닙니다. 근년에 들어 이 같은 일이 자주 일어납니다.

서로 사랑하던 남녀가 그 사랑의 도가 너무 지나쳐서인지 불덩어리가 되어 타버리는 것이지요. 그래서 요즈음 젊은 사람이 있는 집에서는 자식들을 집에 가두고 내보내질 않습니다."

노인이 한숨을 푹 쉬었다.

"아무리 사랑의 깊이가 깊다 하지만 타버릴 정도가 되어서야 되겠습니까. 이는 필시 무슨 연고가 있을 것입니다. 이 성 안의 신은 불의 신이라면서 그런 것 하나도 다스리질 못합니까?"

서동랑이 이상하다는 듯 고개를 갸웃거렸다.

"신전에 들어가 기도도 드려 봤지요 그러나 우리의 신은 거기까지 힘이 미치질 않는가 봅니다. 딸년도 이웃 마을에 예전부터 친하게 지내는 젊은이 하나가 있었지요. 그러나 아까의 젊은이들처럼 될까봐 밖에 내놓을 수가 있어야지요. 그래서 집에 가두어 두었더니 저렇게 울음으로 하루하루를 지새고 있는 것입니다."

밤이 깊어지자 노인은 이야기를 마치고 자기 방으로 들어가 버렸다.

"글쎄, 믿어지지가 않는 일이로군. 아무리 사랑의 불꽃이 세다고는 하지만 타버리기까지 할 수가 있을까?"

자리에 누워서도 스님과 세 소년은 오늘 벌어진 일이 머리에서 떠나지 않아 쉽게 잠을 이루지 못했다. 서동랑은 멀리 고향에 두고 온 선화공주를 생각하였다. 그는 젊은이들의 사랑의 불꽃으로 타·없어진다는 말을 조용히 음미해 보았다. 그러면서 사랑의 도가 깊어진다면 그럴 수도 있을 것이라고 고개를 끄덕거렸다.

"자, 내일을 위하여 억지로라도 잠을 청하도록 하자꾸나."

스님은 곧 코를 골기 시작했다. 세 소년도 금세 잠이 들어 버렸다. 스님 일행이 새벽잠에 깊이 빠져 있는데 밖에서 방문 두드리는 소리가 들렸다.

"큰일났습니다. 딸년이 간밤에 사라져 버렸습니다. 이 일을 어찌해야 좋겠습니까?"

노인이 절망적으로 소리쳤다. 혜초스님과 세 소년은 자리에서 벌떡 일어나 옷을 주워 입었다.

"어디로 갔을까요?"

스님이 노인에게 혹시 갈 만한 곳이 없겠느냐고 물어보았다.

"여기 쪽지를 써 놓은 것이 있는데 자기는 차라리 불에 타 죽으면 죽었지 그 젊은이와 만나지 않고는 살 수가 없다는군요."

노인이 스님에게 딸이 써 놓고 간 쪽지를 보여 주었다.

"이대로 놔둬서는 안 됩니다."

스님과 노인이 밖으로 뛰어나갔다.

세 소년도 스님의 뒤를 따랐다. 일행은 젊은이가 산다고 하는 이웃 마을로 우선 가보기로 하고 그리로 달려가고 있는데, 그 젊은이의 집사람들도 젊은이가 남겼다는, 같은 내용의 쪽지를 들고 이쪽으로 뛰어오고 있었다.

"빨리 찾지 않으면 안 돼!"

스님은 일행을 재촉하여 젊은이들이 갈 만한 이곳저곳을 찾아 뛰어다녔다.

신전(神殿)의 앞뜰에서 젊은 남녀가 손을 잡고 서로의 얼굴을 마주 대하고 있었다. 그들은 곧 닥쳐올 자신들의 운명을 알고 있으면서도 그것에 구애됨이 없이 눈을 마주하고 상대에게 자신의 마음을 비추고 있었다.

그윽히 바라보는 두 사람의 눈동자가 하나로 겹쳐지자, 서로를 그리워하던 마음이 가슴 가득히 용해(溶解)되더니 깊고 깊은, 사랑의 심연(深淵)으로 빠져들기 시작했다.

그들은 차라리 불덩이가 되어 사그라지기를 바랐다.

이때 한 마리의 검은 나비가 어디서 나타났는지 가만히 날아와 젊은이의 어깨 위에 사뿐히 내려앉았다.

"아 — 아!"

갑자기 두 젊은이는 뜨겁게 타는 심장의 고통으로 괴로워하기 시작했다.

검은 나비는 불씨로 변하여 젊은이들의 가슴 속을 넘나들었다. 두 젊은이는 불덩이가 될 찰나에 있었다.

"지귀(志鬼 : 신라 사람으로 선덕여왕을 사랑했으나 선덕여왕의 주문에 의해 불덩이가 되어 버림), 잠깐만!"

혜초스님은 불씨가 되어 날아다니는 검은 나비를 향해 소리쳤다.

"뭐! 지귀라고? 내 이름을 아는 네 놈은 도대체 누구냐?"

불덩이가 깜짝 놀라 혜초스님을 향해 소리를 질렀다.

"지귀, 자네가 틀림없군. 왜 이렇게 먼 곳까지 와서 사람들을 괴롭히는가?"

"이제 보니 돌중 혜초로군. 자네야말로 여긴 웬일인가? 어쨌든 내 일에 간섭하지 마라. 내 일은 내가 알아서 한다."

"기다려 지귀, 이건 너무 가혹한 짓이다. 네가 비록 선덕 공주님의 사랑을 얻지 못했다고는 하지만 그것은 사랑 자체라기보다는 자네의 지나친 아집(我執) 때문이었어."

"그렇지 않다! 나는 공주님을 정말 죽도록 사랑했다. 그러나 공주님은 내가 깜빡 잠이 든 동안

지귀의 마음 속 불이(志鬼心中火)
스스로 몸을 태워 불귀신이 되었구나(燒身變火神)
넓은 바다 밖으로 떠워보내(流移滄海外)
다시는 보지도 않고 친하지도 않으리(不見不相親)

　이렇게 주문(呪文)을 써서 나를 영원히 바다 밖으로 내쫓아 버렸지. 그래서 나는 원귀(寃鬼)가 되어 정처없이 바다 위를 떠다니다가 이곳까지 도착하게 되었다. 내 한결같은 사랑의 불길은 바닷물로도 끌 수가 없었지."

　지귀는 흥분한 듯 불꽃을 마구 활활 퍼뜨렸다.

　"애초부터 이룰 수 없는 사랑이었어, 선덕 공주님께서는 이미 부마(駙馬)가 될 분이 계셨거든. 일방적인 사랑은 참다운 사랑이 아니야, 네가 진정 사랑의 불덩이라면 순수하고 아름다운 젊은이들의 마음에 따뜻한 사랑의 불꽃만 지펴주면 되는 거지."

　"나도 처음엔 사랑의 마음만을 깨쳐주고 싶었어. 어디엔가에서 사랑의 마음이 끓어오르면 나는 나도 모르게 그 마음에 이끌려 그 장소로 달려가게 되고, 그들을 도와주고 싶은 욕망이 샘솟거든. 그러나 이곳 젊은이들은 오직 가슴만으로 사랑을 나누기 때문에 그 타는 마음을 밖으로 쏟아내지 못하고 결국은 쉽게 타서 재가 되어버리는 거야."

　"그래, 네 순수한 마음은 나도 잘 알아. 그러나 네가 사랑하는 젊은 이들의 마음 속에 깃드는 한 이 세상 젊은이들은 모두 타서 재가 되어 버릴거야. 그렇게 되면 네가 가졌던 그 지순한 사랑의 의미도 사라져 버리고 세상엔 두려움만 가득 차게 될거야."

　"그러면 나는 어떻게 하면 좋을까?"

　지귀는 갑자기 풀이 죽어 버렸다.

　"내가 너를 잠재워 줄게."

　스님은 지귀를 달랬다.

지귀 그대 열정이(志鬼君熱情)

스스로 몸을 태워 불신이 되었구나(燒身變火神)

고결한지고 사랑의 불꽃(高潔相思炎)
창해 너머 누리에 그 마음 펼치우리(滄涉張心瀚)

스님은 합장을 하고 지귀의 불덩이를 그윽히 바라보았다. 지귀는 마지막 불꽃을 다 태우려는 듯 세상을 온통 불빛으로 물들이더니 차츰 불기운을 누그려뜨렸다. '나비들을 놓아줘.' 지귀는 한마디 말을 남기고 끝내 조용히 한 줌의 재를 남기고 사그라지고 말았다.

그와 동시에 고통으로 허덕이던 두 젊은이의 얼굴에서 공포의 빛이 사라지고 평온한 미소가 피어 올랐다.

"……."

"……."

"우리는 이제 영원히 사랑해도 돼."

그들은 환희(歡喜)에 차서 온 성 안이 떠나가도록 크게 부르짖었다. 두 젊은이는 서로 부둥켜안은 채 기쁨의 눈물을 흘렸다.

"사람이란 마음 속에 간직한 뜻을 밖으로 전해야 하는 것이 마땅한거야."

물끄러미 서서 침묵만 지키던 기파랑이 죽지랑을 바라보며 말했다.

"그래, 아무리 이심전심이라지만 속에만 담아두면 울화통이 터져서 견딜 수가 있나, 불에 타버릴 수밖에."

죽지랑이 쿵쿵 가슴을 두드렸다.

때마침 떠오르는 아침 햇살에 에메랄드 성이 무지개색으로 반짝거렸다. 어느 틈엔가 수많은 젊은 남녀들이 거리로 쏟아져 나와 웃고 떠들며 즐거워하였다.

"고맙습니다. 사랑을 되찾아 주셔서."

젊은이들이 우루루 몰려와서 스님 일행에게 머리를 숙여 답례하였다.

"보기 좋은 광경이로군요."

노인이 젊은이들의 모습을 보며 빙그레 웃었다.

"모든 것이 헛된 꿈이거늘."

스님은 지귀의 불꽃에서 타고 남은 흔적을 모아 헝겊에 고이 싸서 바랑에 담았다.

"스님, 지귀의 마지막 말을 기억하십니까? 나비들을 놓아 주라는 ……."

서동랑이 스님께 말했다.

스님은 노인과 함께 궁 안으로 들어갔다. 아침 햇살이 찬란히 비치는 에메랄드 성은 안으로 들어갈수록 더욱더 영롱한 빛으로 아롱거렸다. 궁전 안 넓은 방은 온갖 색깔의 꽃들이 피어 있고 그 위로 수많은 나비들이 날아다녔다.

"젊은 남녀들을 불덩이로 태워 버린 지귀의 마음 속에 이토록 아름다움을 사랑하는 일면이 있다니……."

스님 일행은 눈앞에 보이는 너무도 황홀한 광경에 입을 다물지 못하였다.

방 한가운데는 화사한 차림의 젊은 여인 하나가 높은 좌대 위에 앉아 미소를 짓고 있었다.

"아—! 선덕 공주님."

혜초스님이 여인을 보자 어쩔 줄 모르고 발 아래 무릎을 꿇었다. 그러나 그 여인은 살아 있는 사람이 아니라 정교하게 만들어진 밀랍(蜜蠟) 인형이었다. 여인의 머리 위에는 아주 커다란 호랑나비 한 마리가 창틈으로 새어 들어오는 햇빛에 두 날개를 펴고 앉아 있었다.

"창문을 모두 열어 젖혀라. 나비는 이같이 좁은 방에서는 살 수 있는 중생이 아니다."

스님이 창밖의 하늘을 가리키며 세 소년에게 말했다.

스님의 말을 들은 세 소년은 궁전 안의 창문을 모두 열어놓았다. 밀폐된 궁전 안에서 날아다니던 나비들은 제 세상을 만난 듯 열린 창문을 통해 푸른 하늘로 날아올랐다. 삽시간에 에메랄드 성은 나풀거리며 춤추는 아름다운 나비들로 둘러싸여 버렸다.

그러나 궁전 안에 갇혀 있던 나비들이 모두 밖으로 날아간 뒤에도 인형의 머리 위에 있는 호랑나비는 언제까지나 그 자리에 날개를 펴고 있었다. 성을 나온 혜초스님은 노인에게 작별의 인사를 나누었다.

"우리는 갈 길이 바쁜 사람들입니다. 이만 헤어져야 할 때가 됐나 봅니다."

스님은 노인이 좀더 쉬었다 가라는 권유를 뿌리쳤다. 노인과 많은 젊은이들이 스님 일행을 멀리까지 배웅하러 나왔다.

"산 하나를 넘으시면 바닷가 마을이 나옵니다. 그 곳 사람들은 인심이 좋으니 부처님 나라로 가는 배를 빌리기에는 어렵지 않을 것입니다. 스님 덕분으로 이곳 사람들도 말의 중요함을 깨닫게 되었군요. 정담을 나눈다는 것은 역시 즐거운 일이지요."

노인은 젊은이들이 돌아간 뒤에도 얼마 동안 스님 일행을 따라나오며 이야기를 나누었다. 그리고 배를 빌리는 데 쓰라고 에메랄드가 담긴 조그마한 주머니 하나는 내밀었다.

"세상에는 인정이 가득한 사람들도 많군요."

기파랑은 노인의 인자한 마음에 감사함을 느꼈다.

"스님께선 그 불덩이가 어떻게 지귀의 원귀인 줄 알았습니까?"

서동랑이 궁금해하며 스님에게 물었다.

"지귀는 어릴 때, 나와는 죽마고우(竹馬故友)였단다. 그런데 어느 날 선덕 공주님을 본 후에 한눈에 반해 버렸지. 그러나 이루지 못할 사랑이었어. 공주님은 이미 부마가 될 분을 정해 놓으셨거든. 어젯밤 꿈에 지귀가 보이더군. 나는 사랑의 마음이 지나쳐 불덩이가 되어 떠돌다가 멀리 바다 밖으로 쫓겨났다고, 그런데 이곳 젊은이들이 불에 타서 사그라지는 것을 보니 순간적으로 지귀의 생각이 떠오르더구나. 그래서 급한김에 그의 이름을 불러 본거야.”

말을 마친 스님은 눈을 지그시 감고 염주 알을 굴렸다. 혜초스님의 마음 속에는 사랑 때문에 불타 버린 지귀와 젊은이들이 왕생극락(往生極樂)하기를 바라는 기원(祈願)으로 가득 차 있었다. 그리고 선덕 공주님을 처음 보았을 때 머리에 장식했던 나비 모양의 노리개가 영원히 머리 속에 아름다운 영상(影像)으로 남아 멀리 바다 밖으로 쫓겨와서도 선덕 공주님과 나비 장식을 잊지 못했던 지귀의 끝없이 깊은 사랑의 마음에 감동되어 눈시울이 붉어졌다.

“이제 보니 사랑이란 끔찍한 것이로군요.”

기파랑이 스님을 바라보며 얼굴을 찌푸렸다.

“그래 맞아. 우리 이 다음에 사랑 같은 건 하지 말자.”

죽지랑도 기파랑의 말에 맞장구를 쳤다. 서동랑은 두 소년이 나누는 이야기를 들으며 의미 있는 웃음을 빙긋이 웃었다.

“얘들아, 산 하나만 넘으면 부처님 나라로 가는 바다가 보인단다. 부지런히 걷도록 하자꾸나.”

스님이 세 소년에게 갈 길을 재촉하였다.

“자, 가자!”

세 소년은 이제까지의 일을 까맣게 잊은 듯 다시 즐거운 마음으로 재잘거리며 스님의 뒤를 따라갔다.

앵녀(罌女)

스님 일행은 에메랄드 성을 떠나 노인이 가르쳐준 동북 방향을 향해 걸어가고 있었다. 우거진 숲을 벗어나 평평한 들판으로 나오니 들판에는 새빨갛고 귀여운 꽃들이 마치 붉은 융단을 깔아 놓은 것처럼 끝없이 펼쳐져 있었다.

시원한 바람이 꽃향내를 담아 와서 스님과 세 소년은 꿈꾸듯 황홀하였다.

"스님을 따라오길 잘했습니다. 모험도 하고, 이렇게 아름다운 곳을 구경하기도 하고……."

죽지랑과 기파랑은 즐거워서 재잘거리며 스님 뒤를 따랐다.

"이렇게 기분이 상쾌할 수가……."

스님과 세 소년은 꽃길을 걸어가는 동안 점점 더 황홀경에 빠져들었다.

그런데 얼마를 걷고 있으려니까 그들 앞에 홀연히 네 명의 여자가 나타나 꽃을 꺾고 있었다. 여인들은 빙그레 웃음을 띠며 바구니에 꽃을 따 담고 있었는데 그 모습이 어찌나 아름다운지 마치 하늘의 선녀를 보는 듯하였다. 여인들은 스님 일행에게 가까이 오라고 손짓을 하였다. 죽지랑이 제일 먼저 여인들을 향해 걸어갔다. 기파랑과 서동랑도 죽지랑의 뒤를 쫓아갔다.

"애들아, 그리로 가면 안 된다."

혜초스님이 소리쳤으나 입에서만 소리가 맴돌 뿐 밖으로 나오지 않았다. 그리고 몸과 마음이 헛갈려서 그 자리에 서려고 버둥대었으나, 발걸음은 자신도 모르게 여인들을 향해 걸어가고 있었다 그러는 동안에도 빨간 꽃에서 나오는 향내는 스님과 세 소년의 마음을 더욱 더 흐트려 놓았다. 네 사람은 꼭둑각시처럼 여인들이 이끄는 대로 끌려갔다.

여인들은 스님 일행을 깊은 산 속으로 데리고 갔다. 산 속 깊숙한 곳에는 입구가 사람 하나가 겨우 들어갈 만한 굴이 있었는데 여인들은 네 사람을 굴 속으로 데리고 들어가서 골방에 가두어 버렸다. 스님 일행은 꽃가루에 취해 있었으므로 자신들이 지금 어디에 와 있는지 알지 못하고 있었다. 그저 어느 화려한 궁전 안에 들어 있는 느낌으로 마음이 들떠 있었던 것이다.

시간이 흐르는 동안 서동랑의 몸에서 용의 피가 꿈틀거렸다. 그는 정신을 바싹 차리고 가만히 눈을 떴다. 컴컴한 동굴 속은 아무것도 보이지 않았다. 귀를 기울이니 여자들의 말소리가 어둠 속에서 들려왔다. 서동랑은 야명기법(夜明奇法 : 밤에도 밝게 사물을 보는 법)을 써서 눈에다 정신을 집중시킨 다음 좁은 문틈으로 동굴 안을 살펴보았다. 저만치 여자들이 모여서 무엇이라고 지껄이고 있었는데 자세히 보니 그들은 머리가 하얗게 센 호호백발 노파들이었다. 그녀들은 또 하나같이 등이 굽어 있었는 데 너무나 흉칙하게 생겼으므로 보면 볼수록 끔찍한 생각이 들었다.

'큰일났는 걸 마녀들의 속임수에 꼼짝없이 속았구나!'

서동랑은 굴 속의 여러 곳을 훑어보았다. 여기저기에 마녀들이 모여 있었는데 대충 세어 보니 줄잡아 백여 명은 됨직하였다.

"아흔다섯까지 잡아 바쳤으니 이제 아흔아홉까지는 넷 남았네, 요행히 지금 넷을 잡아왔으니, 이제 우리는 대수선인의 사슬에서 벗어나게 되었다."

노파들은 서로 즐거워하며 수근거렸고 덩실덩실 춤을 추는 노파도 있었다. 그러나 어떤 노파는 크게 화를 내며 불평을 털어놓기도 하였다.

"꼭 그렇게 산 사람을 요릴 만들어 그 늙어 빠진 놈에게 갖다 바쳐야 되나, 그냥 우리가 잡아온 젊은이들과 결혼해서 살아도 될텐데."

그러자 옆에 있던 노파가 눈을 흘기며 소릴 질렀다.

"이 멍충아, 우리같이 하얗게 늙은 노파와 누가 결혼을 하겠대나, 분수를 알라구."

"그래, 가슴 아픈 일이지만 어쩔 수 없어, 지금 시급한 것은 우리의 아름다움을 되찾는 일이야……."

노파들은 한동안 침울하게 풀이 죽어 있더니 이내 숫돌에 칼을 갈기 시작했다.

"큰일났구나! 무슨 사연이 있기는 한 것 같은데 이러고 있다가는 영락없이 마녀들의 요리감이 되겠는 걸, 한바탕 싸울 수도 있지만 백여 명의 마녀들이 한꺼번에 달려든다면 당해낼 도리가 없지."

스님과 죽지랑, 기파랑은 아직도 깊은 잠에서 깨어나지 못하고 있었다. 서동랑은 옆구리에 차고 있던 만파식적을 가만히 꺼내들었다. 그리고 지그시 눈을 감고 동굴을 향해 영산회상곡(靈山會上曲 : 석가여래가 설법하는 영산회의 불보살을 노래한 악곡)을 불기 시작하였다. 흐느끼듯 은은히 울려퍼진 퉁소의 음률이 어둠을 뚫는 한 줄기 빛처럼 서서히 골방에서 굴 속으로 흘러 나갔다. 노파들은 별안간 가슴을 에는 듯한 피리 소리에 깜짝 놀랐으나 차츰 그 소리에 도취되어 버렸다. 칼을 갈던 노파의 손놀림이 서서히 멈추어졌다. 부글부글 끓던 가슴이 가라앉으며 이제까지의 공포와 수치심에서 벗어나 평안의 안식 속으로 빠져들었다. 노파들은 하나, 둘 그 자리에 쓰러져 잠들기 시작했다.

서동랑은 퉁소 불기를 그치고 스님을 흔들어 깨웠다.

"아니, 여기가 어디냐? 내가 왜 여기에 누워 있지?"

스님이 놀라서 자리에서 일어났다. 죽지랑과 기파랑도 놀라 깨어났다.

"지금 우리는 마녀의 소굴에 들어와 있습니다. 빨간 꽃밭에서 우리에게 손짓하던 여자들이 바로 마녀들이에요."

죽지랑, 기파랑은 믿지 못하겠다는 듯 서로를 쳐다보았다.

"마녀들이 잠들어 있으니 빨리 이곳을 빠져나가야 합니다."

서동랑은 골방의 문을 부수고 밖으로 나왔다. 굴 속은 골방보다는 훨씬 밝아서 주위가 환하게 비쳤다.

"끔찍하구나!"

혜초스님과 세 소년은 여기저기 쓰러져 있는 늙고 등이 굽은 노파들이라든가 노파에게 희생되어 흩어져 있는 즐비한 해골과 뼈들을 바라보며 몸서리를 쳤다. 굴 밖을 막 벗어나려 하는데 밖에서 인기척이 나더니 노파 하나가 물동이를 이고 굴 안으로 들어오고 있었다. 서동랑이 재빠르게 노파의 굽은 등 위에 올라탔다.

"꼼짝마라! 소리지르면 등을 더 구부려 놓을테니."

노파는 생각보다 몸이 허약했다.

"아이구, 힘들다. 누군지 모르지만 등에서 내려와다구!"

노파는 힘에 겨워 비칠거렸다.

"바른 대로 말하면 내려와 주지."

"좋다. 무슨 말이든 할테니 빨리 내려와라!"

서동랑은 노파의 등에서 뛰어내렸다. 노파는 힘에 겨웠는지 한쪽 구석으로 풀썩 쓰러졌다.

"우리를 왜 여기까지 데리고 와서 죽이려 했는지, 그리고 너희들의 정체가 무엇인지 밝혀라. 거짓말을 시켰다가는 당장 목을 비틀어 버릴 테니까!"

서동랑의 기세에 눌린 노파는 풀이 죽어 그 자리에서 눈물을 뚝

뚝 흘리더니 자신들의 처지를 하나도 빼놓지 않고 들려주었다.

"우리는 원래 서쪽에 있는 카냐굽차라는 작은 나라의 공주들입니다. 오랜 동안 나라가 번창하였기 때문에 왕실에는 오백 명의 왕자와 백 명의 공주가 있었지요. 그런데 어느 날 강가에서 놀고 있던 우리를 본 키가 한 유순(由旬 : 고대 인도의 이수(里數)의 이름. 대유순 80리, 중유순 60리, 소유순 40리임)이나 되며 나이를 수천 세나 먹은 대수선인이 임금님을 찾아왔습니다.

그리고 공주 하나를 자기에게 시집을 보내라는 것이었습니다.

나를 비롯하여 백 명의 공주들은 모두 울며불며 반대하였습니다. 사실상 꽃같이 아름다운 나이에 말라비틀어진 나무등걸과 결혼할 여자가 어디 있겠습니까, 그러자 임금님은 대수선인의 비위를 잘못 건드렸다가는 어떤 화가 미칠는지 알 수 없었으므로 고민에 빠져 버렸습니다. 아버지의 걱정을 보다 못한 막내동생이 자기를 대수선인에게 시집을 보내 달라고 하며 나섰지요. 그러나 막내동생을 본 대수선인은 꼬마신부의 나이가 너무 어리다고 노발대발 화를 내었습니다. 그때 막내동생의 나이가 겨우 일곱 살이었으니까요. 화가 난 대수선인은 자기를 저버렸다는 생각에 나머지 공주들을 영원히 시집을 가지 못하게 마술을 걸어서 이렇게 호호백발 할머니로 만들어 놓고 등까지 굽게 하였답니다."

노파는 계속 눈물을 흘리면서 신세한탄을 늘어놓았다.

"스스로의 아름다움에 취해 살던 우리들이 이제는 누구에게도 보이기 싫은 추한 몰골이 되어 버렸지요. 그래서 우리는 고향을 떠나 이 굴 속에 살게 되었습니다. 대수선인은 만약 우리의 숫자와 같은 아흔아홉의 남자들을 요리로 만들어 잡아 바치면 다시 예전의 모습으로 되돌려 주겠다고 했지요. 그래서 궁여지책 끝에 저 들판에다 앵속(罌粟 : 양귀비)을 심었습니다. 그래서 지나가는 남자들을 유혹했습니다."

"저 빨간 꽃들이 모두 양귀비 꽃이구나, 우리는 그 꽃가루에 취해서 정신을 잃었던 거야."

기파랑은 아직도 머리가 띵한지 고개를 좌우로 흔들었다.

"그럼, 그 미녀들은?"

죽지랑이 노파에게 물었다.

"우리들이지요, 꽃가루에 취하면 아무리 추녀일지라도 남자들 눈에는 예뻐 보이게 마련이니까요."

노파의 말에 죽지랑과 기파랑은 계면쩍은 듯 얼굴이 빨개져 머리를 긁적거렸다. 이때, 굴 밖에서 '쏴악쏴악' 하며 비오는 소리가 들렸다.

"대수선인이 온다."

노파는 파랗게 질려서 어쩔 줄을 몰라했다.

"우리가 여기 있다는 말은 절대 말하면 안 됩니다."

스님 일행은 굴의 한쪽 구석에 몸을 숨겼다.

굴 앞이 캄캄해지며 고목나무 부러지는 음성이 들렸다.

"나머지 넷은 어떻게 됐느냐?"

아까의 노파가 밖에다 대고 말했다.

"곧 가져다 바칠 겁니다."

"내일 이맘 때까지 소식이 없으면 너희들은 아주 쭉정이가 될 줄 알아라!"

한마디 말을 남기고 다시 비오는 소리가 멀어지더니 대수선인은 어디론가 가버렸다. 그 동안 잠에서 깨어난 노파들이 손에 손에 칼을 들고 스님 일행에게로 몰려들었다.

"들었지, 애들아 내일까지래!"

"여기 남자 넷이 있으니 천만다행이로군."

"아니었으면 우린 영원히 늙음에서 벗어날 수 없을 뻔했는데."

서동랑이 노파들을 막으며 앞으로 나섰다.

"내 말 들어 보십시오. 대수선인의 말을 믿어서는 안 됩니다. 그 놈은 여러분들의 약점을 이용해서 언제까지나 사람들을 잡아오라고 할 것입니다. 그 놈은 너무 늙어서 젊은 사람의 정기를 섭취하지 않고는 살 수 없는 놈입니다. 이 기회에 힘을 합쳐서 놈을 없애버리도록 해야 합니다."

그러나 노파들은 막무가내로 칼을 들고 덤벼들었다.

"안 되겠군!"

"도망치는 수밖에."

그러나 노파들이 겹겹이 쌓여 달려드는 통에 좁은 굴 속은 도망갈 틈이 없었다.

서동랑이 또다시 노파들에게 말했다.

"잠깐만 기다리셔요. 그러면 이렇게 합시다. 대수선인의 요구는 내일 이맘 때까지니까 서두를 건 없습니다. 나에게 조금만 여유를 주십시오. 내가 직접 대수선인을 만나 담판을 짓고 오겠습니다. 그 다음 요리를 만들어도 늦지는 않지 않습니까, 그 동안 스님과 두 소년은 인질로 여기 남도록 하겠습니다."

서동랑의 말에 노파들은 한참 동안 무어라고 떠들어 대더니 그러면 내일 아침까지만 기다리기로 약속하고 서동랑을 놓아 주었다.

"형님, 혼자만 줄행랑치는 건 아닐테지!"

죽지랑이 굴 밖으로 나가는 서동랑에게 말했다.

"쓸데없는 소리, 너희들 대신 용왕의 제물이 되려고 바다에 빠진 적도 있었는데. 스님, 안심하고 계십시오. 곧 돌아오겠습니다."

서동랑은 노파가 일러준 대로 대수선인이 살고 있다는 동쪽 늪을 찾아갔다.

대수선인(大樹仙人)

서동랑이 산 모퉁이를 돌아 동쪽으로 얼마를 가니 멀리 늪이 보였다. 늪은 이파리 하나 없는 나무등걸로 얼기설기 덮여 있었다.

'저 등걸 모두가 대수선인이란 말인가? 그런데 어디로부터 시작해야 한다지.'

서동랑은 둔갑법을 써서 한 마리 작은 실뱀처럼 보이게 하고 늪속으로 들어갔다. 늪은 한낮인데도 축축하고 어두웠다. 부글부글 끓는 수면 위는 물안개로 뿌옇게 덮여 있었는데 독사와 독거미가 우글거렸다.

바람이 불 때마다 나뭇가지들이 우수수 가지를 흔들면서

'나를 사랑 안하지'

'나를 사랑 안하지'

하며 소리를 내었다.

한편을 보니 나뭇가지를 쌓아 만든 새둥지 같은 것이 있었는데 그 곳에 대수선인에게 시집온 막내공주가 앉아 있었다.

서동랑은 대수선인이 눈치채지 못하게 가만히 공주가 앉아 있는 나무 위로 기어올랐다. 그리고 아주 작은 귓속말로 소근거렸다.

"놀라지 마십시오, 공주님을 구하려고 온 사람입니다. 언니들과도 의논을 했습니다. 혹시 그 동안 대수선인에 대해 알고 있는 것이 있으면 말씀해 주십시오."

막내공주는 사람의 말소리에 깜짝 놀랐으나 서동랑이 안심시키자 마음을 가다듬고 서동랑의 말에 귀를 기울였다.

"대수선인은 대단한 도(道)의 경지에 도달해 있습니다. 불가능한 일이지만 그 도를 깰 수만 있다면……."

막내공주는 오히려 대수선인에게 해를 입을는지 모르니 그냥 돌아가라고 했다. 서동랑은 하는 수 없이 공주의 곁을 떠났다. 막내공주가 서동랑에게 부탁했다.

"언니들에게 잘 있다고 말씀해 주세요. … 그리고, 대수선인은 전에는 자주 외출을 했었는데, 요즈음은 외출했다가는 곧 돌아옵니다. 뿌리에 물기가 빨리 마른다나요."

서동랑은 다시 노파들이 사는 동굴로 돌아왔다.

"대수선인은 유불선(儒佛仙)의 도와 그밖에 잡도(雜道)를 터득하고 있기 때문에 웬만한 힘으로는 깨뜨릴 수가 없습니다."

서동랑은 늪에 갔다가 돌아온 경과를 스님에게 이야기했다.

"그렇다고 앉아서 죽을 수는 없지 않겠니."

스님이 걱정스레 말하였다.

"그놈의 나무토막, 고향에서 하던 솜씨로 도끼 하나만 있으면 당장 불쏘시개로 만들어 버릴텐데."

죽지랑이 흥분해서 주먹을 휘둘렀다.

"아흔아홉 노파들이 도와만 준다면 대수선인을 물리칠 수도 있을텐데……."

기파랑이 옆에서 듣고 있다가 혼잣말로 중얼거렸다.

"연약한 노파들이 무슨 일을 할 수 있단 말이냐?"

서동랑이 기파랑의 말을 가로막았다.

"우리의 정신을 흐리게 했던 앵속 꽃가루를 이용해 보자는 것이지."

기파랑이 대꾸했다.

"기파랑의 말에도 일리는 있다. 언니 노파와 의논해 보자꾸나."

스님은 물동이를 이고 들어왔던 언니 노파를 불렀다.

"꽃가루가 내일 아침까지 열 자루쯤 필요한데 할머니들 힘으로 될 수 있겠소. 좀 협조해 주시오."

스님이 언니 노파에게 말하자 언니 노파는 발끈 화를 내었다.

"우리는 할머니가 아니에요. 모양만 이렇지 시집 안 간 처녀들입니다."

"실례했습니다. 부탁을 들어 줄 수 있을까요?"

"나 혼자서는 어쩔 수 없으니 동생들과 의논해 보겠어요."

노파는 한참만에 돌아왔다.

막내동생의 이야기를 듣고 모두들 울었습니다.

"힘들기는 하겠지만 당신들을 돕기로 했습니다."

아흔아홉의 노파와 네 사람이 밤새도록 꽃가루를 모으니 먼동이 터올 무렵이 되자 열 자루의 꽃가루가 모였다.

"이 정도면 대수선인도 어쩔 수 없겠지."

스님과 세 소년은 열 자루의 꽃가루를 가지고 대수선인이 살고 있는 늪으로 갔다.

"자, 이쯤에서 시작해 보도록 하지요. 죽지랑, 기파랑, 자루의 꽃가루를 천천히 쏟아라!"

서동랑이 두 소년에게 명령을 내렸다. 서동랑의 말대로 죽지랑과 기파랑은 자루의 꽃가루를 서서히 쏟아냈다. 서동랑은 만파식적을 꺼내 늪을 향하여 불었다. 만파식적에서 나온 바람은 꽃가루를 싣고 늪을 향하여 날아갔다.

"공주, 어째서 그렇지? 이곳에 온 후 한 번도 웃는 얼굴을 본 적이 없으니, 분명 당신은 나에게 시집오겠다고 말했었는데."

막내공주는 말없이 고개를 숙이고만 있었다.

"공주가 그럴 때마다 내 몸은 점점 야위기만 해. 그리고 반대로 마음은 갈수록 난폭해지기만 한단 말야, 결국 나를 싫어했던 언니들에게만 화가 돌아갈 뿐이지."

대수선인은 몸을 부르르 떨었다. 그러자 늪을 둘러싼 나뭇가지들이 우수수 떨면서 소리를 질렀다.

'공주는 사랑하지 않아'

'공주는 사랑하지 않아'

"아아, 그런데 오늘 아침 따라 공주가 왜 이렇게 예뻐 보일까."

대수선인은 오랜만에 마음이 들떠 있었다.

"나도 공주의 사랑만 받기만 하면 가지에 물이 오르고, 잎들도 필 텐데."

바람은 타고 오는 꽃가루에 취한 대수선인이 기분이 좋아져서 가지를 마구 흔들었다. 나뭇가지들이 팔을 떨면서 마구 소리를 질렀다.

'공주는 나를 사랑해'

'공주는 나를 사랑해'

꽃가루는 계속해서 늪을 향해 날아갔다. 대수선인은 점점 정신이 흐려졌다.

"이때입니다. 빨리 도망가셔요."

서동랑은 만파식적에 담아 공주에게만 들리도록 가만히 속삭였다. 공주는 수건으로 얼굴을 가리고 있어서 꽃가루에 취하지 않았으므로 서동랑의 말을 듣고 늪을 도망쳐 나왔다.

"자, 빨리!"

기다리고 있었던 죽지랑과 기파랑이 공주의 손을 붙잡고 벌판으로 뛰어 달아났다.

'와삭와삭'

뒤늦게 공주가 달아나는 걸 본 대수선인이 후들후들 몸을 털고 일어났다.

"돌아와! 가지 마!"

　대수선인은 어기정어기정 공주의 뒤를 따라왔다.

　한 유순(由旬)이나 되는 대수선인의 키는 햇빛을 가리고 늘어뜨린 나뭇가지는 들을 덮었다. 공주와 죽지랑과 기파랑은 대수선인에게 잡히지 않으려고 죽을 힘을 다해 달렸다. 대수선인은 공주를 놓치지 않으려고 부지런히 쫓아왔지만 정신이 몽롱한 데다가 다리가 떨려 제대로 걸을 수가 없었다. 그리고 뿌리의 물기가 점점 말라갔다. 서동랑이 더운 바람을 계속해서 뿌리에다 불었기 때문이었다. 대수선인은 공주를 잡으려고 양귀비꽃이 만발한 들판으로 나왔다. 양귀비 새빨간 꽃들이 바람에 한들거렸다. 대수선인의 눈에는 양귀비꽃 하나하나가 막내공주의 얼굴처럼 보였다.

　'공주!'

　대수선인이 양귀비 꽃밭에 얼굴을 묻었다.

　'획!'

　서동랑의 만파식적에서 돌멩이 하나가 튀어나오더니 큰 바윗덩어리가 되어 대수선인의 머리통을 정통으로 맞혔다. 정신이 몽롱한데다가 뿌리의 물기가 말라 버린 대수선인이 힘을 잃고 고목이 쓰러지듯 쿵, 하고 양귀비 꽃밭 가운데 쓰러져 버렸다.

　"이때다!"

　굴에 숨어 있던 아흔아홉의 노파들이 일제히 칼을 들고 뛰어나와 나뭇가지들을 잘라 버렸다.

　'쿵! 쿵! 쿵! 쿵!'

　죽지랑과 기파랑도 고향에서 뽐내던 나무패기 솜씨를 발휘하였다. 대수선인은 순식간에 장작더미가 되고 말았다. 그러자 노파들이 달려들어 장작더미에 불을 당겼다. 마침 불어오는 바람이 마른 나뭇가지에 불을 옮겨와 순식간에 장작더미는 불바다를 이루었다. 얼마가 지나자 대수선인과 양귀비 꽃밭은 재만 남기고 시커멓게 타버렸다.

"어머나! 언니 얼굴을 좀 봐!"

공주 하나가 소리쳤다.

"그래, 네 얼굴도……!"

이제까지 늙어 추하게 주름졌던 얼굴의 노파들이 아리따운 소녀의 얼굴로 변해 있었다.

"대수선인의 마술에서 풀린거야!"

그러면서도 아흔다섯 명 공주의 등은 굽은 채 펴지질 않았다. 무고한 생명을 살상한 벌이었다.

"하루에 한 번씩 일천 부처를 십 년 동안 염하지 않고는 결코 죽은 영혼의 원한을 풀 수 없을 것입니다."

스님은 두 손을 모아 합장을 하고 죽은 이들의 원통함을 풀고 왕생극락하기를 기원하였다.

"스님, 정말로 고맙습니다. 고향에 돌아가면 따로 절을 지어 죽은 넋을 위로하기 위해 기도하겠습니다."

큰언니 공주와 막내공주는 계속해서 머리를 숙여 감사함을 표시했다.

스님은 자기 나라에 가서 임금님을 뵙고 잠시 동안만이라도 쉬고 가라는 공주들의 권유를 뿌리치고 다시 산을 넘어 바닷가 마을로 떠났다.

"대수선인이 타서 없어져 버렸으니 이제 카냐굽차란 나라도 평화를 되찾게 되겠지."

죽지랑이 의기양양하게 떠나가는 공주들을 바라보며 말했다.

"그때 기파랑의 묘안이 없었더라면 어찌 됐을는지 지금까지도 아찔해."

서동랑이 기파랑을 칭찬하였다.

산등성이를 넘으니 노인이 말한 대로 푸른 바다가 있는 갯마을이 나타났다. 이곳 마을 사람들은 부지런하고 모두가 친절하였다. 천축국으로 가는 배를 구한다고 했더니 조그만 돛배 하나를 마련해 주었다. 스님은 고마움의 대가로 에메랄드 주머니를 주었다.

"이 해협을 조금만 지나면 천축국과 맞닿은 큰 바다가 나옵니다. 그러나 여기서 천축국까지는 뱃길 팔천 리나 되니 각별 조심하지 않으면 안 됩니다."

마을 사람들은 스님 일행에게 단단히 주의를 주었다.

식량과 물을 넉넉히 실은 혜초스님 일행을 태운 배는 또다시 천축국을 향해 힘차게 돛을 올렸다.

선화공주의 사랑

서동랑과 스님 일행이 남국의 하늘과 바다에서 천축국을 향해 필사의 전진을 꾀하고 있는 동안 선화공주는 덕유산 구천동 계곡에서 쓸쓸히 하루하루를 보내고 있었다.

선화공주가 구천동 계속에 들어온 지도 벌써 이태가 지났다.

겨우내 얼어 붙었던 대지가 봄을 맞아 소생의 몸트림을 하기 시작했다.

나뭇가지에는 부쩍부쩍 싹이 움트고 계곡의 물소리도 점점 우렁차게 노래를 불렀다.

"아—아! 벌써 봄이로구나!"

선화공주는 크게 기지개를 켰다.

마음 깊숙한 속에서 자꾸만 위로 떠오르는 강한 욕구와 의욕이 그녀로 하여금 갖가지 상념을 불러일으키게 했다.

'서동랑은 그 사미승은 만났을까? 서로 만나 도움이 되었으면 좋으련만. 천축국까지는 험한 바닷길, 수많은 악귀와 괴물들이 우글거린다는데, 그런 난관을 무사히 뚫으며 나가고 있는 것인지……?'

선화공주는 꼬리를 물고 일어나는 여러 가지 생각으로 잠을 설치는 날이 많았다. 더욱 가슴을 죄는 것은 서동랑에 대한 그리움이었다.

처음 궁(宮)에서 쫓겨났을 때는 태어나고 자라던 궁 안의 모습과 아바마마와 어마마마 그리고 왕자와 공주들 생각뿐이었다. 그 그리움은 열병처럼 선화공주의 마음을 향수(鄕愁)로 가득 채웠었는데, 이제는 모든 사념의 한가운데 서동랑이 우뚝 버티고 서서 다른 생각이 끼여들 틈을 주지 않았다. 그녀 자신의 존재까지도 서동랑을 위해 있는 듯 느껴졌다.

어느 때는 잠을 자다가 서동랑이 몹쓸 악귀에게 잡혀가는 꿈을 꾸기도 하고, 이미 혼백이 된 서동랑이 그녀를 찾아오는 꿈도 꾸었다.

잠을 이루지 못하는 날은 뜰에 나가 달을 쳐다보면서 부처님께 소원을 빌었다.

달님이시여!
이제 서방(西方)까지 가시렵니까?
만일 가시거든 무량수불(無量壽佛) 전(前)에
사뢰어 주옵소서
믿은 맹세 깊으신 존(尊)을 우러러
두 손 모아 원왕생(願往生) 원왕생,

그리워하는 사람이 있다고 사뢰어 주옵소서.

아 — 아! 서동랑이여!

이 몸을 사바세계에 남겨 두고서야

어찌 마흔여덟 큰 소원이 이루어 지리있가?

선화공주의 몸은 차츰 여위어 갔다.

그것은 서동랑에 대한 그리움과 함께 자신으로 인해 모진 고생을 하게 되었다는 자책감이 강하게 느껴졌기 때문이었다.

'안 돼! 이러고 있을 수만은 없어!'

선화공주는 자리를 박차고 일어났다.

선화공주는 청룡 부인을 마주하고 앉았다.

"공주의 뜻은 좋다마는 그런 무모한 일이 과연 가능할까 하는 것이다. 여자란 언제까지나 그저 묵묵히 참고 기다리는 것을 최선으로 생각하며 살아야 하는 것인데……."

"이러다간 십 년이구, 이십 년이구 부지하세월(不知何歲月)일 것 같습니다. 차라리 어딘가에 살아 있는지, 죽었는지 소식이라도 알 수 있다면 소원이 없을 것입니다."

"그 애는 용(龍)의 피가 섞인 몸이란다. 별일인들 있겠느냐?"

"허락하여 주십시오! 그러시다면 일단 방장산(方丈山) 청학도사님을 찾아뵙고 의논해 보겠습니다. 만에 하나 불가하다고 하면 다시 이곳으로 올 것이니 저의 뜻을 헤아려 주옵소서."

부인은 한동안 곰곰히 생각하더니 선화공주의 마음을 꺾을 수 없음을 알고 고개를 끄덕이었다.

"할 수 없는 일이로다. 네 길은 네가 개척해 가야 할 것이니, 내가 막는다고 될 일이 아닐 성싶다. 그러나 아녀자의 몸으로 험난한 길을 헤쳐가자면 뛰어난 지혜와 몸가짐 없이는 안 될 것이야. 내 며칠 동안 만이라도 공주에게 세상을 대처해 나가는 방법을 가르쳐줄 것인즉, 자세히 익히고 터득하도록 하여라.”

서동랑의 어머니는 용왕(龍王)의 부인답게 여러 가지 무술과 도술을 갖추고 있었다.

다만 선화공주에게 가르쳐 주는 것은 어떠한 난관에도 두려워하지 않는 정신집중법과 밥주걱으로 좁쌀을 위로 퉁겨서 떨어지지 않게 여러 번 반복하는 일을 가르치는 것이 고작이었다.

선화공주는 아무 말 없이 부인이 가르쳐 주는 대로 열심히 반복을 되풀이하였다.

“소가 결코 호랑이보다 힘이 약하지 않다. 그런데 어쩐 일인지 힘센 소가 호랑이를 만나면 맥을 추지 못하고 그의 먹이가 되어 버린다. 모든 것이 정신의 문제이다. 인간들이 무기력하게 신에 굴복하는 것은 마치 소가 호랑이에게 힘 한번 써 보지 못하고 밥이 되는 거와 같은 이치다. 사람의 정신세계는 쓰면 쓸수록 무한한 힘을 발휘할 수 있다. 그리고, 때로는 사람의 지혜가 신보다 영악할 때가 있으니, 절대로 잡신과 괴물들을 만나더라도 겁낼 필요는 없다. 또한 어떤 어려운 일이 닥칠 때는 재빨리 머리를 회전시키면서 극복할 수 있는 방법을 적어도 다섯 가지를 함께 생각하도록 하여라. 어떠한 어려움도 지나고 보면 우스울 정도로 가볍고 싱거울 때가 있으니까.”

“그럼, 주걱으로 좁쌀을 쳐 올리는 것은 무엇을 하기 위함인지요?”

선화공주가 부인의 말을 듣고 있다가 다소곳이 물었다.

부인은 다정히 웃으면서 다음과 같이 말했다.

“처음 보기에는 별것이 아닌 것으로 여겨질 것이다. 여자란 항상 주걱으로 가족을 먹여 살린다. 그래서 제일 적당한 기구를 네 손에

쥐어준 것이다. 좁쌀을 튕길 때는 항상 제일 가운데 부분을 맞추도
록 해서 튕겨야 하는데 이것이 곧 무술을 연마하는 기본이라고 생각
해라. 좁쌀 다음에는 콩을, 콩 다음에는 개암을, 개암 다음에는 감
자를, 그 다음에는 내가 너에게 돌멩이를 던지겠다. 가운데를 맞춰
떨어뜨려 보아라."

선화공주는 부인이 말한 대로 좁쌀과 콩과 개암과 감자를 주걱으
로 튕겼다.

될 수 있는 한 떨어지지 않게 해야 했으므로 처음에는 무척 어려
웠지만 나중에는 언제까지나 거의 떨어뜨리지 않고 튕겨 올릴 수가
있었다.

튕겨 올릴 때에도 박자에 맞춰 빠르게 더 높이, 그리고 칼날 같은
언저리로도 쳐올렸다. 그런 다음에는 부인이 던지는 돌을 주걱으로
막아 떨어뜨렸다.

역시 처음에는 날아오는 돌멩이에 맞아 멍이 들고 피를 흘렸지
만 곧바로 주걱으로 맞받아치기 시작했다. 한꺼번에 여러 개가 날아
올 때에도 몸을 피하며 받아쳤다.

"상당히 몸놀림이 빠르구나! 어떤 물체가 날아오든지 그 자리에
정지시킬 수가 있다면 내 몸에는 아무런 피해가 있을 수 없다. 연속
적으로 또는 상하좌우, 때로는 뒤쪽에서 날아오는 물체라 하더라도
빠른 몸놀림과 정신 집중으로 떨쳐 버릴 수가 있는 것이다. 차츰 그
일에 익숙해지면 힘이 붙게 되지, 그렇게 되기까지는 많은 시간과
수련이 필요하겠지만 지금은 시간이 없으니 틈틈이 여가가 있을 때
단련해 보도록 하여라."

며칠 동안 부지런히 자기 방어 기술을 익힌 선화공주는 가벼운
몸차림을 하고 여장을 챙겼다.

"산 아래는 사람도 많고 아직 유배생활에서 풀린 것도 아니어서

위험하니, 소백산 능선을 따라서 방장산으로 가는 것이 좋겠다. 다만 청학도사 그 분은 출타(出他)가 잦아서 몇 달이고 집을 비우기 일쑤이다. 지금 천왕봉에 계신지도 모르겠구나. 또한 그 분은 워낙 괴팍한 분이시라 만나자마자 마음에 거슬릴 말을 할는지도 모른다. 매사에 신경을 쓰도록 하고, 행동도 조심하여라."

선화공주는 부인과 함께 산봉우리 위로 올랐다. 부인은 무사하기를 당부하면서 선화공주의 손에 주걱 하나를 쥐어 주었다.

"용의 심줄로 숟갈을 만들고, 뼈로 손잡이를 만든 원두봉(圓斗棒)이란 물건이다. 용왕께서 내게 준 신품(神品)을 공주에게 주는 것이니 항상 몸에 지니고 다니도록 해라. 도움이 될 것이다."

부인은 멀리 서서 선화공주가 보이지 않을 때까지 작별의 손을 흔들었다.

공무도하가(公無渡河歌)·1

해동(海東)의 주봉(主峰)인 백두산이 마천령산맥을 따라 남(南)으로 4천 리를 달려 소백산의 상봉인 방장산(方丈山)-지리산-을 이루고, 다시 남으로 바다를 건너 1천 리를 달려 영주산(瀛洲山)-한라산-을 이룬다.

이는 하늘 아래 가장 산수가 빼어나고 영험(靈驗)이 많은 산으로 옛부터 삼신산(三神山)이라 일컬어져, 신선들이 구름을 타고 오가며 노닐고, 영원히 죽지 않고 늙지 않는 불사약과 불로초를 구하려 세상 사람들이 고개를 기웃거리거나, 산세가 깊고 험하여 감히 발을 들여놓지 못하는 신묘(神妙)한 영지(靈地)이기도 하다.

선화공주는 산줄기를 따라 방장산을 향해 남으로 남으로 발걸음을 옮겼다. 능선은 아직 녹지 않은 잔설이 희끗희끗 남아 있는 곳도 있었으나, 이제 막 봉오리를 맺은 붉은 진달래와 한길이 넘어 자란 하얀 억새풀이 산을 온통 뒤덮고 있었다. 아무리 걸어도 인가라던가 사람이 다닌 흔적이 없는, 길짐승이라든가 날짐승조차 보이지 않아 호젓하고 쓸쓸하였다. 그러나 선화공주의 마음 속에는 서동랑에 대한 그리움으로 가득 차 있었으므로 이러한 공허감을 메울 수 있었다.

산 아래로부터 바람이 솟아올랐다. 그러자 억새풀들이 서로 뒤엉켜 소란스럽게 흔들리면서 선화공주를 향해 수근거렸다.

"바람난 공주가 간다."

"바람난 게 아니야, 사랑하는 거지."

"바람과 사랑은 같은 말인가?"

"그래, 바람이 사랑이고, 사랑이 바람이지."

또 한편에서 이런 소리도 들렸다.

"세상사 이별인데, 가면 뭘 해."

"그래도 가는 거지"

"어디로 가는건데?"

"정처없이 가는 거지."

"구름인가? 바람인가? 강물인가? 세월인가?"

"마음이라네."

그러나 그런 소리들은 내면에서 우러나오는 자신의 소리라는 것을 선화공주는 잘 알고 있었다.

그런데 억새들의 수근거림에 섞여 어디선가 흐느끼듯 노랫소리가 들려왔다. 선화공주는 정신을 가다듬고 자신의 마음에 귀를 기울였다.

"이건 내 소리가 아니야."

선화공주는 고개를 흔들었다. 그리고 그 노래의 끝을 잡으려 애를 썼다. 바람 소리와 계곡물 소리에 묻혀 끊기듯 흐릿하게 들리기는 했지만 노래는 분명 가까운 산비탈 아래에서 들려오고 있었다. 선화공주는 갈 길이 바빴으므로 그냥 지나칠까 잠시 망설였다. 그러나 노래가 끄는 힘이 강했으므로 계곡 아래로 내려가보기로 마음을 먹었다.

아래로 내려갈수록 노래는 선명하였는데, 바람을 타고 들려오는 선율은 가슴을 할퀴고 쥐어짜듯 슬프고, 애처로웠다.

계곡 아래 조그만 바위에 웬 소복한 여인이 흐르는 여울을 바라보면서 시름없이 앉아 있었다.

'혹시 백 년 묵은 여우가 둔갑한 것인지도 몰라.'

선화공주는 경계의 눈초리로 바위 틈에 숨어 조심스럽게 여인의 행동을 지켜보았다. 여인의 모습은 단정하였고, 손에는 공후가 들려져 있었는데, 여인은 공후를 퉁기며 애처롭게 노래를 부르고 있었다.

이곳도 아니요
저곳도 아니라네
하늘로 올랐다
땅으로 스몄나

바람도 모르고
구름도 모른다네

동으로 가야하리
서으로 가야하리

여인은 노래를 마치고 한숨을 푹하고 내쉬었다. 그 한숨 소리가 어떻게 큰지 나무를 흔들고 바위를 움직여 땅 속 깊이 지신(地神)의 궁(宮)까지 미치는 듯하였다.

'나쁜 사람은 아닌가봐. 그런데 왜 이런 깊은 산중에 혼자 앉아 노래를 부르고 있는 것일까?'

선화공주는 솟구치는 의문을 억제할 수가 없었다. 그래서 마음을 단단히 먹고 여인 앞으로 걸어 나갔다.

"노랫소리가 하도 애처롭기에 발걸음이 가자는 데로 따라와 보았습니다. 무슨 큰 걱정이라도 있으신 모양이지요?"

선화공주는 정중하게 예의를 갖추어 여인에게 말을 걸었다.

"그대는 누구신가? 농가의 아낙인가? 삼캐는 심마닌가?"

첩첩 산중에서 사람을 만난 여인은 흠칫 놀라는 기색을 보였다. 여인은 곱게 빗은 머리에 흰 치마 저고리를 입고 있었는데, 오랜 고생 때문인지 얼굴에 주름이 가득하였으나 눈동자만은 초롱초롱 빛나고 있었다.

"저 산 너머에 사는 아낙이온데, 어느 분을 만나 뵐까 하여 방장산으로 가던 길이었습니다. 그런데 뜻밖에 가슴을 죄는 노랫소리가 들려오기에……."

선화공주는 산을 오르내리노라 다리가 팍팍하여 여인 곁에 있는 조그만 돌멩이에 걸터 앉았다.

"누굴 찾아가는 길이라… 여자의 운명이란 다 똑같군. 하기야 찾을 수만 있다면 찾아야지. 나도 수천 년을 찾아헤맸는걸……."

여인은 혼잣말하듯 중얼거렸다. 그러나 두 눈에는 그렁그렁 눈물이 맺혀져 있었다.

"노랫말을 들었습니다. 어느 분과의 이별을 애통해하시는… 오는 길에 억새풀이 말하더군요 세상사가 이별이라구요."

선화공주가 여인을 위로하려 하였다.

"만나면 헤어지고, 헤어지면 만난다는 말이 있잖은가, 헤어졌으면 반드시 만나야지, 나는 한 번도 이 믿음을 버린 적이 없네."

여인은 단호한 어조로 고개를 가로저었다.

"그래요, 이승에 계시다면 물론 만나야지요."

선화공주는 자신의 처지를 생각하였다.

"이승이든 저승이든 무슨 관계인가, 아무리 심술궂은 신이라 할지라도 사랑하는 사람들을 떼어놓을 이유는 없는 걸세. 설사 죽음의 신일지라도…, 난 만날 수만 있다면 세상 끝 어디라도 찾아갈 것이네."

여인은 분연히 일어나 두 주먹을 불끈 쥐었다. 그 의지만큼 얼굴에는 새파란 심줄이 일어나 파르르 떨렸다. 선화공주는 잠시 할 말을 잊어 버렸다. 그것은 자신의 처지와는 또 다른 이별의 아픔이 여인에게 있다고 생각했기 때문이었다.

계곡에는 바람소리와 물소리뿐이었다. 그러나 그것은 단순한 소리가 아닌 영겁의 세월이 흐르는 소리였다. 영겁의 세월 속에는 만남과 이별이 교차되고 있었다.

"사연이 깊으신 것 같은데 저에게도 들려 주실 수 있으신가요?"

선화공주가 여인 곁으로 가까이 다가앉았다. 여인이 선화공주를 향해 시선을 돌렸다.

"젊은 처자가 벌써부터 이별의 아픔을 알아서 무엇 하는가. 그런 아픔일랑 나 하나 감당만으로도 족하이……."

여인은 좀처럼 입을 떼려 하지 않았다.

"소녀도 지금 누군가를 찾아 먼 길을 떠나려 하는 중입니다. 그러나 그것이 옳은 일인지 그른 일인지 판단이 서질 않습니다. 좋으신 말씀을 들려 주신다면 크게 도움이 되리라 믿습니다."

선화공주가 다소곳이 고개를 조아려 예의를 표하였다.

"보아하니 그대의 얼굴도 그리움으로 가득 차 있구먼, 하기사 그것이 여자의 타고난 팔자인 줄도 모르지. 하지만 내가 얘기를 들려 준 대도 웃어 넘겨 버릴거야. 터무니없는 허황된 얘기로 들릴 테니까."

여인이 쓸데없는 일이라는 듯 고개를 가로저었다.

"그럴 리가 있겠습니까. 미물이 아닌 다음에야 신의를 지켜야지요. 말씀해 주십시오."

선화공주가 다시 한 번 머리를 조아려 간청하였다. 선화공주의 태도를 물끄러미 바라보고 있던 여인이 자리에 앉아 가만히 공후를 들어 품에 안았다. 그리고 손을 놀려 공후를 타며 노래를 부르기 시작했다.

햇빛 가득한 고조선 땅
송림 우거진 강 언덕 위
그이와 나는 사랑의 보금자릴 틀었네
그이는 밝은 세상 위해
술 빚고, 탈 뜨고, 꼭두각실 만들었지
나는 그 곁에서 현 뜯으며, 노랠 불렀네
풀 나무 구름 바람 천지신, 모두모두 춤추며
흥겨워 뛰어 놀았지.
아 — 우리의 사랑은 꿈처럼 감미로웠다오.
그러나 강신(江神)이 그이를 유혹했네.

푸르른 수심과 빠른 여울의 노래, 긴 흐름이
그이 눈에는 더 넓은 세상으로 보였었지
급기야 그이는 강을 향해 걸음을 옮겼다네.
『님하 물 건너지 마소(公無渡河)
님은 그예 물을 건너시네(公竟渡河)
물에 빠져 돌아가시니(墮河而死)
님은 장차 어찌 하오리(當奈公何)』

여인은 혼신의 힘을 다 기울여 노래를 부르고는 한동안 체읍하며,
움직일 줄 몰랐다.

"그이는 결국 내 곁을 떠나갔지, 그러나 나는 그이를 보내지 않았
어. 그후 나는 그이를 찾기 위해 동방의 강이란 강은 모두 훑으며
다녔었지. 북쪽 끝에서 남쪽 끝까지…, 그러나 아직은 찾지 못했어.
하지만 난 포기하지 않아. 이제 동방의 강은 다 찾아보았으니 세상
밖의 온 강을 뒤져 볼 셈이야."

잠시 후 여인은 마음의 안정을 찾았는지 두 눈에 흐르는 눈물을
닦았다. 그리고 공후를 보자기에 싸서 어깨에 둘러메었다.

"가시렵니까?"

선화공주가 아쉬운 듯 여인을 바라보았다.

"먼 길을 가려면 바삐 떠나야지, 그리운 사람 만나서 해로(偕老)
하기 바라네. 참, 그리고 혹시 한 장 가량 되는 허연 수염에 호리병
을 들고 술에 취해 흥얼거리는 미친 노인을 만나거든 어느 할미가
찾더라고 일러주게, 그이는 주신(酒神)이시거든. 나는 그를 따라 다
니는 악신(樂神)이고, 우리는 어느 한 쪽이 떨어져서는 절대 살 수
없는 운명을 지니고 태어났다네. 자, 그럼 인연이 닿으면 다시 만나
기를……."

여인은 말을 마치고 홀연히 눈앞에서 사라져 버렸다. 선화공주는 정신을 잃고 그 자리에 멍하니 앉아 있었다.

마치 꿈 속을 헤매는 것 같았다.

'마음이 허하여 헛것을 본 것인가?'

선화공주는 손등을 꼬집어 보았으나 진정 꿈은 아니었다. 자신의 결심을 다져주기 위해 그녀를 수호하는 보살이 나타나 어떤 계시를 주고 사라진 것이라고 믿고 싶었다.

'그래, 나라고 그렇게 못하란 법은 없지.'

선화공주의 온몸에 불끈 힘이 솟았다. 선화공주는 자리에서 벌떡 일어났다. 그리고 다시 방장산을 향해 힘차게 발걸음을 내디디었다.

백호(白虎)

갈대숲을 지나자 이번에는 바위로 뒤엉킨 골짜기가 나타났다.

어디선가 괴물이라도 튀어나올 것 같은 음산한 골짜기였다.

선화공주는 무서움을 떨어 버리려고 부인이 들려준 이야기를 되섞어 보았다.

우리를 두렵게 한다거나, 괴롭게 한다거나 하는 모든 것들은 일단 자기의 마음이 그것을 긍정한 때문이다. 마음을 움직이는 것들의 근본을 따지고 보면 그 본래의 모양은 하잘것없는 것이거나, 자연의 이치 때문에 일어난 단순한 현상일 뿐이다.

선화공주는 마음의 안정을 찾기 위해 콧노래를 부르며 걸어갔다.

그런데 저만치 앞을 보니 흰 옷을 입은 노인 하나가 바위 위에 웅크리고 앉아 있었다.

'이런 산중에 웬 노인일까? 나무꾼인가? 아니면 수련하는 도인인 가?'

선화공주는 노인 옆을 모른 척하고 그냥 지나쳤다.

"어흠!"

뒤에서 헛기침 소리가 들렸다.

그래도 선화공주는 아무려나 관계하지 않고 앞만 보고 걸었다.

갑자기 이상한 기운이 다가와 선화공주는 어깨를 휘어잡는 듯한 느낌을 느꼈다.

선화공주는 고개를 휙, 돌려 뒤돌아보았다. 그러나 그곳에는 아무 것도 없었다. 노인도 보이질 않았다.

'모든 게 헛것이야.'

선화공주는 마음을 고쳐먹고 또다시 발길을 재촉하였다.

이번에는 차고 서늘한 기운이 뒤쪽에서 불어오더니 강하게 선화 공주의 등을 밀어붙였다. 금방이라도 골짜기로 날아가 버릴 것 같은 강풍이었다.

선화공주는 바위 한 쪽을 움켜잡고 간신히 몸을 지탱했다.

바람은 앞쪽으로 날아가 버렸다.

'역시, 산 위에서 불어오는 바람일 뿐이야.'

선화공주는 또다시 발걸음을 앞으로 옮겼다.

그런데 바로 몇 장 앞 바위 위에 커다란 백호(白虎) 한 마리가 턱 버티고 서서 선화공주를 노려보고 있는 것이 아닌가.

'응, 저 놈의 짓이었군! 아까의 흰 옷을 입고 바위에 앉았던 노인 도 저 놈이 둔갑한 것이었구나.'

선화공주는 난생 처음 호랑이를 만나자 두려움에 숨이 막힐 지경이었다.

커다란 눈으로 선화공주를 쏘아보던 백호가 바위에서 훌쩍 뛰어내렸다. 그리고 성큼성큼 앞으로 걸어왔다.

'별것 아니야, 그저 짐승일 뿐.'

선화공주는 정신을 잃지 않으려고 마음을 굳게 먹었다.

그러나 호랑이의 눈동자와 자신의 눈동자가 마주치는 순간 몸뚱이가 갑자기 텅빈 허공으로 빨려 들어가는 느낌을 느꼈다.

'아— 안 돼!'

선화공주는 그 자리에 버텨 서려고 안간힘을 다했다. 그러나 그러면 그럴수록 호랑이의 눈동자는 더욱 강하게 자신을 끌어들였다.

선화공주는 온몸이 나른해지고 정신이 몽롱해지면서 차츰차츰 기력을 잃어갔다.

두렵다거나 무서운 생각은 사라지고 오히려 아늑하고 포근한 둥지 속에 들어앉은 느낌이었다.

백호의 동공 속에 자신의 모습이 비춰 보였다.

왕비가 된 화려하고 아름다운 모습이었다. 그 옆에 서동랑이 군왕(君王)의 모습으로 함께 서 있었다.

"여기 계셨군요, 아주 가까운 곳에……."

선화공주는 황홀경에 빠져 서동랑을 우러러보았다.

"보고 싶었습니다. 얼마나 걱정이 됐는지 몰라요."

그러나 서동랑은 아무런 표정도 없이 묵묵히 서 있었다.

"이제 가지 말아요, 다시는 떨어져서 살지 말아요."

선화공주는 애타게 부르짖으며 서동랑의 옷깃을 부여잡았다.

그러나 선화공주의 손은 허공만 움켜잡았을 뿐이었다.

어느 틈엔가 서동랑은 저만큼 앞서 걸어가고 있었다.

"같이 가요! 서동랑!"

선화공주는 혼신의 힘을 다하여 서동랑을 불렀다. 그러나 이미 서동랑의 모습은 보이질 않았다. 검은 옷에 하얗게 분칠을 한 죽음의 신이 흰 이를 드러내고 웃고 있었다.

"서동랑!"

"서동랑!"

선화공주는 서동랑의 뒤를 쫓아 백호의 눈동자 속으로 자꾸만 빠져 들어갔다.

'공주는 정신을 차려야 한다.'

발버둥치는 선화공주 앞에 청룡 부인이 서 있었다.

'공주는 지금 사신(死神)의 눈동자 속으로 빨려들고 있다.

두려움이나 즐거움을 느끼고 있다면 그것은 마음 속에 욕망이 있기 때문이다.

마음을 비워라.

공(空)으로 돌아가라!

원(圓)으로 돌아가라!'

부인의 말소리는 선화공주의 가슴 속을 파고들었다.

'그래, 그럴 리가 없어. 서동랑은 멀리 천축국을 향해 갔는걸…….'

선화공주는 서동랑에 대한 미련을 버리려고 애썼다.

그러자 차츰 몸이 가벼워지기 시작했다.

그러는 동안 사물의 판단에 대한 시각도 밝아져서 지신을 끌어들였던 백호의 눈동자에서 서서히 빠져나올 수 있었다.

선화공주의 눈앞에는 눈을 부릅뜬 한 마리 흰 짐승이 다시 그 모습을 드러내고 있었다.

수천의 중생을 잡아먹은 살생의 신, 이글이글 타는 눈, 날카로운 발톱, 이빨……

선화공주는 더욱 정신을 바싹 차렸다.

'그렇다! 그런데 저런 모습은 정녕 무엇이란 말인가! 귀여운 토끼도 흰 털을 가지고 있지, 날카로운 발톱과 이빨의 고양이, 덩치 큰 소, 앞에 보이는 저 백호도 알고 보면 생각하고 있는 그 이상도 그 이하의 것도 아니야! 그리고 죽음이란 것이 그렇게 두렵기만 한 것인가?'

선화공주는 눈을 똑바로 뜨고 백호를 바라보았다.

두 눈동자가 또다시 마주쳤다.

이번에는 백호의 눈동자 속에서 뜨거운 불덩이가 펄펄 타올랐다. 그리고 그 불덩이 속에서 살려달라고 아우성치는 수많은 중생들의 모습이 보였다.

백호에게 잡혀 먹힌 짐승들의 절규였다.

불덩이가 점점 커진다고 생각하는 순간 날카로운 백호의 앞발이 선화공주를 향해 날아왔다.

'앗!'

선화공주는 있는 힘을 다해 옆으로 몸을 피했다. 그러나 그 서슬에 날카로운 발톱에 긁혀 윗저고리단이 쭉 찢어져 나갔다.

백호는 어느 틈에 선화공주를 뛰어넘어 뒤편 저쪽에 가서 버티고 있었다.

선화공주는 바위 틈에라도 숨을 곳이 없을까 하고 사방을 둘러보았다. 그러나 주위는 치솟은 암석과 좁은 능선 양 쪽에 깎아지른 천인단애의 낭떠러지뿐이었다.

첫번 공격에 실패한 백호가 다시 선화공주를 덮쳤다. 이번에도 선화공주는 재빠르게 호랑이의 공격을 피했다.

그러나 이번에도 백호의 발톱에 걸려 치맛단이 주르르 뜯겨졌다.

백호의 공격은 끊이지 않고 계속되었다.

시간이 지나감에 따라 선화공주의 옷은 걸레처럼 헤어져 갔다. 차츰 기운도 지쳐 버렸다.

백호는 마치 고양이가 쥐를 다루듯 먹이를 가지고 재미있게 놀고 있었던 것이다.

선화공주는 이제 잡아먹힌다는 두려움보다 백호의 발톱에 찢겨 거의 알몸이 되다시피한 자신의 몸뚱아리에 대한 수치심이 더 컸다.

악에 바친 선화공주는 옆구리에 차고 있던 원두봉을 꺼내 손에 쥐었다.

'휙!'

강한 바람과 함께 집채만한 백호가 공중으로 뛰어올랐다.

그리고 지금까지 가지고 놀던 먹이를 한 입에 삼키려는 듯 날카로운 이빨을 드러내고 선화공주를 향해 달려들었다.

'에잇! 이 무도한 놈의 짐승!'

분노에 가득 찬 선화공주가 마지막 남은 힘을 다해 날아오는 백호의 면상을 향해 원두봉을 휘둘렀다.

'철썩!'

달려오던 백호의 볼따귀에 원두봉이 떨어졌다. 그러나 그 탄력에 의해 선화공주도 몇 장 밖으로 나가 떨어졌다.

'쿵!'

저쪽에서도 백호가 날아 떨어지는 소리가 들렸다.

한참 동안이나 정신을 잃었던 선화공주는 멀리서 들려오는 까마귀 울음 소리에 눈을 떴다.

저만치에 흰 호랑이가 웅크리고 앉아 있었다.

선화공주는 다시 원두봉을 들고 백호의 공격에 대비했다.

그러나 호랑이는 언제까지나 움직이지 않았다.

'죽은 것은 아닐텐데……?'

선화공주는 백호를 향해 가만히 다가가 보았다.

그런데 의외로 백호는 쭈그리고 앉아 눈물을 뚝뚝 흘리고 있는 것이 아닌가.

'저 흉물이 무엇하려는 속셈인가?'

선화공주는 경계의 대세를 흐트러뜨리지 않았으나 차츰 종전까지의 분노와 수치심에 대한 증오가 사라져 갔다.

"산신께서 주걱 한 대에 눈물까지 흘리시다니…… 마음이 약하시군요!"

선화공주가 백호에게 쏘아붙였다.

"이제 난 틀렸어, 너무 늙었단 말이야. 한때는 청룡과 맞붙어 싸워도 결코 지는 일이 없었는데, 그런데, 그런데 이게 뭐야! 나약한 아녀자의 주걱 한 방에 맥없이 나자빠지다니……!"

"뭘요, 아직 날래시던데, 하지만 자신의 능력을 연약한 여자에게 시험하려고 한 것이 제왕답지 않다는 생각이 드는군요. 더구나 여자의 생명보다 더한 수치심까지 건드리시다니……."

선화공주는 은근히 백호의 비위를 긁어 놓았다.

"그 점은 정말 미안하게 생각해, 우리 호랑이란 짐승은 수치심을 모르거든, 먹이를 어르는 방법이 그런 식이니까, 천성인 걸 어떻게 해."

"그건 그렇다치고 도대체 어디서 언제 이곳에 왔어요? 이태를 살았어도 이 산에는 큰 짐승이 없었는데?"

"그 놈의 청룡 때문이야, 어느 날 백두산 천지에 남해용왕을 자처하는 지렁이 새끼 한 마리가 나타나질 않았겠나. 백두산은 삼백 년 동안 내가 군림하던 땅이었어, 그래서 가만 둘 수가 없었지, 화가 난 나는 놈에게 달려들어 한바탕 싸움을 벌였지, 하루도 쉬지 않고 열 달을 싸웠어, 그야말로 용호상박의 난투극이었지, 그런데 문수보살이 그 놈 편에 선 거야."

　백호는 흥분한 듯 씩씩거렸다.

　"워낙 나쁜 일만 했으니 보살께서 정신 좀 차리라고 그러셨겠지요."

　백호는 선화공주의 비양거림에도 아랑곳없이 말을 계속 이었다.

　"날이 갈수록 지렁이 녀석의 힘이 약해지더군. 나는 속으로 쾌재를 불렀어. 놈이 늙어 빠져서 힘이 줄어든 것이라고…… 열 달째 되던 날, 놈은 싸울 기력을 잃고 비실대더군, 이때다 싶어 나는 놈의 약점을 들먹이며, 산봉우리 위로 꼬여냈지. 그리고는 단번에 놈을 꺼꾸러뜨릴 심산으로 혼신의 힘을 모아 앞발로 놈의 머리통을 내리쳤어, 참으로 막강한 힘이었지. 산봉우리 두 개가 박살이 났으니까. 그런데 놈은 바로 그 점을 노렸던 거야, 공격을 슬쩍 피한 놈은 몸을 날려 구름 속으로 숨어 버렸어. 나는 그만 내 힘을 이기지 못하고 수천길 낭떠러지로 떨어져 버렸지. 한 달 만에 정신을 차려 보니, 온 몸이 바위에 부딪혀 상처투성이가 되어 있더군, 부러진 뼈가 백이십 개, 그래서 몇 달을 앓고 난 후 겨우 골짜기를 빠져 나와 산으로 올라갔지, 그러나 웬걸, 산 위에서는 호시탐탐 내 자리를 엿보던 젊은 것들이 이미 내 영역을 장악해 버린 뒤였어. 어쩔 수 없이 이렇게 남으로 남으로 쫓겨 내려왔지."

　"이보다 깊은 산도 많을 텐데요?"

　"말두 말아, 여기까지 오는 동안에도 숱한 고초를 겪었어. 북수백산 등천호(登天虎), 묘향산 칠흑호(漆黑虎), 봉래산 금강호(金剛虎), 오대산 청해호(靑海虎) 등 별별 놈들과 맞서 보았지만 번번이 패해서 결국 이곳 덕유산까지 이른 거야."

　"그러면 그 청룡은 어찌 되었나요?"

　"알게 뭐야, 나중에 들은 소리지만 백두산 천지 속으로 숨어 버렸다더군. 역시 내가 무섭기 때문일거라구 생각해, 좋은 적수였는데."

"이제 어쩔 작정이에요, 그 꼴을 해 가지고는 토끼 한 마리 잡기도 어려울 텐데……."

"별수 있겠나, 요 아래 만덕사 산신각 그림 속에 들어가 산신령 옆에서 위엄이나 부리고 앉았을까 아니면 마을 아래 김부잣집 벽에 붙은 화폭 속에서 까치호랑이 노릇이나 할까……."

백호는 눈을 껌뻑이며 한숨을 푹 쉬었다.

"얘기가 길어졌군요, 난 갈 길이 바쁜 사람이니 이만 가봐야겠어요."

"어딜 가는데?"

'청룡을 원수같이 여기는 이 놈에게 사실대로 말해 버리면 진짜 날 잡아먹을는지도 몰라.'

선화공주는 속으로 생각하며 슬쩍 둘러댔다.

"글쎄요, 방장산에 가서 선도(仙道)나 배울까 해서 가려는데 잘 되려는지."

"여자가 별걸 다 배우려 하는군!"

"여자, 여자 하지 말아요. 세상 만물이 음(陰)에서부터 이루어진다는 이치쯤은 잘 아실텐데!"

"화낼 것까진 없잖아, 아까의 주격 맛에 여자의 힘이 얼마나 강한가를 깨달았거든. 하지만 방장산까지 가려면 팔백 리 길, 산길도 험하고 뭇짐승도 많을텐데 어찌 갈려구? 내 등에 올라타. 방장산 아래까지 데려다 줄테니까."

"잡아먹으려 들 때는 언제구요!"

"이제 지난 일은 지난 일. 솔직히 말하지만 잡아먹을 생각은 없었어, 기를 죽인 다음 색시감으로 삼으려 했지……."

백호는 선화공주에게 등을 내밀었다.

"이 옷으론 아무 데도 못 가요!"

"참 그렇겠군! 내가 꿰매주지, 이리 가까이 와봐!"

백호는 시뻘건 혀로 선화공주의 헤어진 옷을 핥았다.

그랬더니 언제 그랬냐는 듯 싶게 치마 저고리가 종전처럼 말끔하게 꿰매져 있었다.

선화공주를 태운 백호는 남쪽을 향해 나는 듯 달렸다.

한낮과 밤 동안 쉬지 않고 달리던 백호가 한 곳에 이르자 발걸음을 멈추었다.

"이쯤이면 올 만큼 왔어, 저기 보이는 저 산이 방장산이야, 백두(白頭)에서 흘러내렸다고 두류(頭流)라고도 부르지. 이 남쪽에서는 제일 높은 큰 산이기두 하고…… 난, 여기서 물러가겠어, 분명 저 산에도 힘센 맹호가 살텐데, 괜히 긁어 부스럼 만들기 싫거든, 그럼 잘 가."

백호는 선화공주를 땅에 내려놓고 오던 길로 부지런히 달아나 버렸다.

향가(鄕歌) 노인 영재

새벽 안개에 감싸인 방장산은 밤의 한 자락이 물러가지 않은 시커먼 모습으로 아직 그 본래의 위용을 드러내지 않고 있었다.

'옛부터 이곳을 삼신산(三神山)의 하나라 했으니 산세도 깊고 험하구나, 장차 어느 방향으로 가야 천왕봉에 오를 수 있을까?'

선화공주는 무턱대고 산을 향해 걸어 오를 수밖에 없었다.

한 낮을 걸어도 산은 저만치서 가까워지지 않았다.

이곳은 구천동보다 더 남쪽이라서 그런지 진달래꽃 봉우리들이 붉게 망울을 터트리고 있었고, 수풀 곳곳에서는 산토끼라든가, 노루 같은 짐승들이 뛰어 달아났다.

사람이라고는 그림자조차 보이자 않는 첩첩 산중, 선화공주는 다시 마음의 공허함을 느꼈다.

그런데 멀리 갈대숲 쪽에서 사람 하나가 걸어오고 있었다.

흰 옷에 긴 지팡이를 짚고, 허연 수염을 흩날리며 천천히 걸어오는 모습이 마치 산신령이나 도사(道士)와 같이 보였다.

'도섭한 호랑이가 또 나타난 것인가? 아니면 진짜 도사인가? 운이 좋다면 청학도사가 있는 곳을 알고 있는 노인을 만날는지도 몰라.'

선화공주는 덕유산 백호에게 호되게 당했었으므로 도섭한 호랑이 따위는 이제 무섭지 않았다.

'여하튼 가까이 오면 물어나 보자.'

선화공주는 노인을 향해 부지런히 걸어갔다.

노인은 갑자기 나타난 선화공주를 보고 깜짝 놀라는 표정을 지었다.

"노인께서는 혹시 도사님이 아니신지요?"

선화공주는 정중하게 노인에게 물었다.

노인은 잠시 공주를 물끄러미 바라보더니 머리를 좌우로 흔들었다.

"도사라구? 하하하하! 난, 도사가 아닐세, 그저 평범한 늙은이일 뿐이지."

노인의 표정은 밝았다.

"그럼, 혹시 청학도사님이 살고 있다는 천왕봉을 알고 계시는지요?"

노인은 또다시 고개를 좌우로 저었다.

"글쎄, 나도 이곳은 초행길이라서 어떤 봉이 그런 봉우리인지 알 수가 없다네."

선화공주는 적이 실망하였다.

"노인께서는 이곳 사람이 아니시란 말씀입니까?"

선화공주는 재차 물어 보았다.

"바로 보았네, 아까도 말했지만 난 오늘 처음 이 산에 발을 들여 놓았다네."

"보아하니, 약초 캐러 다니시는 분도 아닌 것 같은데, 뭣하러 이런 깊은 산 속까지 오셨나요?"

선화공주는 이상한 노인이 무엇인가 숨기고 있는 듯하여 자꾸 캐어물었다.

두 사람은 어느 틈엔가 같은 방향으로 걷고 있었다.

"지금 내 나이 구십, 홍진(紅塵)에 묻힌 때를 벗어 버릴 나이가 아닌가, 그래서 이렇게 죽장망혜(竹杖芒鞋 : 대지팡이와 짚신) 단표자(單瓢子 : 한 개의 표주박)로 향가(鄕歌)나 지으며 살려고, 두류산 양단수를 찾아가는 길일세. 나는 그렇다치고 소저는 이 험한 산중에서 무엇을 하고 있는 것인가?"

노인은 인자한 눈으로 선화공주를 바라보았다.

"종전에도 말씀드렸지만 도인 한 분을 찾으러 왔어요. 천왕봉에 사신다는데, 그곳을 가는 길이 어디인지 몰라서 헤매고 있던 중이었습니다."

"안타까운 일이로군, 심마니들이라도 만났으면 좋으련만… 난 하도 아름다운 여인이 갑자기 나타났기에 꼬리 아홉 달린 구미호가 나타난 줄 알았네."

노인은 하늘에다 대고 한바탕 너털웃음을 웃었다.

"하여튼 저는 갈 길이 급하니 먼저 앞서 가겠어요."

선화공주는 노인을 뒤에 두고 부지런히 앞으로 걸어갔다.

그러나 노인은 천천히 걷는 것 같은데도 항상 선화공주의 두서너 발자국 거리에서 따라오고 있었다.

"이것 봐! 소저, 산이란 빨리 걷는다고 금세 올라지는 게 아니야. 쉬지 않고 꾸준히 걷다 보면 어느 틈엔가 정상에 오르게 되지. 그리고 오르려는 봉우리도 모르면서 어딜 향해 간단 말인가, 이곳 봉우리 하나하나씩 다 오르려다가는 평생을 올라도 못 오를 걸세. 자, 그러지 말고 길동무 해가면서 천천히 가려는 곳을 찾아보세, 나도 지금은 사람을 만나야 갈 곳을 알 수 있네."

선화공주는 노인의 말이 옳은 듯해서 사람들을 만나 길을 물을 때까지 노인과 동행하기로 했다.

"내 이름은 영재(永才 : 신라 향가 우적가의 작자. 향가를 잘 불렀으며 90세에 지리산에 들어가 살려고 하다가 대현령(大峴嶺)에서 산도적 떼를 만나 목숨이 위태로웠으나, 우적가를 불러 도적들을 교화시켜 고향으로 돌아가게 했다고 함), 계림에서는 알아주는 향가 시인이었지, 누구든 내 시를 듣고 감동하지 않는 사람이 없었으니까."

선화공주는 궁(宮)에 있을 때, 가끔 영재 노인이 불려와 노래 부르는 것을 들은 적이 있었다.

그러나 그때에는 먼 발치에서 보았기 때문에 얼굴에 대한 기억은 자세히 알 수 없었으나 이름은 익히 알고 있었다.

그런데 이런 깊은 산중에서 고향 사람을 만나다니, 선화공주는 어릴 때 뛰어놀던 궁전 생각에 눈물이 핑 돌았다.

다만 지금 자신의 처지를 말할 수 없는 것이 안타까웠다.

'저토록 아름다운 미색은 내 구십 평생에 처음 대하도다. 마치 하늘의 선녀가 하강한 듯 보이는군. 아, 그러나 이 나이에 모든 것이 헛된 꿈, 부질없는 생각이로다.'

영재 노인은 선화공주의 아름다운 모습에 정신을 잃고 있었다.

그러나 곧 잡념을 떨쳐 버렸다. 그리고 다시 시부(詩賦)를 읊조리며 선화공주의 뒤를 따라 수풀을 헤치고 걸어갔다.

수백 년 묵은 고목들 가지에는 새 봄을 맞아 군데군데 노란 움이 배어 나왔다.

기암괴석 틈으로 맑고 깨끗한 물이 마음껏 소리를 지르며 흘러 내렸다.

보이는 모든 것이 빼어난 절경(絶景)이었다.

"아름다운 세상이여,

그 동안 이 몸을 잘 지켜 주었도다.

이제 그대 품에 다시 돌아가려 하니,

속세에 찌든 티끌이나 다 씻어 주게."

영재 노인의 노래는 은은하고 우렁차게 울려퍼져서 기암괴석은 물론 우거진 숲과 시냇물 그리고 작은 풀잎까지도 감동시켰다.

이 봉 저 봉들도 차례차례로 영재 노인의 노래를 흉내내어 불렀다.

이때 갑자기 두 사람의 주변에 험상궂은 사나이들이 나타났다.

그들은 손에 손에 칼과 창 그리고 몽둥이를 들고 있었는데 어림잡아 삼십 명은 됨직하였다. 산적들이었다.

"우리가 누구라는 것쯤은 익히 알고 있겠지! 여러 날 일거리가 없어 심심하던 판이었는데 마침 잘되었군."

그들은 선화공주와 영재 노인을 가운데 걷게 하고 앞뒤로 호위하며 어디론가 데리고 갔다.

그들의 흥겨운 노래는 산을 찌렁찌렁 울렸다.

숲을 뚫고 계곡을 지나 얼마만큼 가니 가파른 절벽으로부터 하얗게 폭포수가 내리 떨어지고 있었다. 그들이 폭포 위에다 대고 무어라고 소리를 지르자 폭포수가 뚝 그치고 그 자리에 시커먼 동굴이 입을 벌리고 있었다.

산도적들은 영재 노인과 선화공주를 끌고 굴 속으로 들어갔다.

굴이 끝나는 곳이 다시 환해지며 아무렇게나 지은 집들이 나타났다.

산채에는 두 사람을 끌고 온 도적의 수만큼의 도적떼들이 더 있었다.

그들은 그 중 제일 크게 보이는 집으로 두 사람을 데리고 갔다.

"두목, 색시감을 데리고 왔습니다!"

중두목쯤 되는 놈 하나가 집안을 향해 소리쳤다. 그러자 집안에서 키가 팔척쯤 되고 얼굴에 온통 수염투성이인 두목이 밖으로 나왔다.

두목은 마루 위 의자에 앉더니 두 사람을 뚫어지게 바라보았다.

"으음, 조부와 손녀 사이 같기두 하구, 부부 사이 같기두 하구, 부녀 사이 같기두 하구, 남남같이 보이기두 하구… 어떤 관계냐?"

두목이 소리쳤다

"우린 그저 같은 곳을 향해 왔을 뿐이오."

영재 노인이 두목을 향해 말했다.

"이 산 속에는 뭣하러……?"

"만년을 산 속에서 살려고……."

"으하하하, 우리와 함께 이 대현령의 대도가 되고 싶단 말이지!"

두목이 한바탕 껄껄대고 웃었다.

"그리고 넌?"

두목이 선화공주 쪽으로 눈을 돌렸다.

"누굴 만나러 왔습니다. 두목께서 청학도사라는 분이 사시는 곳을 아시면 좀 가르쳐 주십시오."

선화공주가 두목에게 애원하였다.

"뭐야! 도사라구? 우하하하!

내 이곳에 이십 년 동안 둥우릴 틀었지만 도사란 말은 이번이 처음인걸, 혹시 나 화적대왕을 두고 하는 말이 아닌가?"

두목은 또다시 산이 떠나갈 듯 웃음을 터트렸다.

이때 옆에 있던 깡마른 산적 하나가 두목에게로 조르르 달려와서 무어라고 귓속말을 했다.

그러자 갑자기 두목의 눈썹이 꿈틀거렸다.

"음, 그러지 않아도 어디서 본 듯한 계집애라고 생각했었는데……! 잘도 찾아왔구나! 바람둥이 공주!"

선화공주는 눈을 들어 두목을 자세히 바라보았다.

두 해 전 구천동 계곡을 헤맬 때, 서동랑에게 쫓겨 달아났던 도적 두목이 분명했다.

"원수는 외나무 다리에서 만난다더니, 그때는 젊은 놈을 끼고 돌더니만 이제 늙은 놈을 데리고 다니는군. 궁에서 쫓겨나는 것도 당연하지. 내 언젠가는 애들을 데리고 구천동에 가서 년놈을 잡아 죽이려고 별렀었는데, 제 발로 기어들어 왔구나!"

산적 두목은 분에 못 이겨 씩씩거렸다.

선화공주도 바람둥이란 소리를 듣자 온몸의 피가 역류하듯 분이 폭발했다.

"아무리 산적이라지만 이토록 자존심을 짓밟다니!"

선화공주는 원두봉을 빼어들고 두목이 앉아 있는 다락 위로 뛰어올랐다.

좌우에서 도적떼들이 선화공주를 에워쌌다.

그러나 선화공주가 휘두른 주걱에 볼따귀를 얻어맞고 좌우로 나가떨어졌다.

"이 털북숭이 뚱뚱보야! 네 놈의 콧대를 납작하게 만들어 주겠다!"

또다시 서너 명의 졸개들이 한꺼번에 달려들었다.

선화공주는 청룡 부인이 가르쳐 준 대로 그들이 휘두르는 칼과 창을 몸에 닿기 전에 정지시키면서 정확한 몸놀림으로 원두봉을 휘둘렀다.

몇 놈의 도적들이 원두봉을 맞고 쓰러졌다. 그러나 놈들은 워낙 숫자가 많았기 때문에 선화공주는 곧 그들에게 붙들리고 말았다.

"발칙한 년!"

산적 두목은 화가 머리끝까지 올라 선화공주를 쏘아보았다.

"당장 저 년을 칼로 베어 버려라!"

두목이 소리쳤다.

선화공주는 꽁꽁 묶이어 댓돌 앞에 꿇리었다.

몸이 건장한 졸개 하나가 넓적하고 큰 칼을 들고 나타났다.

"제가 할깝쇼? 그 동안 손이 근질거려서 무슨 재미난 일이 없을까하고 두리번거리던 참이었는데……."

두목이 끄덕하고 고갯짓을 했다.

졸개가 칼에 물을 뿜으며 서너 번 칼춤을 추더니 선화공주를 향해 칼을 내리쳤다.

"잠깐!"

옆에서 보고만 있던 영재 노인이 소리쳤다.

"아무리 흉폭한 도적들이라 할지라도 이럴 수는 없다. 죄없는 인명을 살상하다니, 하늘이 무섭지 않느냐!"

두목이 자리에서 일어났다. 그리고 영재 노인 앞으로 뚜벅뚜벅 걸어 왔다.

"실오라기만큼 남은 목숨, 제풀에 죽게 하렸더니 명을 재촉하는 군!"

두목은 선화공주를 내려치려던 졸개의 칼을 빼앗아 들었다.

"네 놈의 목부터 베어 버리겠다!"

두목이 칼을 높이 치켜들었다.

그러나 영재 노인은 늠름하게 흰 수염을 날리며 눈 하나 깜짝 않고 그 자리에 서 있었다. 그 모습은 마치 하늘에서 내려온 신선의 모습 그대로였다.

영재 노인은 칼을 치켜든 두목의 얼굴을 바라보았다. 진정 세상을 터득한 위풍당당한 자세였다.

영재 노인의 입에서 향가(鄕歌)가 새어 나왔다.

나 지금 내 마음 속 모든 눌림에서 벗어나서
깊은 산중에 묻혀 살려고 가는 길이었다.
그런 몸이 어찌 이까짓 그릇된 도적을 만났다 하여
무서워하는 모습을 보일 것인가.
오히려 도적의 칼에 찔림을 당하여 더 좋은 세상에
태어나리라 기뻐했지만,
아아! 오직 요만한 선업(善業)으로서야
어찌, 부처님 전에 바로 갈 수 있을까,
그것은 안될 일이다.

영재 노인은 도적의 칼날 앞에서도 생사를 완전히 초월한 듯 싶었다. 오히려 죽음을 맞아 환희에 찬, 그리고 두목 한 사람이 아닌 도적떼 전부의 칼에 베임을 당하기를 바라는 모습이었다.

칼을 내려치려던 도적 두목은 노인의 늠름하고 인자한 모습에 압도되어 몸이 굳어 버렸다. 그리고 이내 칼든 팔을 아래로 떨어뜨렸다.

산적 두목은 영재 노인 앞에 무릎을 꿇었다. 다른 졸개들도 두목을 따라 땅바닥에 꿇어 앉았다.

"노인을 몰라 뵈었습니다. 용서해 주십시오!"

산적 두목이 머리를 조아렸다.

"세상은 재물이 많다고 행복한 것이 아닐세. 인생은 짧은 것, 어떻게 뜻있게 사느냐가 값있는 인생이라네. 초근목피(草根木皮)로 연명하더라도 높은 뜻을 지니고 있다면 그것이 진정 가치 있는 삶이 아니겠는가……."

영재 노인의 온화하고 포근한 말은 도적들의 마음을 감화시켰다.

"산을 내려가게, 고생스럽더라도 농사를 짓게나. 고향으로 돌아가 평범한 촌부로 살아가게나."

도적들은 갑자기 고향 생각이 났다.

"아! 부모님이 보고 싶다."

"난 처자식들도 있는데……!"

"그리운 고향 땅!"

도적들은 눈물을 뚝뚝 흘리더니 집안으로 들어가 보따리 하나씩 꿰어 들고 산채 밖으로 나가기 시작했다.

그러나 산적 두목은 아직 미련이 남아 있었다.

"안 돼! 너희들과 나는 같은 날 죽기로 맹세한 처지가 아니냐! 우리는 할 일이 따로 있다. 내 말을 듣지 않고 마음대로 행동했다가는 가만두지 않겠다!"

두목은 칼을 뽑아 들고 산채를 떠나는 졸개들에게 호통을 쳤다.

"우리 맘대로 하게 내버려둬! 여태껏 당신 말에 복종하고 살았지만 더 이상 우릴 괴롭힌다면 가만두질 않을 테니까."

졸개들이 눈을 부라리며 한꺼번에 두목 앞으로 몰려들었다.

기세가 등등하던 두목은 완전히 기가 꺾여 버렸다.

"좋다! 휴가를 주겠다. 며칠 쉬다가 다시 오도록 해라!"

졸개들이 보따리를 싸들고 뿔뿔이 산 아래로 내려가 버리자, 혼자 남은 두목은 그 자리에 풀썩 주저앉아 버렸다.

"여보게! 그렇게 기죽지 말게, 새 삶이란 기쁜 것, 나처럼 툴툴 털어 버리게나."

영재 노인이 두목의 어깨를 툭툭 두드리며 위로하였다.

"자, 이제 우리도 헤어질 때가 되었나보이, 이왕지사 마음을 고쳐먹기로 했으니 선업이나 하나 하게나. 천왕봉과 양단수로 가는 길을 좀 가르쳐 주게."

고개를 떨어뜨리고 풀이 죽어 있던 두목이 모든 것을 단념한 듯 손가락으로 천왕봉과 양단수 쪽을 가리켰다.

"인연이 있으면 또 만나겠지요. 안녕히들 가십시오."

선화공주는 천왕봉을 바라보며, 영재 노인은 양단수를 찾아, 그리고 산적 두목은 자기 고향을 향해 각기 자기 갈 길로 뿔뿔이 헤어졌다.

선화공주는 또다시 혼자가 되었다.

가까운 듯 멀리 보이는 천왕봉은 언제까지나 구름에 싸여 하늘을 받치듯 높이 솟아 있었다.

연약한 여자의 몸으로 아무런 장비도 갖추지 못한 채 산을 오르기란 쉬운 일이 아니었다.

깎아지른 절벽을 기어오르는가 하면 수천 길 낭떠러지가 벌여 있는 좁은 바윗길을 걷기도 했다.

'서동랑을 만나기만 한다면, 이까짓 어려움이 무엇이란 말인가.

그는 지금도 수많은 난관을 헤치고 있을텐데……'

선화공주는 발이 부르트고 손이 찢겨 피가 엉기는데도 아랑곳하지 않고 봉우리를 향해 한발한발 걸어 나갔다.

한 곳에 이르니 편편하고 걷기 쉬운 길이 나왔다.

앞은 시야가 툭 터져서 우뚝우뚝한 군소봉들이 눈아래 보였다.

둘레에는 기암괴석과 고목들이 한 폭의 그림처럼 어우러져 있었고, 절벽 아래에는 때 이른 철쭉꽃이 만개하여 더욱 빼어난 절경을 이루었다.

선화공주는 피곤함도 잊은 채 눈앞에 펼쳐진 아름다운 광경에 넋을 빼앗겼다.

'여기가 바로 신선의 세계로구나!'

가면 갈수록 절벽 아래 철쭉꽃은 더욱 붉고 아름답게 꽃망울을 터뜨리며 흐드러지게 피어 있었다.

'아! 아름다워라! 저 철쭉꽃 한 가지만 꺾어 가질 수 있다면……!'

선화공주는 걸음을 멈추고 손에 잡힐 듯 피어 있는 철쭉꽃을 바라보았다.

이때 맞은쪽에서 방울 소리가 들려 왔다.

선화공주는 정신이 화딱 들어 앞을 바라보았다.

노인 하나가 암소 등 위에 앉아 이리로 향해 오고 있었다.

'이 깊고 험한 산골짜기에 또 웬 노인이란 말인가?'

선화공주는 의아심을 감추지 못하였다.

노인은 선화공주 앞에 이르자 소에서 내렸다.

노인의 키는 어린아이만하고 대머리진 머리에 몇 개의 머리카락이 바람이 흔들거렸다.

얼굴에는 주근깨가 닥지닥지 붙어 있는 것이 어디 하나 여유 있는 데라고는 찾을 수 없는 척박한 인상이었다.

노인은 선화공주가 절벽 아래 철쭉꽃을 마음에 두고 있음을 알았는지 한발짝 가까이 다가와서는 시 한 수를 읊었다.

붉은 바윗가에
잡으온 손 암소 놓게 하시고
나를 아니 부끄러워 하신다면
꽃을 꺾어 바치오리다.
(헌화가(獻花歌) : 신라 성덕왕 때 견우노인(牽牛老人)이 수로부인(水路夫人)을 향해 불렀다는 향가. 순정공(純貞公)의 부인 수로가 동해 바닷가 적벽에 핀 철쭉꽃을 사랑할 때, 소를 끌며 지나가던 노인이 꽃을 꺾어 바치며 불렀다 함)

노인의 태도는 예의바르고 정중했다.
선화공주가 어리둥절하여 무어라 미처 말할 틈도 없이 노인은 날렵하게 바위를 타고 내려가서 철쭉꽃 한 묶음을 꺾어 가지고 올라왔다.
노인은 철쭉꽃 다발을 선화공주에게 내밀었다. 노인의 얼굴은 철쭉꽃처럼 붉게 물들어 있었다.
"이 산에 사는 어른이신가요?"
한 아름 철쭉꽃을 받아 안은 선화공주가 노인에게 물었다.
"그렇소만……!"
노인은 노랑 수염이 몇 가닥 난 입을 씰룩거렸다.
"그렇다면 혹시 청학도사란 분이 계신 곳을 알고 있으신지요?"
노인은 선화공주를 뚫어지게 바라보았다.
"청학도사라……? 글쎄, 어디서 들은 듯한 이름이기도 한데…. 하기사 이 산은 하도 넓고 깊어서 도사입네, 도인입네 하는 자들이 수시로 모여들기는 하지만 진정 뚜렷이 모습을 나타내는 법은 없지, 그런데 그 사람은 뭣하러 찾으시는가?"

"이유는 모르셔도 돼요, 긴히 만나볼 일이 있으니까요."

"수도하는 사람 앞에 이성(異性)이 나타나면 정신이 흩어져서 도가 깨어져 버리지, 좋아 안할걸! 웬만한 일이 아니면 도로 산 아래로 내려가시게."

"아니에요! 전 꼭 그분을 만나야 해요."

"결심이 대단하시군, 이 산 어딘가에 쭈그리고 앉아 있겠지. 위험을 무릅쓰고 꽃을 따다준 사람에겐 관심이 없고, 딴 인물만 찾고 있으니 실망이 큰 걸, 그럼 난 이만 물러감세."

노인은 다시 소 잔등에 오르더니 산모퉁이로 돌아 어디론지 가 버렸다.

아직도 봉우리 정상까지는 까마득히 멀리 보였다.

선화공주는 다시 마음을 가다듬고 산을 오르기 시작했다.

이번의 계곡은 여지껏 올라온 골짜기보다 더 험하고 가파랐다.

선화공주는 거의 수직으로 떨어진 절벽을 기어오르고 있었다.

한 손에 꽃 뭉치를 들고 있었으므로 종전보다 더욱 힘이 들어 있었다.

그런데 위쪽 바위를 잡고 발을 옮기려는 순간 그만 헛발을 딛고 말았다.

몸의 균형을 맞추기 위해 꽃을 든 손으로 옆의 바위를 붙잡으려던 선화공주는 그만 손에 든 꽃묶음을 놓치고 말았다.

"안 돼!"

선화공주는 떨어지는 꽃묶음을 붙잡으려고 한 쪽 손을 놓았다.

그 순간 선화공주의 몸은 허공을 날으며 계곡 아래로 떨어졌다.

선화공주와 붉은 철쭉 꽃송이는 앞뒤를 다투며 낙화처럼 산골짜기 아래로 아래로 떨어져 내렸다.

이때 맞은편 봉우리 하늘을 날던 청학(靑鶴) 한 마리가 떨어지는 선화공주를 향해 쏜살같이 날아 내려오고 있었다.

해신과 풍신

스님 일행이 탄 배는 좁은 해협을 벗어나 대해로 접어들었다.

"얘들아, 이제 망망대해에 우리들뿐이니 전보다 각별 조심해서 항해를 해야겠다."

혜초스님이 세 소년에게 말하였다.

"갯마을 사람들 말로는 순풍만 불어 준다면 서너 달이면 천축국에 닿을 수 있다고 했으니 부처님만 믿을 수밖에요."

기파랑이 스님의 말에 대답하였다.

"무조건 앞으로만 가라고 했지, 처음으로 배의 키를 잡아 보는 것이지만 기분을 괜찮군."

죽지랑은 배의 키를 움직이면서 자신만만한 표정을 지었다.

언덕 위에서 해신(海神)과 풍신(風神)이 해협을 통과하는 스님의 배를 유심히 바라보고 있었다. 풍신이 먼저 해신에게 말을 걸었다.

"저기 보이는 배가 틀림없으렸다."

"그렇게 여겨지는군."

해신이 고개를 끄덕이었다.

"여보살이 우리더러 천축국으로 가는 동방스님 일행을 도와주라고 부탁하고 갔는데 어떻게 하면 되는거지?"

"글쎄 말일세, 아직 천축국까지 가려면 뱃길 팔천 리나 남았는데."

"여보게 풍신, 당신이 계속해서 순풍이나 불어 주구료."

"이런 답답한 사람 봤나, 순풍을 불어주는 것은 어렵지 않지만 그냥 놓아두었다가는 바닷속 여기저기에 숨어 있는 암초왕(暗礁王), 수초왕(水草王), 어룡, 수장룡 등, 스님을 시기하는 무수한 마왕들이 가만 있지 않을테니 그것이 문제가 아닌가. 여보살에게 염려 말라고 장담을 했는데, 나중에 일이 잘못되면 무슨 낯으로 여보살을 대한다지."

해신과 풍신이 한동안 머리를 맞대고 끙끙대더니 묘안이 생각났는지 서로 마주보고 회심의 미소를 지었다.

"조심해야 되네, 너무 힘을 썼다가는 오히려 큰 낭패를 볼 것이니."

해신이 풍신에게 주의를 주었다.

"알았네, 천축국에 닿게만 해주면 우리들의 임무는 끝나는 것이니까 거기까지만 힘쓰도록 하겠네."

배가 대해에 들어선지 얼마되지 않아 바람이 불기 시작했다. 조용했던 바닷가 차츰 출렁거리며 배가 흔들리기 시작하였다.

"애들아, 무슨 일이 또 일어날 것만 같구나."

스님이 염려스러워 세 소년을 바라보았다. 배가 앞으로 나갈수록 풍랑은 점점 더 심해졌다.

"스님, 전처럼 태풍을 만나 배가 파선하면 뿔뿔이 헤어질는지 모르니 서로 끈으로 묶는 것이 어떨까요?"

기파랑이 겁에 질린 얼굴로 스님에게 말했다.

"그래, 그것 좋은 생각이로구나."

스님의 말이 끝나기도 전에 죽지랑이 퉁명스럽게 대꾸했다.

"이런 망망대해에서 물에 빠진다면 끈으로 묶는들 무슨 수가 있단 말인가."

그러나 스님은 네 사람의 발을 하나씩 얽어매었다. 바람이 거세게 불면서 거센 파도가 밀려왔다. 스님 일행이 탄 배는 그야말로 일엽편주(一葉片舟 : 가랑잎 같은 작은 배), 가랑잎처럼 떠다녔다.

"이렇게 무서운 바람은 난생 처음인걸, 이제까지 겪은 어느 것보다 심한 파도인데."

스님 일행은 안절부절 어찌할 바를 몰랐다.

'쏴 — 아아 —.'

갑자기 회오리 바람이 몰려오더니 하얀 물기둥이 되어 하늘 위로 솟아올랐다.

"해일이다, 저기에 감기기만 하면 끝장이다."

스님 일행은 중심을 잃고 이리저리 딩굴면서 서로 떨어지지 않으려고 애썼다. 그러나 폭풍이 배를 휘갈기면서 산더미 같은 물기둥이 바닷속으로부터 치솟아 배를 들어올렸다.

"얘들아! 정신 차려라!"

스님의 고함 소리와 함께 배는 물기둥에 휩싸여 바다 저편 어디론가 날아가 버렸다.

가릉빈가와 일각수(一角獸)

얼마나 시간이 흘렀을까, 혜초스님이 눈을 떴을 때 스님은 푸른 잔디가 깔린 숲 가운데 누워 있었다.

'이상한 일이로고! 그 무서운 파도와 바람 소리가 들리지 않으니.'

스님은 정신을 차리고 주위를 둘러보았다. 조용한 숲속에는 짙푸른 나무와 오색 빛깔의 꽃들이 마침 떠오르는 아침 햇살을 받아 찬연하게 빛나고 있었다.

'아—아, 또다시 풍랑을 만나 육지로 떠밀려 왔구나!'

혜초스님은 온몸에 힘이 쭉 빠져 버렸다. 저만치서 서동랑, 죽지랑, 기파랑이 정신이 들었는지 일어나서 스님한테로 뛰어왔다.

"스님, 도대체 여기가 어디입니까? 종전까지는 바다 한가운데서 풍랑에 휩쓸려 다녔는데요?"

죽지랑이 스님에게 가까이 다가오며 물었다.

"너희들, 살아 있었구나! 낸들 여기가 어딘지 알 수 있겠니, 정신을 잃고 있다가 눈을 뜨니 이곳인걸. 살아 있다는 것만으로 부처님께 감사해야지……."

"부처님 세계는 참으로 아름다운 곳이 많군요. 처음 보는 꽃과 숲이 마치 꿈 속의 나라를 보는 듯 황홀합니다."

기파랑은 주위의 아름다운 경치에 도취되어 있었다.

"여기서 이러고만 있을 때가 아니다. 풍랑에 떠밀려 천리 길을 뒤로 물러났을는지도 모르니 정신을 차리고 앞으로 나갈 길을 모색해 봐야지."

스님과 세 소년은 또다시 대충 방향을 정하고 앞으로 걸어 나갔다. 온갖 꽃으로 덮여 있는 숲속은 가면 갈수록 더욱 아름다웠다.

어디선가 맑고 은은한 노랫소리가 들려왔다. 그 소리는 새 소리 같기도 하고 사람의 소리 같기도 하였는데 어떻게나 아름답고 영롱한 소리인지 세상의 그 무엇으로도 비교할 수 없을 만큼 감미롭게 마음 속에 스며들었다.

"옥을 쟁반에 굴린 듯한 소리도 있다지만 이토록 고운 노랫소리라니……!"

스님과 세 소년은 노래에 이끌리어 자신들도 모르게 소리나는 쪽으로 걸어갔다. 얼마를 걸어가니까 높은 나뭇가지에 새 한 마리가 걸터 앉아 노래를 부르고 있었다. 좀더 가까이 가서 보니 그것은 사람의 몸에 독수리 얼굴을 한 어마어마하게 큰 새였다.

무지하구나! 검독수리의 백 배도 넘겠는데, 저런 흉칙하고 볼품없는 몸에서 어찌 저렇듯 아름다운 소리가 나올 수 있단 말인가?"

스님은 감탄 반, 실망 반의 목소리로 중얼거렸다.

"그러길래 부처님께서는 어느 누구 하나에게만 모든 걸 다 주시진 않는다고 하질 않습니까."

죽지랑이 스님과 새괴물을 번갈아 바라보며 말했다.

"여보시오 새님, 참으로 아름다운 목소리를 가지셨구료! 한데 이곳이 어디쯤이며 숲을 빠져나가는 길을 알고 있으면 가르쳐 주지 않겠소."

서동랑이 나무 위를 쳐다보며 말을 걸었다. 그러나 새괴물은 서동랑의 말에는 아랑곳없이 노래만 계속 불렀다.

"안 되겠는데요. 다른 곳으로 가보는 수밖에."

혜초스님과 세 소년은 새괴물을 떠나서 다시 얼마쯤 숲으로 들어갔다. 그런데 이번에는 어디선가 울음 소리가 들려왔다.

"기쁨이 있는 곳에 슬픔이 깃드다니, 이런 아름다운 숲속에 웬 울음 소리인고? 아무튼 사연을 알아보도록 하자."

　스님은 세 소년을 데리고 울음 소리가 들리는 곳을 향하여 걸어 갔다. 야트막한 나무 위에 작은 새 한 마리가 쪼그리고 앉아 구슬피 울고 있었다. 자세히 보니 그는 아까와는 달리 새의 몸에 사람의 얼굴을 하고 있었다. 다만 그 새와는 달리 곱상한 얼굴에 각가지 색깔의 깃털을 가진 예쁜 새였다. 작은 새괴물은 네 사람을 보자 부끄러워 도망치려 하였다.

　"잠깐만, 우리는 너를 해치려는 사람들이 아니야. 왜 울고 있는지 사연을 알려줄 수 없겠니, 혹시 너에게 도움을 줄는지도 모르니까."

　기파랑이 작은 새괴물에게 말했다. 작은 새괴물은 네 사람이 적이 아니라는 것을 알고는 한바탕 크게 흐느껴 울더니 아름다운 깃털로 눈물을 닦았다.

　"말해도 될는지 몰라, 내 이름은 가릉빈가(迦陵頻伽 : 불경에 나오는 상상의 새. 히말라야 산에 사는데 소리가 곱기로 유명함 극락정토에도 깃들이며 사람 머리에 새의 몸. 묘음조), 얼마전까지만 해도 아름답고 고운 목소리를 가지고 있었지……."

　가릉빈가는 또다시 훌쩍훌쩍 울기 시작했다.

　"그런데, 그런데 어떻게 됐다는 거야? 울지만 말고 말을 해봐!"

　죽지랑이 나무 아래에 앉아 가릉빈가를 바라보며 다음 말을 재촉하였다.

　"그런데 가루라(迦樓羅 : 불경에 나오는 상상의 큰 새. 머리는 새, 몸은 사람, 날개는 금빛, 수미산에 살며, 용을 잡아먹고 불을 뿜음)가 내 목소리를 듣고 시기를 해서 빼앗아 갔어. 으아앙 훌쩍!"

　가릉빈가는 또 울음을 터뜨렸다.

　"우리가 만났던 독수리 괴물새가 가루라란 괴물인 모양입니다."

　서동랑이 스님을 바라보며 말했다.

　"어쩐지 생김새에 걸맞지 않은 목소리더라 했더니 그랬었구먼!"

죽지랑이 고개를 끄덕이었다.

"어떻게 네 목소리를 되돌려 받을 방법은 없겠니?"

기파랑이 가릉빈가에게 물었다.

"전혀, 가루라는 새들 중 왕일 뿐만 아니라 용을 잡아먹으며, 불을 토하기도 해, 잘못 비위를 거슬렸다가는 우리들 목숨은 물론 숲까지도 까맣게 타버릴거야."

가릉빈가는 또다시 슬픔에 잠겨 버렸다.

"가루라의 고향은 어디니?"

기파랑이 물었다.

"난 이 숲 밖은 나가본 적이 없기 때문에, 그래서 가루라가 어디서 사는지 자세히는 알 수 없어, 소문엔 수미산(須彌山: 고대 인도의 우주설로 세계의 한가운데 있다는 산. 가로 세로가 16만 유순(由旬))인가 뭔가 하는 큰 산 속에 산다던데 내 목소리를 빼앗은 후 벌써 몇 년을 이곳에 머물면서 먹지도 자지도 않고 계속 목소리 흉내만 내고 있지. 아 ─ 나는 무슨 희망으로 세상을 살아간담!"

가릉빈가는 나뭇가지에서 떨어질 듯 크게 한숨을 내쉬었다.

"그래, 세상에 태어나서 희망이 없다면 그것은 죽은 거나 다를 바 없지. 가릉빈가, 걱정하지 마! 내가 네 목소리를 되찾아 줄게."

서동랑이 가릉빈가를 위로해 주었다.

"그럴 수만 있다면… 하지만 가루라와 맞서 싸우겠다는 생각은 갖지 마, 불가능한 일이니까. 그의 마음을 돌린다는 것은 더욱 어려운 일이구."

가릉빈가는 눈물을 뚝뚝 흘렸다.

"스님, 죽지랑과 함께 가릉빈가를 좀 보살펴 주십시오. 나는 기파랑과 함께 가릉빈가의 목소리를 찾으러 갔다 올테니."

서동랑은 기파랑을 데리고 가루라가 있는 곳으로 되돌아갔다. 가루라는 여전히 자기 소리에 취해서 노래를 부르고 있었다.

서동랑은 멀지 않은 곳에서 만파식적을 꺼내 입을 대었다. 그리고 서서히 회소곡(會蘇曲 : 신라 때 민간에서 널리 유행하던 노래. 부전가요 (不傳歌謠))을 불기 시작했다.

가루라의 노래와 서동랑의 통소 소리가 온 숲을 감싸고 흘렀다. 그러나 만파식적에서 나온 소리는 가루라의 노랫소리와는 전혀 반대 음계였으므로 두 소리는 곧 불협화음으로 변해 버렸다.

가루라의 얼굴이 자꾸만 일그러지기 시작하였다. 그러면서 가루라의 목소리가 탁해져 갔다. 어느 틈엔가 숲속은 아름다운 통소 소리로 가득 차 버렸다. 가루라가 노래를 멈추었다. 그리고 나무에서 뛰어내렸다.

"누구냐? 내 목소리보다 더 좋은 목소리를 가진 녀석이……!"

가루라는 눈을 치켜뜨고 서동랑과 기파랑을 노려보았다. 서동랑은 얼른 만파식적을 품속에 감췄다.

"글쎄, 나는 잘 모르겠는 걸. 우리는 지금 네 노래에 취해 정신을 잃고 있었는데. 세상에 네 노래보다 더 고운 노래가 또 어디에 있을까?"

서동랑은 시치미를 뚝 떼었다. 가루라는 다시 나무 위로 올라가서 노래를 부르기 시작했다. 서동랑은 만파식적을 또 꺼내 불었다. 가루라는 점점 화가 나기 시작했다. 나무 위에서 뛰어내린 가루라는 입에서 곧 불을 토할 기세였다.

"분명, 내 노래보다 더 아름다운 노래를 부른 녀석이 있었어."

가루라가 화를 벌컥 내자 기파랑이 손을 저었다.

"그만둬, 가루라! 그건 네가 그렇게 인정해 주었기 때문일 뿐이야."

"무슨 소릴 하고 있는거냐!"

가루라가 기파랑을 보고 으르렁거렸다. 기파랑은 풀잎 하나를 따서 입에 대고 풀피리를 불었다.

"이 소리는 어떠니?"

기파랑이 가루라에게 물었다.

"내 목소리보다는 못하지만 그런 대로 괜찮은 소리로군."

가루라가 말했다.

"그것봐, 네가 그렇게 느끼니까, 전혀 노래 부를 줄 모르는 풀잎도 아름다운 소리를 가질 수가 있거든."

"그것이 내 노래와 무슨 상관이냐?"

가루라는 이야기에 흥미를 잃었는지 딴청을 피우려 했다.

"가루라, 나는 진정 네가 갖고 있는 본래의 음성을 듣고 싶어."

기파랑이 가루라에게로 가까이 다가갔다.

"여태까지 노래를 부르고 있었는데……."

"아니, 그건 진정 너의 그 늠름한 목소리가 아니야. 적어도 너의 건장한 몸과 강인하게 생긴 모습에는 그처럼 나약한 노래가 나올 리가 없어."

"그만둬, 그보다 더 아름다운 목소리는 이 세상에 어딜 가도 들어볼 수 없는데."

"조금전에도 말했지, 아름답다고 느끼는 것은 네 마음이지. 그 소리 자체가 아니야, 너는 나무 위에서 네 노래보다 더 고운 소리가 났다고 화를 내며 뛰어내리지 않았니. 왜 마음이 자꾸만 변하는 걸까, 너 같으면 고집도 세고 힘도 세어서 한 번 옳다고 마음 먹으면 그것으로 끝내야 하는 데… 만약에 아까의 통소 소리보다 더 고운 소리가 나면 너는 또 어떨까, 그것도 빼앗으려 들겠지. 그리고 또 그보다 더 좋은 소리가 있으면 또 빼앗으려 들구!"

"건방지게 날 가르치려 드는 거냐!"

가루라는 화가 났는지 곧 불을 뿜을 듯 입에서 검은 연기가 새어 나왔다.

"잠깐만, 내 얘기를 더 들어봐. 부처님 말씀 중에 공즉시색(空卽 是色 : 반야경(般若經)에 있는 말. 형체가 있는 모든 것(중생, 만물)은 모두 인연에 의해서 생긴 임시 존재이기는 하나 그 현상이 모두 참의 실제나 다름이 없는 것이라고 하는 것), 색즉시공(色卽是空 : 반야경에 있는 말. 색(色)은 유형의 만물, 그러나 만물은 모두 인연의 소생이므로 그 본성은 실제 있는 것이 아니므로 공(空) ─ 없는 것 ─ 이라는 뜻. 없는 것은 곧 있는 것이고, 있다는 것은 언젠가는 없어진다는 뜻) ─ 없는 것은 곧 있는 것이고, 있다는 것은 없다는 것과 같다는 뜻의 말을 듣지 못했니."

"괴변일랑 늘어놓지 마."

가루라는 들으려 하지도 않았으나 기파랑은 계속 가루라를 설득했다.

"없는 것은 있다는 것에 가치를 주지, 가릉빈가의 소리를 듣고 아름답게 느끼는 네 마음이 바로 그런 거야, 만약 네가 그렇게 느끼지 않았다면 가릉빈가의 노랫소리가 아무리 아름답다 한들 무슨 뜻이 있겠니. 그리고 그 소리는 영원한 너의 것이 아니구 곧 마음에서 지워져 버리는 남의 것이지, 너는 너대로 우렁차고 힘에 넘치는 소리가 있을거야, 그 웅장한 소리를 들으면 용(龍)들도 오금을 펴지 못하고 질려 버리는… 그들은 너의 목소리를 그 어느 소리보다 위엄 있고 장중하게 느끼고 있어. 내가 생각하기로는 가릉빈가의 목소리는 너의 늠름한 모습에 정말 어울리지 않아."

가루라는 한동안 침묵했다.

"그래, 네 말이 맞는 것 같다. 나는 한동안 크고 거세기만한 내 목소리에 싫증을 느끼고 있었거든, 가릉빈가의 목소리를 듣는 순간 심한 열등감을 느꼈지. '저렇게 아름다운 목소리를 갖고 있는 짐승도 있다니' 하고, 그래서 그 목소리를 빼앗고 싶었어. 그래서 내 마음대로 그 소리를 빼앗아 여지껏 흉내내고 있었던 거야."

"가룽빈가의 목소리는 가룽빈가에게 돌려줘."

기파랑이 가루라에게 정중하게 말했다.

"알겠다. 돌려주지. 그 동안 가룽빈가의 목소리를 흉내내느라고 할 일을 잊고 있었군, 수미산(須彌山) 사해(四海)에 가서 용가리나 몇 마리 잡아먹어야겠다. 몇 년 동안 노래 연습만 했더니 몹시 배가 고프군."

말을 마친 가루라는 하늘 높이 솟아올랐다.

"혹시 천축국 가는 길은……?"

기파랑이 가루라에게 소리질렀으나 가루라는 이미 구름 멀리로 사라진 뒤였다. 서동랑과 기파랑이 혜초스님한테로 오니 가룽빈가는 옛날의 목소리를 되찾아 아름답게 노래부르고 있었다.

"고마워요, 여러분! 목소리를 되찾게 해줘서, 내가 여러분에게 은혜를 베풀 수만 있으면 좋을텐데……."

"혹시 사람들 사는 마을을 아는 곳이 없겠니. 우린 하루라도 빨리 천축국으로 떠나야 되겠는데."

기파랑이 가룽빈가에게 마을로 가는 길을 물었다.

"글쎄, 나는 잘 모르겠는 걸, 다만 내 친구 일각수(一角獸 : 일명 유니콘(unicorn). 전설적 동물로 인도에서 난다고 하는데, 모양과 크기가 말 같으며 이마에 뿔이 한 개 있음)들은 알 수 있을거야."

"그래, 그렇담 그 일각수들에게 안내해 줘."

"지금은 안 돼. 그들은 보름달이 뜰 때만 나타나거든, 그리고 사람들 눈에 뜨이지 않으려 하기 때문에 만나기가 힘들어."

"어찌됐든 네가 힘을 좀 써봐, 네가 목소리를 잃고 절망에 빠져 있었듯이 우리들도 천축국 가는 길을 찾지 못한다면 아마 절망의 나날을 보내다가 죽을거야."

가릉빈가는 고개를 끄덕이었다.

"알았어, 그렇다면 내가 힘써볼게."

스님과 세 소년은 보름달을 기다리기로 했다. 며칠이 지나자 그들의 기다림대로 보름달이 떠오르기 시작했다. 구름 한점 없는 하늘에 달이 떠오르자 온 숲이 은백색으로 화려하게 빛나고 있었다. 얼마 있으려니까 달빛 사이로 점점이 작은 형체들이 보이더니 날개 달린 흰 말들이 하나 둘 숲으로 날아들었다. 그들은 머리에 길고 뾰죽한 한 개의 뿔들을 달고 있었다. 일각수들이었다.

"조용히 가만히들 있어, 내가 가서 잘 이야기하고 올게."

가릉빈가가 일각수들이 있는 쪽으로 훌쩍 날아갔다.

얼마후 눈부시게 흰 두 마리 일각수가 숲을 헤치고 나타났다.

"너희들을 사람이 사는 마을 근처까지 데려다 주기로 했다. 단, 가는 도중에 말을 걸어서는 안 돼. 그 다음은 잘 알아서 하도록."

"고마워, 가릉빈가, 네 노랫소리는 정말 천상에서 나는 천사의 목소리야. 오래오래 기억할게."

기파랑이 가릉빈가와의 헤어짐을 아쉬워했다. 스님과 서동랑과 죽지랑, 기파랑이 각각 일각수의 등 위에 올라탔다.

"그럼, 안녕!"

스님 일행과 가릉빈가는 작별의 손을 흔들었다.

일각수는 땅을 박차고 눈 깜짝할 사이에 하늘 위로 날아 올랐다. 그리고 달과 별빛이 가득 찬 하늘을 한 바퀴 맴을 돌더니, 산 하나와 강 하나를 건너서 스님 일행을 땅 위에 사뿐히 내려놓았다.

"고마워."

기파랑은 하마터면 입을 열 뻔하였으나 가릉빈가의 말을 기억하고 입을 다물었다. 일각수는 네 사람을 내려놓자 또다시 새처럼 날아올라 오던 길을 되돌아갔다.

"일각수라고 그랬던가요? 참 세상에 나서 처음 보는 짐승들도 많습니다."

죽지랑이 스님을 보며 말하였다.

"그렇구나! 내가 당(唐)에서 수학할 때에 금강지스님께 얼핏 듣기는 했다만… 일각수란 바닷물 흰 물거품이 일각 고래로 변하고, 달빛을 받아 한 마리 말의 모습으로 나타난다는구나. 이곳 이름으로는 '유니콘'이라고 부르지. 그런데 말이다. 그런데 말이다……."

혜초스님은 잠시 말을 잇지 못했다.

"금강지스님의 말씀으로는 가릉빈가나 일각수는 천축국에서만 산다고 그러셨는데… 아니다, 그럴 리가 없어! 여기는 천축국과는 관계가 없는 먼 이국의 땅일거야."

스님은 푸르른 달빛을 바라보며 염주 알을 굴렸다.

"애들아, 오늘밤은 여기서 쉬기로 하고 날이 밝으면 민가를 찾아보도록 하자."

스님과 세 소년은 풀잎을 모아 이불을 삼고 누웠다. 그리고 강물처럼 쏟아지는 달빛을 받으며 눈을 감았다.

벌거숭이의 나라

날이 밝기가 무섭게 혜초스님은 세 소년을 깨워 길을 떠났다. 숲과 들을 지나고 개울을 건너 산등성이에 오르니 멀리 산 아래 마을

이 보였다.

"얘들아, 보아라! 마을이 보이는구나, 부지런히 가보도록 하자!"

스님은 발걸음을 재촉하였다.

"스님, 너무 기대에 부풀어 하지 마십시오. 또 무슨 괴변이 도사리고 있을 줄 압니까."

죽지랑은 경계의 눈초리로 마을을 내려다보며 말했다.

"일단 사람을 만난다는 것이 중요한 일이다. 지금의 형편으로 우리 힘만 가지고는 앞 길을 헤쳐나간다는 것이 도저히 불가능한 일이니까."

오랜 동안 목적지로 향하지 못하고 이리저리 길을 헤맨 스님은 조바심과 함께 약간의 흥분까지 하고 있었다. 서동랑이 구성지게 통소를 꺼내 불었다.

"한결 마음이 가벼워지는구나!"

기파랑이 즐겁게 앞장을 서서 산을 내려갔다.

"가만, 이쯤에서 사람들 동정을 한 번 살펴보자꾸나."

스님이 세 소년을 불러 세웠다. 그리고 멀찍이 서서 마을의 형편을 살펴보았다. 그런데 나무 뒤에 숨어서 마을을 바라보니 밭을 갈거나 김을 매는 사람들, 그리고 길을 걸어가는 사람들이 모두 몸에 실오라기 하나 걸치지 않고 벌거벗고 있었다.

"음, 이야기로만 듣던 벌거숭이 나라로군!"

스님은 한동안 생각에 잠겨 있더니 별안간 장삼을 훌훌 벗기 시작했다.

"아니, 스님! 지금……?"

세 소년은 놀라서 스님을 제지하였다.

"무엇을 하다니, 보면 모르겠느냐? 보아라, 저들이 모두 옷을 입지않고 생활하고 있질 않느냐. 그렇담 우리도 그 사람들의 생활방식

대로 해야 하느니, 그래야 친근감을 가지고 그들과 쉽게 친해지고 의심을 받지 않을 것이니라. 너희들도 지체 말고 옷을 벗도록 하여라."

"하지만 스님, 어찌 동방예의지국 법도가 몸에 배인 저희들이 한 순간에 야만인들로 변할 수가 있겠습니까?"

세 소년이 스님을 만류했으나 스님은 막무가내였다.

"듣기 싫다! 옷은 거추장스러운 가식 덩어리, 빨리 내 말을 듣지 못하겠느냐!"

스님의 단호한 태도에 세 소년은 한동안 꾸물거렸으나 어쩔 수 없이 주섬주섬 옷을 벗었다.

"할 수 없군! 옹고집이시니, 그래도 앞만은 가리기로 하자."

스님과 세 소년은 옷을 벗어 보따리에 챙겨 넣은 후 다시 마을 쪽으로 걸어갔다. 그러나 마을에 발을 들여놓기도 전에 얼굴에 온통 귀신 같은 형상으로 칠을 한 벌거숭이 병사들에게 포위되고 말았다.

"왜들 이러십니까? 우리들은 나쁜 사람들이 아닙니다. 동방의 계림에서 불도를 깨닫기 위해 천축국으로 향하던 중 이곳까지 온 혜초라는 불자올시다."

혜초스님은 천축국 말과 당나라 말, 남만(南蠻) 말을 섞어 병사들에게 이야기했으나 그들은 듣는 둥 마는 둥 스님 일행을 결박하여 마을로 끌고 갔다. 벌거숭이 병사들에게 끌려가는 동안 스님과 세 소년은 이리저리 눈을 굴려 마을의 모습을 살펴보았다. 그러나 부처님을 섬기는 자취는 보이지 않았다. 그리고 이곳 저곳에 짐승 모양의 석상이 서 있고 사람의 뼈와 해골로 장식된 장승 같은 것이 눈에 띠는 것으로 보아 이교도(異敎道)의 나라가 틀림없었다.

"큰일이로구나! 여기는 우리가 가려는 천축국과는 전혀 다른 이교의 나라가 틀림없다. 장차 이 일을 어찌해야 좋단 말이냐!"

스님의 목소리는 거의 절망적이었다. 벌거숭이 병사들은 마을에 다다르자 스님 일행을 어두컴컴한 창고 속에 밀어넣었다.

"뭣하는 놈들일까?"

"혹 식인종은 아닐는지?"

죽지랑과 기파랑이 어둠 속에서 서로 중얼거렸다. 얼마동안 창고 안에 있으려니 차츰 아두웠던 눈이 밝아졌다. 창고 안에는 스님 이외에는 다른 몇몇 사람들이 잡혀 와 쭈그리고 앉아 있었다. 스님이 옆사람에게 말을 걸었다.

"이곳은 대체 어느 곳입니까? 저들은 왜 우리를 잡아 가두는 것입니까?"

어둠 속에서 눈만 껌뻑거리던 한 사람이 힘없는 소리로 대답했다.

"이곳은 동천축국의 끝 나체나랍니다."

"뭐라구요? 천축국이라구요?"

천축국이란 말을 들은 혜초스님은 너무나 놀란 나머지 그 자리에 혼절하고 말았다. 한동안 정신을 잃고 움직일 줄 모르던 혜초스님은 세 소년의 보살핌으로 깨어나자 이번에는 땅에 입을 맞추고 '나무아미타불'을 계속 염송하였다.

"정녕, 이곳이 부처님 나라 천축국이란 말씀이요?"

혜초스님은 재차 삼차 옆 사람에게 확인하였다.

"아직 수만 리 바닷길이 남았는 줄 알았는데 어찌하여 이곳에 당도하게 되었는가, 이는 분명 부처님이나 보살님의 비호가 있었기 때문에 가능한 것이로다."

혜초스님은 어린애와 같이 좋아하였다.

"그렇다면 이곳 사람들은 우리의 신분을 밝혔는데도 어찌하여 이런 곳에 가두고 박대하는 것입니까?"

기파랑이 옆사람에게 다시 물었다.

"모르시는 말씀입니다. 천축국이라 하더라도 천하가 너무 넓어 오만가지 족속들이 살고 있습니다. 믿음도 각양각색이지요. 이곳 사람들은 외도인(外道人)들로서, 오히려 부처님께 욕을 보이는 무도(無道)한 자들입니다."

"그럴 리가 있겠습니까? 부처님의 섭리가 온 세상에 가득한데 천축국땅에 외도라니요?"

스님은 온몸에 힘이 빠지는 듯 말끝을 흐렸다.

"참으로 통탄할 일이지요. 이곳 사람들은 삼보(三寶)를 사랑하지 않을 뿐 아니라 미개하여 옷도 입질 않습니다. 음식을 보면 서로 빼앗아 먹으려 하고 죄 없는 사람들을 잡아다가 노예로 삼거나 때로는 저희들 신상(神像)에 제물로 바치기도 한답니다."

"한심한지고!"

스님이 개탄의 한숨을 쉬었다.

"그런데 댁들은 어떻게 여기까지 오게 되셨소? 말소리나 피부색을 보아하니 이곳 사람은 아닌 듯 싶은데."

"그렇습니다. 여기 잡혀온 사람들은 원래 동천축 파라나시국(인도 녹야원에 있던 나라. 지금의 비나레스를 중심한 지역) 사람들입니다. 그곳은 일찍이 부처님께서 비구승(比丘僧 : 단신 출가하여 독신으로 불도를 닦는 중) 다섯 분께 설법하시던 성지(聖地)가 있는 나라이지요. 운이 나쁘게도 장삿길에 나섰던 중 이곳 나체국 병사들에게 사로잡힌 몸이 되었습니다."

"괘씸한 놈들이로군!"

죽지랑이 불끈 주먹을 쥐었다.

"누구라도 이 나라 밖으로 나갈 수만 있다면 이곳의 사정을 알려 우리를 구해 달라고 부탁할텐데……."

그 사람은 힘없이 말끝을 흐렸다.

"이곳 지형과 사정을 알고 있는 대로 말씀을 좀 해주십시오."

서동랑이 파라나시국 사람에게 말했다.

"이 나라는 외부와 단절되어 있습니다. 북쪽은 설산(雪山)에 버금 가는 고츠(인도 동쪽에 있는 산)라는 산이 있습니다. 남서쪽은 늪지대 이고 동으로 벵골(여기서는 벵골만을 가리킴. 인도양 북동부 인도반도와 인도지나반도 사이에 있는 해협)이라는 큰 바다가 놓여 있지요."

"그렇다면……?"

서동랑이 눈을 동그랗게 뜨고 물었다.

"아무 곳도…, 산은 높고 가팔라서 대단한 준비 없이는 불가능합 니다. 늪쪽도 수많은 악어떼와 독충이 들끓고 깊이를 알 수 없는 웅 덩이가 깔려 있습니다. 그리고 벵골 바다는 천축국과 반대 방향이니 가본들 무슨 소용이 있겠습니까?"

파라나시국 사람은 고개를 좌우로 흔들었다.

"그러면 그들이 외지로 나가는 길은 전혀 없다는 것이 아닙니 까?"

"그들이 가는 길……?"

파라나시국 사람은 후닥닥 놀라는 표정을 지으며 더 이상 말을 않고 입을 굳게 닫아 버렸다. 스님이 몇 가지 이야기를 더 물어 보 았으나 막무가내였다.

스님 일행과 잡혀온 사람들은 아침 일찍 일어나면 밖으로 끌려 나가서 하루 종일 일을 해야 했다. 논과 밭 또는 그들의 신전을 짓 는 일에 동원되기도 하였는데 온종일 일을 해도 겨우 몸을 지탱할 만큼의 음식만 주었다. 그리고 게으름을 피우면 마구 채찍질을 하였 으므로 사람들은 피로와 기갈에 모두들 지쳐 있었다. 더구나 혜초스 님과 세 소년은 벌거벗은 몸에 열대의 태양열이 그대로 살갗을 파고 들어 견딜 수 없이 괴로웠다.

"언제까지나 이러고 있어야만 됩니까? 죽든 살든 한바탕 일을 벌려놔야 하질 않겠습니까."

성미 급한 죽지랑이 못 참겠다는 듯 스님께 말했다.

"그래요, 부지 하세월 이러고만 있다가는 구도여행은커녕 지치고 더워서 죽고 말 겁니다. 무슨 수든 써야 됩니다."

기파랑도 계속되는 고통에 짜증을 내었다.

"낸들 어찌 답답하지 않겠느냐, 그러나 일을 도모함에는 반드시 때가 있는 법, 좀더 참으면서 시기를 기다려 보자꾸나."

스님은 두 소년을 달랬다.

그런데 그들의 신전이 거의 완성될 무렵부터 병사들의 태도가 달라졌다. 논밭 일도 시키지 않을 뿐 아니라 음식도 푸짐하게 주었기 때문이었다.

"중생제도가 불자의 근본이거늘 내 여지껏 말없이 일만 하였더니 그들이 스스로 감화되어 이리 대접이 후하게 되었노라."

스님은 그들의 태도에 만족해하며 기쁜 빛을 띠었다.

"내, 때가 되면 이곳 사람들을 모두 부처님 품안에 들게 할 것이야."

"스님, 저들이 무슨 꿍꿍이 속이 있는 것이 아닐까요?"

죽지랑은 스님이 너무 만족스러워하는 것에 염려를 나타내었다.

"남을 의심하는 건 외경(外輕)죄에 들지, 삼악도의 중간쯤에 떨어지는 죄인 걸."

스님이 죽지랑을 꾸짖었다.

한동안 창고 속에 넣고 먹을 것만 주던 나체 병사들이 어느 날 갑자기 스님 일행과 창고에 갇힌 사람들을 밖으로 내몰았다. 그리고 신전 앞으로 데리고 갔다.

넓다란 신전 마당에는 울긋불긋 물감을 칠한 뱀, 원숭이 악귀의 모습이 그려져 있거나 조각되어 있었다.

신전 앞 마당에는 역시 울긋불긋 몸치장을 한 나체족 병사와 북과 꾕과리를 든 벌거숭이 악사들이 줄지어 있었다.

혜초스님과 세 소년, 그리고 파라나시국에서 끌려온 사람들은 마당 한가운데로 모여졌다. 거기에는 꽃으로 장식한 가마가 있고, 그 가운데 꽃장식을 한 조그만 소녀가 타고 있었다.

"뭔가 심상치 않은 일이 벌어질 것 같은데요?"

"저 소녀가 어디로 시집하는 것이 아닐까?"

"잠자코 있거라, 별일이야 있겠느냐."

스님은 세 소년을 안심시켰다.

높다란 신전 위에서 추장이 손을 높이 들었다. 그러자 옆에 있던 무당들이 요령을 흔들며 알 수 없는 주문을 외었다. 그러자 둥둥둥 북소리가 울리며 수백 명의 병사들이 괴성을 지르며 춤을 추기 시작했다.

한동안의 의식이 끝나자 이번에는 추장이 가마에 실려 신전을 한 바퀴 돌았다. 그리고 앞서서 어디론가 가기 시작했다.

채찍 든 병사들이 스님 일행과 파라나시국 사람들에게 꽃가마를 메게 했다. 꽃가마는 곧 추장의 가마를 따라 동구밖을 벗어났다.

추장과 꽃가마 그리고 북을 두드리는 악사, 창과 칼을 든 병사들이 긴 행렬을 이루고 가는 모습은 마치 커다란 꽃뱀이 숲을 헤쳐나가는 것 같았다.

"어디로 가는 것일까?"

가마를 둘러멘 죽지랑이 기파랑에게 말했다.

"알 수 없는 일이야, 좋은 일은 아닌 것 같은데."

기파랑이 고개를 갸우뚱했다.

"보따리만큼은 허리에 꼭 매어두어야 해, 옷이 없으면 어딜 가든

행세를 못하니까."

서동랑은 무언가를 계획하고 있는 듯 두 소년에게 주의를 주었다.

긴 행렬은 들을 지나고 숲을 빠져나와 어디론가 자꾸만 가고 있
었다.

얼마를 가니 이번에는 깎아지른 듯한 바위로 둘러싸인 골짜기가
나타났다.

이곳에 이르자 북소리는 더욱 빨라졌고 병사들의 춤도 광란에 가
까운 듯 어지러웠다.

비좁은 골짜기를 이리 구불 저리 구불 얼마를 가니 커다란 절벽
이 가로놓여 있었다.

"다 온 모양이로군!"

"이제 어떻게 할 작정인가?"

스님 일행이 궁금해 하고 있는 데, 뒤에 있던 나체 병사들이 한꺼
번에 몰려왔다. 그리고 버티고 서서 절벽을 밀어붙였다.

그러자 '크르릉' 소리와 함께 절벽이 움직이며 틈이 벌어졌다.

절벽 사이에는 겨우 가마 하나가 들어갈 틈이 생겼다.

이때부터 나체 병사들은 난폭해지기 시작했다. 채찍으로 꽃가마를
멘 스님 일행과 파라나시국 사람들을 후려치며 벌어진 절벽 사이로
밀어넣었다.

스님 일행은 매에 쫓기어 절벽 안으로 들어설 수밖에 없었다.

절벽 안으로 들어서니 외줄기 길이 뻗어 있었다. 길 양쪽은 수십
길이 되는 낭떠러지였으므로 자칫 하다가 발을 헛디디기라도 할 것
같으면 그대로 낭떠러지 아래로 떨어질 판이었다.

나체 병사들은 계속해서 스님 일행을 앞으로 몰았다.

외줄기 길이 끊어지는 곳에는 기암괴석이 하늘을 찌를 듯 아무렇
게나 솟아 있는 또 하나의 골짜기가 나왔다.

그리고 한 곳을 보니 깊이를 알 수 없는 시커먼 동굴이 입을 벌리고 있었다. 조금 더 걸어가니 낭떠러지의 좁은 길이 끊어지고 바위와 돌이 뒤얽힌 넓은 마당이 나왔다.

채찍 든 병사들은 굴 앞에서 걸음을 멈추게 한 다음 널찍한 돌 위에 가마를 내려놓도록 하였다.

가마가 내려지자 추장을 위시한 나체국 병사들이 북을 울리고 괴성을 지르면서 미칠 듯 가마를 돌며 춤을 추었다.

얼마동안 춤을 추던 나체국 사람들은 꽃가마와 스님 일행, 파라나시국 사람들만 그 자리에 남겨놓고는 오던 길을 되돌아 썰물이 나가듯 사라져 버렸다.

나체국 사람들이 도망치듯 계곡에서 사라져 버리자 계곡 안은 삽시간에 고요가 몰려왔다.

이미 해는 져서 골짜기는 어두워졌다. 아무도 입을 여는 사람이 없었다.

한가닥 바람이 골짜기를 한 바퀴 돌더니, 휙하고 계곡을 빠져서 급하게 바다 쪽을 향해 날아갔다.

암사굴(岩蛇窟)

"여보게 해신(海神), 큰일났네, 큰일났어!"

풍신(風神)이 육지 쪽에서 바다로 날아오더니 해신에게 다급히 말했다.

"아니, 별안간 웬 호들갑인가?"

"지난번 우리가 벌린 일이 낭패를 보았네."

"자세히 좀 말해보게. 뭐가 어찌 됐단 말인가?"

풍신이 바닷물 위에 물보라를 일으키며 하늘로 솟아올라 구름 위를 한 바퀴 돌더니 다시 해신에게 다가왔다.

"일전에 왜 동방스님 한 분을 도와주자고 한 일이 있었잖았겠나, 물기둥과 회오리 바람으로 그 분이 탄 배를 천축국으로 날려 버린 일 말일세."

"왜, 그게 어찌 되었나?"

"낭패로세! 하필이면 벌거숭이 나라에 떨어질 게 무어람."

"벌거숭이 나라라면 그 외도(外道)하는 자들 나라 말인가?"

"알긴 아는구먼, 헌데 그 자들이 지금 스님과 제자들을 암사굴에 넣어 버렸네."

"아니, 그럼 그 용(龍) 못 된 이무기가 사는 암사굴 말인가?"

"자네도 알다시피 그 놈이 잡아먹은 사람만도 구천구백구십구 명, 햇 수로도 금년을 채우면 천 년을 살았지."

"그래, 이제 만 명을 채우면 용으로 변할텐데, 그 놈의 성질로 보아 강철이(전설상의 악독한 용. 이 용이 머물거나 지나가면 가뭄이 와서 초목, 곡식이 다 말라 죽음)가 될 게 분명해."

"그렇다면 오늘밤이 고비가 아닌가? 큰일났구먼! 영락없이 스님 일행이 놈의 먹이가 되게 생겼으니."

"여보살게 면목이 없게 생겼군. 그렇게 잘 보살펴 달라고 신신당부했었는데……."

"여보게 해신, 난 북쪽 겨울나라로 가 있을 테니 여보살이 날 찾거든 무조건 모른다고만 말하게. 얼마간 시간이 흐르면 잊어 버리게 되겠지."

풍신은 한 마디 말을 남기고 북쪽 하늘로 줄행랑을 쳐 버렸다.

"이보게 풍신, 똑같이 일을 저질러놓고 날보고 어쩌란 말인가! 그러길래 내 힘 좀 적당히 쓰라고 간곡히 이르지 않았는가."

해신은 난처하여 풍신이 날아간 북쪽 하늘만 바라보았다.

"아이구, 큰일났구나! 나도 바가지 긁는 소리엔 딱 질색인데 말이야. 모르겠다. 천축국까지만 책임지기로 했으니 그 다음 일이야 여보살이 알아서 하겠지."

해신도 머쓱해져서 깊은 바다 속으로 몸을 감추어 버렸다.

계곡 속에는 스님과 세 소년 그리고 파라나시국 사람 다섯과 꽃가마를 탄 소녀 등 열 명이 갇혀 있었다.

"저 자들이 무엇 때문에 우리를 이곳에 버려 두고 가버렸을까요?"

죽지랑이 스님을 바라보며 말했다. 그러나 스님은 죽지랑의 말은 들은 체도 않고 가마에 탄 소녀만 바라보고 있었다.

"대단한 미색이로고!"

스님이 소녀를 보고 감탄하였다.

"아이구, 한심도 하셔라, 지금 앞 길이 예측할 수 없는 위험한 처지에 빠져 있는데 여색을 감상할 여유가 어디 있으십니까!"

죽지랑이 스님을 보고 큰 소리로 꾸짖었다.

"오관(五官)이 있는데, 느끼지도 못하냐? 그저 그렇다는 것뿐이지. 하찮은 풀꽃이라도 인정해 주는 대상이 있어야 그 빛을 발하느니."

스님이 벌컥 화를 내었다.

날이 어두워질수록 계곡 앞에 보이는 동굴은 그 을씨년스러움을 더했다. 이제라도 금방 괴물이 뛰어나올 것 같은 공포감이 서려 있었다.

어둠이 짙어지면서 동굴 안에서는 싸늘한 냉기가 계속해서 밖으로 스며 나왔다. 시간이 흐르자 둥근 보름달이 계곡 꼭대기에 얼굴을 내밀었다. 계곡의 바위들이 푸른 빛을 띠면서 사방은 더욱 냉담하게 느껴졌다.

'슉슉슉슉!'

심장을 얼어붙게 하는 기분 나쁜 소리와 함께 아까보다도 더 차가운 냉기가 굴 속에서 쏟아져 나왔다.

"큰일나겠는 걸!"

계곡에 도착했을 때부터 유심히 동굴 안을 들여다보던 서동랑의 눈빛이 반짝 하고 빛났다. 무언가 위험을 감지한 서동랑이 스님과 계곡에 모여 있는 사람들에게 말하였다.

"여러분, 지금부터 어떤 위험이 닥쳐오더라도 놀라지 마십시오. 그리고 제 말을 꼭 들으셔야 됩니다. 우선 바위 틈에 숨어서 눈을 감고 귀를 꼭 막으십시오. 절대로 눈을 뜨거나 소리를 들으려고 해서는 안 됩니다."

서동랑은 각자 바위를 의지하여 숨도록 단단히 주의를 주고 자신도 바위에 엎드리어 사태를 주시하였다.

달빛이 교교히 계곡을 비치는 가운데 '슉슉슉' 하는 소리가 점점 예리하게 들리더니, 동굴 속에서 시커먼 물체 하나가 밖으로 머리를 쑥 내밀었다. 그리고 서서히 몸체를 드러내었다.

"굉장한 놈이로구나!"

서동랑은 괴물의 머리통을 보고 경악(驚愕)을 금치 못했다.

그것은 어마어마하게 큰 이무기였던 것이다. 달빛이 하이얀 비늘에 반사되어 싸늘한 광채를 내뿜었다.

놈은 머리통을 들고 꼿꼿이 서서, 숨어 있는 사람들을 내려다보며 긴 혀를 날름거렸다. 놈의 몸통이 어떻게 큰지 비추던 달빛이 몸통

236

에 가려 계곡 전체가 어두웠다.

한참 동안 혀를 날름거리며 먹이를 찾던 이무기는 사람이 보이지 않자 흔들흔들 머리를 흔들기 시작했다.

그리고 몸을 좌우상하로 뒤틀며 춤을 추었다. 이른바 살생의 뱀춤이었다.

'슷슷슷슷!'

이무기의 입에서 내뿜는 소리가 야릇한 음향이 되어 산천초목(山川草木)을 마비시켰다.

갑자기 파라나시국 사람 하나가 바위 틈에서 벌떡 일어나더니 이무기 앞으로 걸어나갔다. 이무기는 고양이가 쥐를 다루듯 파라나시국 사람을 투리 안에 넣고 빙글빙글 목을 돌리더니 슷! 소리와 함께 눈깜짝할 사이에 파라나시국 사람을 삼켜 버렸다.

파라나시국 사람을 삼켜 버린 이무기는 또다시 춤을 추기 시작했다. 이번에도 또 한사람이 일어나 이무기 앞으로 가까이 가더니 곧 이무기의 먹이가 되었다.

푸른 달빛 속에서 벌이는 죽음의 향연은 언제까지나 계속되었다. 다섯 사람의 파라나시국 사람들이 한 사람씩 한 사람씩 이무기의 제물이 되어 뱃속으로 들어갔다.

그들은 서동랑의 단단한 주의에도 불구하고 눈과 귀를 열었으므로 이무기의 춤과 야릇한 유혹의 소리에 넋을 빼앗겨 자신도 모르게 자리에서 일어나 뱀의 먹이가 되어 버린 것이었다.

이번에는 호기심 많은 죽지랑이 이무기의 춤과 유혹 소리에 정신을 잃고 자리에서 일어났다. 그리고 그도 꼴깍하고 이무기의 입 속으로 빨려들었다.

음산한 계곡 안에서 무방비 상태의 사람들은 아무런 저항도 하지 못한 채 언제까지나 죽음의 향연에 제물이 되어갔다.

용사쟁투(龍蛇爭鬪)

여섯 명의 사람을 순식간에 통채로 삼킨 이무기는 여전히 혀를 널름거리며 춤을 계속 추었다. 놈의 혀끝은 땅 속에 숨어 있는 개미 새끼 한 마리도 놓치지 않는 예민한 촉감을 가지고 있었으므로 땅바닥에 엎드려 있는 사람들을 모조리 집어삼킬 심산이었다.

서동랑은 허리춤에서 가만히 만파식적을 뽑았다. 그리고 눈을 지그시 감고 통소를 입에 대었다. 이무기의 살기 띤 쉿쉿 소리는 사람의 폐부 깊숙이 파고들었다. 어느 틈엔가 혜초스님도 기파랑도 가마에 탔던 소녀도 정신을 잃고 바위 틈에서 나와 이무기를 향해 걸어가고 있었다.

"안 되겠군!"

서동랑은 입에 문 통소에 입김을 불어넣었다. 맑고 은은한 소리가 통소 속에서 흘러나와 계곡 구석구석으로 퍼져 나갔다. 피리 소리는 이무기의 입에서 나오는 날카로운 음향을 폭 넓은 파장으로 흡수해 버렸다.

갑자기 이무기의 머리가 균형을 잃고 뒤우뚱거렸다. 계속해서 서동랑은 통소를 불었다. 나머지 사람을 삼키려고 살기띤 춤을 추던 이무기의 몸뚱이가 피리 소리를 따라 제멋대로 꾸불텅거렸다. 그리고 서동랑이 불어대는 운율에 맞춰 춤을 추기 시작했다. 마치 마술사의 피리에 놀아나는 독뱀처럼, 피리의 노예가 되어 춤을 추고 있었다.

정신을 잃고 이무기의 입 속으로 걸어 들어가려던 혜초스님과 기파랑 그리고 꽃 치장한 소녀가 통소 소리에 정신이 들었다.

"빨리 몸을 피하도록 하세요!"

서동랑이 다급하게 소리쳤다. 서동랑의 고함 소리에 위험을 느낀 세 사람은 걸음을 멈추고 몸을 움츠렸다.

"저를 따라오세요!"

꽃치장한 소녀가 스님의 장삼을 끌었다. 소녀는 사슴보다도 빠르게 춤추고 있는 이무기의 옆을 지나 이무기가 나왔던 굴 속으로 스님을 끌고 들어갔다.

"아니. 이무기의 굴 속으로 들어가다니. 저럴 수가 있나?"

소녀와 혜초스님이 굴 속으로 사라지자 기파랑은 어쩌지도 못하고 그 자리에 서서 망설였다.

"쫓아가서 스님을 보호해!"

서동랑이 기파랑에게 외쳤다. 서동랑의 말을 들은 기파랑이 몸을 날려 굴 속으로 뛰어들었다.

'스님을 데리고 무시무시한 굴 속으로 들어가다니, 분명 요괴가 틀림없어.'

기파랑은 컴컴한 굴 속을 더듬으면서 스님을 찾아 무조건 앞을 향해 걸어갔다. 그러나 앞서가는 기척은 들리지 않았다. 어디에선가 서늘한 바람이 불어왔다. 기파랑은 바람이 불어오는 방향을 향해 부지런히 뛰어갔다.

기파랑이 굴 속으로 사라진 후 서동랑은 만파식적을 입에서 떼었다. 피리 소리가 멈추자 이무기도 춤을 멈췄다. 정신이 든 이무기는 서동랑을 보자 독기가 오른 찢어진 눈을 번득이며 혀를 날름거렸다.

'카악!'

이무기는 시퍼런 독아(毒牙)를 드러내며 서동랑에게 덤벼들었다.

'얍!'

서동랑은 재빨리 몸을 틀어 이무기의 공격을 피하며 용천단검을 뽑아 날아오는 독아를 내려쳤다.

'카아악!'

이빨에 충격을 받은 이무기는 찢어질 듯한 비명을 지르며 몸을 뒤틀더니 또다시 시뻘건 혀를 널름거리며 단번에 삼켜버릴 듯 서동랑을 향해 달려들었다.

'에잇!'

서동랑은 널름거리는 놈의 혓바닥을 칼을 휘둘러 잘라 버렸다.

이무기는 아픔을 참지 못하고 요동을 쳤다. 그리고 또다시 몸을 뒤틀어 서동랑을 향해 독기를 뿜으며 달려들었다.

"용(龍) 못된 이무기 주제에 감히 남해용자(南海龍子)에게 대어 들다니!"

서동랑은 이무기의 머리통을 향해 용천단검을 날렸다. 한 줄기 섬광이 달빛을 받아 싸늘한 빛을 뿜으며 이무기의 머리통을 향해 날아 갔다.

용천단검은 놈의 정수리에 정통으로 날아가 박혔다.

'크아아악!'

정수리에 칼을 맞은 이무기는 외마디 비명을 지르고 맞은편 언덕에 머리를 박고 쓰러졌다. 그 서슬에 계곡이 무너져 내리면서 돌더미가 놈의 머리에 쏟아져 내렸다. 놈은 몇 번이고 꿈틀거리며 발악을 하더니 이내 뻣뻣이 꼬리를 늘어뜨렸다.

이무기가 죽어 자빠지자 서동랑은 재빨리 용천단검으로 놈의 배를 갈랐다. 그러자 방금 잡혀 먹혔던 죽지랑과 파라나시국 사람들이 통째로 뱃속에서 쏟아져 나왔다. 귀를 대고 숨소리를 들어 보니 모두들 숨이 붙어 있었다.

"자, 일어들 나시오."

서동랑이 흔들어 깨우니, 제일 먼저 죽지랑이 부시시 눈을 뜨고 일어났다. 곧이어 파라나시국 사람들도 하나 둘 정신이 들어 자리에서 일어났다.

"이게 어떻게 된 일이지?"

죽지랑과 파라나시국 사람들은 머리를 처박고 죽어 나자빠진 이 무기를 보고는 놀라서 몸을 움츠렸다. 그들은 뱀의 유혹에 홀려 정신을 잃었었으므로 이무기 뱃속에서 살아났다는 사실을 까맣게 모르고 있었다.

"지금 여기서 머뭇거릴 때가 아니다. 혜초스님과 기파랑이 소녀를 따라 굴 속으로 들어갔어. 어떻게 됐는지 알 수가 없으니 빨리 찾아보도록 하자."

서동랑은 말이 끝나기가 무섭게 바위를 뛰어넘어 굴 속으로 들어갔다.

"소녀를 따라갔다구! 어쩐지 눈매가 째진 것이 요사스럽게 생겼구나하고 생각했더니 그 요괴가 기어이 스님을 납치해 굴 속으로 들어갔구나!"

죽지랑은 주먹을 불끈 쥐고 서동랑의 뒤를 따라 굴 속으로 뛰어갔다. 파라나시국 사람들도 죽지랑을 쫓았다. 굴 속은 캄캄했으나 비교적 평탄하여서 쉽게 앞으로 걸어 나갈 수가 있었다. 얼마를 걸어나가니 멀리 앞에 뿌우연 빛이 굴 속으로 들어왔다. 그 빛은 굴에서 밖으로 나가는 통로에서 들어온 빛이었다.

"굴 끝에 또 다른 세계로 나가는 통로가 있었구나!"

서동랑은 조심스럽게 굴 밖으로 나왔다.

"굴 양쪽을 둘러보아도 다른 길은 없었던 것 같은데, 그렇다면 스님께선 이 굴 밖으로 나왔을 것이 분명해."

죽지랑이 굴 밖으로 나오면서 서동랑에게 말했다. 파라나시국 사람들도 모두 밖으로 나왔다. 시원한 바람이 뿌우연 달빛에 섞여 불어왔다. 일행이 굴을 빠져나와 얼마쯤 앞으로 걸어가니 사람 소리가 두런두런 들려왔다.

"저쪽으로 가보자."

서동랑이 소리나는 곳을 향해 뛰어갔다. 거기에 혜초스님과 기파
랑 그리고 소녀가 잔디 위에 앉아 있었다.

"여기 계셨군요!"

죽지랑이 스님에게 뛰어가 부둥켜안았다.

"너희들도 살아 있었구나!"

스님과 기파랑, 죽지랑, 서동랑 모두가 죽었던 사람을 다시 만난
것처럼 기뻐하였다.

"그래, 어떻게 그 무지무지한 이무기의 독아(毒牙)에서 벗어났느
냐?"

스님이 죽지랑의 얼굴을 어루만지며 의아해 물었다.

"놈이 제 힘에 겨워 용트림하다가 무너지는 계곡의 바위에 머리
를 맞아 죽었지요."

서동랑이 빙긋이 웃으며 말했다.

"부처님의 도우심이로다. 자칫했더라면 우리 모두 그 못된 이무기
의 밥이 될 뻔하였었구나."

"그런데 이곳은 또 어디일까요?"

죽지랑이 파라나시국 사람들에게 물어보았다.

"여기는 구나시국(지금의 카시아, 석가가 입멸한 곳)에서 그리 멀지
않은 이교도의 나라입니다."

한 마디 말도 없이 다소곳이 앉아 있던 소녀가 죽지랑을 쳐다보
며 말하였다.

"그게 정말이오, 다시 한 번 말해 보시오."

소녀의 말을 들은 스님은 흥분한 나머지 소녀 곁으로 가 손목을
덥석 쥐었다.

"날이 밝으면 아시겠거니와 저기 보이는 산 너머가 동천축국 중 석가여래께서 열반에 드신 구나시국 땅입니다."

"나무관세음보살."

"나무관세음보살."

스님은 염불을 계속 염송하더니 그 자리에 털썩 주저앉으며 스르르 정신을 잃고 말았다.

"아이구 스님, 좋은 얘기만 들으시면 이처럼 혼절하십니까. 정신 차리셔요."

죽지랑과 기파랑은 스님을 부축해 풀밭에 뉘었다.

"그런데 아가씨는 어찌하여 이무기의 제물로 바쳐졌습니까?"

서동랑이 소녀에게 물었다.

소녀는 한참 동안 달빛을 바라보더니 나직이 입을 열었다.

"저는 중천축국 사람입니다. 아버님을 따라 이곳까지 오게 되었지요. 아버님께서는 거상(巨商)으로서 북으로는 당, 동으로는 계림, 서로는 멀리 푸른 눈을 가진 사람들의 나라에까지 물건을 팔러 다니셨습니다. 저도 아버님의 피를 물려받았는지 철이 들자 세상구경을 하고 싶었습니다. 그래서 아버님을 졸라 장삿길에 따라나선 것이지요. 무남독녀였던 저를 아버님께서는 극진히 귀여워하셨고 아들 못지않은 딸을 만들고 싶으셨던 것입니다."

"소녀의 몸으로 장삿길에 따라나서다니 보통 뱃심이 아니로군."

기파랑이 소녀를 바라보았다.

가무잡잡한 얼굴, 반짝이는 눈동자가 푸르른 달빛에 비쳐 더욱 아름답게 보였다. 소녀는 말을 이었다.

"제가 처음 벌거숭이 나라에 들어왔을 때 이곳 사람들의 마음은 참으로 순박하였습니다. 외부와 단절된 상태에서 자연에 순응하며 살아왔기 때문에 악이란 걸 모르는 사람들이었습니다. 그런데 불행이 닥쳐왔습니다. 이 나라 사람들이 외지(外地)로 나갈 수 있는 길은 우리가 방금 빠져나온 그 동굴 하나뿐이지요. 이곳 사람들은 그 동굴을 통하여 바깥 세상을 드나들면서 부족한 식량도 구해 오고 물건을 바꾸어 오기도 했습니다."

소녀는 잠시 말을 끊었다.

달빛은 서쪽으로 기울어 점점 그 빛을 잃어가고 있었으나 노오란 달맞이꽃들은 활짝 핀 모습으로 달빛을 좇고 있었다.

풀밭에서는 풀벌레 소리가 유난히 크고 웅장하게 들려왔다.

"부처님 나라는 아름다움 뿐이로군!"

기파랑은 또 한번 사방을 둘러보며 감격해 하였다.

"그런데 그후 어떻게 되었소?"

서동랑이 이야기를 재촉하였다.

"벌거숭이 나라 사람들이 밖으로 나갈 수 있는 단 하나의 길을 어느 날 이무기가 막아 버린 것입니다. 암사굴에 또아리를 튼 것이지요. 처음에는 멋모르고 드나들던 나체국 사람들이 잡혀 먹혔습니다. 그러더니 차츰 마을까지 내려와 사람들에게 해를 끼치기 시작하였습니다. 자연히 이곳 사람들은 궁여지책으로 마을사람들끼리 의논하여 돌아가면서 자신들의 가족 중 한 사람을 가져다 이무기에게 바쳤습니다. 이무기가 사람을 잡아먹고 소화를 시킬 때까지 아무런 일이 없었던 것이지요. 그놈은 배가 고플 땐 한꺼번에 열 사람 이상을 삼켜 버립니다. 그리고는 굴 한 구석에 꼼짝 않고 있었기 때문에 틈을 이용하여 굴을 빠져나가 물건을 구해오고 바깥 사람들과 접촉하였습니다. 그러던 중 그들은 외지 사람들을 잡아다가 이무기의 먹이로 바칠 생각을 하였습니다. 그래서 많은 외지 사람들이 흉악한 이무기의 제물이 되었습니다. 우리가 이곳에 온 후에 곧바로 이무기가 나타났기 때문에 추장과 이 나라 사람들은 우리를 아주 못마땅하

게 생각하였습니다. 우리가 이무기를 데리고 온 폭이 되었지요. 아
버님도 얼마 안 되어 이무기의 제물이 되었습니다. 그리고 저도…
…."

소녀는 말을 맺지 못하고 손으로 흐르는 눈물을 닦았다.

"그래서 스님과 함께 굴 속으로 뛰어든 것이었군요. 난 또 요괴가
아닌가 의심했었지."

기파랑이 그제서야 이유를 알았다는 듯 고개를 끄덕이며 미안한
표정을 지었다.

"그렇습니다. 아버님과 함께 그 굴 속을 통해 벌거숭이 나라에 들
어갔었거던요. 전에는 우마차(牛馬車)도 다닐 수 있을 만큼 큰 굴이
었습니다."

소녀는 하염없이 흐르는 눈물을 억제하지 못하였다.

"나무관세음보살."

혜초스님은 합장을 하며 소녀의 아버지와 그 동안 희생된 사람들
의 명복을 빌었다.

"이제 이무기가 죽었으니 벌거숭이 나라 사람들도 선(善)해지겠
지."

세 소년도 머리를 숙여 희생된 사람들을 애도하였다.

그러는 사이에·먼동이 터올랐다. 밤 사이에 있었던 일들이 떠오르
는 태양에 산산히 쪼개져 날아가 버린 듯 세상은 맑고 환하였다.

스님 일행은 앞으로 닥쳐올 일들에 가슴을 설레이고 있었다.

"저희는 고향 파라나시국으로 돌아가렵니다만 스님께서는 어찌
하시려는지요?"

나이든 파라나시국 사람이 스님께 물었다.

"소녀가 말한 대로 가까운 구나시국 땅부터 들를까 생각합니다.
여래께서 열반에 드신 곳이니 각별한 뜻이 있을 겝니다."

"그럼 무사히 순례를 마치시고 득도하여 금의환향 하십시오."

파라나시국 사람들은 스님과 세 소년에게 목숨을 살려준 은인이라며 수없이 머리를 숙인 후 산 아래로 내려갔다.

"아니, 소저는 왜 저 사람들을 따라가지 않고 머뭇거리는 게요?"

스님이 소녀가 그 자리에 꼼짝 않고 서 있자 갈 길을 가라고 재촉하였다.

"갈 곳이 없습니다."

소녀가 고개를 떨구었다.

"중천축국 사람이라 했으니 그곳으로 가면 어머니도 계실텐데……?"

"하지만 그쪽이라면 스님께서 가시려는 구나시국 쪽으로 가는 길이 더 가깝습니다. 뭣하시다면 함께 가도록 해주십시오. 제가 이곳 사람이니 방향과 풍습 등을 아무래도 잘 알고 있을 것입니다. 혹시 도움이 되는 일이면 무엇이든 하겠습니다."

소녀는 간곡히 스님께 간청하였다.

"스님, 그것이 좋을 것 같습니다. 무모하게 아무 곳으로 가다가 또다시 엉뚱한 곳으로 가게 된다면 어쩌시겠습니까."

기파랑이 스님께 소녀와 같이 갈 것을 허락해 달라고 졸랐다.

"생각해 보니 그 말도 맞는 것 같다. 좋도록 하려무나."

스님은 같이 갈 것을 허락하였다.

죽지랑과 기파랑은 친구 하나가 더 늘어난 것에 대해 기쁨을 감추지 못했다.

"이름은?"

"사라."

"나이는"

"열 하나."

"우리보다 한 살이 아래이니 동생 뻘이로군."

"난 스님을 데리고 굴 속으로 들어가기에 이무기의 암놈이 둔갑한 요괴로만 알았지."

두 소년은 깔깔거리면서 웃었다.

"애들아, 그만 산 아래로 내려가자꾸나. 한시라도 빨리 성지(聖地)에 발을 들여놓아야지."

스님과 세 소년, 그리고 사라양은 멀리 까맣게 솟은 산들을 바라보며 부지런히 석가여래께서 열반에 드신 구나시국으로 발걸음을 옮겼다.

여전사(女戰士)

여정을 재정비한 혜초스님 일행은 강을 건너고 들을 지나 또다시 한없는 순례의 길에 들어섰다.

우뚝우뚝 솟은 산, 그 사이로 이어진 푸른 평원이 계림에서는 볼 수 없는 크고 웅장한 규모와 짙고 강렬한 색채로 펼쳐져 있었고, 들판 여기저기에는 어느 세월인가 반짝이다 사라진 문명의 흔적들이 부스러진 흙더미로 폐허가 된 채 아무렇게나 흩어져 있는 것이 눈에 띄었다. 모두 말없이 발걸음을 옮겨 놓고 있었다. 그러나 각자의 마음 속에는 멀리 하늘 저편에 두고 온 고향의 산천을 그리며 향수에 젖어 있었다.

일행의 마음을 꿰뚫었음인지 혜초스님이 오언시(五言詩) 한 수를 지어 읊었다.

월야첨향로(月夜瞻鄉路)   달 맑은 밤 고향길 바라보니
부운삽삽귀(浮雲颯颯歸)   뜬구름 바람타고 고향으로 돌아가네
함서참거편(緘書參去便)   편지를 봉하여 구름편에 보내려니
풍급불청회(風急不聽廻)   바람이 급하여 들으려 돌아보려 하지도
                          않네.
아국천안북(我國天岸北)   나의 나라는 하늘가 북녘
타방지각서(他邦地角西)   이곳은 땅의 끝 서녘
일남무유안(日南無有雁)   해가 따가운 남쪽에는 기러기가 없으니
수위향림비(誰爲向林飛)   어느 누가 나를 위해 계림을 향하여 날
                          아 갈까?

스님 일행은 가운데 들판을 끼고 왼쪽으로 숲이 깊은 산을 바라
보면서 바위로 뒤엉킨 돌길을 걷고 있었다.

그런데 들판 멀리에서 쪼그마한 남자 어린이 하나가 뛰어오는 것
이 눈에 띄었다. 잠시후 그 뒤로 말을 탄 다섯 명의 청년들이 뿌우
연 먼지를 일으키며 소년을 향해 달려왔다. 청년들은 달아나는 소년
을 따라잡아 강제로 붙잡아서 말 위에 태우고는 오던 길을 되돌아
갔다. 이때 숲속에서 역시 말을 탄 다섯 명의 청년들이 나타나더니
소년을 잡아가는 청년들을 뒤쫓기 시작했다. 그들은 긴 머리카락을
날리며 빠르게 말을 몰아 어느 틈엔가 소년을 잡아가는 청년들의 뒤
까지 바싹 다가갔다. 앞서가던 청년들이 말머리를 채어 한쪽으로 비
켜셨다. 그리고 소년을 말에서 내려놓은 다음 머리 긴 청년들을 맞
았다. 두 패거리의 청년들은 칼을 빼어들고 맹렬히 싸우기 시작했
다. 그러나 머리카락이 긴 청년들의 몸놀림과 칼솜씨가 훨씬 날렵했

다.

잠시후 소년을 잡아가던 청년 셋이 칼에 맞아 말에서 떨어지고 두 청년은 말을 돌려 도망치려 하였으나 곧바로 머리 긴 청년들에게 붙잡히고 말았다.

머리카락이 긴 청년들은 붙잡은 두 청년과 소년을 끌고는 맞은 편 숲속으로 사라져 버렸다.

스님 일행은 바위에 몸을 숨기고 지금 막 벌어진 일들을 낱낱이 보고 있었으나 워낙 일순간의 일들이라 어리둥절할 뿐이었다.

혜초스님이 자리에서 일어나 산 아래를 내려갔다. 세 소년과 사라양이 뒤를 따랐다. 말에서 떨어진 세 청년들은 이미 숨이 끊어져 있었다.

"나무관세음보살, 세상 어딜 가나 살생이 끊이질 않는구나."

스님이 탄식하였다.

세 소년은 청년들의 시신을 한 곳에 모으고 돌을 날라 무덤을 만들어 주었다.

"무엇하는 자들이냐?"

어느 틈엔가 머리카락이 긴 청년들이 스님 일행을 에워쌌다.

그들은 종전보다 배가 넘는 열댓 명의 숫자였는데 모두 말을 타고 있었으며 가죽 옷에 짧은 치마를 입었고, 허리에는 짧은 칼을 차고 있었다. 그런데 자세히 보니 그들은 모두 여자들이었다.

여전사(女戰士)들은 스님 일행을 가운데 세워 걷게 하고 숲속으로 들어갔다.

숲길을 헤치고 얼마를 걸어가니 커다란 들판이 나왔다. 들판에는 숲을 가로질러 마치 성(城)을 방불케 하는 어마어마한 목책(木柵)이 서 있었다. 앞서가던 여전사 하나가 목에 걸고 있던 조그만 뿔피리를 입에 대고 위를 향해 짧게 불었다. 그러자 목책의 한 부분이 스르르 열리면서 조그마한 통로가 생겨났다. 일행은 그곳을 통해 목책 안으로 들어갔다. 그리고 또 얼마를 걸어가니 이번에는 절의 산문과 같은 큰 문이 다시 일행을 가로막았다. 여전자는 조금 전처럼 뿔피 리를 짧게 세 번 불었다. 역시 문이 열려지고 성문을 지키고 있던 다른 여전사들이 일행을 안으로 들여보냈다.

여성국 성안은 화려하게 채색된 규모가 비교적 작은 집들이 빽빽 이 들어차 있었고 납작한 돌을 길바닥에 깔아 걷기 좋게 만들어 놓 았는데 집집의 정원에는 아름다운 꽃들이 흐드러지게 피어 있었다.

오가는 사람들 모두 젊은 여자들뿐으로 여전사들과 같이 허리에 칼을 차고 있었으며 옷차림도 같았는데 개성을 살려서인지 색깔이나 무늬 모양이 조금씩 달랐다.

여전사들은 사라양을 성 안에 남긴 채 스님 일행을 마을 뒤편으 로 끌고 갔다. 그곳에도 높은 담으로 둘러싸인 성벽에 문이 하나 있 었는데 그녀들은 굳게 닫힌 문을 열고 여전사의 마을 밖으로 나갔 다. 마을 밖은 끝이 보이지 않을 정도로 넓은 논과 밭들이 펼쳐져 있었다. 그리고 풀짚으로 아무렇게나 지은 초집들 서너 채가 눈에 띄었다. 논과 밭에는 벌거벗은 사람들이 허연 천으로 앞만을 가린 채 농사를 짓고 있었다. 그들은 여전사들에게 잡혀온 남자들 같았는 데, 하나같이 비쩍 마른 것이 겁먹은 얼굴들이었다.

초집 앞에 이르자 여전사들이 스님 일행의 옷과 물건을 빼앗고, 논밭에서 일하는 사람들과 같은 옷을 입혔다.

"여기가 이제부터 너희가 살 집이다. 우선 여왕님의 명령이 있을 때까지 이곳에서 쉬어라, 내일 다시 오겠다."

여전사 하나가 스님 일행에게 몇마디 말을 던지고는 마을로 들어 가 버렸다.

"이상한 곳이로군. 성벽을 사이에 두고 남녀가 따로따로 지내다니. 남자들은 노예처럼 일만 하고 여자들은 칼을 차고 전투에 임하고… 뭔가 뒤죽박죽이 된 느낌이야."

죽지랑이 투덜거렸다.

"장차 우리를 어쩔 셈인가? 그냥 가던 길이나 갈 걸 괜스레 남의 일에 참견하다가 봉변이나 당하지 않을까 걱정이로군."

기파랑이 염려스레 말하였다.

"튼튼한 성채, 호전적(好戰的)인 저들의 태도로 보아 쉽사리 행동해서는 안 될 것 같아, 시간을 두고 사태를 주시할 수밖에 없겠어."

서동랑이 신중히 말했다.

"별일이야 있겠느냐. 내일 여왕에게 데려간다 하였으니 그때 사정 이야기를 하면 풀어 주겠지."

혜초스님은 별로 걱정이 없다는 눈치였다.

이튿날이 되자 어제의 말대로 한떼의 여전사들이 나타났다.

여전사들은 스님 일행을 그들의 여왕이 있는 곳으로 데리고 갔다. 논밭이 있던 곳을 나와 여러 개의 문을 통해 한곳에 이르니 넓은 광장이 나타났고 광장 중앙에 계단이 보였는데 그 위에 호화찬란한 궁전 한 채가 서 있었다. 광장 여기저기에는 말을 탄 여전사들이 기마전을 벌이고 있었다. 그리고 한편에서는 목검을 들고 무술에 열중하는 여전사들도 있는 것으로 보아 이곳은 여왕의 궁전과 훈련장을 겸하고 있는 곳인 듯했다.

집안에 들어서니, 커다란 마루방 한가운데 용상이 놓여 있었다. 용상 위에는 이제까지 보아온 여전사들과는 달리 나이 지긋한 여인이 비스듬히 누워 들어오는 사람들을 바라보고 있었다. 그리고 그 여인의 주위에는 여러 명의 여전사들이 여왕을 호위하고 있었고 바로 옆에는 시중을 드는 여인들도 보였는데 그녀의 모습으로 보아 어제 여전사들이 말한 여왕임에 틀림없었다.

끌려온 사람들은 스님 일행 외에 어제 도망치던 어린 소년과 잡혀온 두 청년, 그리고 사라양도 있었다.

맨 먼저 소년이 여왕 앞으로 불려갔다.

"몇 살이냐?"

"일곱 살."

"가슴에 무늬를 보니, 이곳에서 길러졌구나. 왜 도망쳐 왔지?"

"엄마가 보고 싶었어요."

"엄마라구? 네 엄마가 어디 있니? 엄마가 누구란 말이냐? 도대체 엄마란 걸 생각할 수 있다니 맹랑한 아이로구나."

여왕은 놀란 듯이 한동안 소년을 쏘아보았다.

"이 애를 기른 탁아소는?"

여왕이 시중 드는 여인들에게 물었다.

"가슴의 무늬로 보아 다섯 번째 탁아소인 듯 싶습니다."

한 여인이 옆에서 말했다.

"한심한 것들, 오늘부터 그곳에서 일하는 것들은 사흘간 단식이다. 물 한모금 먹어선 안 돼."

여왕이 성난 소리로 명령을 내렸다.

"저 애는 철저히 교육을 시켜서 잡아온 장소에 다시 데려다 놓아라."

"난 죽어도 안 갈거야! 엄마하고 살테야!"

소년이 발버둥쳤으나 여전사는 소년을 끌고 밖으로 나갔다.

다음에는 두 청년이 불려졌다.

"홍, 우쭐대는 것들이 꼴 좋게 됐군. 우리 애들에게 칼을 빼어들었다면서? 대가를 치러주겠다. 이 자들을 잡아온 게 누구냐?"

다섯 명의 여전사가 앞으로 나섰다.

"삼일간 휴가를 주겠다. 이 자들을 너희들 소유로 한 다음 노동장으로 보내라."

여왕의 명령이 떨어지자 다섯 명의 여전사들이 두 청년을 데리고 밖으로 나갔다.

세 번째로 사라양이 앞으로 불려갔다.

"너는 나이도 어린 것이 어찌 네 명이나 되는 남자들과 어울려 다니느냐?"

여왕이 사라양을 보고 꾸짖었다.

"그런 것이 아니라……."

"입 다물거라. 나는 내 생각대로 말한다."

사라양이 사정을 이야기하려 하자 여왕이 입을 막았다.

"이 땅에서 내 명령 없이 사내들과 가까이하면 목숨을 부지할 수 없다. 그러나 너는 이곳에서 자란 애가 아니니 지난 일은 불문에 붙이겠다. 다만 이곳의 젊은 애들이 원하는 것처럼 훌륭한 전사가 되겠다는 결심이 서 있다면 말이다. 어쩌겠느냐?"

사라양이 고개를 끄덕거렸다.

"좋다. 훈련장으로 데리고 가라. 앞으로 사내들은 너의 적이 된다."

여왕의 말을 뒤로 하고 사라양은 여전사 두 명을 따라 밖으로 나갔다.

마지막으로 스님 일행이 여왕 앞으로 불려 나갔다.

"이방인들이로군. 혹시 저 우남국(優男國)에서 보낸 첩자는 아닐는지?"

여인이 자리에서 일어나 날카로운 눈으로 스님 일행을 쏘아보았다.

"우남국이 어딘지 모르지만 당치 않으신 말씀입니다. 저희는 멀리 동방의 구구타예설라에서 부처님 나라에 순례차 찾아온 수도자들입니다. 결단코 이 나라에 누(累)가 될 일은 한 일이 없사오니, 다시 순례의 길에 오를 수 있도록 자유를 허락해 주십시오."

기파랑이 나서서 말했다.

"순례자들이라구? 어리석구먼. 그 먼 나라에서 무엇을 찾겠다고 예까지 왔단 말인가."

여왕이 일행을 비웃었다.

"천축국 곳곳에 배여 있는 부처님의 발자취를 따라 그 분의 섭리를 조금이나마 마음에 담아 보려고 이역만리 머다않고 여기까지 왔다가 이곳을 지나게 된 것입니다."

죽지랑이 여기까지 온 내력을 말하였다.

"어리석은 자들의 행위에 대해 내 알 바가 아니다. 중요한 건, 너희들이 남자라는 것이야. 사내들이 한 번 이곳에 발을 들여놓으면 밖으로 나간다는 것은 있을 수 없다. 그러나 너희들은 이방인들이니 예외를 두지. 아직 젊으니 20년 정도 농사일을 돕고 성을 쌓고 집을 짓는다든가 우리 여자들이 하기 힘든 일을 아무 소리 없이 잘 해낸다면 그때 보아 자유를 주겠다."

여왕이 말을 마치고 고갯짓을 했다. 그러자 옆에 섰던 여전사들이 스님 일행을 끌고 밖으로 나왔다. 그리고 다시 성문을 지나 초집들이 있는 농토로 스님 일행을 들여보냈다.

"이 일을 장차 어찌해야 좋단 말이냐?"

어제의 낙관적 태도와는 달리 혜초스님이 낙담하였다.

"20년 동안 이곳에 꼼짝없이 있어야 한다니, 기가 찰 노릇이로군."

죽지랑이 난감한 표정을 지었다.

"탈출할 방법을 찾아야지."

서동랑이 굳게 닫았던 입을 열었다.

다음날부터 스님 일행은 초집 마을 사람들과 함께 농토로 나가 그들이 하는 대로 농사일을 거들었다. 그런데 먼저 온 사람들은 또래의 젊은이들이 대부분이었으나 모두 무표정한 얼굴을 하고 있었으며 좀체로 입을 여는 법이 없었다.

세월이 언제 가는지도 모르게 흘러 혜초스님 일행이 이곳에 잡혀온 지도 한 달이 후딱 지나갔다.

"수많은 난관을 극복하고 겨우 순례의 길에 올랐는데 이곳에서 허송세월을 하게 되다니, 부처님께선 이찌 이리 무심하시단 말인가?"

혜초스님이 농사일을 마치고 초집에 들어와 하늘을 우러러 탄식하였다.

"형님은 재주도 많으면서 그래, 이곳 하나 빠져 나갈 궁리도 못한단 말이유."

죽지랑이 서동랑에게 불평을 털어놓았다.

"괴물들 같으면야 사생결단 싸울 수도 있지. 하지만 예의 바른 동방의 사내가 어찌 여자들과 칼을 맞대겠니."

서동랑이 빙긋이 웃었다.

"그것보다도 그 동안 이곳 지형과 형편을 알아보았지."

"그래, 여기는 도대체 어떤 나라랍디까?"

기파랑이 서동랑에게 바싹 다가들었다.

"성문을 지키는 여전사 하나를 몰래 사귀어 물어 보았지. 처음엔 전혀 말 붙일 생각을 안하더니만 나무인형을 만들어 주었더니 말을 걸더군."

"고국에 두고온 선화공주는 어떻게 하고 딴 여자와 친해."

죽지랑이 입을 삐죽거렸다.

"바보 같은 소리. 선화공주를 하루라도 빨리 만나기 위한 방편이었어."

"그래 알아본 게 뭡니까?"

"우선 이곳 지형에 대해 알아보았지. 이곳은 여자들만의 성이야, 크게 다섯 개의 성으로 나눠져 있는데 하나는 우리가 처음 들어올 때 본 예쁜 집들이 있는 여전사의 성. 그 다음이 여기 있는 농토, 그리고 우리가 재판을 받은 여왕의 집과 훈련장, 또 하나는 나이든 여자들이 사는 양로원과 어린이들을 기르는 탁아소, 그리고 무기나 기계를 만드는 노동장, 이렇게 나눠져 있다더군."

"여자끼리만 사는데 어떻게 어린이들이 생겨?"

기파랑이 우습다는 듯 콧방귀를 뀌었다.

"나도 그 점이 이상했어, 남자들이라면 여기 있는 농부들뿐인데 탁아소가 무슨 소용이냐고 물었지. 그런데 내력이 복잡해. 이곳의 여왕은 성안 사람들에 의해 추대되는데, 이 나라를 세운 첫째번 여왕은 결혼 후 그녀의 남편과 뜻이 맞지 않아 크게 다투고 헤어진 모양이야. 평생의 한이 될 정도로 말아야. 그후, 자기의 딸들과 그곳 여자들을 데리고 이곳에 와서 정착을 하고 남성들에 대한 적개심을 길렀대. 그녀의 남편 역시 아들들과 그곳 남자들을 데리고 다른 곳으로 가서 성을 세우고 여자들에 대한 증오심을 키웠고, 그러나 아들, 딸 들이 장성해지자 시집장가를 가야겠는데 이성에 대한 증오심이 강하니 결혼을 하려 하겠어. 다만 그들에게 서로 필요한 것은 여자쪽에서는 여자들의 힘에 부치는 힘든 일을 해줄 남자였고, 남자쪽에서는 밥하고 빨래해 줄 여자였지.

그들은 이성(異性) 사냥을 해서 노예로 만들어 서로의 부족한 면을 충족시켰대. 그런데 그 사이에서 우연하게 아이가 생긴 거야. 공교롭게도 여성 마을 쪽에서는 남자 아이, 남성 마을 쪽에서는 여자 아이를 낳았지. 노예로라면 몰라도 같은 가족끼리의 이성이란 이들에겐 감당하기 어려운 경원(敬遠)한 존재였어. 그래서 그들은 기발한 생각을 하게 되었지. 다섯 살 전까지는 낳은 곳에서 기르다가 철이 들어갈 다섯 살이 되면 서로 바꿔서 기르기로. 세월이 흐르는 동안 여성국이나 남성국에서는 인구가 늘고 아이들도 많이 생기게 되었는데, 여성국에서는 여자아이는 그대로 기르고 남자아이는 다섯 살이 되면 우리들이 잡혀왔던 들판에 갔다 넣는다는 거야, 그러면 남성국에서 데리고 갔고, 남성국에서는 여자아이들을 또 그렇게 하고, 이러한 풍습은 몇 백 년 동안 아주 자연스럽게 이루어졌다는 것이지. 그러면서도 그들은 서로를 원수같이 여기고 계속 칼질을 해왔대. 그들은 서로 같은 성(性)만의 낙원을 꿈꾸고 있는 거야."

"삼성(三性)이면 몰라도 이성(二性)밖에 없는 이 세상에 서로 사랑하면서 살면 될 것이지 싸움질은 무슨 놈의 싸움질이람."

죽지랑이 서동랑의 말에 끼여들었다.

"한 가지 재미난 사실은 이성(異性)에 대한 증오심이 다섯 살 전 낳아진 곳에서 자랄 때 심어진다는 거야. 이를테면 남자아이를 기를 때 그 아이를 기르는 보모가 사내에 대한 증오심이 크면 클수록 그녀에게 길러지는 사내아이의 이성에 대한 증오심이 상대적으로 커진다는 거지. 이렇게 이성에 대한 강한 증오심은 성인이 된 뒤에도 계속돼, 서로의 생명을 빼앗는 싸움에서는 조금도 마음 속에 가책을 느끼지 않는다는 거야."

"가만 있자, 그렇다면 앞으로 아이들을 갖게 할 대상은 여기 있는 우리들이 아닌가?"

기파랑이 눈을 크게 뜨고 놀라듯 말했다.

"그 점은 안심해도 돼. 이들은 혈통을 중요시한대. 우리야 이방인이니 관심 밖이지."

"그런데 지금까지의 얘기는 우리가 여기를 빠져나가는 데 별 도움이 안 되는 얘기들 아니야."

죽지랑이 쓴 입맛을 다셨다.

"우선은 뭔가를 알아야 빠져나갈 구멍을 찾지"

서동랑이 꾸짖었다.

"이 농토 저편은 어떤 곳일까?"

기파랑이 궁금한 듯 서동랑을 쳐다보았다.

"이 농토 양쪽은 산으로 둘러싸여져 있고 산 중턱에는 목책을 쌓아 여전사들이 지키는 모양이야. 목책 아래는 수십 길 되는 호를 파놓고 악어를 기른다더군. 그리고 저 앞으로 곧장 가면 낭떠러지 아래 바다가 나오는데 깊이가 수천 길을 넘을 거라는 거야."

"그렇다면 탈출할 방법은 전혀 없잖아."

기파랑이 절망적으로 소리쳤다.

스님 일행은 밤새도록 이야기를 나누며 지샜으나 이곳을 빠져나갈 뾰족한 묘안을 찾아내지 못하였다.

그런데 다음날부터 훈련장 쪽에서 뿔피리 소리가 자주 들리고 성벽을 지키는 여전사들도 바쁘게 몸을 움직였다.

"무슨 일이 일어나려는가?"

스님이 훈련장 쪽 성벽을 바라보며 중얼 거렸다.

성전(性戰)

다음날 서동랑이 또다시 여전사에게서 들은 얘기를 전하였다.

"요즈음 남성국 사람들의 도전이 심상치 않은가봐. 일전의 어린 소년 때문에 실랑이를 벌였는데, 이곳에서 그 애를 되돌려 보내려고 했더니 남성국에서는 받아들이지 않겠다고 했대. 철저히 이성을 미워하도록 교육시켰어야 하는 건데 자기를 낳고 키워준 여성국을 잊지 못해 도망을 쳤으니 무슨 필요한 존재겠어. 남성국 쪽에서는 전사를 하나 잃은 셈이지. 그러지 않아도 수백 년 여성국 전사들에게 일방적으로 시달림을 받아온 남성국 사람들은 약속 위반이라면서 더욱 적개심을 불태웠던 거야. 그래서 이번 기회에 여성국의 콧대를 완전히 꺾어 놓겠다고 싸움을 걸어 왔다는 거지. 이곳에서도 그것에 대비해 지금 전쟁 준비를 강화하고 있는 중이라는 거야."

날이 갈수록 여성국은 혼란스러워졌다.

이제는 농사를 짓는 농부들을 동원해 전쟁물자를 나르게 했다. 여전사들은 수레에 물자를 싣고 성문을 나와 목책이 있는 곳까지 와서 내려놓게 하였는데 스님 일행이 보니, 올 때 본 것과는 달이 목책이 여기저기가 불이 시커멓게 타서 구멍이 뚫려져 있었고 무너져 내린 곳도 있어, 전쟁의 양상이 심상치 않음을 느낄 수 있었다.

뚫어진 목책 사이로 내다보니, 벌판 멀리에 공격준비를 하고 있는 남성국 전사들이 보였다.

"놀랄 만한 숫자로군. 만여 명 정도는 되겠는데……."

죽지랑이 말을 탄 기병과 활과 창을 든 보병을 보며 말했다.

"이곳 여전사들의 인원은 삼천여 명 남짓하다던데, 저 많은 군사를 이길 수 있을까?"

기파랑이 걱정스러운 듯 목책 밖을 바라보았다.

"여전사의 말로는 몇만 명의 남성국 병사들이 쳐들어 왔을 때도 쉽게 물리쳤다는 군. 저런 정도의 숫자쯤이야 늘상 있는 일이라며 걱정할 필요가 없대."

서동랑이 말을 받았다.

그러나 이번에는 전쟁의 승패가 일방적으로 기울지는 않았다. 남성국 진영으로부터 전사 오백여 명이 목책을 향해 일사불란하게 쳐들어 왔다. 그들은 목책 가까운 곳에서 발을 멈추더니 화살에 불을 붙여 목책을 향해 쏘기 시작했다.

불화살에 맞은 목책 여기저기에서 불꽃이 솟아올랐다. 그러자 이쪽에서 말을 탄 여전사 백여 명이 문을 박차고 활을 쏘는 남성국 전사들을 향해 달려갔다. 활을 쏘던 남성국 사람들이 혼비백산하여 줄행랑을 쳤다. 여전사들이 불화살로 공격하던 남성국 사람들을 따라잡을 수 있을 거리에 왔을 때, 여기저기 숨어 있던 남성국 기병 수백 명이 소리를 지르며 나타나 여전사들을 가로막았다. 여남국 전사들은 한데 어우러져 맹렬히 싸우기 시작했다. 여전사들의 말타는 솜씨와 칼쓰는 솜씨가 훨씬 빼어난 듯하였으나 남성국 전사들도 만만하지가 않았다. 시간이 지나자 여전사들이 중과부적으로 차츰 밀리기 시작했다.

얼마후 여전사들은 목책 안으로 밀려 들어 왔고 목책 위에서 쏘아대는 여성국 전사들의 화살 공격으로 남성국 기병들은 물러갔다.

"얼마의 손실인가?"

싸움을 지휘하던 우두머리 여전사가 앞장서서 돌아온 기병 대장에게 물었다.

"백 명 중 이십칠 명 전사, 사십일 명 부상, 세 명이 적에게 잡혀 갔습니다."

"대단한 손실이로군, 적의 피해는?"

"확실한 것은 모르겠으나 적의 군사 오백여 명 중 반 정도가 살상됐을 것으로 생각됩니다."

여전사가 적의 피해 상황을 말하였다.

"포로는?"

"단 한 명뿐입니다."

"그 자와 함께 이곳 전황을 여왕께 알려라."

지휘하던 여전사가 명령을 내렸다.

이때 또다시 남성국 전사들이 화살을 메고 목책 아래 몰려와서 불화살을 쏘아댔고, 여성국 군사들이 맞대어 활을 쏘았으나 저쪽의 인원이 월등한 관계로 불화살은 목책의 이곳저곳을 불태웠다.

여전사들이 말을 타고 쫓아가면 활을 쏘던 그들은 도망가고 기병들이 몰려와 다시 혈전을 벌였는데, 병사들 숫자의 비율로 보아 여성국 전사들의 손실이 더 컸다.

이러한 남성국 병사들의 파상적 공격은 그칠 줄 모르고 계속되었다. 시간이 지날수록 여성국 전사의 세력이 점차 약해져 갔다. 이것은 눈치챈 남성국에서는 이번에는 충거(衝車)와 포석(砲石)으로 공격을 시작하였다. 불화살과 돌덩이가 새까맣게 날아오고 충거로 목책을 부수자 처음 신무기의 공격을 받은 여성국 전사들은 급기야 목책을 버리고 성 안으로 쫓겨 들어가기 시작했다. 남성국에서는 사기가 충천하여 성문 앞까지 진격하여 공격을 계속하였다.

아름답던 여전사들의 마을은 공포의 분위기로 변하였다. 전사자와 부상자들이 집집에 가득 찼고 길 위에도 누워 있었다.

"사태가 심상치 않구나. 이러다간 이곳 사람들이 전멸되겠는걸."

부상병을 나르며 치료하던 스님이 걱정스레 말하였다.

부상병들은 여전사들의 마을을 지나 여왕의 성까지 운반되었다.

"아무래도 여왕을 만나봐야 될 것 같습니다."

서동랑이 옮기던 부상병을 땅 위에 내려놓고 여왕의 궁전을 올려다보았다.

여왕을 지키던 여전사들도 전투에 임하고 있었으므로 궁전 안에는 소수의 호위병 밖에는 없었다.

서동랑은 가로막은 호위병 몇 명을 뿌리치고 궁전 안으로 들어갔다.

궁전에서는 이제 막 전투에서 돌아온 여전사 하나가 전황을 설명하고 있었다.

"여왕님, 사태가 급박합니다. 저들은 이미 목책을 부수고 성문 앞까지 밀려와 안으로 들어오려 하고 있습니다.

여전사의 목소리는 떨리고 있었다.

"에잇, 바보들 같으니라구, 그렇게 빈틈 없이 훈련을 쌓았는데도 그까짓 오합지졸들에게 쫓겨왔단 말이냐!"

"예전과는 양상이 다릅니다. 저들은 그 동안 어디서 배워왔는지 전술이 다양해지고, 충거와 포석을 사용할 줄 알며, 힘도 강해져서 같은 수의 전사로도 대적하기 힘든 상태가 되었습니다."

"듣기 싫다! 싸움의 승패는 훈련과 정신력이다. 요즈음 너희들은 모든 것이 흐트러져 있어!"

여왕의 분노는 대단했다.

"무모한 싸움이십니다. 도대체 무엇을 얻기 위한 전쟁입니까. 화해를 청하십시오."

서동랑이 여왕 앞으로 다가서며 외쳤다.

"누가 저 자를 여기까지 들여보냈느냐! 당장 밖으로 내쳐라."

여왕이 소리쳤으나, 서동랑의 눈빛을 본 여전사들은 감히 달려들지 못하였다.

"태초(太初)에 성(性)은 한 몸으로서 피처럼 같은 혈관을 흐르고 있었습니다. 그러나 분담하는 일이 서로 다름으로 필요에 의해 둘로 나누어졌습지요. 이성(異性)이란 자신의 분신(分身)이며 나누어진 자신을 찾는 일이 사랑입니다. 그런데 어찌 자신을 자신의 적으로 생각하고 칼을 휘둘러 피를 흘리게 할 수 있겠습니까? 내가 나가서 전쟁을 중지하라고 남성국 사람들을 설득하겠습니다. 먼저 여왕님께서 싸울 뜻이 없음을 말씀해 주십시오."

서동랑이 여왕에게 간곡히 말하였다.

"흠, 말이야 하기 쉽지. 너는 우리 여자들이 남자들에 의해 얼마나 많은 천대와 수모를 받고 사는지 생각해 보기라도 했느냐! 네 말대로 여남(女男)이 한 몸 안에 존재했었다고 한다면 서로 나뉘었을 때도 동등한 인격으로 나누어졌을 것이라는 이치쯤은 알고 있겠지, 그런데 우리의 생각과는 달리 저들은 항상 남성(男性)을 여성(女性)의 우위에 두고, 심지어는 코끼리나 소, 원숭이 같은 짐승보다도 하위(下位)로 생각하며 모욕과 박대를 서슴지 않는다. 절대 군림, 이것이 그들이 망상이지. 공평히 생각해 보아라, 실상을 따지자면 저들의 능력이나 수준이 우리 여성에 비해 전혀 나은 것이 없음을 알 것이다. 인내와 포용으로 감싸려는 우리들에게, 우쭐거리기나 하려는 못된 심보를 결단코 꺾어야 한다. 우리가 저희보다 월등함을 인정하고 우리가 그들에게 대해췄던 참고 순종하는 아름다운 마음을 그들이 우리에게 보여준다고 약속한다면 백번 양보해서 화해를 하겠다."

"화평(和平)에 어떤 이유나 조건을 걸 수는 없습니다. 여남(女男)이란 서로를 필요로 하는 존재이지 조건의 대상이 아니기 때문입니다. 제발 싸움을 거두겠다고 말씀해 주십시오."

서동랑이 설득하였다.

이때, 여전사 하나가 황급히 궁전 안으로 뛰어 들어왔다.

"여왕님, 이미 전사 마을의 성문도 남성의 손에 무너져 버렸습니다. 그들은 마을을 지나 궁전의 성문 앞까지 다다르고 있습니다."

여전사의 전황을 들은 여왕이 자리에 벌떡 일어났다.

"쥐뿔 같은 것들. 좋다, 내게 갑옷을 다오. 그리고 성안 사람 전부를 훈련장으로 모이도록 해라."

여왕은 최후의 결단을 내기라도 하려는 듯 엄숙히 자리에서 일어 났다.

궁전 앞에 매어 달린 커다란 징이 온 성안에 퍼졌다.

다섯 곳으로 나누어져 있던 성의 성문이 제각기 열리면서 성안의 사람들이 훈련장 안으로 꾸역꾸역 모여들었다. 이미 해는 져서 날은 어두웠고 목책이 타는 불빛이 훈련장을 붉게 물들였다.

모인 사람들은 전장에서 살아남은 여전사들, 탁아소에서 아이를 기르던 나이 먹은 여인들과 남녀 어린애들, 아이밴 여인들, 아직 전 사가 되기에는 이른 앳된 소녀들 그리고 노예로 잡혀온 남성국 사람 들과 스님 일행을 합해 오천여 명 가량이었다.

여왕이 충계 위에서 아래를 내려다보며 격앙된 소리로 말하였다.

"여성국 백성 여러분, 이제 우리는 최후 결전의 날을 맞았습니다. 저, 철천지 원수 남성국 무뢰들이 철책을 깨치고 궁정의 문 앞까지 이르렀습니다. 우리는 한 사람이라도 저들에게 붙잡혀 치욕의 날을 보낼 수는 없습니다. 나이든 여인으로부터 어린아이에 이르기까지 몸을 던져 저들의 더러운 발굽을 막아야 합니다."

연설을 마친 여왕은 스님 일행이 모인 곳을 바라보았다.

"저기 서 있는 남성국 노예들은 남자아이들을 하나씩 안고 성문 밖으로 나가도록. 그리고 남자 이방인들도 성 밖으로 내보내라. 남 자들은 이 성안에 한 사람도 남을 필요가 없다. 우리끼리, 우리 여 성끼리 정당하게 남성과 대적하여 싸우겠다."

여왕은 말을 마치고 전투복으로 옷을 갈아 입었다.

남자 노예들은 여성국 여자들이 낳아 기르던 어린 남자아이들을 하나씩 받아들고 성문 쪽으로 걸어 나갔다.

스님 일행도 그녀들에게 빼앗겼던 옷과 물건들을 돌려받고 성 밖으로 쫓겨났다.

성문 앞에는 남성국 전사들이 잠시 공격을 멈추고 성에서 나오는 사람들을 맞아 안전한 곳으로 피신시켰다. 그리고 또다시 전군을 휘몰아 성문을 공격하기 시작했다. 여성국 전사들도 성 위에서 아래를 향해 빗발 같은 화살을 퍼부었다.

"한심한지고, 평생을 서로 사랑해도 다 못할 처지에 단순한 견해 차이로 저토록 사생결단하고 싸움질을 하다니……."

스님이 언덕 위에서 치솟는 불길을 바라보며 한숨을 쉬었다.

지귀(志鬼)의 재

"어떻게 싸움을 중지시킬 방법은 없을까?"

죽지랑이 중얼거렸다.

"기세로 보아 남성국이 숫적으로 우세하니 결국 여성국은 함락이 되고 말거야. 그렇다면 사라양도 무사하지 못할텐데……."

기파랑이 중얼거렸다.

"어른들 문제는 제쳐두고라고 죄없는 어린 생명들이 전쟁의 희생물이 되는 것이 안타깝구나. 나무관세음보살."

스님이 염주 알을 굴렸다.

"여왕의 결단으로 보아, 만약 성이 함락된다면 그녀들은 노소 없이 모두들 스스로 목숨을 끊을 게 분명해, 그들에겐 왜 이성에 대한 사랑의 마음이 없는 걸까?"

서동랑도 중얼거렸다.

"그래, 맞아. 남성국 사람들에게도 지귀(志鬼)와 같은 사랑의 불꽃이 눈꼽만큼이라도 피어 있었다면 전쟁은 일어나지 않을 수도 있었을 텐데……."

기파랑이 말했다.

"지귀, 지귀라. 그래, 그는 진정 사랑의 화신(化身)이었지……."

스님이 멀리 동쪽 하늘을 바라보며 깊은 생각에 잠겨 중얼거렸다.

"스님, 에메랄드성에서 타버린 지귀의 재를 아직 간직하고 계신가요?"

서동랑이 갑작스레 스님을 향해 물었다.

"있다마다. 고국에 돌아가면 따뜻한 동산에 고이 묻어 주련다."

스님은 등에 진 바랑을 추켜 올렸다.

"스님, 그 분이 그저 고국의 동산에 묻혀 흐르는 세월 속에 헛되이 사라지기를 원하십니까?"

서동랑이 스님의 소매를 붙들었다.

"저에게 주십시오. 비록 그 분은 타버린 재로 남아 있으나 그 심오했던 사랑의 열정은 아직도 잿속에 깊이 스며 있을 것입니다."

생각에 잠겨 있던 스님이 서동랑의 심중을 알아차렸음인지 고개를 끄덕이었다. 그리고 바랑을 열어 하얀 종이에 고이 싼 지귀의 재를 서동랑의 손에 전해 주었다.

서동랑은 죽지랑과 기파랑을 데리고 불타는 성이 한눈에 보이는 언덕 위로 올라갔다. 남성국 병사들은 여전사의 마을을 불태우고, 여왕의 성벽으로 까맣게 기어오르고 있었다. 여성국에서는 온갖 방법을 다 동원하여 필사의 저항을 계속 하고 있었다.

"종이를 펴서 하늘을 향해 들어올려라."

서동랑의 말이 떨어지자 죽지랑은 지귀의 재를 싼 종이를 펼쳐

두 손으로 받쳐들었다.

서동랑은 허리춤에서 만파식적을 꺼내 조용히 입에 대었다.

생사를 건 전쟁터에 흐느끼듯 통소 소리가 흘러 들었다. 그 소리는 가냘프고 감미로워 듣는 사람의 심금을 파고들 것이었지만 살생에 눈이 먼 성안 사람들에게는 아무 소리도 귀에 들어오지 않았다. 그 통소 소리에 섞여 지귀의 재가 죽지랑의 손을 떠나 성안으로 날아갔다.

통소 소리는 귀에 들어오지 않았지만 지귀의 재는 바람에 날려 싸움에 열중하고 있는 사라들의 코와 입, 가슴 속으로 스며들었다. 그리고 혈관을 통해 온몸으로 퍼져 나갔다. 싸움에 여념이 없던 사람들은 갑자기 정신이 몽롱해지며 온몸의 힘이 서서히 빠져나감을 느꼈다.

지귀 그대의 열정이(志鬼君熱情)
스스로 몸을 태워 불신이 되었구나(燒身變火神)
고결한지고 사랑의 불꽃(高潔相思炎)
창해너머 누리에 그 마음 펼치우리(滄海張心瀚)

지귀의 재는 통소 소리에 섞여 계속해서 사람들 가슴과 핏속으로 파고들었다.

성을 타고 오르던 병사, 칼을 휘두르던 병사, 활을 쏘던 병사, 여남국 사람들 모두가 전의(戰意)를 잃고 흐느적거렸다. 상대를 향해 치켜들었던 칼이 그들의 몸을 지탱하는 지팡이로 변하였고, 부글거리며 끓던 이성에 대한 증오심도 어디론가 눈녹듯 사라져 갔다.

그들은 창칼을 팽개쳐 버리고 하나 둘 그 자리에 쓰러져 잠이 들어 버렸다.

　서동랑은 죽지랑의 손에 들려진 지귀의 재가 하나도 남아 있지 않을 때까지 만파식적을 입에서 떼지 않았다.

　시간이 지나자 아비규환을 이루었던 성안은 쥐죽은 듯한 정적이 내려앉았다. 타는 불빛만이 시커먼 성의 윤곽을 비추고 있었다.

　"진정, 지귀의 능력이더냐?"

　스님이 언제 왔는지 서동랑의 옆에 와서 중얼거렸다.

　"지금부터가 문제입니다. 그들의 몸에 아직도 증오의 찌꺼기가 남아 있다면 앞으로 더 큰 불행이 닥칠 수도 있으니까요. 내일 아침까지만 이곳을 떠나 저 숲속에서 잠자리를 구하십시오. 뒷감당은 제가 하겠습니다."

　서동랑이 스님과 죽지랑, 기파랑에게 말하였다. 숲속으로 스님과 두 소년을 보낸 서동랑은 몸을 날려 한 마리 청룡(靑龍)으로 변하였다. 그리고 하늘로 날아올라 구름을 모아 비를 만들었다. 목책과 성안은 아직 불길에 타고 있었으므로 비를 뿌려 불을 끄고, 전쟁으로 어지럽게 흩어진 주위를 말끔히 씻어 놓았다. 그리고 바람을 불러 여남 전사들이 손에 쥐고 있던 칼과 창 그리고 활과 화살 등을 모아 멀리 멀리 날려 버렸다.

　살생으로 암울하던 밤이 지나고 태고의 신비를 간직한 채 찬란한 아침해가 솟아올랐다.

　"스님, 이제 일어나시지요. 여왕의 궁전이 궁금합니다."

　서동랑이 스님을 흔들어 깨웠다.

　스님 일행은 자리에서 일어나 성을 향해 발걸음을 옮겼다. 어제의 소요와는 달리 성안은 아직 아침 잠에서 깨지 않은 숲처럼 고요했다.

　"저토록 아름다움이 또 있을까?"

자리에서 일어나 눈을 뜬 남성국 청년 하나가 앞을 바라보며 말했다.

"피어 있는 꽃을 말함인가?"

옆에 있던 청년이 물었다.

처음 말했던 청년이 고개를 좌우로 흔들었다.

"그럼, 찬란한 태양? 푸른 하늘? 흰 구름? 영롱한 이슬?"

그러나 청년은 계속 고개를 좌우로 흔들었다.

"그럼, 무엇이 그토록 아름답단 말인가?"

"저기 보이지 않는가. 이쪽을 향하고 있는 저 처녀. 세상의 아름다움을 전부 합쳐 표현한다 해도 저와는 비교할 수 없으리."

청년은 황홀한 눈빛으로 홀린 듯 처녀를 향해 걸어가기 시작했다.

"아, 늠름도 하여라. 마치 바위가 하늘을 받치듯 든든하구나."

처녀도 청년을 향해 뛰어왔다. 두 남녀는 자신들도 모르게 서로 부둥켜안았다. 그리고 오랫동안 헤어져 그리워하던 사람들처럼 서로를 감싸안고 기쁨의 눈물을 흘렸다. 지귀의 재는 명분만을 내세워 오랫동안 대립으로 치닫던 두 이성을 그가 평생에 불귀신이 되도록 그리워했던 정염(情炎)으로 다시 합일시켜 놓았던 것이다.

두 사람이 아름다운 모습을 바라만 보고 있던 옆의 청년도 한 처녀와 눈이 마주쳤다. 순간 그의 가슴 속에 불덩이가 치미듯 피가 역류하며, 바라본 처녀에 대한 강한 열정이 불길같이 솟아올랐다.

두 남녀는 조금 전의 남녀처럼 서로를 향해 달려 나갔다. 성안의 모든 성인(成人) 남녀들은 그 옛날 한덩어리에서 헤어졌던 자신의 분신(分身)을 분주히 찾아다녔다. 그들은 그 동안 억제되고 마음 속에 간직되었던 이성에 대한 그리움이 한꺼번에 밖으로 쏟아져 나와 용광로의 쇠가 끓듯이 상대를 찾아 이리 뛰고 저리 뛰었다.

"진정 저것이 세상 남녀의 본래 모습인 것을……."

혜초스님은 진심을 버리고 허울을 쓴 채 서로를 원수로 대하고 싸우던 어제 일을 아쉬워했다.

여왕과 남성국 왕도 궁성의 높은 계단 위에서 서로 손잡고 미소 지으며 광장 아래에서 벌어지고 있는 정경을 흐뭇하게 바라보고 있었다. 즐거워하는 젊은 남녀 사이로 천진난만한 어린애들이 숨바꼭질하며 뛰어 놀았다.

"자, 떠나자. 이제 이곳은 우리가 머무르지 않아도 되겠구나."

스님은 흥미롭게 광장을 바라보고 있는 세 소년의 소매를 끌어당겼다.

이때, 맞은편에서 아리따운 소녀 하나가 서동랑을 향해 달려왔다.

"서동랑, 가지 말아요, 우리 이 성에서 같이 삽시다."

소녀는 서동랑의 손을 잡아끌며 성에서 같이 살기를 애원하였다.

소녀의 목에 나무로 깎아 만든 목각 인형이 걸려 있는 것으로 보아 전날 서동랑에게 궁안의 소식을 알려줬던 여전사가 틀림없었다.

서동랑은 소녀의 손을 붙들고, 순례자의 몸으로 이곳에 머무를 수 없는 입장임을 간곡히 설득하였다.

"이성(異性)을 안다는 것이 정녕, 기쁜 일만은 아니로군요."

소녀는 눈물을 흘리며 서동랑과 작별하였다.

스님 일행은 성을 뒤로 하고 전에 붙잡혀 왔던 산길로 접어들었다.

"기다려요, 서동랑!"

일행이 막 산모퉁이를 돌아설 무렵, 뒤에서 또 누가 부르는 소리가 들렸다.

뒤를 돌아보니 멀리에서 웬 소녀 하나가 부지런히 이쪽을 향해 뛰어오고 있었다.

"형님은 어떻게 처신을 했길래 이 여자 저 여자에게 손을 뻗쳐서

성스런 순례길을 엉망으로 만드는 거유?"

죽지랑이 서동랑을 쳐다보며 얼굴을 찌푸렸다.

뛰어온 소녀는 다름 아닌 사라양이었다.

"절 그냥 놔두고 떠나시려 하는군요."

사라양이 뾰로통하였다.

"정신을 하도 딴곳에 빼앗겼더니 사라양 생각을 깜빡 잊었었구면."

스님이 계면쩍은 듯 빙긋이 웃었다.

"난 또 형님과 사귀던 다른 여자가 찾아오는 줄 알았지."

죽지랑도 얼굴을 붉히고 머리를 긁적거렸다.

"무서운 싸움터에서도 상처 하나 난 사람 없이 무사히 다시 만났으니, 이 모두가 부처님의 가호가 아니겠느냐?"

스님이 온화한 미소를 지었다.

"그들은 모두 그 옛날 잃었던 자신의 분신(分身)을 되찾았을까?"

기파랑이 성쪽을 뒤돌아보며 말하였다.

"꼭 자신의 분신이 아니면 어때, 서로 살아가면서 정을 쌓으면 되지……."

죽지랑은 어른스레 말을 받으며 성 쪽으로 고개를 돌렸다.

스님 일행 모두가 성을 돌아보았을 때 거기에는 이미 목책(木柵)은 허물어져 보이지 않았으며, 많은 사람들이 한덩어리가 되어 성곽을 허물고 있었다. 이제 그들에겐 성벽이란 것이 필요치 않았던 것이다.

"저들이 담을 헐어 버리는 것은 마음의 벽을 허물고자 함이다. 인간들이 서로 불신하기 시작한 것은 담을 쌓았을 때부터였지. 우리가 구도여행을 하고 부처님을 섬기는 것도 담 없는 세상을 만들기 위함이 아니겠느냐."

스님은 합장을 하고 잠시 묵도하였다.

"애들아, 이곳에서 너무 많은 시간을 지체했구나. 부지런히 성지를 향해 길을 재촉해야겠다."

고개를 든 스님이 일행을 독려하였다.

세 소년과 사라양은 이제까지 있었던 일을 마음에서 털어 버리고 묵묵히 순례를 위해 발걸음을 떼어놓았다.

선화공주 떠나가네

서동랑을 만나야겠다는 일념으로, 청학도사의 도움을 얻기 위해 방장산 천왕봉을 오르던 선화공주는 가파른 암벽을 기어오르다가 발을 헛딛는 바람에 노인이 꺾어준 철쭉꽃 송이와 함께 계곡 아래로 떨어져 내렸다.

하늘에 닿을 듯 까마득히 치솟은 천왕봉으로부터 수천 길 절벽 아래로 떨어지는 선화공주는 바람에 날리는 낙화(落花) 그대로였다.

이 산 저 산들이 놀라서 웅성거렸다.

나네
나네
나네
선화공주 나네
철쭉꽃 함께 나니

나비인가 꽃잎인가
하염없이 날려거든
구름이나 타고 날지
나래 없이 나는 곳
북망산천밖에 더 있는가

가네
가네
가네
선화공주 가네
덧없이 떠나가니
바람인가 세월인가
기약 없이 가려거든
맺힌 정이나 풀고 가지
천만 리 떠나 보낸
임 그리움 어쩔꺼나요.

까맣게 아래로 보이던 봉우리들이 빠르게 선화공주에게로 다가왔다.

봉우리들은 먹이를 다투는 까마귀처럼 제가끔 팔을 벌려 선화공주를 움켜잡으려고 덤벼들었다.

'아ㅡ! 모든 것이 끝이로구나!'

또다시 바닥을 알 수 없는 시커먼 죽음의 그림자가 그녀를 향해 달려온다고 생각하는 순간, 선화공주는 깜빡 정신을 잃고 말았다.

꿈을 꾸고 있다.

얼레를 떠난 연(鳶)이 되어 날고 있다.

티 한 점 없는 넓고 푸른 하늘을 어디론가 너울너울 날고 있다.

갑자기 구름이 몰려온다. 세상이 캄캄해지더니 천둥 번개가 천지를 진동한다. 검은 구름이 서너 마리의 용이 되어 비바람을 일으키며 싸우기 시작한다.

방향을 잃어버린 끈 없는 연은 갈피를 잡지 못하고 이리저리 바람 따라 날아다닌다. 치솟아 오르다가 곤두박질치고, 날개가 찢기고 살이 부러진다.

이제, 그녀는 그녀가 아니다.

바람도 되고, 구름도 된다. 해도 달도 된다. 별도 된다. 풀이 되고, 돌이 되고, 여치도 사슴도 된다. 아무것이나 다 된다. 그리고 아무것이 아닌 것도 된다.

윤회(輪廻)의 굴레에서 색(色)으로 남아 행세하던 그녀는 본래의 자리, 맨 처음 시작했던 공(空)의 세계로 다시 돌아가고 있는 것이다.

다만 그녀의 내면(內面) 깊숙이 간직되어 있는 서동랑에 대한 강한 그리움이 찢겨 날아가는 그녀의 한 가닥을 붙들고 있을 뿐이었다.

'서동랑, 도와줘요! 도와줘요, 서동랑!'

그녀는 혼신의 힘을 다해 서동랑을 불렀다.

구름 뒤쪽에서 한 사나이가 나타났다. 한 손에 작은 단검을, 한 손에는 퉁소를 들었다. 사나이는 날렵하게 용트림 속으로 뛰어들었다. 그리고는 맹렬한 기세로 용과 싸우기 시작했다. 한 손에 퉁소를 들어 입에 대고 불면서, 한 손으로는 용의 날카로운 이(齒)와 발톱을 칼로 막았다.

흩어져 날아가던 날개와 살이 운율 속에 휘감기더니 퉁소의 바람 구멍 속으로 빨려들어 갔다. 한 마리의 용이 단검에 맞아 사라져 버렸다. 다시 또 한 마리가…. 그리고 나머지 두 마리마저 사나이의 칼에 사라져 버렸다. 세상은 다시 전처럼 맑고 고요해졌다.

깃털처럼 부드럽고 포근한 감촉 속에 싸여 선화공주는 눈을 떴다. 그녀는 사나이와 함께 청학을 타고 날고 있었다.

'서동랑, 곁에 있었군요.'

'이제는 안 돼요.'

'이제는 정녕 제 곁을 떠나서는 안 돼요.'

선화공주는 사나이의 품속을 파고들었다. 그러나 사나이는 빙그레 웃음을 웃을 뿐, 하얀 뭉게구름 위에 가만히 그녀를 안아 내려놓았다. 그리고는 크게 손을 한번 흔들더니 청학과 함께 어디론가 훌쩍 날아가 버렸다.

"아, 아—! 기다려요, 서동랑. 떠나시면 안 돼!"

선화공주는 절망과 탄식 속에 서동랑을 애타게 불렀다.

다시 죽음의 그림자가 몰려온다. 그러나 그녀는 이제는 죽음에 대해 두려움이 느껴지지 않았다. 오히려 스스로 검은 기운을 향해 자신을 맡겨 버리고 싶은 충동이 일어났다.

온몸이 나른하다. 아무 생각도 나지 않는다.

선화공주는 스르르 깊은 정적의 늪속으로 빠져들었다.

청학도사(靑鶴道士)

탱팽, 팽탱.

침묵의 늪 깊은 곳에서 작으나 선명하게 소리가 들려왔다. 그 소리는 혼돈 속에 빠져 있는 선화공주의 신경을 긁적거렸다. 그것은 규칙적으로 들려 오는 것이 아니라 순치(馴致)되지 않은 들짐승이 마구 날뛰는 것처럼 아무렇게나 들려 왔으므로 심한 거부감과 함께 그 소리에서 떨어져 나가야겠다는 강한 의식이 솟구쳐 올랐다. 그 소리는 무분별하게 멀리서부터 다가왔다가는 다시 반대편으로 사라지곤 하였다.

그 소리에 의해 선화공주는 깊은 잠의 늪에서 서서히 빠져나왔다. 멀리 사라져 가던 '탱팽'의 날카로운 음이 또다시 이쪽으로 몰려오고 있었다. 잠에서 깨었다. 그녀가 눈을 떴을 때, 그의 눈동자 앞에 또다른 눈동자가 그녀를 응시하고 있었다.

"누구인가요?"

그녀는 소리쳤으나, 입술만 떨릴 뿐이었다.

"가만히 누워 있게, 피가 놀랬어."

눈앞에는 웬 못생긴 어린아이가 눈에 어렸었는데 소리는 컬컬한 노인의 목소리였다.

선화공주는 벌떡 자리에서 일어났다.

"여기가 어딥니까? 그리고 내가 살아 있는 건가요, 아니면 죽어 있는 것인가요?"

"이 사람아, 죽었다는 건 곧 무(無)를 뜻하는 것일세. 그대에겐 형체가 있고, 눈앞에 보이는 대상이 있지 아니한가. 그렇다면 분명 살아 있는 것이지. 내 말대로 그냥 누워 있게나. 내 곧 음식을 마련해 가지고 올 테니……."

노인은 말을 마치고 어디론가 사라졌다.

수억 년 태고의 모습을 그대로 간직한 방장산 천왕봉은 언제나 그 중허리에 구름이 가려져 있고, 짙은 농무(濃霧)가 몰려와서 마치 신선들만이 살고 있는 신비의 별천지를 연상케 하였다.

노인의 지극한 간호에 힘입어 선화공주는 곧 정신을 차릴 수 있었다.

노인은 산을 오를 때 철쭉꽃을 꺾어 준 바로 그 노인이었다. 노인은 네 척쯤 되는 키에 몸에 비해 머리통이 유난히 커 보였으며 노랑수염이 몇 가닥 턱밑에 나 있고, 온통 주름투성이의 볼품없는 모습을 하고 있었다. 다만 노인의 눈동자에서 총기가 반짝거렸다.

"무모한 여인이로구먼, 여기가 어디라고 겁도 없이 올라왔는가?"

노인이 시큰둥하게 말했다.

"저는 다 알고 있었습니다. 노인께서 분명 그 청학도사란 분이시지요. 의논 드릴 일이 있어 왔습니다. 저……."

선화공주는 어디서부터 말을 시작해야 좋을는지 몰라 망설였다.

"그만! 그만! 그보다도 청룡 부인은 안녕하신가? 요즈음은 세상일을 잠시 잊어 보려고 두문불출(杜門不出) 굴 속에만 틀어박혀 있었더니 밖의 일은 통 알 수가 없구먼. 그대가 올 것이라는 예감은 갖고 있었지."

청학도사는 딴청을 피웠다.

"전 가야 합니다. 가서 꼭 그 분을 만나야겠어요."

선화공주가 청학도사에게 바짝 다가들었다.

"얼굴과 몸의 형체는 비길 데 없이 빼어난데 생각하는 면은 백치와 같군. 어딜, 어떻게 간다는 겐가? 이웃 동네 마실이라도 갔다 오겠다는 겐가?"

청학도사가 경멸의 눈초리로 선화공주를 쏘아보았다. 그러나 그 순간 청학도사는 움직일 수 없는 어떤 운명 같은 것을 선화공주의 눈빛에서 읽었다.

'아 — 거역할 수 없구나. 이 여인이 이루고자 하는 것은 이 여인의 것만이 아닌 세상에 존재하는 모든 사람들이 애써 찾으려는 것이로다.'

청학도사는 상대방의 강렬한 욕망에 덜미를 잡힌 듯 그 속으로 빠져들어가 버렸다.

"허락해 주십시오. 세상 끝 어디라도 찾아가겠어요."

선화공주가 애원하였다.

이 세상 남녀들이 서로 갈망하는 그 사랑이란 것이 무엇인가? 얕은 것 같으면서도 깊고, 간단히 생각되면서도 설명할 수 없는 맹목적이면서 영원한 것.

청학도사는 결론에 도달하지 못한 채 한동안 입을 다물고 무언가 골똘히 생각하고 있었다. 드디어 청학도사가 입을 열었다.

"사실상 나는 내가 관여하고 있는 몸과 정신세계 밖의 일에는 미숙(未熟)하네. 방장(方丈)에서 백두(白頭), 백두에서 영주(瀛洲) 등을 오락가락하며 내 세계를 펼쳤지. 아직 말은 안했지만 그대가 생각하고 가려고 하는 세계는 나에겐 전혀 미지의 세계일세. 그러니 낸들 무어라 명확한 대답을 할 수 있단 말인가."

청학도사는 계속 선화공주의 소망과는 반대쪽으로 벗어나려 하였다.

"하지만 작은 세상이 확대되어 큰 세상을 이루는 것이니, 도사께서 가지신 능력과 지혜만으로도 어떤 곳에 가서 그것을 펼치든 같은 결과로 나타날 것입니다."

청학도사의 생각과는 달리 선화공주는 적극적이었다.

"그래 어떻게 그곳을 가겠단 말인가? 구체적인 계획이라도 세웠단 말인가?"

"무모할는지 모르지만 서동랑과 맺어진 운명의 끈 하나에 매달릴 뿐 전혀 대책은 없습니다."

"그대의 운명을 그대가 개척하고자 하는데, 제삼자인 내가 이러쿵 저러쿵할 수는 없지. 정 그대의 뜻이 그런 쪽으로 기울어졌다면 그렇게 행하도록 해보시게. 나두 바쁜 몸이니, 그 일에 대해선 더 이상 생각하고 싶지가 않네."

청학도사는 말을 끊고 굴 속으로 들어가려 하였다.

"잠깐! 저보고 그 먼 천축국을 혼자서 떠나라구요?"

선화공주가 쏘아붙였다.

"그럼, 어떻게 하라는 겐가, 혹시 그 고행의 구렁텅이 속으로 날 끌어들이려는 속셈은 아닐 테지."

청학도사가 선화공주를 다그쳤다.

"잘못 보았군요. 저는 청룡대왕님과 인연이 깊으시단 말을 듣고 끝까지 저를 도와줄 것으로 믿고 찾아왔지요. 그래, 좋아요. 나 혼자도 갈 수 있어요. 다만 내가 잘못되거나 악귀들한테 붙들려 죽게 된다면 지옥에 가서라도 이 사실을 서동랑과 청룡대왕께 알리겠어요. 의리 없는 늙은이……."

선화공주는 화가 머리끝까지 올라 몸을 돌려 산 아래로 내려가려 하였다. 굴 속으로 들어가려던 청학도사가 선화공주를 불렀다.

"참으로 답답하고, 고집스러운 아가씨로구먼. 그냥 참고 기다리면 그는 반드시 돌아올텐데 쓸데없는 고생을 사서 할 필요가 어디 있는가."

"그것이 어느 때쯤일까요? 늙어 꼬부라졌을 때 만난들 무슨 소용이 있겠어요. 그리고 그에 대한 불길한 꿈만 자꾸만 꾸어지는 걸요. 조바심이 나서 한시도 머무를 수가 없습니다."

선화공주의 목소리는 애절하였다.

청학도사가 다시 생각에 빠지기 시작했다.

그리고 얼마 후에 결정을 내렸다.

"정녕 결심이 그렇다면 내 적극성을 띠어 보겠네. 다만 내가 하는 말과 지시에 전적으로 따라 주기만 한다면 말일세.""

"하겠어요, 듣겠어요. 무엇이든 따르겠어요."

선화공주는 너무 기쁜 나머지 청학도사 앞에 무릎을 꿇었다.

탱팽

이때, 반딧불과 같은 두 개의 불빛이 어지러이 두 사람의 주위를 맴돌았다. 두 불빛은 서로 쫓고 쫓기며 돌아다녔는데, 그것들은 마치 하룻강아지들이 온 들판을 엉키며 뛰어다니는 그런 혼란스런 모습이었다.

"저건 무엇인가요?"

선화공주가 청학도사에게 물었다.

"글쎄, 아마 설명을 해도 잘 믿기지 않을 걸세. 방장산 정기(精氣)라고나 할까. 그러나 앞으로 저들을 잘 알아야 하겠기에 설명을 해줄 테니 들어 보시게나. 내가 처음 이 방장산을 오르고 있을 때의 일이었네. 산 중턱을 오르는데 바위 틈에서 이상한 광채가 보이질 않았겠나. 그래 그곳을 가봤더니 새알만한 동그란 물체가 있었는데 광채는 거기서 나오는 빛이었어. 그래 신기해서 바랑 속에 집어넣고 산 위로 올랐지. 나중에 산에 올라 바랑을 열어 보니 그 속에서 두 개의 작은 빛이 튀어나와 주변을 떠돌더군. 그놈들은 병아리가 알에서 깨어 처음 움직이는 물체를 제 어미인 줄 따라다니는 것처럼 내 주변을 떠나지 않았다네. 그래서 나는 그들을 내 자식으로 삼았지.”

선화공주는 청학도사의 말을 쉽게 알아듣지 못했다.

“재미난 것은 저놈들은 일란성 또는 이란성 쌍둥이인 모양인데, 항상 제가 먼저 태어났다고 싸운다네. 나도 그들 중 누가 먼저 알에서 나왔는지는 알 수 없지. 다만 그들이 서로 자신이 형이라면서 한 놈이 ‘탱’ 하고 소리치면 다른 한 놈이 ‘아니야, 팽이 먼저야’ 하며 소리치므로 그들의 이름을 ‘탱팽’ 또는 ‘팽탱’이라고 지었다네. 이 외로운 산중에 저들만이 유일한 낙일세.”

청학도사는 다정다감한 눈빛으로 그들을 바라보았다.

“탱팽, 팽탱이라? 어디서 들리던 소리 같아요…….”

선화공주가 고개를 갸우뚱하였다. 그것은 그녀가 깊은 혼수 상태에 빠져 있을 때 신경을 자극하던 바로 그 소리였기 때문이었다.

“그건 그렇고 제가 어떻게 살았을까요. 까마득히 벼랑 아래로 떨어지고 있었는데…….”

선화공주는 비로소 자기가 죽음의 순간에서 다시 살아난 것에 대해 의아하게 생각되어 물었다.

청학도사는 빙긋이 웃더니 말 대신 턱으로 떠도는 두 빛을 가리켰다.

“탱팽 팽탱이라구요?”

선화공주는 전혀 뜻밖의 일이라 놀라서 소리쳤다.

청학도사가 고개를 끄덕이었다.

“산에 오른 후 나는 저들의 정체가 무엇인가를 발견했지. 그리고 그들을 다루는 방법까지도 터득하였다네. 아니지, 내가 지금 저들이니 그들이니 하고 불렀지만 저 두 빛은 이제 완전히 나와 일체가 되어 버렸네. 다시 말하면 내가 이 방장산에 오십 년을 머물면서 터득한 선도(仙道)의 신비가 저 두 빛 속에 모두 숨겨져 있다는 뜻이 된다는 말일세."

그러는 사이에도 두 빛은 서로 쫓고 쫓기며 어지러이 주위를 맴돌고 있었다.

이야기를 나누는 동안 어느덧 시간이 흘러 해는 서쪽 봉우리 뒤로 숨어들었다. 해가 지자 순식간에 계곡은 검은 장막이 드리워졌다. 웅장하게 보이던 천왕봉은 어둠과 함께 그 신비조차 감추는 듯하였다.

그러나 잠시 후 계곡의 아래쪽으로부터 수많은 개똥벌레들이 봉우리 위로 날아올라 반짝거리며 날아다녔다.

"저 빛들을 보게. 이 봉(峯)엔 아직 봄조차 찾아오지 않았는데도 살아 움직이는 생명체가 있지 아니한가. 그것이 바로 이 산의 신비로움일세. 저들은 이 산의 주봉(主峰)인 천왕봉이 내뿜는 정기(精氣)라고 생각되네. 탱팽과 팽탱은 저 놈들과 놀기를 좋아하지. 자연과의 어울림 자체가 그들을 건강하게 만들거든. 자, 오늘은 이만 그치고 나머지 이야기는 또 내일 함세."

청학도사는 선화공주를 오두막에 머물게 하고 맞은편 굴 속으로 들어가 버렸다.

선화공주는 서동랑을 만나야겠다는 의욕 하나만으로 이곳을 찾아왔으나 장차 어찌되어 나갈 것인지 확고한 미래를 점칠 수 는 없었다. 그녀는 청학도사의 허락을 얻어낸 것 하나만으로도 큰 기쁨이라고 생각하였다.

천왕봉의 밤은 유난히 하늘과 가까웠다. 여기저기서 툭툭 불거져 나온 별들이 순식간에 불야성을 이루었고, 산이 내뿜는 수많은 개똥벌레들과 어울려 불꽃의 축제를 벌이고 있었다.

'이토록 아름다운 세계가 어디에 또 있단 말인가?'

선화공주는 찬연히 빛나는 별 하늘에 도취되어 언제까지나 움직일 줄 몰랐다.

'하늘 끝 저 별빛 아래 서동랑은 걷고 있겠지. 그와 같이 이런 아름다움을 맛볼 수 있다면……. 무사히 살아만 계시소서. 내 곧 그대를 만나러 찾아가리다."

선화공주의 마음 속에는 서동랑에 대한 애틋한 그리움과 어떠한 어려움과 고난이 있다 하더라도 기필코 그를 찾아가 만나야 한다는 강한 의욕이 샘물처럼 솟아올랐다.

수련(修練)

태고의 신비를 간직한 채 묵묵히 그 위용을 자랑하고 있는 천왕봉. 아직 곳곳에는 희끗희끗 적설이 보이고 있으나 봉(峯)을 싸고 감도는 바람은 분명 생명을 소생시키는 창조주의 훈기가 서려 있었다.

청학도사와 선화공주는 너럭바위에 단좌한 채 무궁한 자연의 소리를 듣고 있었다.

이윽고 청학도사가 입을 열었다.

"굴 속에서 여러 날 생각했네. 나 역시 내 활동 범위가 너무 비좁다는 것을 느꼈네. 기회에 수학(修學)하는 기분으로 세상을 섭렵(涉獵)해 볼까 하네. 그러니까 그대와 나는 같이 떠나긴 하더라도 전혀 다른 목적을 갖고 있음을 명심하게. 가다가 중도에서 갈라질 수도 있고, 잘못 되어 이 세상과 작별할 수도 있을 걸세. 그럴 때를 대비하기 위해 스스로 설 수 있는 힘을 가져야만 하네. 이제부터 그대에게 내가 갖고 있는 능력을 몇 가지 전수하여 줄 터인즉 어렵다고 생각되더라도 잘 익혀 주기 바라네. 그렇게 할텐가?"

청학도사가 선화공주에게 다짐하며 물었다.

"그대로 따르겠습니다. 저 역시 무력하게 세상에 대처하고 싶진 않습니다."

선화공주가 강한 의욕을 보였다.

그녀는 이미 서동랑을 천축국으로 떠나 보낼 때부터 험난한 세상을 뚫고 나가기 위해서는 강인한 정신력과 뛰어난 예지(叡智), 그리고 상대를 능가할 수 있는 힘이 있어야 한다는 것을 굳게 믿고 있던 터였다.

"세상 사람들이 도술이니 변신술이니 하는 것은 과연 무엇을 말함인가?

그것은 단지 상대의 눈을 혼동하게 하는 것일 뿐. 생각해 보게. 이 세상에 살아 있는 모든 것들은 생존을 위해 어떤 모습들을 하고 있는가. 그들은 하나같이 천적(天敵)이 알아볼 수 없도록 보호색이나 의태(擬態)의 모양을 갖추고, 몸을 숨기고 있네. 이것을 인간이 이용한 것이 바로 변신술이라는 것일세.

그리고 세상 만물과 인간과의 대화(對話)는 가능할 것인가를 생각해 보게. 물론 가능한 것이지. 박쥐란 놈은 먹이를 잡아먹을 때 짧고 빠른 소리를 쏘아 그 소리의 반사음으로 먹이의 종류, 거리, 크기까지도 측정하여 잡아먹는다네. 그대가 혼수 상태에서 '탱팽 팽탱'의 소리를 들었었다고 하지 않았는가. 바로 그것도 자연의 소리일세. 이렇듯 자연은 나름대로의 소리를 갖고 서로 의사를 나누고 있다네. 그러나 여느 때에는 그 소리가 너무 높고 날카롭거나 낮고 부드러워서 보통 사람으로선 그 소리를 들을 수는 없지. 그러니 자연과의 교감(交感)을 이루기 위해서는 그것을 들으려는 오랜 정진과 숙달이 필요한 법이라네.

또한 어둠 속에서는 전혀 물체를 볼 수는 없는 것인가도 생각해 볼 문제일세. 어둠을 꿰뚫어 보는 법은 없는가 말일세. 부엉이는 밤에만 활동을 하지, 수많은 꽃들은 낮 동안에만 아름답게 피어 있고 밤에는 그 자태를 어둠 속에 묻혀 두는 것이 아닐세. 그들은 밤에만 보이는 독특한 빛을 발하여 벌과 나비를 끌고 있지. 그 외에도 많은 물건들이 어둠 속에서 자신의 자태를 뽐내고 있다네. 이것을 볼 수 있는 능력이 있다면 곧 밤에도 낮 같은 세상을 바라보며 활동할 수 있지 않겠는가.

두더지는 땅을 파는, 벼룩은 뛰어오르는, 개구리는 물 속에서 숨쉬는 재주를 가지고 있지.

우리 사람이 미물이라 일컫는 이런 것들이 실상은 사람보다 뛰어난 능력을 얼마든지 갖고 있다는 것을 명심하게. 이런 것들을 자세히 관찰하고 연구하여 우리 것으로 만든다면 그 어떤 어려운 상황이나 위험이 와도 능히 대처할 수가 있지. 이러한 사람을 곧 달인이니 도인이라 부르는 것이 아니겠는가.”

청학도사는 마치 세상의 모든 이치를 한눈에 담은 듯 만물의 신비함을 차분하게 설명해 주었다.

“너무 한꺼번에 말해서 내 뜻이 잘 전달되었는지 모르겠군. 우선 지금은 생물들이 소생하고 있는 때이니 신체부터 단련하도록 하시게나.”

청학도사는 다음날부터 선화공주의 몸을 단련시키기는 작업을 시작했다.

떨어지는 폭포의 굉음(轟音)보다 더 우렁찬 소리 내기, 얼음물 속에 몸을 담가 내공(內空)을 튼튼히 하기, 굴 속에 불을 피워 놓고 더위와 연기 속에서도 참고 견뎌내기, 톱날 같은 날카로운 봉우리를 뛰어오르고 내리기, 나무 타기, 바위 들어올리기 등 인간이 할 수 있는 한계의 어려운 일을 조금의 틈이나 인정도 두지 않고 철저히 훈련시켰다.

그리고 춤을 가르쳤다.

"춤은 무도(武道)의 기본일세. 동작은 정확하고 우아해야 하네. 느릴 때는 멈춘 듯하고, 빠를 때는 전광석화(電光石火)처럼 빨라야 하고, 강할 때는 뇌성벽력이 치듯 강렬해야 하고, 양털처럼 부드럽고, 나비처럼 우아하고, 그러면서도 수많은 창검이 무분별하게 꽂힌 비좁은 틈 사이를 빠져나오듯 조심스럽고 민첩하게 몸을 움직여야 하네."

선화공주는 청학도사가 가르쳐 주는 대로 여러 가지의 춤을 하나하나 익혀 나갔다.

남산신(南山神) 상심(祥審)이 헌강 임금 앞에서만 추어 보이던 상염무(霜髥舞), 북악(北岳)의 신(神)이 금강령(金剛嶺)에 나타나 추던 옥도금, 그리고 동례전(同禮殿) 연회 때 지신(地神)이 추었던 지백급간(地伯級干).

이 춤들은 신들만이 추던 신묘(神妙)한 것들로서 그 속에는 춤 자체 이외에도 오묘한 무도의 신비가 숨겨져 있었다.

"청룡 부인께서 준 원두봉이란 주격이 있잖은가? 신기한 물건일세. 아마도 세상의 어느 무기보다도 월등한 무기이지. 그 무기가 가지고 있는 원리를 잘 이용하기만 한다면 무한한 능력을 발휘할 수가 있다고 생각하네. 그것을 쓰는 방법은 손에 쥐고 춤을 추면서 상대의 공격을 방어하거나 무찌르는 것일세. 가운데 부분을 깨끗이 닦아 보게. 명경(明鏡)이 될 터이니. 그 명경은 자신의 얼굴 모습을 비춰 보는 것뿐 아니라 상대방의 참과 거짓을 비춰 볼 수 있는 거울일세."

청학도사는 품속에서 하얗고 조그만 알을 한 개 꺼내 손바닥 위에 놓았다. 그리고 눈빛을 알을 향해 집중하고 내면의 힘을 한데 모아 작으나 강하게 소리쳤다.

탱팽합팽탱출(撐澎合澎撐出)!

청학도사의 주문과 함께 알이 두쪽으로 깨어지면서 작은 불빛 두 개가 뛰쳐나왔다.

"공격하라!"

청학도사가 선화공주를 향해 손가락으로 가리키자 두 불빛이 선화공주를 향해 좌우로 날아왔다.

"탱팽 팽탱을 막아 봐. 몸에 닿지 않도록!"

청학도사가 선화공주에게 소리쳤다.

선화공주는 날아오는 불빛을 원두봉으로 받아쳤다.

그러나 두 빛은 워낙 재빠른 데다가 원두봉에 맞아 퉁겨나가면 퉁겨나갔던 것만큼 빠른 속도의 탄력으로 다시 선화공주에게 날아왔으므로 열심히 막아 보았으나 두 빛은 선화공주의 몸으로 파고들었다가 물러났다 하며 공격을 계속하였다.

선화공주는 혼신의 힘을 기울여 원두봉을 휘둘렀다. 그녀는 지쳐 쓰러질 때까지 자신의 몸을 향해 날아오는 빛을 막았으므로 눈에는 핏발이 서고 온몸은 땀으로 범벅이 되어 버렸다.

"그만!"

탱팽합팽탱입(撐澎合撐澎入).

두 빛은 청학도사의 말이 떨어지자마자 빠르게 알 속으로 들어가 버렸고, 깨어진 알은 전처럼 동그란 한 개의 알이 되어 있었다.

이러한 일과는 연일 계속 이어졌다. 그러나 처음 수련에 들어갔을 때와는 달리 선화공주는 눈에 띌 정도로 동작이 달라져 갔다. 산 언덕을 오르는 속도도 빨라졌고, 탱팽 팽탱과의 싸움도 익숙해져서 아무리 빠른 공격을 해와도 원두봉의 방어와 되받아치는 공격에 두 빛도 몸에 접근하기가 어려워졌다. 또한, 탱팽 팽탱과 어우러지는 한 판의 대결은 그 자체가 화려한 한마당의 춤판이었다. 선화공주는 이러한 경우에 몰아지경(沒我之鏡)이 되어 자신을 잊고 신들린 사람처럼 손과 발을 움직였다.

어느덧 천왕봉에도 봄이 찾아왔다.

바위 틈에는 새싹이 솟아나오고 나무들은 꽃은 피우기 시작하였다. 쌓였던 적설은 시냇물이 되어 경쾌한 노래를 부르며 골을 타고 하얗게 아래로 흘러내렸다. 산 아래로 내려갔던 새들도 봉우리를 찾아 날아 올라와 둥지를 틀었다.

"이제부터 자연의 소리를 듣도록 하세."

청학도사는 선화공주와 함께 너럭바위에 눈을 감고 앉아 귀에 들려오는 여러 가지 소리를 가르기 시작했다.

새소리, 물소리, 바람소리, 버러지 울음소리, 나무에 물오르는 소리……

그리고 그 낱낱의 소리에서 그것들이 의미하려 하는 뜻이 무엇인가를 귀담아듣는 연습을 하기 시작했다.

그와 동시에 바위나 숲에 몸을 감추고 생활하는 곤충과 짐승들의 미묘한 습성도 관찰하기 시작했다.

이러한 것들은 선화공주로 하여금 새로운 세계, 자신이 만물의 일부이며, 만물을 사랑하고 그 속에 파묻혀 살아가는 즐거움을 느끼게 하였다.

그녀는 총명하였고, 주어진 환경에 대처하는 능력도 빨랐으므로 청학도사가 가르쳐 주고 지시하는 것을 쉽게 이해하고 습득함은 물론 스스로의 판단으로 어려운 상황을 깨쳐 나갔다.

미지(未知)의 세계로

선화공주가 서동랑을 만나기 위해 천축국으로 떠나려는 의지는 구천동 계곡을 떠나올 때와 조금도 다름이 없었다. 어릴 때의 궁중 생활은 예전 어느 꿈 속의 일처럼 아득해졌고, 새로운 세계를 향해 뛰쳐나가려는 의욕만이 강하게 가슴 속에 용솟음쳤다.

천왕봉에서의 생활도 바람처럼 시간이 흘러 여름이 지나 겨울이 가고 또 봄이 찾아왔다. 그러는 동안 청학도사의 가르침으로 어느 정도 세상을 보는 눈도 밝아졌다. 특히 원두봉을 휘두르는 솜씨가 빼어나서 그녀가 한번 원두봉을 손에 들기만 하면 탱탱 팽탱의 재빠른 공격도 청학도사의 날카로운 봉술로도 당해 내기 힘들 정도였다.

지난 봄처럼 천왕봉의 바위 틈에서는 눈 녹은 물이 내를 이루고 노오란 새싹들이 쏙쏙 얼굴을 내밀었다.

"아! 봄이로구나!"

선화공주는 크게 기지개를 켰다.

청학도사가 선화공주를 불러 앉혔다.

청학도사가 굴 속에서 행장을 꺼내 가지고 나왔다.

"젊은 여인네와 늙은이가 같이 다니면 남들이 이상하게 볼 것이니 이 옷으로 갈아입게 될 수 있으면 남장을 하고 다녀야 행동이 편안할 것이라 생각하네."

청학도사는 선화공주의 앞에 바지 저고리와 도포 한 벌을 던져 주었다. 그러나 선화공주는 완강하게 고개를 가로저었다.

"싫습니다. 여인은 어디까지나 여인의 모습을 최대한으로 드러내야 한다고 생각합니다. 어떤 난관이 닥치더라도 남성으로 행세하진 않을 거예요."

선화공주는 이미 자신이 준비하고 있던 여인의 간단한 옷차림으로 행장을 차렸다. 그녀도 이제는 궁중을 쫓겨나올 때의 어린 소녀가 아니었다. 날렵하고 탄탄한 몸매, 훤칠한 키, 영롱한 눈동자 그리고 치렁치렁 늘어뜨린 머리카락에서 젊은 여인의 냄새가 물씬 풍겨 나왔다.

'악귀나 괴물을 물리치기보다 앞으로 이 여인을 다루기가 더 힘들겠구먼.'

청학도사가 입 속으로 중얼거렸다.

우선 가야국으로 내려감세. 요즈음 하늘을 보니 부처님 서기(瑞氣)가 그곳에 내려져 있더군. 항구도 많으니 천축국으로 가는 배도 있을 걸세."

청학도사는 소매에서 알을 꺼냈다.

탱팽합팽탱출학(撑澎合澎撑出鶴)!

청학도사가 주문을 외자 알이 깨지며 두 개의 빛이 나오더니 곧바로 크고 늠름한 두 마리 청학으로 변하였다.

"산이 험하니 이 놈들을 타고 날아감세. 전에도 말했지만 그대의 목숨을 구해준 은인들이 바로 이 청학이 아닌가."

선화공주는 눈앞에 벌어진 광경에 놀라서 입을 다물지 못했다.

"웬 그런 눈을……. 자, 올라타게. 생각은 나중에 하기로 하고. 지체할 시간이 없다잖았는가."

두 사람을 태운 청학(靑鶴)은 하늘로 날아올라 천왕봉을 한 바퀴 돌더니 곧 남쪽으로 날아갔다.

호대왕(虎大王)과 우마왕(牛魔王)

혜초스님 일행은 여러 날이 걸려 석가여래께서 열반에 드신 구나시국 성터가 보이는 산 언덕에 이르렀다.

산 아래에는 푸른 초원이 펼쳐 있었고 초원 앞에는 빽빽한 숲이 가로놓여 있었다.

그리고 숲 너머에는 큰 강이 흐르고 있었는데, 강 너머 멀리 절이 보였다.

"얘들아! 보아라, 저기 공가(公家 : 스님이 '절'을 이르는 말)가 보인다. 저 곳이 여래께서 열반에 드신 사반단사(沙般檀寺 : 석가가 입멸한 곳에 있는 절 이름)가 분명하다. 그간의 고통스러웠던 일이 한순간에 사라진 듯한 느낌이구나."

스님과 세 소년은 첫번째 순례지에 도착한다는 기대감에 마음이 부풀어 있었다.

"가까워 보이기는 하지만 이삼 일은 족히 걸릴 것입니다."

사라양이 앞서서 걸어가며 말하였다.

초원에는 들소들이 한가롭게 풀을 뜯고 있었는데 스님 일행이 가까이 가자 놀란 듯 숲속으로 뛰어들었다.

"사람이 드문 곳이라서 소들이 우릴 보고 놀라 달아나는군요."

죽지랑과 기파랑은 장난삼아 도망가는 소떼들을 뛰어가 쫓았다.

'숲을 빠져나가면 강이 나타난다. 숲에서 나무를 베어 배를 만들어 건너면 쉽게 강을 건널 것이다.'

스님은 강까지 무사히 건널 수 있도록 여러 가지 계획을 세웠다.

그런데 스님 일행이 숲 근처에 다다랐을 때 갑자기 숲을 헤치며 우람하게 생긴 황소 한 마리가 나타났다.

황소는 황금빛 털로 덮여 있었고 어깨와 등허리에는 갑옷 같은 비늘이 둘러져 있었다.

그리고 날카로운 두 뿔은 창검을 닦아 놓은 듯 날카로웠다.

황소는 콧김을 내뿜으며 날카로운 눈을 번득이었다.

"웬 놈들이냐!"

황소가 스님 일행에게 호통을 쳤다.

자세히 보니 황소의 이마에는 우마왕(牛魔王)이라는 글자가 새겨져 있었다.

"어라! 소가 말을 하네, 여래님 나라만큼은 평화로운 줄 알았는데 별난 일이 다 벌어지는군!"

죽지랑이 중얼거렸다.

서동랑이 우마왕 앞으로 걸어나갔다.

"우린 멀리 동방예불지국에서 구도여행을 온 사람들이오. 나쁜 사람들이 아니니 길을 빌려 주시오."

"듣기 싫다! 구도여행입네, 무엇입네 하고 평화로운 우리 땅을 짓밟은 인간들이 하나 둘이 아니다. 그 동안 우리는 생존의 위협을 받으며 얼마나 쫓겼는지 알기나 하느냐! 어림없는 소리, 이 숲에는 한 발자국도 발을 들여놓을 수 없다. 다른 길로 가거나 조용히 물러가는 한 해치지는 않겠다."

"다른 길이 있다면야 왜 이곳을 통과하려 하겠소, 조용히 지나갈 테니 한번만 봐주시오.”

서동랑이 우마왕에게 사정하였다.

“황소 고집이란 말도 못 들었느냐! 냉큼 사라져 버리지 못할까!”

어느 틈엔가 우마왕 뒤에는 수백 마리의 소떼들이 금방이라도 달려들 듯 버티고 서 있었다.

“안타깝구나, 눈앞에 성지를 두고도 갈 수가 없다니!”

스님이 어쩔 바를 몰라 머뭇거리고 있을 때, 우마왕이 ‘우우왕!’ 하고 소리를 질렀다.

그러자 소떼들이 발굽을 구르며 일제히 뿔을 세우고 스님 일행을 향해 숲에서 뛰쳐 나왔다.

“도망가자! 받히든가, 밟히기라도 하면 콩가루가 되어 버리겠다.”

혜초스님과 세 소년 그리고 사라양은 죽을 힘을 다해 언덕 위로 뛰어 달아났다.

지축을 울리는 소 발굽 소리가 바로 뒤에서 들려왔다. 혼비백산한 다섯 사람은 겨우겨우 언덕 위로 오를 수 있었다.

“하마터면 큰일 날 뻔했구나!”

스님은 숨을 헐떡거리며 일행의 무사함을 살폈다.

“그러나저러나 숲을 통과하지 못한다면 어찌해야 한단 말이냐?”

스님의 목소리는 절망적이었다.

“하늘이 무너져도 솟아날 구멍이 있다 하질 않습니까, 달리 계획을 세워 보도록 하지요.”

기파랑이 말했다.

“우마왕이 하나라면 택견 한 방 먹여 물리칠 텐데…….”

죽지랑이 숲쪽을 바라보았다.

“소들은 대개 낮에 풀을 뜯고 밤에는 잠을 자는 동물이니 날이 어두워지거든 다시 한 번 숲으로 가서 소떼들의 동정을 살피도록 하자."

서동랑이 두 소년을 보고 말하였다.

"참, 그럴 수도 있겠구나."

"그래, 저녁 때 기회를 보아 다시 숲을 통과해 보는 것이 좋을 것 같다."

스님은 비로소 안도의 한숨을 쉬었다.

"저녁이 될 때까지 자유롭게 쉬도록 하여라."

스님 일행은 언덕 위 넓은 잔디밭에 자리를 잡았다.

푸른 풀밭에 온갖 꽃들이 뒤섞여 오색의 빛깔을 뿜어내었다.

죽지랑과 기파랑은 보따리를 베자마자 금방 잠이 들어 버렸다.

서동랑도 보따리를 베고 멀리 계림 쪽 하늘을 바라보며 선화공주를 생각하고 있었다.

스님은 풀밭에 가부좌를 개고 앉아 당나라에서 불공부를 할 때 천축국의 금강지 스님께 사사(師事)한 밀교의 비경(秘經)인 대승유가 금강성해 만수실리 천비천발 대교왕경(大乘瑜伽 金剛性海 曼殊室利 千臂千鉢 大敎王經)을 읊고 있었다.

사라양은 깡총깡총 풀밭을 뛰어다니며 꽃을 꺾어 목걸이, 반지를 만들어 목에다 걸고 손에 끼었다.

그러는 사이에 해가 뉘엿뉘엿 서쪽으로 기울며 어둠이 깃들었다.

"얘들아, 그만 일어나거라. 숲으로 가 볼 때가 되었다."

서동랑이 죽지랑과 기파랑을 깨웠다.

또다시 스님 일행은 숲을 향하여 조심스럽게 걸어 나갔다.

숲에 도달하였을 때는 이미 주위가 어두워졌다. 생각한 대로 소떼들은 잠이 들었는지 숲은 괴괴하였고 아무런 소리도 들리지 않았다.

"소떼들이 잠들었나보다. 어떻게 해서든지 소들이 잠든 사이에 이 숲을 통과해야 할텐데……."

스님 일행은 조심스럽게 숲을 헤쳐나갔다. 그러나 몇 발자국 가지 못해서 또다시 난관에 부딪히고야 말았다.

스님 일행이 숲에 발을 들여놓는 순간, 이번에는 여기저기서 붉은 불덩어리가 스님 일행에게 날아오고 있었다.

그것은 한두 개가 아닌 셀 수도 없는 많은 불덩어리였는데, 숲의 여기저기에서 떼지어 날아오고 있었다.

"저건 또 무엇이냐?"

스님은 하도 많은 난관에 부딪쳤으므로 이제는 지쳐서 말조차 제대로 잇지 못했다.

서동랑은 눈을 부릅뜨고 숲속을 응시했다.

'으헝!'

별안간 천지가 진동할 듯 포효가 일어나며 한 마리 커다란 호랑이가 서동랑 앞에 버티고 서 있었다.

숲속에서 번쩍이는 횃불은 다름아닌 호랑이들 눈에서 나는 광채였던 것이었다.

"무엄한 놈들, 감히 호대왕(虎大王)의 숲에 발을 들여놓다니……!"

호대왕의 시뻘건 아가리에서 침이 뚝뚝 떨어졌다.

"여하튼 잘되었다. 요즈음 인간고기를 못 먹어 출출하던 판이었는데 제 발로 호랑이 숲에 발을 들여놓았으니 필경 굴러온 떡이렷다."

"애들아, 저 놈들을 모조리 잡아먹도록 하자!"

호대왕의 말이 떨어지자, 숲 여기저기에서 새파랗게 타던 횃불이 획획 스님 일행의 머리 위로 날아 들었다.

"엎드리세요!"

서동랑이 소리쳤다.

"죽지랑! 기파랑! 호랑이떼들이 공격해 오고 있다. 정신을 빼앗겨서는 안 돼, 눈을 똑바로 뜨고 놈들의 움직임을 주시해라!"

서동랑의 말이 떨어지기가 무섭게 호랑이 한 마리가 바람 소리를 내며 죽지랑에게 달려들었다.

'얍!'

죽지랑이 기합 소리와 함께 달려드는 호랑이의 머리통을 주먹을 뻗어 쥐어박았다.

'캑!'

달려들던 호랑이가 정수리에 급소를 맞고 그 자리에 고꾸라져 버렸다.

또 한 마리의 호랑이가 이번에는 기파랑에게 달려들었다. 기파랑은 잽싸게 몸을 옆으로 빼면서 족도로 놈의 옆구리를 걷어찼다.

'쿠엑!'

놈도 비명을 지르고 나가떨어졌다.

서동랑은 만파식적을 꺼내 호대왕을 향하여 획하고 불었다. 커다란 바윗덩이가 퉁소에서 튀어나와 호대왕을 향해 날아갔다. 그러나 호대왕은 꼬리를 휘둘러 가볍게 바위를 막아 떨어뜨렸다.

"굉장한 놈이로구나!"

서동랑은 내심 놀라지 않을 수 없었다.

"애들아, 여래의 나라에 와서까지 싸우고 싶지 않다. 빨리 이곳을 빠져나가자꾸나."

스님이 겁이 나서 세 소년에게 말했다.

"아무래도 안 되겠다! 다시 언덕 쪽으로 피하는 수밖에……."

서동랑이 죽지랑과 기파랑에게 숲을 빠져나가라고 소리쳤다.

그러나 수많은 호랑이들에게 둘러싸여 있었으므로 오던 길을 되돌아 나간다는 것조차 쉬운 일이 아니었다. 호랑이들은 사면에서 으르렁거렸다.

　그러한 가운데서도 세 소년은 호랑이들의 습격을 막으면서 차츰 차츰 숲 밖으로 피해 나갔다.

　그러나 싸움이 워낙 격렬했기 때문에 세 소년은 서로 떨어질 수 밖에 없었으며, 스님과도 거리가 차츰차츰 멀어져 갔다.

　숲 밖으로 멀찍이 나와서야 호대왕과 호랑이들의 공격이 뜸해졌다.

　"내, 숲으로 들어간다마는 또다시 이곳에 얼씬거렸다가는 기필코 잡아먹을 것이다."

　호대왕은 분을 참지 못하여 으르렁거리며 숲속으로 사라져 버렸다.

　호랑이들이 사라진 후에야 세 소년은 스님과 사라양을 숲속에 남겨두고 온 것을 알았다.

　"아니, 스님과 사라양이 어찌되었지?"

　서동랑이 두 소년에게 물었다.

　"형님이 모르는 걸 우린들 알 수 있나? 호랑이들이 어찌나 사납게 덤벼들던지 우리 자신도 산다는 보장이 없었으니까요."

　"그렇담, 지금쯤 호랑이 밥이 되셨을텐데……!"

　죽지랑이 분에 찬 얼굴로 숲을 바라보았다.

　"에이, 형님두, 그런 말일랑 꿈에라도 하지 마슈! 설마하니 천축국까지 와서 스님께서 돌아가시려구. 날이 밝아지면 찾아보도록 합시다."

　세 소년은 하는 수 없이 낮에 휴식을 취하던 언덕 위로 되돌아왔다.

　그리고 잠시 눈을 붙인 사이 날이 훤히 밝았다.

　세 소년은 다시 숲으로 내려가 스님과 사라양을 찾아보았으나 두 사람의 흔적은 어디에서도 찾을 수 없었다.

"숲속을 샅샅이 뒤져서라도 스님을 찾아야 한다. 혹 만에 하나라도 호환(虎患)을 당하셨다면 뼈라도 찾아 묻어드려야지."

서동랑이 두 소년을 데리고 숲으로 들어가려 하였다.

그러나 해가 점점 높이 떠오르자 우마왕과 소떼들이 다시 나타나 달려들었으므로 서동랑은 죽지랑, 기파랑과 함께 다른 곳으로 피하지 않으면 안 되었다.

제천대성

하늘에서 하계를 내려다보던 범천왕이 십일면관음보살에게 말했다.

"여보살님, 장난이 너무 심하다고 생각지 않으시오. 동방 스님 일행을 천축국까지 가도록 부추겨 놓고, 천신만고 끝에 목적지에 닿았는데, 첫 순례부터 강 하나를 사이에 두고 저토록 고생을 시키시다니."

십일면관음보살이 말했다.

"그 놈의 해신과 풍신의 잘못 때문입니다. 산 하나만 넘겨 주었더라도 별다른 일은 벌어지지 않았을 터인데, 그렇게 잘 보살펴 달라고 부탁했건만 엉뚱한 곳에 내려놓았기 때문이지요. 내 언제든 하계에 내려가 다시 만나기만 하면 따끔하게 한마디 할 작정입니다."

여보살이 발끈하여 얼굴을 붉혔다.

"지난 일을 가지고 뭘 그리 화를 내시오, 지금부터라도 손을 써

보시는 게 어떻겠소?"

범천왕은 십일면관음보살이 화를 내자 빙그레 웃으며 말하였다.

"하지만 저들은 저들의 힘으로 난관을 극복하려 하지요. 여래님을 감화시키는 일에 우리가 자꾸 끼여든다면 별 의미가 없질 않습니까? 좀더 사태를 관망할 수밖에……."

서동랑이 죽지랑과 기파랑을 데리고 우마왕과 소몌를 피하여 숲을 헤매고 있을 때, 저만치 앞에서 이상하게 생긴 요괴 셋이 나타났다.

그들은 원숭이와 돼지와 바닷 괴물의 얼굴을 하고 있었는데 사람의 옷을 입고 있었고, 손에는 무기를 하나씩 들고 있었다.

"엎친 데 덮친 격이라더니, 저건 또 뭣하는 괴물들이란 말인가?"

죽지랑이 기가 막힌다는 듯 중얼거렸다.

"부처님 나라는 정말 알 수 없군, 스님과 도인(道人)들로 가득 찬 줄 알았었는데 가는 곳마다 요괴 투성이라니……."

기파랑도 혀를 끌끌 찼다.

갑자기 저쪽으로 산같이 큰 돼지 괴물이 쇠스랑을 꼬나잡고 멱 따는 소리를 하며 앞으로 튀어나왔다.

"스님 내놔라!"

성미 급한 죽지랑이 어느 틈에 돼지 괴물을 가로막았다.

"욕심쟁이 돼지 괴물 같으니라구! 한 분밖에 없는 스님을 잡아갔으면 그만이지 또 무슨 스님이냐! 우리 스님이나 내놔라!"

돼지 괴물이 죽지랑의 말을 듣고 크게 화를 내었다.

"이래도 스님을 안 내놓겠니? 발칙한 인간요괴 같으니라구!"

돼지 괴물이 쇠스랑으로 죽지랑을 내려쳤다. 죽지랑이 재빠르게 놈의 공격을 피했다.

그리고 빈틈을 이용하여 족도로 놈의 배를 걸어찼다. 그러나 놈의 배가 어떻게나 큰지, 그 탄력으로 죽지랑은 한 장 가량 뒤로 튕겨나 갔다. 돼지 괴물이 때를 놓칠세라 달려와 또다시 쇠스랑으로 죽지랑을 후려쳤다. 보기와는 달리 놈의 동작은 비호같이 빨랐다.

'앗!'

위기일발의 순간, 서동랑이 몸을 날려 만파식적으로 놈의 쇠스랑을 막았다.

죽지랑이 일어나면서 돼지 괴물의 명치 끝을 수도(手刀)로 가격했다.

'꾸엑!'

급소를 맞은 돼지 괴물이 벽력 같은 소리를 질렀다.

죽지랑과 돼지 괴물의 싸움을 구경하고 있던 원숭이 요괴가 두 손에 봉(棒)을 들고 서동랑 앞으로 나서며 말했다.

"내, 예까지 와서 살생하긴 싫다만 끝까지 스님을 내놓지 않고 버틸 심산인 모양인데, 그렇다면 황천 먼지를 쓰도록 맛을 보여 주지."

원숭이 괴물은 말이 끝나기가 무섭게 봉을 휘둘러 서동랑의 급소를 찔렀다.

놈은 한 번 공격으로 칠경(七經) 삼백삼십오혈(三百三十五穴)을 찌르는 반경혈공법(半經穴攻法 : 사람 몸에 14경 6백 70혈(穴)이 있다고 함)을 썼던 것이다.

"익크!"

웬만한 사람 같으면 원숭이 괴물의 말대로 벌써 황천의 객이 되었을 것이다. 그러나 서동랑은 재빨리 몸을 날려 놈의 공격을 피했다.

그러자 원숭이 괴물은 한 치의 틈도 주지 않고 재차 삼차 공격해

왔다.

'대단한 봉술이로구나!'

서동랑은 놈의 봉술에 감탄을 금치 못하였다.

원숭이 괴물이 반경혈공법으로 계속 공격해 오자 서동랑은 은근히 화가 치밀었다.

'잔인하기 이를 데 없는 놈이로군! 혼 좀 내주어야지.'

서동랑은 방어만 해서는 안 되겠다고 생각했다.

"괘씸한 잔나비 같으니라구!"

서동랑은 만파식적으로 놈의 공격을 막으면서 오른손에 용천단검(龍泉短劍)을 빼어 들었다.

"네 놈이 정 그렇게 사납게 나온다면 나 역시 네 놈을 용서 못한다."

서동랑이 방어에서 공격 자세로 몸을 바꿨다.

'재빠른 놈이로군.'

단방에 머리통이 깨어져 버릴 줄 알았더니 자신의 공격을 무력하게 만들어 버리자 원숭이 괴물은 몹시 기분이 상한 눈치였다.

휙휙! 휙휙!

놈의 봉술은 그야말로 전광석화와 같이 빨랐으며, 봉을 휘두를 때마다 섬광이 가슴 속을 파고들 듯 새파랗게 피어올랐다.

서동랑은 놈의 예봉을 용천단검으로 막으며 틈 나는 대로 공격을 가했다.

어느 틈에 수십 합이 어우러졌으나 용호상박, 승부가 나질 않았다.

"보통 괴물이 아니로구나! 호대왕이 보냈느냐? 우마왕이 보냈느냐?"

원숭이 괴물은 연신 중얼거리며 봉을 휘둘렀다.

"봉술이 괜찮군, 오랜만에 상대다운 상대를 만난 것 같구나!"

서동랑이 놈의 비위를 들먹거렸다.

"뭐라구! 나로 말할 것 같으면 천제(天帝)의 진군(眞君)도 벌벌
떨게 한 제천대성 손오공(孫悟空)이시다. 조막만한 아해 괴물이 감
히 어른을 능멸하다니⋯⋯!"

놈은 펄펄 나르며 봉을 휘둘러댔다.

그러나 서동랑은 미소를 띠며 놈의 말을 받았다.

"아는 바 없다! 모자라는 놈이 항상 명함만 그럴듯하지, 남해수호
(南海守護) 구리가라부동명왕(俱梨伽羅不動明王 : 불교에 나오는 용왕
(龍王)의 하나. 칼을 몸에 감은 흑룡(黑龍)이 칼을 삼키는 형상 불에 싸여
있음)의 적자(嫡者 : 정실인 아내의 몸에서 난 아들) 서동랑의 용천단검
이나 받아라!"

서동랑이 조금도 굽히지 않고 단검을 휘두르자 원숭이 요괴는 크
게 화가 치밀었다.

"내 천상천하 안 돌아다녀본 곳이 없지만 네 놈같이 발칙한 것은
처음 보았다. 당장에 물고를 낼 테니 각오해라!"

이번에는 놈이 봉을 늘였다 줄였다 하며 무서운 기세로 서동랑을
공격해 왔다.

"으홍! 이제 보니 네 놈이 쓰는 봉이 신진철 여의봉(如意棒)이 아
니냐! 오백 년 전 우리 남해용궁에 죄끄마한 원숭이 한 마리가 들어
와서 흙탕물을 피우고 돌아다니다가 용궁 무기고에서 봉 하나를 훔
쳐 달아났다고 들었는데 그것이 필시 네 놈의 할아버지 뻘 되는 놈
의 짓이렸다. 오늘 모처럼 네 놈을 만났으니, 기필코 붙잡아 두 동
강을 내어 조상의 누를 씻으리라!"

서동랑의 말에 조롱당한 원숭이 요괴가 화가 머리끝까지 올라 얼
굴이 더욱 새빨개졌다.

"네 놈을 가루로 만들지 않고는 내 구천지옥에서 억겁(億劫)의 번뇌 속을 헤맬지라도 눈을 감지 못하겠다!"

원숭이 요괴는 얼굴이 빨개져서 맹렬히 여의봉을 휘둘렀다.

그러나 용천단검은 용궁에서 여의봉을 잃어버린 후 그것에 대비하기 위해 만들었으므로 여의봉의 위력을 능가하는 특수 무기였다.

그렇기 때문에 용천단검 앞에서도 여의봉은 한낱 대나무에 비길 바 못되었던 것이다.

다만 손오공의 무술이 워낙 뛰어났으므로 이제까지 견딜 수 있었던 것이다. 여의봉의 위력은 용천단검에 부딪힐 때마다 줄어들었다.

드디어 손오공은 힘이 부치자 두서너 장 뒤로 물러나더니 이번에는 몸뚱이의 털을 뽑아 '휙' 하고 불었다. 이른바 '신외술'이란 술법이었다.

그러자 수백 마리의 원숭이 떼들이 서동랑을 향해 달려들었다. 서동랑은 얼른 만파식적을 꺼내 '훅' 하고 불었다.

그랬더니 수백 마리의 원숭이는 다시 원숭이 털이 되어 바람에 날아가 버렸다.

"비겁한 벌거숭이 원숭이야, 보통 사람은 속일지 몰라도 남해용자를 속일 수 있을 줄 알았더냐!"

서동랑이 만파식적으로 손오공의 머리통을 후려쳤다.

신외술을 펴서 서동랑과 싸우는 동안 나무 그늘에서 잠시 땀을 닦으려던 손오공이 깜짝 놀라 엉겁결에 여의봉으로 서동랑의 공격을 막았다.

그러나 여의봉은 만파식적에 맞아 댕그랑하고 숲속 저쪽으로 날아가 버리고 말았다.

"항복하시지! 손오공 나리."

서동랑이 용천단검으로 내려치는 시늉을 하자, 손오공은 혼비백산

나무 위로 뛰어올랐다. 서동랑이 따라가 잡으려 했지만 손오공은 원래의 태생이 원숭이였으므로 나무 타는 재주에는 누구도 따를 수 없었다.

한편에서는 죽지랑과 돼지 괴물, 기파랑과 바닷괴물이 서로 어울려서 '스님 내놔라'를 외치며 진퇴를 거듭하고 있었다.

세 소년과 요괴의 싸움이 어찌나 격렬하였더니 우마왕과 호대왕도 숲속에 숨어서 구경만 하고 있었다.

혜초스님과 현장스님

혜초스님과 사라양은 세 소년과 떨어져서 두려운 나머지, 우거진 숲의 덩굴 속에 몸을 숨기고 꼼짝 않고 숨어 있었다.

날이 밝아오자 으르렁거리던 호랑이의 울음도 들리지 않았다.

"밖이 잠잠해졌으니 나가 보기로 하자. 자꾸만 애들과 멀어진다는 생각이 들어 불안하구나."

두 사람은 조심스레 덩굴을 헤치고 나왔다.

무성한 숲은 어딜 가나 우거진 나무와 덤불이 앞을 가렸다. 그러나 사라양은 앞에 서서 교묘히 숲을 헤쳐 앞으로 나갔다.

숲을 벗어나자 어제의 언덕이 보이는 곳까지 올 수 있었다.

"애들이 보이지 않으니 어디로 간 것일까, 혹시 호환(虎患)이라도 입은 것은 아닐는지?"

스님이 걱정이 되어 이리저리 두리번거렸다.

"무예가 뛰어나고 머리가 총명들하시니 별다른 일은 없을 것입니다. 좀더 먼 곳까지 볼 수 있는 언덕 위로 올라가 보도록 하시지요."

사라양이 스님을 위로하였다. 두 사람은 언덕을 향해 걸어갔다.

스님의 걱정도 아랑곳없이 들판에는 온갖 풀꽃들이 바람에 흔들거리고 있었다.

사라양은 꽃을 꺾어 머리에도 꽂고, 목걸이를 만들어 목에도 걸면서 즐겁게 언덕을 뛰어올랐다.

'저 아이는 혹시 관세음보살님이 보내신 아이가 아닐까……?'

혜초스님은 사라양의 모습에서 관음보살을 떠올렸다.

두 사람이 언덕을 향해 걷고 있을 때 맞은편 멀리에 사람 하나가 이쪽으로 걸어오고 있었다.

"사라양, 저기 보이는 것이 분명 사람이렸다."

"네, 그러한데요."

스님과 사라양은 멀리 걸어오는 사람을 유심히 쳐다보았다.

"혹시 우리 일행 중 한 사람인지 모르겠구나."

스님이 사라에게 말했다.

"우리 일행은 아닙니다. 우릴 해칠 사람 같지도 않구요. 걷는 모습을 보니 소몌에게 쫓겨오는 것 같습니다."

멀리 보이던 사람의 윤곽이 차츰 드러나보였다. 그 사람은 스님처럼 가사를 입고 있었다.

"천축국 스님인가보다. 가까이 가서 우리 사정을 얘기하고 도움을 청해 보도록 하자."

스님이 마주 오는 스님 쪽으로 걸어갔다.

앞에 오는 스님을 보니 매우 당황해하는 표정으로 사방을 이리저리 두리번거리며 걸어오고 있었다.

　허둥지둥 달려오던 저쪽 스님이 두 사람 앞에 오자 걸음을 멈추었다. 두 스님은 한동안 서로를 바라보기만 하였다.

　그러는 동안 혜초스님이 상대방 스님을 보고 머리를 갸우뚱하였다.

　"어디서 많이 뵙던 스님 같은데……?"

　상대방 스님도 같은 표정으로 이쪽을 바라다보았다.

　"혹시 당나라 현장법사님이 아니신지요?"

　혜초스님이 상대방의 얼굴을 유심히 뜯어보며 말했다.

　"그대는 계림의 혜초 선사가 아니십니까?"

　"네, 그렇습니다. 제가 혜초입니다만."

　"아이구, 무슨 인연이 이리 깊소! 이렇게 세상 끝에서 서로 만나다니……!"

　이역만리에서 뜻밖에 아는 사람을 만나자 두 스님은 너무 반가워 서로 부둥켜안고 떨어질 줄을 몰랐다.

　혜초스님이 당나라 유학승으로 갔을 때, 천축국에서 온 금강지(金剛智) 스님과 불공(不空) 스님에게 사사(師事)하면서 '대승유가 금강성해 만수실리 천비천발 대교왕경(大乘瑜伽 金剛性海 曼殊室利 千臂千鉢 大敎王經)의 밀경(密經)을 해독하려 했었다. 그때 현장법사도 같이 공부했으므로 두 스님은 죽마고우(竹馬故友 : 어릴 때부터 친하던 친구)처럼 가깝게 지내던 사이였다.

　두 스님은 불공부를 하면서 살아 생전에 천축국 구도여행을 한번 떠나자고 굳게 약속한 적도 있었던 것이다.

　"당에서 약속한 소원이 이루어지셨구료. 그런데 법사께서는 언제 여기 도착하셨습니까?"

　혜초스님이 물었다.

　"곤륜과 천산산맥을 넘어 비단길(silk-road : 명주의 길이란 뜻으로 고대 아시아의 내륙부를 가로질러 중국과 서아시아, 지중해 세계 등을 연결하는 동서 교통로를 두루 일컬음)을 따라 10만 8천 리를 걸어왔습니다. 벌써 여러 해 되었지요. 갖은 고생과 고난을 무릅쓰고 악귀들과 싸우면서 여기까지 왔습니다. 이제 막 첫번째 순례지로 석존께서 입적하신 구나시국에 발을 들여놓을 참이었는데……. 그런데 선사께서는 언제 여기 오셨습니까?"

현장스님이 혜초스님에게 물었다.

"저도 고국을 떠난 지 몇 해가 지났습니다. 뱃길 20만 리를 헤쳐 왔습니다. 우리도 이곳을 첫번째 수학하려 했었는데 그만 제자들을 숲에서 잃어버리고 말았습니다."

"처지가 꼭 같군요. 우리 일행도 여러 날 이곳에서 저 숲을 통과해 보려고 애를 썼습니다. 그런데 낮에는 우마왕이, 밤에는 호대왕이 지키고 있어 이렇게 허송세월만 하고 있습니다. 내 제자들도 어젯밤 숲을 통과하려다가 호대왕과 그의 부하에게 막히어 숲에서 도망쳐나오던 중 헤어지고 말았지요."

두 스님이 이야기를 주고받는 사이 사라양은 멀리 떨어진 숲을 유심히 바라보고 있었다.

"스님, 저 숲 쪽이 이상합니다. 아까부터 새들이 날아오르고, 나무 부딪히는 소리가 나는 걸 보아서 무슨 일이 벌어지고 있는 듯 싶습니다."

스님들은 사라양이 손가락으로 가리킨 숲 쪽을 바라보았다.

과연 숲이 소란히 흔들리며 새들이 날아올랐다.

"우리 애들이 틀림없습니다. 그애들은 조그마한 일이라도 생기지 않으면 몸이 근질거려 견딜 수 없어 하니까요."

현장스님이 말했다.

"참, 인사가 늦었군요. 여기 있는 천축국 소녀를 소개하지요. 이

교도의 나라에서 만났는데 우리와 순례의 길을 같이 가기로 하였습니다."

현장법사와 사라양은 가벼운 목례로 인사를 나눴다.

"무슨 일이 또 벌어지기 전에 빨리 내려가 봐야겠습니다."

현장스님이 숲을 향해 부지런히 걷기 시작했다.

혜초스님과 사라양도 현장스님의 뒤를 따라 언덕을 내려갔다.

가까이 가서 보니 죽지랑과 돼지 괴물, 기파랑과 자라 괴물이 서로 맞서서 열심히 싸우고 있었다.

현장스님을 본 돼지 괴물이 용기를 얻었는지 죽지랑에게 쇠스랑을 마구 휘둘러대었다.

죽지랑도 몸을 날려 돼지 괴물의 공격을 택견으로 막았다.

일진일퇴!

두 스님은 잠시 어찌해야 좋을는지 몰랐다. 스님들이 보기에는 양쪽이 다 괴물들로만 여겨졌기 때문이었다. 그러나 엉겁결에 두 스님이 동시에 소리를 질렀다.

"얘들아! 그만두고 숲에서 나오너라!"

그러자 양쪽이 동시에 싸움을 멈추고 몸을 날려 상대방의 공격권을 벗어났다.

"혜초 선사님, 지금 저 인간요괴에게 명령을 한 것입니까?"

현장스님이 혜초스님에게 물었다.

"요괴가 아닙니다. 동방에서부터 저를 수행하고 온 제자들입니다. 그런데 저 돼지와 자라 형상의 진짜 괴물은 어찌된 것입니까?"

혜초스님이 놀라서 현장스님에게 물었다.

"내 제자들이지요. 당나라에서 여기까지 오는 동안 나를 도와 수많은 요괴와 마왕들을 물리친 맹장(孟將)들입니다. 모습은 괴물의 형상이지만 모두 부처님께 참회하고 불법에 귀의(歸依 : 돌아와 몸을

기댐. 불교에서, 신앙으로 몸을 맡기고 기댄다는 뜻으로 귀의불(歸依佛), 귀
의법(歸依法), 귀의승(歸依僧) 삼귀의가 있음)한 불자들입니다."

"그렇습니까? 난생 처음 저런 진짜 괴물을 대하니 겁이 나서 어
쩔 줄을 모르겠습니다."

혜초스님이 말했다.

두 소년과 현장법사의 제자들은 여러 시간 동안 싸우느라고 힘이
지쳐 있었으므로 그 자리에 주저앉아 쉬고 있었다.

숲 한쪽에서는 서동랑이 나무 위를 쳐다보며 손오공을 쫓고 있었
다.

"오공아, 뭣하느냐! 냉큼 나무에서 내려오질 않고!"

현장스님이 오공을 불렀다. 그러나 오공은 좀처럼 나무에서 내려
오려 하지 않았다.

"긴고주를 외어야 말을 듣겠느냐?"

현장스님이 다시 소리치자 손오공은 나무를 타고 재빨리 내려와
스님 뒤에 숨었다.

"이제 보니 우리 모두가 한 식구로구나. 이 분은 멀리 당나라에서
불경을 얻으러 오신 현장스님이시다. 당에서 같이 수학하신, 나와는
매우 절친했던 분이시지."

혜초스님이 현장스님을 소개하였다.

"동방예불지국 계림에서 스님을 모시고 온 서동, 죽지, 기파라 하
옵니다."

세 소년은 공손히 인사하였다.

"애들아, 너희들도 인사를 올려라."

그러나 현장스님의 세 제자는 아직 싸움에 한 번도 져본 적이 없
었으나 세 소년에게 호되게 당했기 때문에 분이 풀리지 않았다. 더
구나 손오공은 싸움에도 밀렸을 뿐만 아니라 여의봉까지 두 동강이

났기 때문에 극도로 자존심이 상해 있었다. 그래서 먼 하늘을 보고
딴청을 피웠다.

화가 난 현장스님이 버럭 소리를 질렀다.

"이토록 예의가 없어서야 어찌 나의 제자라고 할 수 있느냐, 긴고
주 맛을……!"

손오공이 재빨리 머리를 숙였다.

"스님의 제일 제자 손행자오공(孫行者悟空)이라 합니다."

돼지 괴물과 자라 괴물도 머리를 숙였다.

"저팔계, 스님의 가운데 제자입니다."

"유사하 주인, 스님의 끝제자 사오정이라 합니다."

옆에 있던 사라양도 자신이 천축국 태생이며 혜초스님을 따라 순
례의 길에 동행하게 되었노라고 자신을 소개하였다.

"그런 줄도 모르고 우리는 서로가 스님을 약탈해간 괴물인 줄 알
고 '스님 내놓으라'고 소리지르며 싸웠군."

죽지랑의 말에 모두들 소리내어 웃었다.

이때 숲속에서 말발굽 소리가 들리더니 한 마리 백마가 뛰어나왔
다.

"아이구, 용마도 살아서 우리를 찾아왔구나!"

현장스님은 흰 말한테로 달려가서 백마의 목을 부둥켜안았다.

"제가 이곳까지 줄곧 타고온 용마입니다. 방석에 앉은 듯 편안히
예까지 데려다 주었지요."

"참으로 좋은 말입니다. 보아하니 하루에 천 리 간다는 천리마가
틀림없습니다."

서동랑이 말의 늠름한 생김새에 감탄하였다.

"대가족이 되었군요. 이제 모든 식구들이 다 모였으니 피로도 풀
겸 산 언덕으로 올라가서 다음 대책을 의논해 봅시다."

혜초스님이 앞장을 서서 언덕 위로 올라갔다.

일행은 널찍한 풀밭에 자리를 잡고 앉아 어떻게 하면 숲을 **빠져** 나갈 수 있을까에 대해 서로의 의견을 나누기로 하였다.

오공 계림을 다녀오다

일행은 풀밭에 앉아 우마왕과 호대왕을 물리칠 생각을 하였으나 뾰족한 묘안이 떠오르지 않았다.

먼저 현장스님이 여러 사람을 둘러보며 말문을 열었다.

"벌써 여러 날 숲을 통과하려 하였으나 낮에는 우마왕이, 밤에는 호대왕이 진로를 가로막아 한 발자욱도 앞으로 나가지 못하고 있습니다. 이제까지의 무수한 난관은 제자들의 기지와 무예로 무사히 여기까지 올 수 있었습니다만……."

손오공이 스님의 말을 받았다.

"사실 저로 말할 것 같으면 이 세상 어느 누구와 맞붙어도 지지 않을 무예와 재능을 갖추고 있다고 자부하고 있었습니다. 무수한 괴물과 요괴들도 제 앞에서는 허깨비에 불과했으니까요. 그런데 이곳 천축국에 오니 양상이 달라졌습니다. 무술도, 도술도 우마왕과 호대왕에게는 먹혀들어 가질 않습니다."

혜초스님이 말하였다.

"숲을 돌아서 가는 방법은 어떻겠습니까?"

사라양이 말을 받았다.

"앞에 보이는 강은 항하(恒河)-겐지즈 강-의 지류로서 이라바티수 (갠지스 강의 지류)라 합니다. 설산으로부터 동남으로 흘러 뱅골만에 이르는 수천 리 긴 강입니다. 돌아서 간다면 아마도 십 년은 족히 걸릴 것입니다."

"아아, 성지를 지척에 두고 이런 맹랑한 일에 부딪히다니!"

혜초스님이 절망을 하고 깊이 탄식하였다.

"우리 모두가 힘을 합쳐 뚫고 나가면 어떠하겠습니까? 여기까지 오는 동안 죽을 뻔한 고비를 수백 번도 더 넘겼는데, 생사결단으로 우마왕, 호대왕과 대결한다면 결과가 우리에게 유리할 수도 있다고 생각합니다. 이제 와서 그냥 주저앉을 수는 없는 일이 아니겠습니까?"

저팔계가 돼지 멱 따는 소리로 자신의 의견을 내어놓았다.

"숲에는 소떼와 호랑이떼 외에 범할 수 없는 기운이 스며 있습니다. 아마도 성지를 지키려는 부처님의 비호가 둘러싸여 있는 듯합니다."

현장스님이 말했다.

"낮에는 우마왕, 그리고 밤에는 호대왕이라? 그렇다면 낮에 호랑이는 잠자고 있다는 말이고, 밤에는 소가 잠잔다."

서동랑은 고개를 갸웃거리며 무엇인가 골똘히 생각하고 있었다.

"숲을 통과한다 하더라도 강을 건널 방법이 없질 않습니까? 강에는 악어떼들이 득실거리고 또다른 요괴들이 버티고 있을는지도 모르는 판이니……."

서동랑이 현장스님을 바라보며 말하였다.

"숲만 통과할 수 있다면 별 문제는 없을 것이오. 본디 백마는 지룡(池龍)이었고 사오정은 유사하란 강의 지배자였소. 아무리 이라바티수의 악어들과 괴물들이 날뛴다 하더라도 이들에게는 상대가 되지 못할 것입니다."

현장스님이 혜초스님을 바라보며 말하였다.

"좋은 방법이 하나 있기는 한데……."

서동랑이 혼잣말로 중얼거렸다.

"뭐야? 지금 뭐라 그랬니, 방법이 있다고? 그럼 빨리 빨리 말할 것이지 뭘 꾸물거리고 있는 거냐?"

성미 급한 손오공이 서동랑을 다그쳤다.

"불가능한 일이라서 그렇지."

서동랑이 대답했다.

"우리가 여기까지 온 것도 불가능한 일을 가능하게 한 게 아니겠어. 지금 가불가능(可不可能)을 따질 때냐!"

"그만둬, 한번 생각해본 것뿐이니까!"

"아이구, 사람 복장 터지게 하네!"

손오공이 손으로 가슴을 쾅쾅 쳤다.

"너희들은 사람이 아니잖아."

죽지랑이 옆에서 약을 올렸다.

"뭐라고, 이 꼬마 녀석!"

저팔계가 쇠스랑으로 죽지랑을 내려칠 기세였다.

"애들아, 왜 또 이러느냐!"

현장스님이 저팔계를 꾸짖었다.

"지금은 모두 자신의 의견을 말하는 자리니까 서동랑이 생각하고 있는 바를 우선 말해 보도록 해라."

혜초스님이 말하였다.

서동랑이 머뭇거리더니 입을 열었다.

"계림의 금성에만 다녀올 수 있다면 문제는 간단히 해결될 수 있을텐데 하고, 밑도 끝도 없는 생각을 하고 있었습니다."

"참으로 허무맹랑한 소리로군! 계림과 이곳이 지척이라도 된다는 말인가, 여태까지 온 거리도 모른다는 얘기로군."

죽지랑이 콧방귀를 뀌었다.

옆에서 듣고 있던 손오공이 대뜸 말을 가로채었다.

"그 계림이란 곳이 어디 붙어 있니? 내가 당장 갔다 올테니."

"아니, 계림이 이웃 동네처럼 가까운 데 있는 줄 아는 모양이지, 우리가 출발한 동방예불지국은 뱃길 20만 리 머나먼 곳인데."

기파랑이 어이없는 소리라는 듯 손오공을 쳐다보았다.

"오공형이 근두운을 타기만 하면 차(茶) 반 잔 마실 동안에 갔다 올 수 있는 거리야, 오공 형은 십만 팔천 리를 눈 깜짝할 사이에 날아갈 수 있는 능력이 있거든."

사오정이 자랑스레 말하였다.

"그것이 정말입니까, 스님?"

서동랑이 현장스님에게 물어보았다.

"그 말은 참말일세. 비록 여래님 다섯 손가락 안은 벗어나지 못했지만 아무리 먼 곳이라도 잠시면 다녀올 수 있다네."

현장스님의 말을 듣자 서동랑은 좋아서 손뼉을 딱하고 쳤다.

"그 말이 정말이라면 잘됐습니다. 금성에 가서 사람 한 분을 데리고 오시면 됩니다. 그 분이라면 이번 일을 쾌히 해결할 수 있을 것입니다."

서동랑의 말을 들은 손오공이 난처한 듯 고개를 저었다.

"나나 저팔계는 도술이 뛰어나 구름을 타고 다닐 수 있지만 그 사람이 달관한 도사가 아니고 보통 사람이라면 근두운에 태울 수는 없지."

"그렇다면 그것도 안 되겠군, 오겠다는 보장도 없구."

모두가 또다시 침울하여졌다.

생각에 잠겨 있던 서동랑이 또다시 손오공에게 물었다.

"도포 한 벌은 근두운에 실을 수 없을까?"

손오공이 잠시 생각하더니 서동랑에게 말했다.

"내가 지금 입고 있는 옷을 벗어놓고 그 도포를 입고 오면 되는데."

"그럼, 그렇게라도 해보도록 하면 어떨까?"

"그 다음에는?"

손오공이 재차 물었다.

"금성에 가서 처용(處容)이란 분을 찾아봐, 모르는 사람이 없을 테니, 쉽게 찾을 수 있을 거야. 그리고 우리 처지를 말하고 사정 얘기를 한 다음 옷 한 벌만 빌어오도록 해."

"알았어, 내 즉시 갔다오지."

"동북쪽으로 20만 리."

"알았어!"

성미 급한 손오공이 근두운을 타고 눈 깜짝할 사이에 동쪽으로 사라져 버렸다.

"아차! 저런 괴물 모습으로 금성에 간다면 그곳 사람들이 놀라 자빠질텐데, 어떡하면 좋지."

서동랑이 동쪽 하늘을 바라다보며 말했다.

"후후후, 그 점만은 염려 놓아도 돼. 형님은 워낙 약삭빠르니까 그곳에 가면 귀공자가 아니면 넋을 뺄 만한 미녀로 둔갑할걸."

사오정이 말했다.

"잘돼야 할텐데……."

일행이 마음을 졸이며 동쪽 하늘을 바라보고 있는데, 얼마 후 구름 속에서 손오공이 근두운을 타고 나타났다.

"벌써 갔다오는 길이니?"

혜초스님과 세 소년은 너무도 빠른 시간 내에 손오공이 나타났으므로 너무 놀랍고 신기해서 물어보았다.

"물론이지."

손오공은 자신만만하게 대답했다.

"도포는?"

"내가 입고 있는 것."

"주인은?"

"도사로 변장하고 점잖게 찾아갔더니 출타중이시더군, 그래서 벽에 걸린 옷 한 벌을 슬쩍했지."

"하기야 그 분이 집에 계실 리 없지. 주야로 놀러 다니시니까."

"그런데 나중에 주인이 옷 없어진 걸 알면 서운해 하실텐데."

"내가 입고 아끼던 옷을 걸어 놓고 왔으니 피장파장이지, 그 옷으로 말할 것 같으면 지금부터 5백 년 전 천상에서 '필마온'이란 벼슬로 있을 때 옥황상제의 옷장에서 훔쳐온 것인데, 아깝기 그지없었지만 어쩔 수 없었어."

"훔치는 데는 도사급이군."

서동랑과 일행이 한바탕 웃었다.

"도포를 가져왔으니 어쩌자는 건가, 그리고 옷을 벗어 주면 난 벌거숭이가 될텐데……."

"남을 의심하는 건 안됐지만, 아무래도 미심쩍은 데가 있어. 그래, 계림의 형편은 어떠하던가?"

죽지랑이 손오공에게 물었다.

오공이 말했다.

"구름 위에서 보니 바다 한가운데 호랑이 한 마리가 옆으로 누워 있더군."

"틀림없군, 금수강산 삼천리."

기파랑이 고개를 끄덕이었다.

"그 다음은 어땠나?"

죽지랑이 또다시 물었다.

"눈 깜짝할 사이에 갔다왔으니 자세히는 모르겠으나, 호랑이 꼬리 쪽으로 날아갔더니, 동산 위 굴 속에 석가여래님이 편안히 앉아 동해를 바라보고 계시더군."

"토함산 석굴암!"

"산 아래 굽어 보니 고래등 같은 큰 산문(山門 : 절 또는 절의 바깥 문)이 있고 청홍 계단 아래 있는 연못으로 수많은 스님들이 배를 타고 대웅전을 출입하시던데."

"불국사 청홍교(靑紅橋)!"

"닭소리가 하도 맑아 왼쪽을 바라보니 뜰아래 웬 항아리 하나가 놓여 있더군."

"계림(鷄林) 첨성대!"

죽지랑과 기파랑은 너무도 신기해서 서로 얼굴을 마주 바라보며 즐거워하였다.

"어찌나 탑과 절이 많든지 난 그곳이 천축국이 아닌가 착각할 뻔했어."

"틀림없이 계림을 다녀왔구먼!"

혜초스님과 세 소년은 잠깐 다녀오는 사이에도 금성의 모습을 머리에 담은 손오공의 신통력과 눈썰미에 감탄을 금할 길 없었다.

나후라존자(羅睺羅尊子)

손오공의 말을 듣고 난 후 서동랑은 자기의 옷을 벗어 손오공이 가져온 옷과 바꿔 입었다. 그리고 보따리 속에 깊이 간직했던 처용 탈을 꺼내 들었다.

"지금부터 제 말을 잘 들어 보십시오. 제가 손에 들고 있는 이 탈은 바로 내가 지금 입고 있는 이 옷의 주인 처용 아비의 얼굴입니다. 이 분은 동해용왕의 아드님이시며, 석가불의 큰아드님이신 나후라존자(羅睺羅尊子 : 석가의 맏아들. 15세 때 출가하여 석존 십대 제자 중 한 사람)의 변신으로서 해와 달을 마음대로 관여하는 일월식신(日月蝕神)이기도 합니다.

제가 지금부터 이 탈을 쓰고 그 분께 소원을 빌겠습니다. 만약 그 분께서 우리의 간곡한 소망을 들어 주신다면 그 능력에 힘입어 밤과 낮을 마음대로 움직일 수 있을는지도 모릅니다.

그러면 호대왕과 우마왕이 밤낮이 수시로 변하는 동안 어리둥절하여 갈피를 잡지 못하고 있을 때, 그 틈을 이용하여 숲을 빠져 나갈 수 있을 것입니다.

서동랑의 말이 끝나자 모두들 고개를 끄덕이었으나, 정말로 그렇게 되리라고는 믿지 않았다.

"처용 아비라면 역신을 물리친 그 아비가 아닌가, 그가 나후라님의 변신이란 건 처음 듣는데, 형님은 아는 것도 많으이……."

죽지랑과 기파랑이 고개를 갸우뚱하며 말했다.

"지금으로선 별다른 방법이 없으니 서동랑의 말에 따르기로 합시다."

혜초스님이 모여 앉은 사람들에게 말하였다.

　　서동랑은 돌을 모아 제단을 쌓았다. 그리고 간단하게 나후라님께 향을 피워 제사를 올린 다음 처용탈을 썼다.

　　열대의 태양이 하늘 한가운데 떠서 이글거리며 땅 위를 비추고 있었다.

　　천상에서는 석가여래께서 모처럼의 한가로움에 범천왕과 담소를 하고 계셨다.

　　"일전에 예불지국에 보은(報恩)을 내리고자 한 일은 어떻게 되었소?"

　　여래님이 범천왕에게 물었다.

　　"여보살 말씀으로는 불자 한 사람이 계림을 떠난 지 여러 해, 지금쯤 천축국에 닿았을 것이라고 하더이다. 요즈음 사바세계가 하도 소란스럽기에 그쪽에 정신을 쓰느라 잠시 그 일을 잊고 있었습니다."

　　이 때 십일면관음보살이 온통 연향(蓮香)을 풍기며 나타났다.

　　"호랑이도 제 말하면 온다더니 지금 막 여보살님 이야기를 하고 있던 중이었소. 그래, 요즈음 아수라도의 형편은 어떠합디까?"

　　범천왕이 빙그레 웃으며 말하였다.

　　그러나 십일면관음은 범천왕의 말에는 대꾸도 하지 않고 곧장 여래께 가서 아뢰었다.

　　"여래님, 큰 아드님이시며 제자이신 나후라존자께 부탁하시어 저 지상에서 들리는 소리에 귀를 기울이라고 말씀좀 드려 주십시오. 여래님께서 입적하신 구나시국에 천신만고 끝에 도착한 예불지국과 당나라 스님 두 분이 숲을 뚫지 못하여 여러 날 길을 헤매고 있습니다."

　　"그러지 않아도 그 일로 이야기를 나누고 있었소. 그런데, 그런 일이 있었던가. 헌데 나후라가 할 일이 무엇이뇨?"

"자세한 내막은 알 수 없습니다만 나후라님께서만이 하실 일이 있을 것 같사오니, 나중에 큰 원망 듣지 마시고 제 부탁을 꼭 들어 주시기 바랍니다."

"하하하하, 내 뉘 말이라고 거역하겠소. 잠시만 기다리시오, 좋은 기별이 갈 터이니……."

십일면관음보살이 공손히 절하고 물러나자 석가여래께서는 곧 큰 아드님을 불렀다.

"나후라야, 지상에서 너를 향해 들려오는 무슨 소리를 듣지 못했느냐?"

나후라존자가 석존께 아뢰었다.

"아버님께서 열반에 드신 구나시국으로 들어가려던 동방과 당에서 온 불자 두 사람이 이라바티수 앞에서 호대왕과 우마왕에 막히어 여러 날 고심하고 있는 줄 아옵니다. 그들이 지금 향을 피워 제를 지내면서 저에게 일월을 다스려 달라고 저렇듯 애원하고 있습니다."

"우마왕과 호대왕은 내가 수투파 - (塔) - 를 지키도록 단단히 명하였으니 내 허락 없이는 절대로 숲을 열지 않을 것이다. 그러나 이번에는 내가 눈을 감고 있을 터이니, 네가 그들의 지성을 보아 숲을 통과시키도록 해보려무나."

"말씀대로 따르겠나이다."

석존을 뵙고 나온 나후라존자는 아버님의 뜻을 깊이 헤아린 다음 칠백 유순(由旬)이나 되는 큰 키를 일으켰다.

그리고 넓적한 손바닥을 펴 천천히 태양을 가렸다.

지상에서는 처용랑이 계속해서 하늘에 향을 피우고 기구를 드렸다. 그리고는 제단을 가운데 두고 빙빙 돌면서 서서히 팔을 움직여 춤을 추고 노래를 부르기 시작했다.

신라성대(新羅聖代) 소성대(昭聖代)

천하태평은 나후(羅喉)님 덕(德)

처용 아버님

이 인생에 말이 없으시다면

이 인생에 말이 없으시다면

삼재팔난(三災八亂)이 일시에 없어질 것입니다.

(고려 처용가 중 일부 인용)

서동랑은 흥에 겨워 덩실덩실 춤을 추면서 제단을 돌았다. 두 스님과 제자들도 서동랑의 뒤를 따라 제단을 돌았다.

어와 아비 모양이여

처용 아비 모습이여

기울어진 머리

넓은 이마

무성한 눈썹

우그러진 귀

원만한 눈

우벙한 코

넓은 입

백옥 같은 이빨

내민 턱

덕(德) 많은 가슴

부른 배

넓으신 발에……

처용랑의 춤사위가 빨라지기 시작했다.

하늘이 점점 어두워지면서 해의 한 부분이 잎사귀가 벌레에 먹히듯 검게 잠식되어 갔다.

서동랑은 숲을 향하여 걸으면서 계속 춤을 추었다.

누가 지어 세울 것인가

누가 지어 세울 것인가

바늘도 실도 없이

바늘도 실도 없이

처용 아버지를 누가 지어 세울 것인가.

숲에 다다르자 이때까지 눈을 부라리며 스님 일행을 바라보던 우마왕과 소떼들이 게슴츠레 눈이 감기면서 그들의 잠자리를 찾아 하나 둘씩 숲속으로 사라져 버렸다.

서동랑은 춤을 계속 추면서 숲속 깊숙이 들어갔다.

많고 많은 사람들이여

열 둘의 여러 나라들이 모두 지어 세우니

아으, 처용 아비를, 많은 사람들이여

벗지야, 오얏아, 녹이야

빨리 나와 나의 신코를 매어라

아니 옷 매으면 상스러운 욕설이 튀어나올 줄 알아라.

나후라존자는 빙그레 웃으면서 노래를 들었다.

그리고 손바닥을 펴서 해를 완전히 가려 버렸다.

세상이 어두워지자 우마왕과 소떼들이 잠들었는지 숲이 온통 조용해졌다.

"이 때다, 뛰자!"

처용랑은 춤을 멈추고 수풀을 헤치며 앞으로 뛰었다.

"헤어지지 않도록 함께 뭉쳐 다녀야 하느니."

혜초스님이 일행에게 주의를 주며 서동랑의 뒤를 따랐다.

얼마 동안 숲속을 뛰어들어갔을 때 이번에는 수풀 속 여기저기에서 횃불이 번쩍거렸다.

세상이 캄캄해지자 호대왕과 호랑이떼들이 밤인 줄 알고 잠에서 깨어 눈을 뜨기 시작했던 것이다.

'어흥.'

호대왕과 호랑이떼들이 스님 일행을 향해 입을 벌리고 덤벼들었다.

"안 되겠군!"

서동랑은 쓰고 있던 처용탈을 얼른 벗어 손에 쥐었다.

그러자 가려져 있던 해가 나후라존자의 손가락 사이로 햇살 한 줄기를 강하게 숲을 향해 내리비쳤다.

별안간 숲이 환해졌다. 그러자 호대왕과 호랑이떼들은 눈이 부시어 머리를 바로 들지 못하고 허둥대더니 어두운 숲속으로 들어가 버렸다.

"앞으로!"

스님 일행은 또 앞을 향해 뛰었다.

"우우엉!"

이번에는 날이 밝아지자 우마왕과 소떼들이 앞을 가로막았다.

"큰일났구나!"

서동랑은 재빠르게 손에 들고 있던 처용탈을 썼다.

그랬더니 한 줄기 숲을 비추던 밝은 빛이 사라져 버렸다.

다시 숲이 어두워지자 우마왕과 소떼들이 잠자리를 찾아 자취를 감춰 버렸다.

그러는 사이 스님 일행은 이라바티수 강변에까지 도달하게 되었다.

"천만다행으로 여기까지 도착하였구나!"

스님 일행은 잠시 가쁜 숨을 몰아 쉬었다.

"사오정, 이제는 네 차례다!"

오공은 자기네들도 공을 세워 혜초스님의 제자들에게 기죽지 않겠다는 듯 사오정에게 명령을 내렸다. 사오정은 고개를 끄덕이며 자신 있게 한번 씩 웃고는 강가로 가서 물 가운데를 향해 지팡이를 쿵! 쿵! 하고 굴렀다.

그러자 강 한복판에서 흰 물결이 일며 백자(百尺)가 넘는 큰 악어 한 마리가 나타났다.

"네가 악어 무리의 대장이냐? 나로 말할 것 같으면 우사하에서 천년 동안 도를 닦은 사오정 나으리시다. 여기 계신 분들은 이역 만리에서 불경을 얻으러 온 분들인데 강 건너까지 편안히 모셔라. 자칫 딴 마음 먹거나 실수를 하는 날이면 이 강의 상류에서부터 하류 끝까지 너희 악어란 족속들을 모조리 잡아서 껍데기를 벗겨 버리고, 알맹이는 날로 먹어 버릴 테니까!"

사오정의 모습을 본 악어 대장은 고양이 앞의 쥐처럼 오금을 바로 펴지 못하고 달달 떨더니 스님 일행을 등에 태웠다.

"빨리 헤어라, 우마왕과 호대왕이 시끄럽게 굴면 귀찮으니까!"

아니나 다를까 뒤를 돌아다보니 벌써 우마왕과 호대왕이 소떼와 호랑이들을 데리고 강 언덕까지 쫓아오고 있었다.

그러나 스님 일행이 물 가운데로 떠나가자 그들은 멍하니 앞을 쳐다보더니 하나 둘 숲속으로 자취를 감춰 버렸다.

악어왕은 일행을 무사히 건너편 강 언덕에까지 태워다 주었다.

"아, 여기가 그렇게도 오고 싶어하던 여래께서 입적하신 구나시국 땅이란 말인가!"

두 스님은 머리를 땅에 대고 두 손을 모아 부처님께 감사의 기도를 드렸다.

서동랑도 처용 아비(나후라존자)께 무사히 이곳까지 올 수 있도록 도와준 것에 대해 감사의 기도를 드렸다.

아아, 여래님 나라

혜초 선사, 현장법사 두 스님과 그 일행은 그렇게 바라고 고대 하였던 천축국, 여래께서 열반(涅槃)에 드신 구나시국에 도착하였다.

계림에서 뱃길 20만 리, 당(唐)에서 육로(陸路) 10만 8천 리, 실로 십여 년간의 대장정이었다.

한 곳에 이르니 웅장한 탑 하나가 여래님을 받들어 모시듯 하늘을 향해 높이 솟아 있었다.

오랜 세월 비바람에 씻겨 성은 황폐해 보였으나 조용하고 그윽한 곳이었다.

새 소리로 묻힌 영롱한 숲에 오래된 절이 있었고 노선사(老禪師) 한 분이 뜰을 깨끗이 쓸고 있었다. 노선사는 스님 일행을 보자 반갑게 뛰어와 맞이하였다.

"멀리 동북방에서 두 분 스님이 올 것이라는 계시를 받았습니다.

나무관세음보살."

노선사와 두 스님은 서로 합장을 하며 예를 나누었다.

"먼 길에 피곤하실 터이니, 누추한 곳이나마 제가 거처하는 암자로 가시지요."

노선사가 두 스님을 안내하였다.

그러나 두 스님은 가볍게 인사를 하고 정중히 말하였다.

"저희가 예까지 오게 된 것은 미진(微塵)한 우리의 힘으로는 도저히 불가능했을 것입니다. 항상 부처님의 보살핌이 뒤따르고 있다는 것을 느낄 수 있었지요. 잠시 여기서 쉬면서 탑돌이를 할까 합니다."

노선사도 쾌히 승락하였다.

두 스님은 여행의 피로도 잊고 탑돌이를 시작하였다.

별안간 숲속이 와자지껄하며 승니(僧尼 : 중과 여승), 도인(道人), 그리고 속인들이 몰려나왔다.

"수백 리 밖에서 광채가 보였습니다."

"저희들은 세존께서 열반에 드신 곳에 큰 영광이 있음을 알고 이처럼 부지런히 이곳을 찾아왔습지요."

"숲속에는 그렇게 극성을 부리며 사람들을 괴롭히던 호랑이와 소떼들이 어디로 갔는지 한 마리도 보이질 않았습니다. 예전 부처님께서 살아 계실 때처럼 토끼와 사슴이 뛰어노는 화평스런 숲이 되었습니다."

"강에 악어들도 자취를 감춰 버렸구요."

어느 틈엔가 수백, 수천의 사람들이 탑을 둘러쌌다.

새전(賽錢 : 신령 앞에 돈을 바침)을 산같이 쌓아 놓고 드높은 하늘을 향해 나무아미타불을 염송하였다.

이때 하늘에서 오색의 찬란한 깃발이 수없이 휘날리었다.

"부처님께서 두 분 스님의 도착을 환영하심입니다."

선사가 사람들에게 말하였다.

"나무아미타불 관세음보살."

오색 깃발을 본 수많은 사람들이 그 자리에 엎드리어 부처님 기적에 감동하며 대대적인 불공을 드렸다.

혜초, 현장 두 스님의 눈에서는 하염없는 감사의 눈물이 흘렀다.

한 달이 지나도록 불공은 그칠 줄 몰랐다. 오히려 각양 각지에서 몰려오는 사람들로 불공의 규모는 더욱 커지기만 하였다.

"이제 헤어질 시간이 다가왔군요."

혜초, 현장 두 스님은 자리에서 일어났다.

"어느 쪽으로 가실 생각이신지요?"

혜초스님이 현장스님에게 물었다.

"영산(靈山) 쪽으로 갈 생각입니다. 저희 당나라는 불법이 전해진지 이미 오래전 일이기는 합니다만 역시 천축국에 직접 와서 공부한 스님은 없습니다. 뿐만 아니라 진불경(眞佛經)이 어떠한 것인지도 아직 잘 모르고 있습니다. 제가 이곳까지 온 첫째 사명은 아란님과 가섭님을 만나 참불경을 얻어 당으로 돌아가는 것입니다. 글씨가 써 있는, 포교하기 쉽고 누구나 쉽게 깨달을 수 있는 불경을 얻을 때까지 다섯 천축국 전역을 답파할 작정입니다."

"훌륭하신 생각이십니다. 저 역시 현장법사님과 같은 뜻을 안고 뱃길 20만 리를 달려왔습니다. 특히 나라님께서는 세 나라로 갈라져 있는 같은 민족을 통일하여 불국을 만드실 뜻을 갖고 계시므로 저의 어깨는 저희 나라 불가의 중흥과 국운을 짊어지고 있습니다. 저는 사대영탑(四大靈塔 : 녹야원(鹿野苑), 구시나(拘尸那), 왕사성(王舍城), 마하보디사(摩訶菩提寺)의 네 영탑을 말함)이 있는 파라나시국으로 갈까 합니다."

"그럼, 부처님의 가호로 무사히 뜻을 이루시고 고향에 돌아가시기를……."

두 스님은 오랫동안 손을 잡고 떨어질 줄을 몰랐다.

현장법사의 세 제자 손오공, 저팔계, 사오정도 어느 틈에 인간과 비슷한 형태로 변해 있었으므로 전처럼 혐오감이 느껴지지 않았다. 더구나 오해 때문에 서로 싸우기는 했지만 숲을 통과하기까지 스님의 제자들은 서로 어려움을 나누었으므로 매우 친해져 있었다.

"여의봉을 동강 내서 미안해, 반쪽만으로도 웬만한 괴물은 물리칠 테니 앞으로 스님을 모시는 데 별 문제는 없을거야."

서동랑이 손오공의 어깨를 두드렸다.

"사실상 예까지 오는 동안에 숱한 괴물들과 맞붙어 보았지만 서동랑같이 힘든 상대는 처음이었어. 더구나 힘보다는 머리를 써야 쉽게 난관을 극복할 수 있다는 진리도 얻었지."

손오공도 서동랑의 손목을 꼭 쥐었다.

"동방 소년들의 무예와 기지는 실로 놀랍더군. 너희들을 만나지 않았더라면 우린 지금 어떻게 되었을까 생각만 해도 끔찍해."

저팔계와 사오정도 죽지랑, 기파랑에게 이별의 인사를 나누었다.

"인연이 닿으면 또 만날 것입니다."

혜초스님 일행과 현장법사 일행은 손을 흔들고 헤어졌다.

탑을 지키던 노선사가 달려와 혜초스님과 작별 인사를 나누며 글씨 한자를 종이에 써 주었다.

큰 대 '大'.

'아, 대승유가 금강성해 만수실리 천비천발 대교왕경(大乘瑜伽 金剛性海 曼殊室利 千臂天鉢 大教王經)의 제 일가가 아닌가.'

혜초스님이 감격하여 고개를 들어 선사를 바라보았을 때 선사의 모습은 이미 보이지 않았다.

'나무관세음보살.'

스님은 선사가 십일면관음보살의 변신임을 알아차리고 그 자리에 엎드려 한동안 일어날 줄을 몰랐다.

그리고 마음 깊이 나머지 글자를 채워 비경(秘經)을 터득할 것을 결심하였다.

"얘들아, 이제부터가 시작이다. 자! 파라나시국, 여래께서 처음 설법하신 녹야원(鹿野苑 : 중부 인도 파라나시국에 있던 동산. 석가가 도를 이룬 뒤 다섯 비구(比丘)를 위하여 맨 처음으로 설법한 곳)으로 가자꾸나!"

혜초스님과 세 소년, 그리고 사라양은 오천축국 답파를 위해 힘차게 발걸음을 내디디었다.

<상권 끝>